Recontando Machado

Recontando Machado

ORGANIZAÇÃO

Luiz Antonio Aguiar

EDITORA RECORD
RIO DE JANEIRO • SÃO PAULO

2008

Cip-Brasil. Catalogação-na-fonte
Sindicato Nacional dos Editores de Livros, RJ.

R248 Recontando Machado / Luiz Antônio Aguiar (organizador). – Rio de Janeiro : Record, 2008.

ISBN 978-85-01-07890-2

1. Antologias (Conto brasileiro). I. Assis, Machado de, 1839-1908. II. Aguiar, Luiz Antônio, 1955- . III. Título.

CDD 869.93008

08-1522 CDU 821.134.3(81)-3(082)

Projeto gráfico: Regina Ferraz

EDITORA RECORD LTDA.
Rua Argentina 171 – Rio de Janeiro, RJ – 20921-380 – Tel.: 2585-2000

Impresso no Brasil

ISBN 978-85-01-07890-2

PEDIDOS PELO REEMBOLSO POSTAL
Caixa Postal 23.052
Rio de Janeiro, RJ – 20922-970

EDITORA AFILIADA

Sumário

Apresentação | Da arte de manter os pratos rodopiando 7
Sobre os autores 15

A leitura secreta | Alberto Mussa 21
A cartomante | Machado de Assis 41
A causa secreta | Machado de Assis 53

Caminho torto para uma linha reta | Cíntia Moscovich 69
O caso da vara | Machado de Assis 79

Feito tatuagem | Claudia Lage 91
Eterno! | Machado de Assis 103

O adotado | Cristovão Tezza 119
O enfermeiro | Machado de Assis 135

Viagem | Heloisa Seixas 149
A segunda vida | Machado de Assis 161

Dona Inácia na Casa Verde | Leticia Wierzchowski 173
Missa do galo | Machado de Assis 183
O alienista | Machado de Assis 193

De dentro do ovo para dentro da gaiola | Marcelino Freire 257
Idéias de canário | Machado de Assis 261

Um chapéu ao espelho | Mario Sabino 271
O espelho | Machado de Assis 277
Capítulo dos chapéus | Machado de Assis 289

Abença, pai | Miguel Sanches Neto 309
Umas férias | Machado de Assis 323

Dá-me, Maria, dá-me | Nilza Rezende 335
Um homem célebre | Machado de Assis 341

Bom-dia, Inácio | Rafael Cardoso 355
Uns braços | Machado de Assis 365

Carta de uma mulher apaixonada | Tatiana Salem Levy 379
Um esqueleto | Machado de Assis 393

Apresentação

Da arte de manter os pratos rodopiando

Há estudiosos especializados em Machado, como Lúcia Miguel Pereira, que já afirmaram que foi como contista, e não como romancista, que ele escreveu as suas "obras-primas". Claro que Lúcia escrevia esse comentário há mais de meio século, antes portanto que fosse revelada a possibilidade da leitura de um *Dom Casmurro* como um prodígio de ilusionismo, em que o leitor é convencido de que lê confidências de um homem traído, quando pode estar lendo sua insidiosa intriga contra a falecida esposa...

(...Ou sua tábua de salvação, a última cartada para não confessar a si mesmo a incompetência de viver, e suas tendências masoquistas, sua compulsão para afugentar a tudo e a todos que ameacem romper suas casmurras e sombrias defesas; ou... Quem sabe quantas hipóteses de leitura possam ser formuladas sobre esse romance sem igual?)

O próprio Machado de Assis enfatizou a complexidade da arte do conto, denunciando sua "aparência de facilidade". E alguns de seus contos são de fato engenhos de precisão, nos quais a necessidade de concisão e de encadeamento sem brechas, longe de restringir o escritor, é transformada em *vantagem narrativa*, em princípio ativo para inocular no leitor, no mais das vezes, a dúvida, a incerteza sobre o que se pode considerar *real* no mundo e nos indivíduos que o cercam.

Justamente esses contos, quando apreciamos o conjunto de seus elementos de composição e sua estrutura, parecem às vezes, como no popular número de malabarismo, uma fileira de pratos que rodopiam simultaneamente sobre uma prancha estreita; nenhum dos pratos pode parar, muito menos cair, ou todo o número se arruína, e a arte do malabarista é, uma vez colocada a fileira de pratos em ação, mantê-la viva.

As peças são trabalhadas, uma a uma, com riqueza de insinuações e minúcias significativas. O conjunto age como uma orquestra em sereno transe harmônico. Há articulações e sinapses, tensões recíprocas entre as partes. Enigmas e dilemas contracenando com as suspeitáveis soluções cedidas pelos narradores. Nada se perde, nada excede: o efeito é uma história bem contada, personagens corporificados, palavras, frases e parágrafos movediços, mas dispensando volteios e firulas.

Machado é o autor que desafia a máxima acadêmica de que a literatura é feita de *texto*. Pelo menos, no caso dele, a criação primeira é um espírito, e esse espírito que ele traz à luz é que gera o texto e tudo o mais que suas histórias invocam.

O mais importante aqui é ressaltar que, já considerando o entendimento que se tem hoje em dia dos romances de Machado, inúmeros de seus recursos de composição, estilo e núcleos temáticos tornam-se visíveis também em seus contos. E isso sem a largueza de páginas do romance nem a disponibilidade do leitor deste gênero, ao contrário do leitor de contos, para divagações e gratuidades. Os melhores contos de Machado, que são muitos, têm ritmo e medida exatos.

Tudo isso acentua ainda mais a dimensão do desafio lançado pela Editora Record a seus autores para que recriassem alguns desses contos. Ao aceitarem, os autores estavam partindo de algumas das nossas referências de excelência, do que melhor já se escreveu em nosso idioma e na Literatura. A deixa foi de Mario Sabino que, em seu *O antinarciso*, compôs uma história — *Um chapéu ao espelho (O segundo e derradeiro capítulo dos chapéus)* —, presente também, é claro, neste livro, que dialoga com duas dessas *obras-primas* de Machado: *O espelho (Esboço de uma nova teoria da alma humana)* e *Capítulo dos chapéus*. A seleção de autores procurou tanto reunir aqueles que, tendo sido lançados nos anos recentes pela Record, vêm alcançando grande êxito junto ao público, como outros já de longa carreira, com vários sucessos no catálogo da Editora. O sentido, obviamente, é render homenagem ao fato de os contos de Machado permanecerem tão férteis.

Um século depois da morte do Bruxo, os pratos continuam girando.

O leitor vai reparar que os autores, exercendo total liberdade de criação, apegaram-se, cada qual, ao que mais os impressiona da leitura do conto que lhes foi atribuído. Ora os personagens, ora o que vêem como o cerne do enredo, ora *um certo sentimento íntimo*; cada conto aqui tem vida própria. Ao mesmo tempo, por serem recriações, isso lhes confere, em confronto com os contos de Machado, uma possibilidade a mais — principalmente ao leitor interessado em sondar questões refinadas, como as variações de interpretação e leitura sobre uma mesma matéria-prima, e certos mecanismos da criação literária, como a complexa relação da peça final com a *referência* e com a assim chamada *fonte de inspiração* — e para isso os contos de Machado precedem as respectivas recriações, nesta antologia.

Ou seja, é bem do Bruxo oferecer num só prato, a depender do paladar e da habilidade de degustação do freguês, sabores e sobregostos diversos. Conforme for, pode acontecer de duas pessoas chegarem à conclusão de que não haviam provado da mesma iguaria.

Assim, temos *A leitura secreta*, de Alberto Mussa, recriado a partir de sua leitura de *A cartomante* e *A causa secreta*, em que um alter-ego literário do escritor age como um ardiloso cronista de uma experiência única: uma empreitada de deciframento das entrelinhas da obra machadiana. E aí está um labirinto no qual, quando se entra, nenhum novelo de linha — qualquer que seja, mesmo a lógica de aparência mais consistente — é capaz de garantir o retorno.

Em *Caminho torto para uma linha reta*, Cíntia Moscovich, trabalhando sobre *O caso da vara*, busca extrair a essência do que vê no conto machadiano, o que flutua nele, o que o assombra, e o transporta para uma situação que, em seus elementos factuais, parece totalmente diferente.

Feito tatuagem, de Claudia Lage, busca distender a relativização do tempo — e de nossa percepção do tempo —, insinuada pela ironia de uma história originalmente romântica: *Eterno!*

Cristovão Tezza pega o perturbador *O enfermeiro* e extrai uma recriação com seu estilo próprio, vertiginoso, ambientando-a no tempo atual. Seu *O adotado* traz personagens com outras histórias de vida, outros embates, mas explora o mesmo dilema — a dificuldade de se julgar outras criaturas quando a alma delas nos é revelada. Tezza, como fez Machado, nas poucas páginas de um conto, dissolve os contrastes simplórios entre o Bem e o Mal.

Viagem, de Heloisa Seixas, caminha em paralelo ao *A segunda vida*, mas com um final que redimensiona a história, fazendo como que ressoar uma maldição: *a cada um, seu inferno pessoal.*

Leticia Wierzchowski, em *D. Inácia na Casa Verde*, retrabalha não apenas as omissões — na verdade, elipses, ambigüidades mais do que propositais: fundamentais — de *Missa do galo* como, com referências também a *O alienista*, ao fazer tocarem-se as duas histórias, nos oferece um surpreendente desfecho para um personagem feminino — Conceição — que, nos limites da *história curta*, é tão enigmática quanto a Capitu, do romance *Dom Casmurro*.

Idéias de canário não é dos contos mais comentados de Machado. Talvez porque disfarce com um humor refinadíssimo suas múltiplas possibilidades de leitura, e inclusive a afirmação do poder do *ponto de vista*, desfazendo de verdades consagradas, racionalismos e certezas — tanto mais notável para a época, de grande rigidez intelectual, em que foi escrito. E Marcelino Freire, com *De dentro do ovo para dentro da gaiola*, diverte-se subvertendo os elementos do conto inspirador, traindo Machado para lhe ser absolutamente fiel.

Mario Sabino, no já mencionado *Um chapéu no espelho (segundo e derradeiro capítulo dos chapéus)*, nos oferece um reflexo do vistoso uso da linguagem à la Machado, para propor *uma novíssima teoria da alma humana*. E isso, mantendo a ironia fina, escorregadia dos contos-fonte, embora invocando uma voz narrativa que é criação inteiramente sua.

Miguel Sanches Neto resgata a nostalgia, a solidão do protagonista de *Umas férias* e lhe atribui um tom patético, comovente, no lugar do que em Machado é ironia e dubiedade — e assim temos seu *Abença, pai.*

Já Nilza Rezende assume um desafio difícil: radicalizar a dor do protagonista de *Um homem célebre*. E o faz com êxito, multiplicando os espíritos que a carregam. O que não se quer da vida que se tem. O que se queria ser. Seu *Dá-me, Maria, dá-me* é uma voz íntima, sugerindo ser infinita, tumular, o réquiem que o protagonista machadiano tanto busca trazer à vida — um diálogo, agora que fundado, indissolúvel, entre o conto que serviu de fonte e sua recriação.

A ousadia de Machado de Assis em *Uns braços* — principalmente considerando a época — ganha seu correspondente em *Bom-dia, Inácio*, de Rafael Cardoso, no qual esses sentimentos que não cabem nas pessoas em que brotam, que as pessoas não sabem como tê-los dentro de si, se expõem, despojadamente, desconsoladamente, ao leitor.

E Tatiana Salem Levy, em seu *Carta de uma mulher apaixonada*, denunciando logo na epígrafe uma das predileções de Machado — Edgar Allan Poe —, trabalha sobre *Um esqueleto*, um dos raros contos que se aproximam do gênero *terror*, na obra do Bruxo —, intensificando justamente o aspecto do estranho, do inusitado, da exploração desse *Outro mundo*, que na verdade pode ser uma faceta do espírito humano. Isso, se tudo não for somente mais uma história, mero estímulo para um calafrio, ou um sorriso de descrença; ou ainda a oportunidade de experimentar um confortante reencontro com o que queremos que seja a realidade.

Machado de Assis nasceu em 21 de junho de 1839 e morreu em 29 de setembro de 1908. Foi um dos fundadores e primeiro presidente da Academia Brasileira de Letras. Amado por seu público e admirado por seus pares, ainda em vida foi considerado o maior romancista da Literatura Brasileira, posição em que o têm até hoje. O ano em que se celebra o centenário de sua morte foi oficialmente nomeado como o *Ano Nacional de Machado de Assis.*

O desafio aos autores de *Recontando Machado de Assis* era ir além dos contos-fonte. Era recriá-los. A variedade de caminhos escolhidos para se cumprir a incumbência demonstra por que Machado de Assis, esse escritor que nos permite tantas leituras, é hoje considerado um dos gênios da Literatura Mundial. Podermos ler Machado no idioma em que ele escreveu — o mesmo em que demos forma a nossos primeiros pensamentos, o mesmo em que guardamos segredos em nosso íntimo, em que devaneamos e tentamos dar alguma concretude a nossas visões — é um privilégio. Recriar os melhores contos de Machado, com escritores que pressentem os artifícios e sutilezas do Bruxo, que são suscetíveis a suas insinuações e tocados, por sua obra, no fundo de sua formação literária, tem, portanto, uma dimensão única. O rodopio dos pratos nos causa espanto e, ao mesmo tempo, fascinação e inveja em relação às habilidades do malabarista. É dessa relação com tantas nuances, dessa intimidade, dessa cumplicidade entre a obra e seus leitores, autores e público, que nasce uma antologia como esta.

Luiz Antonio Aguiar

2008 – Ano Nacional
de Machado de Assis

Sobre os autores

ALBERTO MUSSA nasceu no Rio de Janeiro em 1961. Escreveu os contos de *Elegbara* (1997) e os romances *O trono da rainha Jinga* (1999), vencedor do concurso de bolsas da Biblioteca Nacional, e *O enigma de Qaf* (2004), que ganhou os prêmios da Associação Paulista dos Críticos de Arte (APCA) e da Casa de Las Américas. Em 2006, publicou *O movimento pendular*, também eleito melhor romance do ano pela APCA. Traduziu, diretamente do árabe, a coletânea de poesia pré-islâmica denominada *Os poemas suspensos* (2006).

CÍNTIA MOSCOVICH nasceu em Porto Alegre, em 1958. É escritora, jornalista, mestre em Teoria Literária e ministrante de oficinas de criação textual. Contista, romancista e cronista, é autora de *O reino das cebolas*, *Duas iguais*, *Anotações durante o incêndio*, *Arquitetura do arco-íris* e *Por que sou gorda, mamãe?*. Com três prêmios Açorianos, a autora também recebeu o Prêmio Jabuti, foi finalista do Prêmio Portugal Telecom de Literatura Brasileira e do Prêmio Bravo! Prime de Cultura.

CLAUDIA LAGE nasceu no Rio de Janeiro em 1970. É formada em Letras e Teatro, mestre em Estudos de Literatura, pela PUC-Rio. Publicou o livro de contos *A pequena morte e outras naturezas* (2000). O conto "Uma alegria", 1º lugar no Concurso Guimarães Rosa, Rádio França Internacional, 2001, está na antologia *25 mulheres que estão fazendo a nova literatura brasileira* (org. Luiz Ruffato, 2003).

CRISTOVÃO TEZZA nasceu em Lages, Santa Catarina, em 1952, mas mudou-se para Curitiba ainda criança. Além de escritor, leciona na UFPR. É autor, entre outros, de *Trapo*, *O fantasma da infância*, *Aventuras provisórias*, *Breve espaço entre cor e sombra* (Prêmio Machado de Assis/Biblioteca Nacional de melhor romance de 1998), *O fotógrafo* (prêmios da Academia Brasileira de Letras e *Bravo!* de melhor romance do ano) e *O filho eterno* (prêmio da Associação Paulista dos Críticos de Arte de melhor obra de ficção de 2007).

HELOISA SEIXAS é carioca e autora de quatro romances — *A porta* (1996), *Diário de Perséfone* (1998), *Através do vidro* (2001) e *Pérolas absolutas* (2003) —, todos pela Record. Publicou também três livros de contos — *Pente de Vênus* (Sulina, 1995, com reedição em 2000 pela Record), *Contos mínimos* (Record, 2001) e *Sete vidas* (Cosac&Naif, 2002), os dois últimos reunindo textos que publicava na revista *Domingo*, do *Jornal do Brasil*. Em 2007, publicou um livro de não-ficção sobre o mal de Alzheimer, *O lugar escuro*, pela Objetiva.

LETICIA WIERZCHOWSKI nasceu e vive em Porto Alegre, RS. Estreou na literatura com o romance *O Anjo e o resto de nós*, em 1998. De lá para cá publicou outros doze livros de ficção adulta e infantil, entre eles *A casa das sete mulheres*, que virou série de televisão e foi publicado em vários países. É autora também de *De um grande amor e uma perdição maior ainda*, *Uma ponte para Terebin*, *Um farol no pampa* e *O pintor que escrevia*, também editado em língua espanhola.

MARCELINO FREIRE nasceu em 1967 em Sertânia, Pernambuco. Vive em São Paulo, vindo do Recife, desde 1991. É autor, entre outros, do livro de contos *Angu de sangue* (Ateliê Editorial, 2000) e *Contos negreiros* (Record, 2005) — este, vencedor do Prêmio Jabuti 2006 na categoria Melhor Livro de Contos.

MARIO SABINO nasceu em São Paulo, em 1962. Em 2004, publicou o romance *O dia em que matei meu pai*, já lançado em

Portugal, Itália e Argentina, e, em 2005, o livro de contos *O antinarciso*, ganhador do prêmio Clarice Lispector da Biblioteca Nacional. Atualmente é redator-chefe da revista *Veja*.

MIGUEL SANCHES NETO nasceu em 1965 em Bela Vista do Paraíso — Norte do Paraná. Em 1969, mudou-se para Peabiru, onde passou a infância. Autor, entre outros, dos romances *Chove sobre minha infância*, *Um amor anarquista* e *A primeira mulher*, é colunista da *Gazeta do Povo* (Curitiba). Mora em Ponta Grossa.

NILZA REZENDE é carioca e deu início a sua carreira literária em 1993 com o livro infanto-juvenil *Uma menina, um menino, o amor*, seguido por *Lili, a menina que cansou de ser boazinha*. É autora dos romances *Um deus dentro dele, um diabo dentro de mim* (2003) e *Dorme, querida, tudo vai dar certo* (2005), do volume de contos *Elas querem é falar...* (2004), do livro de arte *Pão de Açúcar, a marca do Rio*, e do juvenil *Já pensou se alguém acha e lê este diário?*.

RAFAEL CARDOSO é escritor e historiador da arte. Seus livros de ficção são *Controle remoto* (2002), *A maneira negra* (2000) e *Entre as mulheres* (2007). Dentre seus livros de não-ficção, estão *O design brasileiro antes do design* (2005), *Uma introdução à história do design* (2004, 2ª ed.), *Art and the Academy in the Nineteenth Century* (2000) e *A arte brasileira em 25 quadros* (2008). Vive no Rio de Janeiro, no Morro da Conceição.

TATIANA SALEM LEVY é escritora, tradutora e doutora em Estudos de Literatura. Publicou o livro *A experiência do fora: Blanchot, Foucault e Deleuze* (Relume Dumará) e contos na revista *Ficções 11* (7Letras) e nas antologias *Paralelos* (Agir) e *25 mulheres que estão fazendo a nova literatura brasileira* (Record). *A chave de casa*, seu romance de estréia, foi publicado primeiramente em Portugal, pela editora Cotovia, e pela Editora Record em 2007.

A leitura secreta

Alberto Mussa

A cartomante
A causa secreta

Machado de Assis

A leitura secreta

Alberto Mussa

Foi com imenso prazer que recebi, faz poucos anos, o chamado do meu amigo Marco Lucchesi para almoçar um cabrito na rua Mem de Sá e discutir um assunto profissional. Marco não me disse do que se tratava; por isso, quando entrei no salão me apavorei com a mesa — cheia de escritores que convém não mencionar.

Marco pretendia que aquelas pessoas — eu inclusive — trabalhássemos na fabulosa *Enciclopédia Machado de Assis*, projeto que ele mesmo idealizara e começava a dirigir.

A idéia era condensar, em forma de verbete, todo o patrimônio intelectual legado pelo Bruxo; e para tanto era necessário listar e resumir as obras, enumerar as personagens e caracterizá-las, elaborar um rol de temas e conceitos machadianos, além de catalogar todas as referências históricas, literárias, filosóficas, artísticas e geográficas constantes de seus escritos — fosse uma obra-prima de romance ou a crônica mais despretensiosa.

Na primeira rodada de sorteios, tirei o papelzinho correspondente às *Várias histórias*, coleção de contos publicada sob forma de livro em 1896, que inicia com o célebre texto de *A cartomante*. Foi este meu primeiro verbete:

> *Cartomante, A* [gênero; data de publicação príncipe etc...] resumo → Camilo e Vilela são amigos de infância. Reencontram-se após alguns anos e V apresenta

a C sua esposa, Rita. R e C tornam-se amantes. Mas C recebe uma carta anônima ameaçadora e decide suspender as visitas a V, embora mantenha o romance com R. R vai a uma cartomante para saber se C ainda a ama. A cartomante diz que sim. C a reprova por isso. E surgem mais cartas anônimas. V se torna sombrio, de repente. R adverte C e ambos deliberam um afastamento temporário. No dia seguinte, V, num bilhete estranhamente seco, pede a C que vá de imediato à sua casa. C cogita esteja tudo descoberto, mas resolve ir. No caminho, angustiado, temendo uma tragédia racionalmente previsível, aproveita uma circunstância fortuita para consultar a mesma cartomante. Esta o tranqüiliza. C, então, chega confiante à residência do casal, onde encontra a amante morta, antes de levar dois tiros de V.

— Mussa, você é um gênio! — me disse Marco, pelo telefone. Agradeci, chamei-o carinhosamente de "Bruxo de Tribobó", trocamos elogios por mais alguns minutos e retomei o conto.

Segundo meu plano, faltavam catorze verbetes: seis para as personagens (Camilo, Rita, Vilela, a cartomante, a mãe de Camilo, a comprovinciana de Rita); quatro para as referências geográficas (o bairro de Botafogo, as ruas da Guarda Velha, das Mangueiras e dos Barbonos); dois para as referências literárias (ato 1, cena 5, do *Hamlet*, de Shakespeare; ato 1, cena 4, do *Don Giovanni*, de Mozart); um para o princípio machadiano do interesse (expresso na frase "a virtude é preguiçosa e avara, não gasta tempo nem papel; só o interesse é ativo e pródigo); e um para o tema da superstição, que me parecia ser o assunto fundamental do conto.

Lucchesi me perguntou se eu não desejava incluir, entre as personagens, o anônimo autor das cartas. Fiquei de refletir; e essa reflexão me deu uma nova perspectiva de leitura. Porque meu amigo tinha razão: esse indivíduo era importante, era ele quem encarnava, no texto, o princípio do interesse.

Na opinião de Rita (por meio de quem Machado veicula o pensamento), esse anônimo era um pretendente despeitado. Homem ou mulher. Depois da primeira carta, Camilo passa a rarear as visitas a Vilela. Este quer saber por que e o amigo refere "uma paixão frívola de rapaz".

Ora, Rita sabia da carta, sabia que era natural a reação de Camilo. Devia, inclusive, pôr mais lenha na fogueira e fazer Vilela acreditar, tornando a desculpa cada vez mais aceitável.

Mas, em vez disso, vai consultar a cartomante, para saber se era ainda amada.

Psicologicamente, isso só seria verossímil se houvesse mesmo uma possibilidade objetiva de Camilo estar envolvido com outra mulher. Machado não cometeria um erro tão banal — já que justamente é a cena da consulta à cartomante que abre a narrativa.

Rita, portanto, foi à cartomante porque havia mesmo uma "paixão de rapaz" — mulher pérfida, autora anônima das cartas. Era essa personagem que Lucchesi queria ver listada.

Mas uma coisa não se explica, ou se explica mal — o fato de um nome de mulher não ter sido cogitado. Será que Camilo não conhecia suas pretendentes? Será que tinha tantas pretendentes assim? Ele, Camilo, um homem que, segundo Machado, era "um ingênuo na vida moral e prática", não possuindo "nem experiência, nem intuição"? Será que essa admiradora, tão apaixonada a ponto de ameaçá-lo, nunca teria tido uma oportunidade de se apresentar?

A história começava a ganhar contornos de novela policial.

Para aceitar a sugestão de Marco era necessário, inicialmente, excluir todas as possibilidades lógicas de que o autor das cartas fosse uma personagem abertamente mencionada no texto. Camilo e Rita estão naturalmente fora. A mãe de Camilo estava morta. A cartomante e a comprovinciana ferem o princípio machadiano do interesse. Resta Vilela, pessoa interessada em ameaçar os amantes, para separá-los. É justamente esta hipótese que torna o conto verossímil.

Depois da morte da mãe de Camilo, os amigos estreitam relações. Vilela cuida "do enterro, dos sufrágios e do inventário". Rita, "especialmente do coração". Camilo e Rita se apaixonam, porque "liam os mesmos livros, iam juntos a teatros e passeios".

Vilela percebeu, desconfiou, seguiu. Constatou a verdade e escreveu a primeira carta. Imaginou ter obtido êxito, porque Camilo começou a se afastar. Deve ter exultado quando o amigo deu a desculpa esfarrapada da "paixão de rapaz". Ratificou e reforçou a história, é óbvio, pode até ter dito que conhecia a tal fulana. Rita fica insegura. É quando vai à cartomante — cena que assim se torna compreensível.

Mas Vilela tinha seguido a mulher, sabia o endereço da antiga rua dos Barbonos. Não era prudente confiar apenas em indícios indiretos. E deu uma incerta, tempos depois, verificando que as ausências de Camilo não tinham significado o fim dos encontros. Desespera-se. Escreve "mais duas ou três cartas anônimas", "tão apaixonadas", que conta obter de vez o rompimento dos amantes.

Mas Rita e Camilo, a despeito das cartas, cometem a imprudência de ainda se encontrarem, na mesma casa da antiga rua dos Barbonos, quando planejam a separação temporária. Vilela, que devia estar mantendo uma vigilância cerrada, não ignorou o fato.

Assim, decide adotar a atitude mais radical, que eliminasse de vez aquela ameaça pública à sua reputação de homem.

No dia seguinte, escreve o bilhete a Camilo, para alegar depois que surpreendera os desavergonhados em sua própria casa. Era advogado e tinha sido juiz: sabia que um júri não condena quem age na privação de sentidos e em defesa da honra.

Minhas divergências com Marco Lucchesi começaram nesse ponto. Meu amigo achava que era a pretendente de Camilo a autora das cartas. Eu a cada dia estava mais convencido da hipótese "Vilela". E tinha um argumento adicional: Machado deixara uma pista no texto, na forma sutil de uma omissão.

Algumas semanas depois da consulta à cartomante, Camilo e Rita estão apavorados, em função das cartas enviadas nesse curto período. Ela, então, toma a iniciativa de levá-las para casa a fim de comparar os sobrescritos com o de outras que chegassem e assim interceptar a denúncia.

"Nenhuma apareceu, mas daí a algum tempo Vilela começou a mostrar-se sombrio, falando pouco, como desconfiado." É a frase literal do Bruxo.

Ora, é claro que havia o escritório. O anônimo que Marco queria enfiar na história bem poderia preferir este endereço. Mas a existência do escritório só é explicitamente mencionada mais adiante, quando Camilo se pergunta se não "teria sido mais natural chamá-lo ao escritório".

Ou seja, quando o leitor lê "nenhuma apareceu", ainda não sabe objetivamente do escritório. Para um conhecedor das sutilezas machadianas, fica evidente a intenção de fazer o leitor crer, no momento da leitura, que Vilela não recebeu carta nenhuma — o que bate com a tese de ser ele o mesmo anônimo.

Marco considerou esse argumento fraco. Mas concordava que Machado deveria ter escrito "em casa pelo menos, nenhuma apareceu".

— Deve ter sido erro de impressão — declarou no telefone. Admiti, para não aborrecê-lo.

Todavia, Lucchesi não era fácil; e me levantou a seguinte objeção: se Vilela quisesse demonstrar que tinha a prova do adultério e matara no calor da comoção cornífera (a expressão feliz é de Marco), teria ido surpreendê-los na casa da antiga rua dos Barbonos — se sabia o endereço, como eu afirmava.

Tentei me defender, dizendo que em casa era pior:

— No canapé é pior, Marco! Pegar no canapé é bem pior!

Essas dissensões, em que pairava o impasse, serviram pelo menos para que eu me fizesse uma pergunta: fosse a pretendente de Camilo ou Vilela o autor das cartas, qual o objetivo de Machado? Certamente não era fazer o leitor descobrir a identidade do anônimo, mas discutir a tese contida na citação do *Hamlet*, que não por acaso vem logo no começo: "há mais coisas no céu e na terra do que sonha nossa filosofia".

Telefonei para o mentor da *Enciclopédia*.

— Marco, meu prezado, você acha que o Bruxo aceitava a teoria de Shakespeare?

— Mussa, caríssimo, Machado foi um pândego. Ponha isso na cabeça.

Sorri, apenas. E apresentei minhas últimas pesquisas. O descrédito em que Machado faz cair a cartomante é que dá essa impressão de descrença no sobrenatural. Todavia, que relação tem a astúcia de uma charlatã com a existência efetiva de fenômenos extraordinários? De um estrito ponto de vista lógico, absolutamente nada.

Pois bem, na cena em que Rita revela a Camilo que fora consultar uma cartomante, este indaga: "onde é a casa?" E ela: "aqui perto, na rua da Guarda Velha..."

Não houve outra indicação. É portanto, muito estranha (e nada machadiana) a seqüência narrativa: Rita pega a rua das Mangueiras em direção a Botafogo enquanto "Camilo desceu pela da Guarda Velha, olhando de passagem para a casa da cartomante".

Ora, a rua da Guarda Velha é a atual Treze de Maio, não era um bequinho qualquer de três ou quatro casas. Perguntei a Marco:

— Como?

Como pôde Camilo ter olhado para a casa da cartomante se Rita não dissera o número nem descrevera a fachada?

A história começava a ganhar contornos de novela fantástica.

Quando desceu pela rua da Guarda Velha, Camilo se sentiu misteriosamente atraído por uma casa. Rita falara por alto. Mas falara. Camilo intuiu, Camilo *soube*, que aquela casa era a da cartomante.

O tempo passa, chegam mais cartas anônimas, eles decidem se separar por algumas semanas e vem o bilhete de Vilela.

Enquanto Camilo lê as letras trêmulas do amigo, na casa de Rita o drama já se desenrola: Vilela, com um revólver na mão, ameaça a mulher. No turbilhão emocional que atravessava, só conseguia formular o seguinte raciocínio: se Camilo atendesse ao chamado, era seu amigo; se não atendesse, era amante da mulher.

Camilo faz, naturalmente, o raciocínio inverso: se for a Botafogo o desfecho será trágico. Mas *decide* tomar um tílburi. Não escolhe o trajeto: é o destino que o leva pela rua da Guarda Velha. Há certamente mais coisas no céu e na terra do que a filosofia sonha, porque "a rua estava atravancada com uma carroça que caíra".

O tempo passava. Vilela, com a arma na mão e olhando o relógio, dizia que Camilo não viria — porque era covarde, porque era amante da mulher.

Neste exato momento, Camilo olha à esquerda e vê, "ao pé do tílburi", a casa que por alguma razão fantástica sabe ser da cartomante.

Não é por acaso que a casa está à esquerda; não é por acaso que está ao pé do tílburi; não é por acaso que tinha as janelas fechadas enquanto "todas as outras estavam abertas".

Camilo vacila, o tempo passa, Vilela tem o relógio e o revólver, o cocheiro propõe um caminho alternativo, homens se esforçam para retirar a carroça e — quando parecem estar prestes — a casa exerce sua atração definitiva.

Camilo sobe as escadas. Não vai consultar o destino: vive o destino inexorável que ignora. Porque o tempo passa, Vilela está com o revólver na mão, e a cartomante empurra Camilo para a morte:

— "Vá, *ragazzo innamorato...*"

De novo no tílburi, "pensando nas horas felizes de outrora", Camilo não imagina que o prazo de Vilela terminara e Rita jazia no canapé. É com "as feições decompostas" que o viúvo assassino abre a porta e escuta a desculpa: "não pude vir mais cedo". No trajeto entre a entrada e a saleta interior, Vilela não tem tempo de sentir remorsos. Vê que sua salvação consistia em manter e reforçar a versão do adultério. Felizmente, ainda tem a carta anônima. E dá dois tiros em Camilo.

A oposição de Marco a essa nova teoria não foi muito intensa. Achava ele, essencialmente, que um enredo sobrenatural era inconsistente com a tradição machadiana. Marco Lucchesi tinha com Shakespeare uma ou outra picuinha.

— No Rio antigo, a coisa mais comum era caírem carroças — sentenciou, antes de desligar.

Só que havia mais indícios da presença do fantástico na construção da narrativa. Lembremos que o reencontro dos amigos ocorreu "no princípio de 1869"; e que foi "numa sexta-feira de novembro" desse mesmo ano que Rita narrou a Camilo a entrevista com a cartomante.

Sabemos que, neste ponto, Camilo está há meses sem visitar Vilela ("aparecer depois de tantos meses era confirmar a suspeita ou denúncia"). E vimos que, daí em diante, "correram ainda algumas semanas". Chamo atenção para os vocábulos "semanas" e "meses": Machado não emprega palavras à toa.

É nesse intervalo de semanas que Camilo recebe "mais duas ou três cartas" e as coisas se precipitam até a tragédia final. Ora, ainda que a tal sexta-feira de novembro tivesse sido a última do mês, o contraponto entre os referidos vocábulos "semanas" e "meses" mostra claramente que Machado quer fazer sua história terminar em 1869.

Aliás, por que 1869? Basta consultar um modelo qualquer de calendário perpétuo: 1869 teve uma única sexta-feira 13. Não caiu em novembro, mas em agosto. Quem conhece esses assuntos sabe que as sextas-feiras 13 de agosto, de tão abomináveis, contaminam com desgraças o ano inteiro em que incidem.

Machado quis — com a sutileza que lhe é peculiar — dissimular ou ao menos dificultar a compreensão da verdadeira tese defendida no conto: há mais coisas no céu e na terra do que a filosofia sonha.

Marco estava impressionado. E eu prossegui. Lembrei que Machado aludira ao *Don Giovanni*, de Mozart, ao citar a expressão "*odor di femmina*". Era uma história de sedução, e o sedutor morria no final. Marco alegou que a estrutura fundamental do mito de dom Juan não coincide com a da narrativa de Machado. Concordei.

— O que o Bruxo faz é uma referência explícita para melhor ocultar a implícita — disse eu.

Com efeito, quando Camilo e Rita iniciam a aproximação que os levaria ao amor, não apenas jogavam "as damas e o xadrez", ou "iam juntos a teatros e passeios". Especialmente "liam os mesmos livros".

Marco Lucchesi, grande especialista em Dante, não pôde deixar de recordar Francesca de Rimini e seu primo, que — por terem lido os mesmos livros — se tornaram amantes e morreram pelas mãos do marido enganado.

O Bruxo, assim, associa os destinos de Rita e Camilo aos de Francesca e o primo. Isto não prova apenas a crença machadiana na teoria de Hamlet. Prova que, para Machado, os destinos humanos são fixos e se repetem. Que o tempo, para ele, é essencialmente circular. Ou que há um número finito de destinos possíveis, como os livros da Biblioteca de Babel.

Eu acabava de demonstrar que a idéia central da literatura de Jorge Luís Borges tinha origem em *A cartomante*, de Machado de Assis.

O entusiasmo de Marco Lucchesi teve uma motivação psicológica: aquele excerto da *Divina comédia*, somado à expressão tirada da ópera de Mozart (cujo texto é do italiano Lorenzo da Ponte), davam à Itália duas referências literárias, contra apenas uma citação inglesa.

O diretor da *Enciclopédia* divulgou entre os redatores esses meus impressionantes resultados e determinou que todos — sem exceção — catalogassem e resumissem todas as hipóteses interpretativas constantes dos textos que estivessem investigando. Marco aderira, conscientemente, a uma concepção pluriexegética, ou "aberta", da obra literária, o que incomodava meu espírito simples e objetivo.

— Mussa (me dizia Marco), todo escritor é uma espécie de Chacrinha: vem para confundir e não para explicar.

Não quis criar problemas, mas confesso que fiquei extremamente indignado quando outros redatores começaram a me "confundir", enviando colaborações que misturavam minhas próprias idéias.

Eis, por exemplo, uma dessas pérolas: Vilela sabia de tudo e escrevera as cartas; mas descobre que os encontros continuam; não pretende, no entanto, separar-se de Rita; numa jogada de risco, pressiona a mulher e rabisca o bilhete, com o único intuito de amedrontá-la, imaginando que Camilo não cometerá a imprudência de comparecer; Rita, que até então negava, ao ver o marido despachar a mensagem, teme pela vida do amante e, numa reação destemperada, apanha o revólver de Vilela; ele reage, para se defender; e acaba fazendo Rita disparar contra si mesma; com "as feições decompostas", tem a sorte de ouvir o improvável Camilo bater à porta; e dá dois tiros nele, contando com a compreensão do júri.

Como forma de protesto, passei eu também a enviar colaborações. O sucesso foi estrondoso. Numa delas, por exemplo, provei que *Esaú e Jacó* era uma transposição de mitos ameríndios em que Sol e Lua figuram como gêmeos antagônicos. Noutra, demonstrei que Tchekhov lera *O alienista* no original, antes de escrever *A enfermaria número seis*.

Nessa altura, Marco me revelou que já se acumulavam 256 soluções para o problema *Dom Casmurro* e havia provas cabais de que a Marocas de *Singular ocorrência* condensava a totalidade das personagens femininas de Machado de Assis.

Todavia, ele vinha perdendo o controle da situação, porque as interferências de um redator no trabalho de outro estavam sendo feitas sem critério, quase que por provocação.

Eu mesmo me tornei vítima de uma brincadeira dessas quando recebi, dias depois, uma carta anônima, no seguinte teor:

> *Camilo sabia onde era a casa da cartomante porque ela era muito conhecida e era a única que morava na rua da Guarda Velha. As cartas eram escritas pela pretendente, mas nunca foram enviadas a Vilela. Se ele soube do adultério, é porque foi, como todos iam, consultar a cartomante.*
>
> *uma pretendente*

Mas o tiro saiu pela culatra. Em vez de me irritar, a carta me abriu outra perspectiva: sendo verdadeira a teoria de Hamlet, havendo um destino imponderável e circular, por que não seria a cartomante capaz de prevê-lo?

Esta era uma questão fundamental do texto: considerar a mulher uma simples vigarista, incapaz de ler o destino, mas esperta o suficiente para dizer o que os consulentes queriam ouvir, era ir pelo senso comum; e quem lê Machado não pode adotar essa via.

A análise da personagem tem ao menos um ponto obscuro: Machado a descreve inicialmente com traços negativos — a casa tem "trastes velhos", "paredes sombrias" e "um ar de pobreza". O baralho é de "cartas compridas e enxovalhadas". A própria cartomante tem "dedos finos, de unhas descuradas".

Todavia, mais adiante, afirma que mostrava "duas fileiras de dentes que desmentiam as unhas".

Qual a função literária desta observação positiva e aparentemente inútil? Aonde quer chegar o nosso Bruxo?

Objetivamente, a cartomante acertara, na consulta de Rita. E a resposta coincidiu casualmente com o que a moça queria ter ouvido. Camilo também ouviu o que gostaria de ouvir; mas não havia provas de que a cartomante mentira para ele.

Marco considerou essa suspeita temerária. Para mim, as coisas eram claras. A cartomante não predizia o futuro: desvendava a consciência das pessoas no momento da consulta. Ou seja, *lia* o presente.

Tinha sido assim com Rita: ela apenas ratificou a sinceridade do sentimento do amante, estritamente de acordo com o objeto da indagação da moça.

Na vez de Camilo, a dúvida concreta era se Vilela sabia ou não do adultério. A cartomante responde que "ele, o terceiro, ignorava tudo". E que "ferviam invejas e despeitos" — numa alusão à pretendente anônima.

Afirmações tais como "que não tivesse medo de nada", "nada aconteceria nem a um nem a outro" concerniam ao futuro — domínio onde ela não penetrava — e devem ser debitadas à conta das conclusões pessoais dela, cartomante, pessoa humana e falível, de dentes limpos e unhas sujas. Nunca às cartas.

Aliás, ela fora bastante clara ao advertir que "era indispensável muita cautela", conselho relativo ao tempo presente, que Camilo não seguiu.

Lucchesi me fez uma única pergunta:

— Nessa hipótese, caro Mussa, como explicar que "ele, o terceiro, ignorava tudo", se Vilela mata Camilo?

Camilo e Rita são amantes. Ela é casada. Ele é solteiro. E mantém um envolvimento frívolo com outra mulher. É esta quem escreve as cartas anônimas, fervendo de inveja e despeito. Todavia, tem que ser discreta, porque, como Rita, também é casada. Por isso, Rita não consegue suspeitar de ninguém. Vêm mais cartas, vem o bilhete de Vilela. Camilo consulta a cartomante. São duas amantes, são dois terceiros. As cartas se embaralham. A cartomante, que tem unhas sujas e dentes limpos, também. E, a um só tempo, diz que "ele, o terceiro, ignorava tudo", referindo-se ao marido da anônima; e que "era indispensável muita cautela" — em relação ao de Rita. Não mentiu: Camilo é que escutou apenas o que parecia lhe convir.

Ou melhor:

Camilo e Rita são amantes. Mas Camilo tem outro namoro. Esta mulher, que fervia de inveja e despeito, é quem escreve as cartas. Vilela, entretanto, parece ignorar. Está triste com o amigo, que deixara de visitá-los, por uma simples "paixão frívola de rapaz". Chegam mais cartas anônimas. Coincidentemente, Vilela se torna sombrio. Rita cogita a possibilidade de "algum negócio particular" e pede a Camilo que vá sondar o marido. Camilo não aceita a sugestão. É quando Vilela resolve pedir socorro ao amigo. Apesar de não vê-lo há meses, era uma amizade de infância. Escreve, então, ao ingrato que o abandonara. Os amantes pensam o pior. Mesmo assim, Camilo decide ir ao encontro de Vilela. Mas se atrasa, por causa da carroça. Enquanto isso, Rita está em casa, desesperada. O marido anda de um lado para o outro. Não fala com ela. Era um assunto só de homens. Vilela parece sofrer uma angústia gravíssima. Neste momento, na rua da Guarda Velha, Camilo escuta a cartomante dizer a verdade: "ele, o terceiro, ignorava tudo", embora fosse "indispensável muita cautela". Dá dez mil-réis a ela e segue para Botafogo. Neste ponto, Vilela, ainda sem saber de nada, apanha o revólver. Tem apenas o "negócio particular" na cabeça e conta com o apoio de Camilo. Mas Rita, que era "formosa e tonta", não resiste à visão fria da arma. De joelhos, roga perdão para ambos. Ele não compreende, no início. Mas logo se dá conta de que Camilo é antes mais um problema, não uma solução. Pouco tempo depois, é ele, o problema, quem leva dois tiros.

Eu dava já por terminada *A cartomante* e estudava os outros contos das *Várias histórias*, quando recebi mais um chamado de Marco Lucchesi.

— Mussa, meu guerreiro, Nelson Rodrigues germinava em Machado. Procure provas.

Ora, eu de fato tinha acabado de ler *A causa secreta*. É uma narrativa excêntrica, no conjunto machadiano, porque explora uma espécie incomum de perversão: o protagonista tem prazer em observar a dor alheia, seja física ou moral. E mesmo quando suspeita que seu amigo e sócio possa ter tido um caso com sua mulher — coisa que lhe ocorre no velório dela — fica em êxtase ao ver o amante infeliz chorar convulsivamente ao lado do cadáver.

Ia anunciar a Marco essa minha descoberta quando um detalhe me fez lembrar da *cartomante*. Vilela e Camilo eram amigos; o primeiro apresenta a mulher ao segundo e o introduz em casa, dando início à tragédia. Na *causa secreta*, a situação inicial é a mesma: o tarado também introduz o sócio em casa.

Os finais, no entanto, têm ligeira diferença: num, Vilela mata Rita e Camilo; noutro, a mulher do tarado morre tísica. É possível afirmar que, na *causa secreta*, a morte da mulher tenha a função de hiperbolizar o prazer sádico do marido, que assiste deslumbrado à dor patética do sócio.

Conhecendo Machado como eu passara a conhecer, seria o caso de indagar qual a função literária das mortes de Camilo e Rita, qual idéia textual o gesto de Vilela hiperboliza. Para tanto, é necessário analisar a personagem de Vilela, contraparte do tarado de *A causa secreta*.

Vilela fora magistrado numa província do Império, onde conhecera Rita e se casara. Deixa depois o cargo para abrir banca de advogado, no Rio de Janeiro, onde não era conhecido profissionalmente. A manobra pode ser atribuída a questões de ordem prática, mas também denuncia uma atitude de autodegradação.

Enquanto estava na província, escrevia a Camilo enaltecendo Rita; e o mencionava nas conversas com a mulher ("não imagina como meu marido é seu amigo; falava sempre no senhor"; "confessou de si para si que a mulher do Vilela não desmentia as cartas do marido").

Se pararmos para refletir, surge a pergunta inevitável: que homem é esse que faz para outro a propaganda da própria mulher? Que marido é esse que faz para a mulher a propaganda de um outro homem? É sem dúvida uma atitude transviada.

Quando Camilo passa a freqüentar o casal, Vilela permite coisas ainda mais assombrosas, difíceis de se admitir numa sociedade como a do Rio de Janeiro de 1869: a mulher e o amigo "jogavam às noites" e — cúmulo do absurdo — "iam juntos a teatros e passeios".

Vilela é, portanto, uma espécie inversa do protagonista de *A causa secreta*. Queria ser corno, gostava de ser corno. Pretendia ser reconhecido como corno pelas ruas da cidade: "Lá vai ele, o corno do Vilela!"

Nessa óptica, a questão das cartas anônimas perde toda a importância: Vilela devia receber uma resma delas; e é fácil imaginar como aqueles xingamentos o deliciavam.

Teria ele descoberto a casa dos encontros na antiga rua dos Barbonos? Claro, lá morava uma comprovinciana de Rita, é provável que tenha travado relações com ela no tempo da magistratura. Devia pedir que ela contasse sutilezas e pequenas perversões do casal.

Teria ele ido à cartomante? Evidente, todos iam à cartomante. E ela, que lia o presente, deve ter exclamado: "O senhor é um grande corno!"

Inenarrável, a emoção de Vilela ao beber aquelas palavras. Sua condição de corno estava inscrita nos domínios do destino, não era apenas conhecida no Rio de Janeiro, tinha um alcance universal, eterno e infinito.

Quando Vilela percebeu que Camilo se afastava, intuiu que havia anônimos agindo no outro lado. Isso o abateu. Mas Rita, "formosa e tonta", só nota que o marido "começou a mostrar-se sombrio" quando chegam "mais duas ou três cartas", fazendo uma associação equivocada entre os dois fatos.

Aqui há um momento crucial: Camilo e Rita, na antiga rua dos Barbonos, decidem suspender por um tempo os encontros na casa da comprovinciana. A mulher soube do plano, era uma decisão que tinha de lhe ser comunicada. E adverte o corno do Vilela.

O mundo de Vilela vem abaixo. O risco do rompimento final passava a ser enorme. Havia cartas anônimas indo para o outro lado. Só podiam ser de alguma pretendente de Camilo, já que "só o interesse é ativo e pródigo". Pensa em ser franco com eles, mas percebe que — se soubessem do seu consentimento — iriam execrá-lo. Além do que o prazer do chifre já não seria o mesmo.

Decide, assim, tomar a atitude mais radical, que o imortalizasse como corno. É quando compra o revólver e escreve o bilhete. Antegoza a degradação da cadeia. E, antes do primeiro tiro, imagina que dirão, no futuro:

— Aquele é o corno do Vilela. Pegou a mulher no canapé, com o melhor amigo.

Marco Lucchesi não chegou a conhecer essa última leitura, que considero definitiva. Obcecado pelo conceito de obra aberta, elevou a tal ponto o orçamento da Enciclopédia *que os patrocinadores desistiram do projeto. Não quero culpá-lo por isso.*

Luiz Antônio Aguiar, que pensou em publicar estas memórias, foi quem me apontou uma suposta inconsistência: se a cartomante lia o presente, por que não advertira Camilo de maneira explícita, revelando as intenções homicidas de Vilela?

Não tive ânimo de responder: a cartomante lia tanto o presente, quanto o futuro, como é da essência das cartomantes. A de Machado não poderia ser diferente das outras, senão pelos dentes limpos e pelas unhas sujas: sabendo que o destino é imutável, se dissesse a Camilo que ele iria morrer, talvez não recebesse os dez mil-réis.

A cartomante

Machado de Assis

Hamlet observa a Horácio que há mais cousas no céu e na terra do que sonha a nossa filosofia. Era a mesma explicação que dava a bela Rita ao moço Camilo, numa sexta-feira de novembro de 1869, quando este ria dela, por ter ido na véspera consultar uma cartomante; a diferença é que o fazia por outras palavras.

— Ria, ria. Os homens são assim; não acreditam em nada. Pois saiba que fui, e que ela adivinhou o motivo da consulta, antes mesmo que eu lhe dissesse o que era. Apenas começou a botar as cartas, disse-me: "A senhora gosta de uma pessoa...". Confessei que sim, e então ela continuou a botar as cartas, combinou-as, e no fim declarou-me que eu tinha medo de que você me esquecesse, mas que não era verdade...

— Errou! Interrompeu Camilo, rindo.

— Não diga isso, Camilo. Se você soubesse como eu tenho andado, por sua causa. Você sabe; já lhe disse. Não ria de mim, não ria...

Camilo pegou-lhe nas mãos, e olhou para ela sério e fixo. Jurou que lhe queria muito, que os seus sustos pareciam de criança; em todo o caso, quando tivesse algum receio, a melhor cartomante era ele mesmo. Depois, repreendeu-a; disse-lhe que era imprudente andar por essas casas. Vilela podia sabê-lo, e depois...

— Qual saber! tive muita cautela, ao entrar na casa.

— Onde é a casa?

— Aqui perto, na rua da Guarda Velha; não passava ninguém nessa ocasião. Descansa; eu não sou maluca.

Camilo riu outra vez:

— Tu crês deveras nessas cousas? perguntou-lhe.

Foi então que ela, sem saber que traduzia Hamlet em vulgar, disse-lhe que havia muita cousa misteriosa e verdadeira neste mundo. Se ele não acreditava, paciência; mas o certo é que a cartomante adivinhara tudo. Que mais? A prova é que ela agora estava tranqüila e satisfeita.

Cuido que ele ia falar, mas reprimiu-se. Não queria arrancar-lhe as ilusões. Também ele, em criança, e ainda depois, foi supersticioso, teve um arsenal inteiro de crendices, que a mãe lhe incutiu e que aos vinte anos desapareceram. No dia em que deixou cair toda essa vegetação parasita, e ficou só o tronco da religião, ele, como tivesse recebido da mãe ambos os ensinos, envolveu-os na mesma dúvida, e logo depois em uma só negação total. Camilo não acreditava em nada. Por quê? Não poderia dizê-lo, não possuía um só argumento; limitava-se a negar tudo. E digo mal, porque negar é ainda afirmar, e ele não formulava a incredulidade; diante do mistério, contentou-se em levantar os ombros, e foi andando.

Separaram-se contentes, ele ainda mais que ela. Rita estava certa de ser amada; Camilo, não só o estava, mas via-a estremecer e arriscar-se por ele, correr às cartomantes, e, por mais que a repreendesse, não podia deixar de sentir-se lisonjeado. A casa do encontro era na antiga rua dos Barbonos, onde morava uma comprovinciana de Rita. Esta desceu pela rua das Mangueiras, na direção de Botafogo, onde residia; Camilo desceu pela da Guarda Velha, olhando de passagem para a casa da cartomante.

Vilela, Camilo e Rita, três nomes, uma aventura, e nenhuma explicação das origens. Vamos a ela. Os dous primeiros eram amigos de infância. Vilela seguiu a carreira de magistrado. Camilo entrou no funcionalismo, contra a vontade do pai, que queria vê-lo médico; mas o pai morreu, e Camilo preferiu não ser nada, até que a mãe lhe arranjou um emprego público. No princípio de 1869, voltou Vilela da província, onde casara com uma dama formosa e tonta; abandonou a magistratura e veio abrir banca de advogado. Camilo arranjou-lhe casa para os lados de Botafogo, e foi a bordo recebê-lo.

— É o senhor? exclamou Rita, estendendo-lhe a mão. Não imagina como meu marido é seu amigo; falava sempre do senhor.

Camilo e Vilela olharam-se com ternura. Eram amigos deveras. Depois, Camilo confessou de si para si que a mulher do Vilela não desmentia as cartas do marido. Realmente, era graciosa e viva nos gestos, olhos cálidos, boca fina e interrogativa. Era um pouco mais velha que ambos: contava trinta anos, Vilela vinte e nove e Camilo vinte e seis. Entretanto, o porte grave de Vilela fazia-o parecer mais velho que a mulher, enquanto Camilo era um ingênuo na vida moral e prática. Faltava-lhe tanto a ação do tempo, como os óculos de cristal, que a natureza põe no berço de alguns para adiantar os anos. Nem experiência, nem intuição.

Uniram-se os três. Convivência trouxe intimidade. Pouco depois morreu a mãe de Camilo, e nesse desastre, que o foi, os dous mostraram-se grandes amigos dele. Vilela cuidou do enterro, dos sufrágios e do inventário; Rita tratou especialmente do coração, e ninguém o faria melhor.

Como daí chegaram ao amor, não o soube ele nunca. A verdade é que gostava de passar as horas ao lado dela; era a sua enfermeira moral, quase uma irmã, mas principalmente era mulher e bonita. *Odor di femmina*: eis o que ele aspirava nela, e em volta dela, para incorporá-lo em si próprio. Liam os mesmos livros, iam juntos a teatros e passeios. Camilo ensinou-lhe as damas e o xadrez e jogavam às noites; — ela mal, — ele, para lhe ser agradável, pouco menos mal. Até aí as cousas. Agora a ação da pessoa, os olhos teimosos de Rita, que procuravam muita vez os dele, que os consultavam antes de o fazer ao marido, as mãos frias, as atitudes insólitas. Um dia, fazendo ele anos, recebeu de Vilela uma rica bengala de presente, e de Rita apenas um cartão com um vulgar cumprimento a lápis, e foi então que ele pôde ler no próprio coração; não conseguia arrancar os olhos do bilhetinho. Palavras vulgares; mas há vulgaridades sublimes, ou, pelo menos, deleitosas. A velha caleça de praça, em que pela primeira vez passeaste com a mulher amada, fechadinhos ambos, vale o carro de Apolo. Assim é o homem, assim são as cousas que o cercam.

Camilo quis sinceramente fugir, mas já não pôde. Rita, como uma serpente, foi-se acercando dele, envolveu-o todo, fez-lhe estalar os ossos num espasmo, e pingou-lhe o veneno na boca. Ele ficou atordoado e subjugado. Vexame, sustos, remorsos, desejos, tudo sentiu de mistura; mas a batalha foi curta e a vitória delirante. Adeus, escrúpulos! Não tardou que o sapato se acomodasse ao pé, e aí foram ambos, estrada fora, braços dados, pisando folgadamente por cima de ervas e pedregulhos, sem padecer nada mais que algumas saudades, quando estavam ausentes um do outro. A confiança e estima de Vilela continuavam a ser as mesmas.

Um dia, porém, recebeu Camilo uma carta anônima, que lhe chamava imoral e pérfido, e dizia que a aventura era sabida de todos. Camilo teve medo, e, para desviar as suspeitas, começou a rarear as visitas à casa de Vilela. Este notou-lhe as ausências. Camilo respondeu que o motivo era uma paixão frívola de rapaz. Candura gerou astúcia. As ausências prolongaram-se, e as visitas cessaram inteiramente. Pode ser que entrasse também nisso um pouco de amor-próprio, uma intenção de diminuir os obséquios do marido, para tornar menos dura a aleivosia do ato.

Foi por esse tempo que Rita, desconfiada e medrosa, correu à cartomante para consultá-la sobre a verdadeira causa do procedimento de Camilo. Vimos que a cartomante restituiu-lhe a confiança, e que o rapaz repreendeu-a por ter feito o que fez. Correram ainda algumas semanas. Camilo recebeu mais duas ou três cartas anônimas, tão apaixonadas, que não podiam ser advertência da virtude, mas despeito de algum pretendente; tal foi a opinião de Rita, que, por outras palavras mal compostas, formulou este pensamento: — a virtude é preguiçosa e avara, não gasta tempo nem papel; só o interesse é ativo e pródigo.

Nem por isso Camilo ficou mais sossegado; temia que o anônimo fosse ter com Vilela, e a catástrofe viria então sem remédio. Rita concordou que era possível.

— Bem, disse ela; eu levo os sobrescritos para comparar a letra com a das cartas que lá aparecerem; se alguma for igual, guardo-a e rasgo-a...

Nenhuma apareceu; mas daí a algum tempo Vilela começou a mostrar-se sombrio, falando pouco, como desconfiado. Rita deu-se pressa em dizê-lo ao outro, e sobre isso deliberaram. A opinião dela é que Camilo devia tornar à casa deles, tatear o marido, e pode ser até que lhe ouvisse a confidência de algum negócio particular. Camilo divergia; aparecer depois de tantos meses era confirmar a suspeita ou denúncia. Mais valia acautelarem-se, sacrificando-se por algumas semanas. Combinaram os meios de se corresponderem, em caso de necessidade, e separaram-se com lágrimas.

No dia seguinte, estando na repartição, recebeu Camilo este bilhete de Vilela: "Vem já, já, à nossa casa; preciso falar-te sem demora". Era mais de meio-dia. Camilo saiu logo; na rua, advertiu que teria sido mais natural chamá-lo ao escritório; por que em casa? Tudo indicava matéria especial, e a letra, fosse realidade ou ilusão, afigurou-se-lhe trêmula. Ele combinou todas essas cousas com a notícia da véspera.

— Vem já, já, à nossa casa; preciso falar-te sem demora, — repetia ele com os olhos no papel.

Imaginariamente, viu a ponta da orelha de um drama, Rita subjugada e lacrimosa, Vilela indignado, pegando na pena e escrevendo o bilhete, certo de que ele acudiria, e esperando-o para matá-lo. Camilo estremeceu, tinha medo: depois sorriu amarelo, e em todo caso repugnava-lhe a idéia de recuar, e foi andando. De caminho, lembrou-se de ir a casa; podia achar algum recado de Rita, que lhe explicasse tudo. Não achou nada, nem ninguém. Voltou à rua, e a idéia de estarem descobertos parecia-lhe cada vez mais verossímil; era natural uma denúncia anônima, até da própria pessoa que o ameaçara antes; podia ser que Vilela conhecesse agora tudo. A mesma suspensão das suas visitas, sem motivo aparente, apenas com um pretexto fútil, viria confirmar o resto.

Camilo ia andando inquieto e nervoso. Não relia o bilhete, mas as palavras estavam decoradas, diante dos olhos, fixas; ou então, — o que era ainda pior, — eram-lhe murmuradas ao ouvido, com a própria voz de Vilela. "Vem já, já à nossa casa; preciso falar-te sem demora." Ditas assim, pela voz do outro, tinham um tom de mistério e ameaça. Vem, já, já, para quê? Era perto de uma hora da tarde. A comoção crescia de minuto a minuto. Tanto imaginou o que se iria passar, que chegou a crê-lo e vê-lo. Positivamente, tinha medo. Entrou a cogitar em ir armado, considerando que, se nada houvesse, nada perdia, e a precaução era útil. Logo depois rejeitava a idéia, vexado de si mesmo, e seguia, picando o passo, na direção do largo da Carioca, para entrar num tílburi. Chegou, entrou e mandou seguir a trote largo.

— Quanto antes, melhor, pensou ele; não posso estar assim...

Mas o mesmo trote do cavalo veio agravar-lhe a comoção. O tempo voava, e ele não tardaria a entestar com o perigo. Quase no fim da rua da Guarda Velha, o tílburi teve de parar; a rua estava atravancada com uma carroça, que caíra. Camilo, em si mesmo, estimou o obstáculo, e esperou. No fim de cinco minutos, reparou que ao lado, à esquerda, ao pé do tílburi, ficava a casa da cartomante, a quem Rita consultara uma vez, e nunca ele desejou tanto crer na lição das cartas. Olhou, viu as janelas fechadas, quando todas as outras estavam abertas e pejadas de curiosos do incidente da rua. Dir-se-ia a morada do indiferente Destino.

Camilo reclinou-se no tílburi, para não ver nada. A agitação dele era grande, extraordinária, e do fundo das camadas morais emergiam alguns fantasmas de outro tempo, as velhas crenças, as superstições antigas. O cocheiro propôs-lhe voltar a primeira travessa, e ir por outro caminho; ele respondeu que não, que esperasse. E inclinava-se para fitar a casa... Depois fez um gesto incrédulo: era a idéia de ouvir a cartomante, que lhe passava ao longe, muito longe, com vastas asas cinzentas; desapareceu, reapareceu, e tornou a esvair-se no cérebro; mas daí a pouco moveu outra vez as asas, mais perto, fazendo uns giros concêntricos... Na rua, gritavam os homens, safando a carroça:

— Anda! agora! empurra! vá! vá!

Daí a pouco estaria removido o obstáculo. Camilo fechava os olhos, pensava em outras cousas; mas a voz do marido sussurrava-lhe às orelhas as palavras da carta: "Vem já, já...". E ele via as contorções do drama e tremia. A casa olhava para ele. As pernas queriam descer e entrar... Camilo achou-se diante de um longo véu opaco... pensou rapidamente no inexplicável de tantas cousas. A voz da mãe repetia-lhe uma porção de casos extraordinários; e a mesma frase do príncipe de Dinamarca reboava-lhe dentro: "Há mais cousas no céu e na terra do que sonha a filosofia...". Que perdia ele, se...?

Deu por si na calçada, ao pé da porta; disse ao cocheiro que esperasse, e rápido enfiou pelo corredor, e subiu a escada. A luz era pouca, os degraus comidos dos pés, o corrimão pegajoso; mas ele não viu nem sentiu nada. Trepou e bateu. Não aparecendo ninguém, teve idéia de descer; mas era tarde, a curiosidade fustigava-lhe o sangue, as fontes latejavam-lhe; ele tornou a bater uma, duas, três pancadas. Veio uma mulher; era a cartomante. Camilo disse que ia consultá-la, ela fê-lo entrar. Dali subiram ao sótão, por uma escada ainda pior que a primeira e mais escura. Em cima, havia uma salinha, mal alumiada por uma janela, que dava para o telhado dos fundos. Velhos trastes, paredes sombrias, um ar de pobreza, que antes aumentava do que destruía o prestígio.

A cartomante fê-lo sentar diante da mesa, e sentou-se do lado oposto, com as costas para a janela, de maneira que a pouca luz de fora batia em cheio no rosto de Camilo. Abriu uma gaveta e tirou um baralho de cartas compridas e enxovalhadas. Enquanto as baralhava, rapidamente, olhava para ele, não de rosto, mas por baixo dos olhos. Era uma mulher de quarenta anos, italiana, morena e magra, com grandes olhos sonsos e agudos. Voltou três cartas sobre a mesa, e disse-lhe:

— Vejamos primeiro o que é que o traz aqui. O senhor tem um grande susto...

Camilo, maravilhado, fez um gesto afirmativo.

— E quer saber, continuou ela, se lhe acontecerá alguma cousa ou não...

— A mim e a ela, explicou vivamente ele.

A cartomante não sorriu; disse-lhe só que esperasse. Rápido pegou outra vez as cartas e baralhou-as, com os longos dedos finos, de unhas descuradas; baralhou-as bem, transpôs os maços, uma, duas, três vezes; depois começou a estendê-las. Camilo tinha os olhos nela, curioso e ansioso.

— As cartas dizem-me...

Camilo inclinou-se para beber uma a uma as palavras. Então ela declarou-lhe que não tivesse medo de nada. Nada aconteceria nem a um nem a outro; ele, o terceiro, ignorava tudo. Não obstante, era indispensável muita cautela; ferviam invejas e despeitos. Falou-lhe do amor que os ligava, da beleza de Rita... Camilo estava deslumbrado. A cartomante acabou, recolheu as cartas e fechou-as na gaveta.

— A senhora restituiu-me a paz ao espírito, disse ele estendendo a mão por cima da mesa e apertando a da cartomante.

Esta levantou-se, rindo.

— Vá, disse ela; vá, *ragazzo innamorato*...

E de pé, com o dedo indicador, tocou-lhe na testa. Camilo estremeceu, como se fosse a mão da própria sibila, e levantou-se também. A cartomante foi à cômoda, sobre a qual estava um prato com passas, tirou um cacho destas, começou a despencá-las e comê-las, mostrando duas fileiras de dentes que desmentiam as unhas. Nessa mesma ação comum, a mulher tinha um ar particular. Camilo, ansioso por sair, não sabia como pagasse; ignorava o preço.

— Passas custam dinheiro, disse ele afinal, tirando a carteira. Quantas quer mandar buscar?

— Pergunte ao seu coração, respondeu ela.

Camilo tirou uma nota de dez mil-réis, e deu-lha. Os olhos da cartomante fuzilaram. O preço usual era dous mil-réis.

— Vejo bem que o senhor gosta muito dela... E faz bem; ela gosta muito do senhor. Vá, vá tranqüilo. Olhe a escada, é escura; ponha o chapéu...

A cartomante tinha já guardado a nota na algibeira, e descia com ele, falando, com um leve sotaque. Camilo despediu-se dela embaixo, e desceu a escada que levava à rua, enquanto a cartomante, alegre com a paga, tornava acima, cantarolando uma barcarola. Camilo achou o tílburi esperando; a rua estava livre. Entrou e seguiu a trote largo.

Tudo lhe parecia agora melhor, as outras cousas traziam outro aspecto, o céu estava límpido e as caras joviais. Chegou a rir dos seus receios, que chamou pueris; recordou os termos da carta de Vilela e reconheceu que eram íntimos e familiares. Onde é que ele lhe descobrira a ameaça? Advertiu também que eram urgentes, e que fizera mal em demorar-se tanto; podia ser algum negócio grave e gravíssimo.

— Vamos, vamos depressa, repetia ele ao cocheiro.

E consigo, para explicar a demora ao amigo, engenhou qualquer cousa; parece que formou também o plano de aproveitar o incidente para tornar à antiga assiduidade... De volta com os planos, reboavam-lhe na alma as palavras da cartomante. Em verdade, ela adivinhara o objeto da consulta, o estado dele, a existência de um terceiro; por que não adivinharia o resto? O presente que se ignora vale o futuro. Era assim, lentas e contínuas, que as velhas crenças do rapaz iam tornando ao de cima, e o mistério empolgava-o com as unhas de ferro. Às vezes queria rir, e ria de si mesmo, algo vexado; mas a mulher, as cartas, as palavras secas e afirmativas, a exortação: — Vá, vá, *ragazzo innamorato*; e no fim, ao longe, a barcarola da despedida, lenta e graciosa, tais eram os elementos recentes, que formavam, com os antigos, uma fé nova e vivaz.

A verdade é que o coração ia alegre e impaciente, pensando nas horas felizes de outrora e nas que haviam de vir. Ao passar pela Glória, Camilo olhou para o mar, estendeu os olhos para fora, até onde a água e o céu dão um abraço infinito, e teve assim uma sensação do futuro, longo, longo, interminável.

Daí a pouco chegou à casa de Vilela. Apeou-se, empurrou a porta de ferro do jardim e entrou. A casa estava silenciosa. Subiu os seis degraus de pedra, e mal teve tempo de bater, a porta abriu-se, e apareceu-lhe Vilela.

— Desculpa, não pude vir mais cedo; que há?

Vilela não lhe respondeu; tinha as feições decompostas; fez-lhe sinal, e foram para uma saleta interior. Entrando, Camilo não pôde sufocar um grito de terror: — ao fundo, sobre o canapé, estava Rita morta e ensangüentada. Vilela pegou-o pela gola, e, com dous tiros de revólver, estirou-o morto no chão.

A causa secreta

Machado de Assis

Garcia, em pé, mirava e estalava as unhas; Fortunato, na cadeira de balanço, olhava para o teto; Maria Luísa, perto da janela, concluía um trabalho de agulha. Havia já cinco minutos que nenhum deles dizia nada. Tinham falado do dia, que estivera excelente, — de Catumbi, onde morava o casal Fortunato, e de uma casa de saúde, que adiante se explicará. Como os três personagens aqui presentes estão agora mortos e enterrados, tempo é de contar a história sem rebuço.

Tinham falado também de outra cousa, além daquelas três, cousa tão feia e grave, que não lhes deixou muito gosto para tratar do dia, do bairro e da casa de saúde. Toda a conversação a este respeito foi constrangida. Agora mesmo, os dedos de Maria Luísa parecem ainda trêmulos, ao passo que há no rosto de Garcia uma expressão de severidade, que lhe não é habitual. Em verdade, o que se passou foi de tal natureza, que para fazê-lo entender é preciso remontar à origem da situação.

Garcia tinha-se formado em medicina, no ano anterior, 1861. No de 1860, estando ainda na Escola, encontrou-se com Fortunato, pela primeira vez, à porta da Santa Casa; entrava, quando o outro saía. Fez-lhe impressão a figura; mas, ainda assim, tê-la-ia esquecido, se não fosse o segundo encontro, poucos dias depois. Morava na rua de D. Manuel. Uma de suas raras distrações era ir ao teatro de S. Januário, que ficava perto, entre essa rua e a praia; ia uma ou duas vezes por mês, e nunca achava acima de quarenta pessoas. Só os mais intrépidos ousavam estender os passos até aquele recanto da cidade. Uma noite, estando nas cadeiras, apareceu ali Fortunato, e sentou-se ao pé dele.

A peça era um dramalhão, cosido a facadas, ouriçado de imprecações e remorsos; mas Fortunato ouvia-a com singular interesse. Nos lances dolorosos, a atenção dele redobrava, os olhos iam avidamente de um personagem a outro, a tal ponto que o estudante suspeitou haver na peça reminiscências pessoais do vizinho. No fim do drama, veio uma farsa; mas Fortunato não esperou por ela e saiu; Garcia saiu atrás dele. Fortunato foi pelo beco do Cotovelo, rua de S. José, até o largo da Carioca. Ia devagar, cabisbaixo, parando às vezes, para dar uma bengalada em algum cão que dormia; o cão ficava ganindo e ele ia andando. No largo da Carioca entrou num tílburi, e seguiu para os lados da praça da Constituição. Garcia voltou para casa sem saber mais nada.

Decorreram algumas semanas. Uma noite, eram nove horas, estava em casa, quando ouviu rumor de vozes na escada; desceu logo do sótão, onde morava, ao primeiro andar, onde vivia um empregado do arsenal de guerra. Era este, que alguns homens conduziam, escada acima, ensangüentado. O preto que o servia, acudiu a abrir a porta; o homem gemia, as vozes eram confusas, a luz pouca. Deposto o ferido na cama, Garcia disse que era preciso chamar um médico.

— Já aí vem um, acudiu alguém.

Garcia olhou: era o próprio homem da Santa Casa e do teatro. Imaginou que seria parente ou amigo do ferido; mas, rejeitou a suposição, desde que lhe ouvira perguntar se este tinha família ou pessoa próxima. Disse-lhe o preto que não, e ele assumiu a direção do serviço, pediu às pessoas estranhas que se retirassem, pagou aos carregadores, e deu as primeiras ordens. Sabendo que o Garcia era vizinho e estudante de medicina, pediu-lhe que ficasse para ajudar o médico. Em seguida contou o que se passara.

— Foi uma malta de capoeiras. Eu vinha do quartel de Moura, onde fui visitar um primo, quando ouvi um barulho muito grande, e logo depois um ajuntamento. Parece que eles feriram também a um sujeito que passava, e que entrou por um daqueles becos; mas eu só vi a este senhor, que atravessava a rua no momento em que um dos capoeiras, roçando por ele, meteu-lhe o punhal. Não caiu logo; disse onde morava, e, como era a dous passos, achei melhor trazê-lo.

— Conhecia-o antes? perguntou Garcia.

— Não, nunca o vi. Quem é?

— É um bom homem, empregado no arsenal de guerra. Chama-se Gouveia.

— Não sei quem é.

Médico e subdelegado vieram daí a pouco; fez-se o curativo, e tomaram-se as informações. O desconhecido declarou chamar-se Fortunato Gomes da Silveira, ser capitalista, solteiro, morador em Catumbi. A ferida foi reconhecida grave. Durante o curativo, ajudado pelo estudante, Fortunato serviu de criado, segurando a bacia, a vela, os panos, sem perturbar nada, olhando friamente para o ferido, que gemia muito. No fim, entendeu-se particularmente com o médico, acompanhou-o até o patamar da escada, e reiterou ao subdelegado a declaração de estar pronto a auxiliar as pesquisas da polícia. Os dous saíram, ele e o estudante ficaram no quarto.

Garcia estava atônito. Olhou para ele, viu-o sentar-se tranqüilamente, estirar as pernas, meter as mãos nas algibeiras das calças, e fitar os olhos no ferido. Os olhos eram claros, cor de chumbo, moviam-se devagar, e tinham a expressão dura, seca e fria. Cara magra e pálida; uma tira estreita de barba, por baixo do queixo, e de uma têmpora a outra, curta, ruiva e rara. Teria quarenta anos. De quando em quando, voltava-se para o estudante, e perguntava alguma cousa acerca do ferido; mas tornava logo a olhar para ele, enquanto o rapaz lhe dava a resposta. A sensação que o estudante recebia era de repulsa ao mesmo tempo que de curiosidade; não podia negar que estava assistindo a um ato de rara dedicação, e se era desinteressado como parecia, não havia mais que aceitar o coração humano como um poço de mistérios.

Fortunato saiu pouco antes de uma hora; voltou nos dias seguintes, mas a cura fez-se depressa, e, antes de concluída, desapareceu sem dizer ao obsequiado onde morava. Foi o estudante que lhe deu as indicações do nome, rua e número.

— Vou agradecer-lhe a esmola que me fez, logo que possa sair, disse o convalescente.

Correu a Catumbi daí a seis dias. Fortunato recebeu-o constrangido, ouviu impaciente as palavras de agradecimento, deu-lhe uma resposta enfastiada e acabou batendo com as borlas do chambre no joelho. Gouveia, defronte dele, sentado e calado, alisava o chapéu com os dedos, levantando os olhos de quando em quando, sem achar mais nada que dizer. No fim de dez minutos, pediu licença para sair, e saiu.

— Cuidado com os capoeiras! disse-lhe o dono da casa, rindo-se.

O pobre-diabo saiu de lá mortificado, humilhado, mastigando a custo o desdém, forcejando por esquecê-lo, explicá-lo ou perdoá-lo, para que no coração só ficasse a memória do benefício; mas o esforço era vão. O ressentimento, hóspede novo e exclusivo, entrou e pôs fora o benefício, de tal modo que o desgraçado não teve mais que trepar à cabeça e refugiar-se ali como uma simples idéia. Foi assim que o próprio benfeitor insinuou a este homem o sentimento da ingratidão.

Tudo isso assombrou o Garcia. Este moço possuía, em gérmen, a faculdade de decifrar os homens, de decompor os caracteres, tinha o amor da análise, e sentia o regalo, que dizia ser supremo, de penetrar muitas camadas morais, até apalpar o segredo de um organismo. Picado de curiosidade, lembrou-se de ir ter com o homem de Catumbi, mas advertiu que nem recebera dele o oferecimento formal da casa. Quando menos, era-lhe preciso um pretexto, e não achou nenhum.

Tempos depois, estando já formado, e morando na rua de Matacavalos, perto da do Conde, encontrou Fortunato em uma gôndola, encontrou-o ainda outras vezes, e a freqüência trouxe a familiaridade. Um dia Fortunato convidou-o a ir visitá-lo ali perto, em Catumbi.

— Sabe que estou casado?

— Não sabia.

— Casei-me há quatro meses, podia dizer quatro dias. Vá jantar conosco domingo.

— Domingo?

— Não esteja forjando desculpas; não admito desculpas. Vá domingo.

Garcia foi lá domingo. Fortunato deu-lhe um bom jantar, bons charutos e boa palestra, em companhia da senhora, que era interessante. A figura dele não mudara; os olhos eram as mesmas chapas de estanho, duras e frias; as outras feições não eram mais atraentes que dantes. Os obséquios, porém, se não resgatavam a natureza, davam alguma compensação, e não era pouco. Maria Luísa é que possuía ambos os feitiços, pessoa e modos. Era esbelta, airosa, olhos meigos e submissos; tinha vinte e cinco anos e parecia não passar de dezenove. Garcia, à segunda vez que lá foi, percebeu que entre eles havia alguma dissonância de caracteres, pouca ou nenhuma afinidade moral, e da parte da mulher para com o marido uns modos que transcendiam o respeito e confinavam na resignação e no temor. Um dia, estando os três juntos, perguntou Garcia a Maria Luísa se tivera notícia das circunstâncias em que ele conhecera o marido.

— Não, respondeu a moça.

— Vai ouvir uma ação bonita.

— Não vale a pena, interrompeu Fortunato.

— A senhora vai ver se vale a pena, insistiu o médico.

Contou o caso da rua de D. Manuel. A moça ouviu-o espantada. Insensivelmente estendeu a mão e apertou o pulso ao marido, risonha e agradecida, como se acabasse de descobrir-lhe o coração. Fortunato sacudia os ombros, mas não ouvia com indiferença. No fim contou ele próprio a visita que o ferido lhe fez, com todos os pormenores da figura, dos gestos, das palavras atadas, dos silêncios, em suma, um estúrdio. E ria muito ao contá-la. Não era o riso da dobrez. A dobrez é evasiva e oblíqua; o riso dele era jovial e franco.

— Singular homem! pensou Garcia.

Maria Luísa ficou desconsolada com a zombaria do marido; mas o médico restituiu-lhe a satisfação anterior, voltando a referir a dedicação deste e as suas raras qualidades de enfermeiro; tão bom enfermeiro, concluiu ele, que, se algum dia fundar uma casa de saúde, irei convidá-lo.

— Valeu? perguntou Fortunato.

— Valeu o quê?

— Vamos fundar uma casa de saúde?

— Não valeu nada; estou brincando.

— Podia-se fazer alguma cousa; e para o senhor, que começa a clínica, acho que seria bem bom. Tenho justamente uma casa que vai vagar, e serve.

Garcia recusou nesse e no dia seguinte; mas a idéia tinha-se metido na cabeça ao outro, e não foi possível recuar mais. Na verdade, era uma boa estréia para ele, e podia vir a ser um bom negócio para ambos. Aceitou finalmente, daí a dias, e foi uma desilusão para Maria Luísa. Criatura nervosa e frágil, padecia só com a idéia de que o marido tivesse de viver em contato com enfermidades humanas, mas não ousou opor-se-lhe, e curvou a cabeça. O plano fez-se e cumpriu-se depressa. Verdade é que Fortunato não curou de mais nada, nem então, nem depois. Aberta a casa, foi ele o próprio administrador e chefe de enfermeiros, examinava tudo, ordenava tudo, compras e caldos, drogas e contas.

Garcia pôde então observar que a dedicação ao ferido da rua de D. Manuel não era um caso fortuito, mas assentava na própria natureza deste homem. Via-o servir como nenhum dos fâmulos. Não recuava diante de nada, não conhecia moléstia aflitiva ou repelente, e estava sempre pronto para tudo, a qualquer hora do dia ou da noite. Toda a gente pasmava e aplaudia. Fortunato estudava, acompanhava as operações, e nenhum outro curava os cáusticos. — Tenho muita fé nos cáusticos, dizia ele.

A comunhão dos interesses apertou os laços da intimidade. Garcia tornou-se familiar na casa; ali jantava quase todos os dias, ali observava a pessoa e a vida de Maria Luísa, cuja solidão moral era evidente. E a solidão como que lhe duplicava o encanto. Garcia começou a sentir que alguma cousa o agitava, quando ela aparecia, quando falava, quando trabalhava, calada, ao canto da janela, ou tocava ao piano umas músicas tristes. Manso e manso, entrou-lhe o amor no coração. Quando deu por ele, quis expeli-lo, para que entre ele e Fortunato não houvesse outro laço que o da amizade; mas não pôde. Pôde apenas trancá-lo; Maria Luísa compreendeu ambas as cousas, a afeição e o silêncio, mas não se deu por achada.

No começo de outubro deu-se um incidente que desvendou ainda mais aos olhos do médico a situação da moça. Fortunato metera-se a estudar anatomia e fisiologia, e ocupava-se nas horas vagas em rasgar e envenenar gatos e cães. Como os guinchos dos animais atordoavam os doentes, mudou o laboratório para casa, e a mulher, compleição nervosa, teve de os sofrer. Um dia, porém, não podendo mais, foi ter com o médico e pediu-lhe que, como cousa sua, alcançasse do marido a cessação de tais experiências.

— Mas a senhora mesma...

Maria Luísa acudiu, sorrindo:

— Ele naturalmente achará que sou criança. O que eu queria é que o senhor, como médico, lhe dissesse que isso me faz mal; e creia que faz...

Garcia alcançou prontamente que o outro acabasse com tais estudos. Se os foi fazer em outra parte, ninguém o soube, mas pode ser que sim. Maria Luísa agradeceu ao médico, tanto por ela como pelos animais, que não podia ver padecer. Tossia de quando em quando; Garcia perguntou-lhe se tinha alguma cousa, ela respondeu que nada.

— Deixe ver o pulso.

— Não tenho nada.

Não deu o pulso, e retirou-se. Garcia ficou apreensivo. Cuidava, ao contrário, que ela podia ter alguma cousa, que era preciso observá-la e avisar o marido em tempo.

Dous dias depois, — exatamente o dia em que os vemos agora, — Garcia foi lá jantar. Na sala disseram-lhe que Fortunato estava no gabinete, e ele caminhou para ali; ia chegando à porta, no momento em que Maria Luísa saía aflita.

— Que é? perguntou-lhe.

— O rato! o rato! exclamou a moça sufocada e afastando-se.

Garcia lembrou-se que, na véspera, ouvira ao Fortunato queixar-se de um rato, que lhe levara um papel importante; mas estava longe de esperar o que viu. Viu Fortunato sentado à mesa, que havia no centro do gabinete, e sobre a qual pusera um prato com espírito de vinho. O líquido flamejava. Entre o polegar e o índice da mão esquerda segurava um barbante, de cuja ponta pendia o rato atado pela cauda. Na direita tinha uma tesoura. No momento em que o Garcia entrou, Fortunato cortava ao rato uma das patas; em seguida desceu o infeliz até à chama, rápido, para não matá-lo, e dispôs-se a fazer o mesmo à terceira, pois já lhe havia cortado a primeira. Garcia estacou horrorizado.

— Mate-o logo! disse-lhe.

— Já vai.

E com um sorriso único, reflexo de alma satisfeita, alguma cousa que traduzia a delícia íntima das sensações supremas, Fortunato cortou a terceira pata ao rato, e fez pela terceira vez o mesmo movimento até a chama. O miserável estorcia-se, guinchando, ensangüentado, chamuscado, e não acabava de morrer. Garcia desviou os olhos, depois voltou-os novamente, e estendeu a mão para impedir que o suplício continuasse, mas não chegou a fazê-lo, porque o diabo do homem impunha medo, com toda aquela serenidade radiosa da fisionomia. Faltava cortar a última pata; Fortunato cortou-a muito devagar, acompanhando a tesoura com os olhos; a pata caiu, e ele ficou olhando para o rato meio cadáver. Ao descê-lo pela quarta vez, até a chama, deu ainda mais rapidez ao gesto, para salvar, se pudesse, alguns farrapos de vida.

Garcia, defronte, conseguia dominar a repugnância do espetáculo para fixar a cara do homem. Nem raiva, nem ódio; tão-somente um vasto prazer, quieto e profundo, como daria a outro a audição de uma bela sonata ou a vista de uma estátua divina, alguma cousa parecida com a pura sensação estética. Pareceu-lhe, e era verdade, que Fortunato havia-o inteiramente esquecido. Isto posto, não estaria fingindo, e devia ser aquilo mesmo. A chama ia morrendo, o rato podia ser que tivesse ainda um resíduo de vida, sombra de sombra; Fortunato aproveitou-o para cortar-lhe o focinho e pela última vez chegar a carne ao fogo. Afinal deixou cair o cadáver no prato, e arredou de si toda essa mistura de chamusco e sangue.

Ao levantar-se deu com o médico e teve um sobressalto. Então, mostrou-se enraivecido contra o animal, que lhe comera o papel; mas a cólera evidentemente era fingida.

— Castiga sem raiva, pensou o médico, pela necessidade de achar uma sensação de prazer, que só a dor alheia lhe pode dar: é o segredo deste homem.

Fortunato encareceu a importância do papel, a perda que lhe trazia, perda de tempo, é certo, mas o tempo agora era-lhe preciosíssimo. Garcia ouvia só, sem dizer nada, nem lhe dar crédito. Relembrava os atos dele, graves e leves, achava a mesma explicação para todos. Era a mesma troca das teclas da sensibilidade, um diletantismo *sui generis*, uma redução de Calígula.

Quando Maria Luísa voltou ao gabinete, daí a pouco, o marido foi ter com ela, rindo, pegou-lhe nas mãos e falou-lhe mansamente:

— Fracalhona!

E voltando-se para o médico:

— Há de crer que quase desmaiou?

Maria Luísa defendeu-se a medo, disse que era nervosa e mulher; depois foi sentar-se à janela com as suas lãs e agulhas, e os dedos ainda trêmulos, tal qual a vimos no começo desta história. Hão de lembrar-se que, depois de terem falado de outras cousas, ficaram calados os três, o marido sentado e olhando para o teto, o médico estalando as unhas. Pouco depois foram jantar; mas o jantar não foi alegre. Maria Luísa cismava e tossia; o médico indagava de si mesmo se ela não estaria exposta a algum excesso na companhia de tal homem. Era apenas possível; mas o amor trocou-lhe a possibilidade em certeza; tremeu por ela e cuidou de os vigiar.

Ela tossia, tossia, e não se passou muito tempo que a moléstia não tirasse a máscara. Era a tísica, velha dama insaciável, que chupa a vida toda, até deixar um bagaço de ossos. Fortunato recebeu a notícia como um golpe; amava deveras a mulher, a seu modo, estava acostumado com ela, custava-lhe perdê-la. Não poupou esforços, médicos, remédios, ares, todos os recursos e todos os paliativos. Mas foi tudo vão. A doença era mortal.

Nos últimos dias, em presença dos tormentos supremos da moça, a índole do marido subjugou qualquer outra afeição. Não a deixou mais; fitou o olho baço e frio naquela decomposição lenta e dolorosa da vida, bebeu uma a uma as aflições da bela criatura, agora magra e transparente, devorada de febre e minada de morte. Egoísmo aspérrimo, faminto de sensações, não lhe perdoou um só minuto de agonia, nem lhos pagou com uma só lágrima, pública ou íntima. Só quando ela expirou, é que ele ficou aturdido. Voltando a si, viu que estava outra vez só.

De noite, indo repousar uma parenta de Maria Luísa, que a ajudara a morrer, ficaram na sala Fortunato e Garcia, velando o cadáver, ambos pensativos; mas o próprio marido estava fatigado, o médico disse-lhe que repousasse um pouco.

— Vá descansar, passe pelo sono uma hora ou duas: eu irei depois.

Fortunato saiu, foi deitar-se no sofá da saleta contígua, e adormeceu logo. Vinte minutos depois acordou, quis dormir outra vez, cochilou alguns minutos, até que se levantou e voltou à sala. Caminhava nas pontas dos pés para não acordar a parenta, que dormia perto. Chegando à porta, estacou assombrado.

Garcia tinha-se chegado ao cadáver, levantara o lenço e contemplara por alguns instantes as feições defuntas. Depois, como se a morte espiritualizasse tudo, inclinou-se e beijou-o na testa. Foi nesse momento que Fortunato chegou à porta. Estacou assombrado; não podia ser o beijo da amizade, podia ser o epílogo de um livro adúltero. Não tinha ciúmes, note-se; a natureza compô-lo de maneira que lhe não deu ciúmes nem inveja, mas dera-lhe vaidade, que não é menos cativa ao ressentimento.

Olhou assombrado, mordendo os beiços.

Entretanto, Garcia inclinou-se ainda para beijar outra vez o cadáver; mas então não pôde mais. O beijo rebentou em soluços, e os olhos não puderam conter as lágrimas, que vieram em borbotões, lágrimas de amor calado, e irremediável desespero. Fortunato, à porta, onde ficara, saboreou tranqüilo essa explosão de dor moral que foi longa, muito longa, deliciosamente longa.

Caminho torto para uma linha reta

Cíntia Moscovich

O caso da vara

Machado de Assis

Caminho torto para uma linha reta

Cíntia Moscovich

Para meu marido, Dorotília era uma verdadeira santa. Por obra dela, quase todas as casas do bairro ainda têm pelo menos um cachorro ou um gato recolhido das ruas. Rosinha, nossa bichana, por exemplo, afofa-se no sofá da sala graças a Dorotília.

Mas ela também falava: era capaz de contar a história do mundo e as fofocas da vizinhança ao mesmo tempo, sem que um vivente tivesse chance de gemer ai. Embora não se queixasse, precisava sempre de alguma ajuda e sempre se desculpava por incomodar. Talvez por isso eu não engolisse Dorotília. Fazia já tempo que eu achava que ela não era mesmo flor que se cheirasse. Meu marido me dizia para parar de bobagens.

Ele mudou de idéia a partir daquela tarde de domingo.

Eu estava na cozinha, quando ouvi:

— Ó de casa!

Ao abrir a porta, vi que Dorotília, parada em frente às grades do portão, trazia nos braços um cachorrinho. Apesar de a cena ser minha conhecida e de eu ter todos os problemas do mundo para dar conta, não me ocorreu nenhuma desculpa. Meu marido chegou e também teve de penar aquela bondade empurrada goela abaixo.

O cãozinho era de raça, um poodle. Parecia de brinquedo. Ficamos sob um solaço que derretia as pedras. Dorotília contou que aquele poodle fora resgatado naquela manhã mesmo, do apartamento em frente ao dela, onde morava um casal que se mudara fazia pouquinho. Os dois tinham quebrado os pratos e, não satisfeitos, foram embora de casa, ele anunciando que ia para um hotel, ela, que ia para a casa da mãe — e ainda por cima deixaram a porta do apartamento aberta.

— Tive de arrombar a porta da área de serviço — esclareceu. — Deixaram o bicho lá, chaveado, sem água nem comida. Tem que dar parte na polícia. Vejam só que coisa.

Pois eu estava vendo. Aquilo era uma barbaridade, mas que ela nos desse licença, havia a louça do almoço para dar conta. Foi quando ela tentou um último golpe:

— Vocês não querem ficar com ele? Tem uns quatro meses.

Meu marido e eu não queríamos não, nem pensar, já tínhamos a gata que ela nos havia trazido e, além do mais, o cachorro pertencia ao casal. Ela forçou:

— Vocês não querem ao menos pegar ele no colo? — e foi enfiando o bichinho por entre as grades. — É a coisa mais bonitinha do mundo.

A barriga do cachorrinho era cor-de-rosa. Um boneco. Meu marido, que ainda acreditava em bons gestos e que era um coração mole, pegou o bebê nos braços. O enjeitado, não sabendo mais o que fazer, deu uma lambida no rosto de meu marido.

Eu me apavorei.

Meu marido me olhou, o cachorrinho me olhou. Aquilo era demais, e eu quis acabar de vez com o assunto. Falei que não estava certo, o que os dois estavam tramando era roubo. O cachorrinho lambeu outra vez o rosto de meu marido.

E eu então abri minha santa boca mais uma vez.

Falei que eles perigavam ser presos, mas que o cachorrinho podia ficar aquela tarde conosco. Mas só aquela tarde, eu não ia ser cúmplice de ninguém, e que ela chamasse a polícia ou a sociedade protetora dos animais ou o que bem entendesse, desde que fosse urgente. Dorotília jurou que nem escoteira, ele só ficava conosco aquela tarde, enquanto ela saía para resolver umas coisas.

Rosinha, que já tinha vindo dar fé dos acontecimentos, correu para dentro de casa assim que viu o poodlezinho no chão. O cachorro saiu em perseguição logo atrás. Lá de fora, só se escutava a Rosinha fazendo fssss, naquele soprar de fúria braba. O cachorro latia. Eu estava bem arranjada. Verdade seja dita: ele não podia ser mais mimoso.

Pipoca. Assim meu marido chamou o cãozinho durante a estadia. Pipoca, porque era clarinho e porque pulava — pensei que o bicho treinara muito para abrir a porta da prisão da área de serviço. Como se não fosse só por aquela tarde, porque meu marido e Dorotília tinham seus acertos em segredo, vieram para casa uma coleira, uma cama de cachorro enfeitada com imagens de dálmatas, um pote de vidro cheio de ração, um ursinho lanudo e caolho, além de um dinossauro, verde, que o tal Pipoca não largava por nada no mundo. Por mais que eu protestasse, meu marido alegava que o cachorrinho precisava sestear num lugar decente e que mais tarde tudo iria embora.

Dorotília não apareceu naquele domingo. Uma tempestade desabou, água e água. Eu me tranquei no quarto, disposta a não sair dali até o dia seguinte. O cachorrinho dormiu na sala, esparramado na caminha de dálmatas.

No dia seguinte, bem cedo, descobri que o pequeno meliante havia feito xixi no tapete da sala. Meu marido, amarrotado de sono, deu de mão num jornal e, enrolando-o como um tubo, batia no chão, junto à poça de xixi e ao tapete arruinado. Dizia feio, feio, que feio isso, xixi deve ser feito lá fora — e abria e fechava a porta da área de serviço que dá para o pátio no esforço de se fazer mais claro.

Mesmo que Dorotília ainda não tivesse aparecido e que eu me recusasse a compartilhar a casa com o cachorrinho, meu marido disse que não podia fazer nada e saiu para trabalhar. Eu, que já havia limpado mais xixi — e também cocô — e apartado duas brigas do cachorro com Rosinha, passei o resto do dia vigiando o visitante, vassoura, pano e jornal na mão. Volta e meia, também ia até a porta da área de serviço e dizia feio, feio, que feio isso, xixi deve ser feito lá fora. A gata, em cima do balcão da cozinha, trocava as orelhas.

No meio da tarde, perdi a paciência. Deixei os bichos sozinhos e fui até o prédio onde Dorotília morava. Não sabia qual era seu apartamento, assim bati em todos os botões do painel do interfone. Dois vizinhos que me atenderam não sabiam dela, fazia tempo não a viam. Tive outra idéia sem pé nem cabeça, mas deixei por isso mesmo.

Na volta, quando abri a porta de casa, Pipoca veio com seus pulos e saltos, língua de fora. Fiquei bruta de repente e pedi que ele parasse com aquilo. Ele parou. Ficou me espiando de baixo para cima, um cachinho de pêlo se enroscando sobre o olho marrom. Eu estava ficando louca.

Nos outros dias, nada de Dorotília. Ninguém tinha visto, ninguém sabia. Era como se não existisse uma só alma que se preocupasse com o sumiço da mulher. Falei para meu marido que as pessoas deviam olhar para Dorotília como quem olha a paisagem através de uma janela. Simplesmente, a janela não existe. Meu marido disse que Dorotília iria aparecer, mais dia menos dia. E que já tinha problemas suficientes e que eu guardasse para mim meus pensamentos.

Eu sabia o que iria acontecer. Embora eu dissesse para meu marido e para Pipoca que não fazia parte da matilha deles, embora aquela história de limpar as necessidades do cãozinho não fosse justa para uma pessoa que tem que fazer todo o serviço da casa, embora os pés do sofá e da mesa de jantar surgissem diante dos meus olhos cada vez mais roídos, embora ele latisse feito desesperado cada vez que alguém passava na rua, embora Rosinha não parasse de soprar para ele, fui entendendo que, se um cachorro não é sustentado por palavras, as palavras não se sustentam sem a ação. E que um ser humano não pode se sustentar na frente dos olhos de um cachorro — foi o que pensei em voz alta, para ver se meu marido concordava. Meu marido nem se dignou a me responder.

Pipoca sabia disso, da força de seu olhar, e ganhava tempo. E, devo admitir, ficava cada vez mais gracioso. Rosinha descobriu que, movendo-se sobre os móveis, fugia de estar perto do cachorrinho. Passou a viver no andar de cima. Eu achei fantástico que as coisas se arranjassem na base do instinto.

O mais incrível se deu naquela manhã em que ele se parou nas patas de trás, apoiando-se na porta da área de serviço. Juro que ele queria falar. Abri a porta, curiosa. Lá se foi Pipoca, fazer cocô, espremendo-se junto ao canteiro de margaridas. Também fez xixi. Voltou para dentro abanando o rabo. Me senti uma idiota, mas tive de dizer que ele era um mocinho muito bem-educado.

Na hora do almoço, coloquei ração no potinho e fritei um bife para mim. O cachorrinho nem tocou na ração. Foi só me preparar para comer, que Pipoca sentou sobre a bundinha, as patas dianteiras no ar.

Ele queria meu bife. Se ele pudesse falar, diria isso. Mas não era um gesto voluntarioso. Ao contrário, ele era todo suave, sem parecer humilhado por ter que pedir. Era digno, o bichinho. Cortei um pedaço de carne e lhe dei com a ponta dos dedos. E ele mordeu a carne bem devagarinho e bem compenetrado mastigou. Comeu com tanto prazer que eu cheguei a pensar que era só bondade, que um bife de alcatra nem podia ser tão gostoso assim. Ele aceitou mais um pedaço. E mais um. Depois de comer meio bife, trouxe o dinossauro e o urso e colocou-os ao lado da poltrona na qual eu me sentara. Me olhou, piscou os olhos, deitou junto aos brinquedos e descansou o focinho entre as patas. Dormiu feito um bebê de gente.

Por esse tempo, Pipoca já havia aprendido mais um macete: sempre que fazia algo errado, deitava-se de costas, as quatro patinhas dobradas, oferecendo a barriga cor-de-rosa para o carinho. Ficava espiando a gente com o canto do olho. De levar os trocados de qualquer um.

Foi assim que decidi estudar sobre raças de cachorros — cheguei a comprar um livro de capa dura, caro de doer na alma.

Levei Pipoca ao veterinário. Depois, Pipoca passou a me acompanhar nas compras do mercado e nas caminhadas. Começou a dublar minha sombra: onde quer que eu fosse, cozinha, quarto, sala, lá o toco de rabo se agitava feliz. Antes de apagar a luz para dormir passei a me certificar de que Pipoca estava a meu lado, no chão. Sempre estava, e sempre junto do dinossauro ou do urso. Ou dos dois.

Tudo estava em paz. Eu acreditava. Dorotília não tinha aparecido, mas, em compensação, a polícia não tinha vindo resgatar o animalzinho. Foi quando ouvi:

— Ó de casa!

Dorotília.

Mas ela me pagava. E ia ser já, agora mesmo. Fui lá tirar satisfações.

Dorotília estava com cara de desenterrada. Pipoca não parava de saltar, fazendo festa. Ela tentou falar, mas eu não deixei, tanto que lhe enchi de minhas queixas. Ela ouviu tudo e, para minha surpresa, foi breve: a doença da mãe no interior e uma notícia para me dar. Que era a seguinte:

— A mulher do casal separado quer o cachorro de volta.

Pipoca parou a pulaçada e ficou olhando para Dorotília bem sério. Se eu pudesse matar uma pessoa. Se eu tivesse coragem. Foi o que eu disse para Dorotília, mal segurando o choro de indignação. Disse que fossem as duas vagabundas para os quintos do inferno. Ordenei um "junto" para Pipoca e entrei de volta. Fiquei olhando o teto por horas.

Ao chegar do trabalho, meu marido não acreditava em seus ouvidos, Dorotília não seria capaz de uma coisa daquelas, nunca. Bateu no tampo da mesa e, como se o mundo dependesse de suas ordens, decretou que *seu* cachorro não saía lá de casa. Perguntou se eu estava de acordo. Não respondi. Desabou na poltrona, roendo as unhas. Sentei no sofá. Pipoca também queria sentar e pulou, encostando-se em mim. Meu marido teve uma luz:

— Vou falar com o advogado da firma.

Eu concordei com a cabeça. Rosinha continuou bem quieta em cima da mesa da sala.

O advogado só podia nos atender dali a três dias. No segundo dia, meu coração galopou ao ouvir novo Ó de casa. Tranquei Pipoca e Rosinha. Me preparei para, de fato, matar alguém.

Dorotília estava distante do portão, quase junto ao meio-fio. Curta e grossa, disse que tinha uma outra notícia para me dar:

— A dona do cachorrinho mandou pedir cento e cinqüenta reais por ele.

Escolhi um palavrão horroroso para xingar Dorotília. Aliás, nem escolhi, foi o primeiro que me veio à boca. Mandei que desaparecesse da minha frente e que nunca, mas nunca mais mesmo, ousasse passar por minha calçada. Dei uma cuspida de nojo no chão por desaforo.

Telefonei para meu marido e pedi que ele viesse mais cedo do trabalho.

Como ele não pudesse sair mais cedo do trabalho, me encontrou já sem fôlego de tanto chorar. Me disse que aquelas mulheres eram umas sem-vergonha e que aquilo não ia parar nunca. Pipoca não saía do meu lado. A gata continuava nos olhando de cima da mesa.

Na manhã da tarde em que iríamos ao advogado, fui atender o carteiro, que entregava um sedex. Não tinha dormido a noite inteira e saí meio zonza porta afora. Sem que eu me desse conta do que pudesse acontecer, Pipoca saiu atrás de mim, já latindo para o carteiro.

Foi eu colocar as mãos na encomenda, e apareceu aquela mulher. Trazia na mão direita duas sacolas de supermercado. Era jovem e estava vestida com uma calça muito justa e uma blusa de alças, grudada feito um pensamento. Pensei que ela era vulgar. Mas só por um instante, porque Pipoca, já sem o carteiro na alça de mira, correu para junto de mim. Numa voz de ameaça surda, arreganhou os dentes. A mulher, apontando com a mão das sacolas o cachorrinho, falou:

— Mas que bonitinho.

Pipoca voltou a rosnar. Depois latiu, avançando com o corpo. Latiu mais. Estava brabo. Nenhuma de nós se mexia. Até que a mulher falou:

— A senhora gosta muito dele, não é?

Eu disse que sim, que gostava muito dele e que ele era meu. A mulher consentiu com a cabeça. Pipoca caminhou em direção à porta de casa. Da soleira, se pôs a rosnar. E eu entendi. Disse a ela que esperasse ali um instante.

Entrei. Revirei bolsos e gavetas. Peguei o dinheiro do rancho que estava no centro de mesa. No fim, tinha comigo duzentos reais e setenta e cinco centavos. Era mais do que suficiente. Ainda sobrava troco.

A mulher continuava no portão. Pipoca ficou sentado na soleira. Estendi cédulas e moedas através da grade. Ela pegou o dinheiro como se esperasse havia muito por ele. E, por falta de melhor, perguntei se ela havia se mudado para a zona fazia pouco.

— Sim. Passei uns tempos na casa de minha mãe, mas estou de volta. A senhora sabe.

Sim, eu sabia. Pipoca sumiu dentro de casa. O que me deu coragem para acabar com aquilo: que ela nunca mais aparecesse na minha frente.

Ela:

— Negócio fechado — e enfiou o dinheiro na bolsa.

A mulher retomou o caminho, rebolando. Até que desapareceu na volta da esquina.

Telefonei para meu marido, avisando que cancelasse o encontro com o advogado. Ele disse que ia passar vergonha, desfiou um monte de nomes feios, já estava indo para casa ver que maluquice era aquela.

Ele chegou a tempo de ver a fumaceira no pátio de casa. Esclareci que eu tinha posto fim à cama de dálmatas, ursinho, dinossauro e todo resto das tralhas de Pipoca. Dei o assunto por encerrado.

Ele quase teve um troço.

Nunca mais ninguém viu Dorotília. Os vizinhos acham que ela está doente ou morta. Ou que foi cuidar da mãe no interior. Para mim, tanto fez como tanto faz. Principalmente no dia de hoje, em que fui à casa da dona de Poliana para visitar os seis filhotes da ninhada. Todos com a barriguinha cor-de-rosa. Uns bonecos.

O caso da vara

Machado de Assis

Damião fugiu do seminário às onze horas da manhã de uma sexta-feira de agosto. Não sei bem o ano; foi antes de 1850. Passados alguns minutos parou vexado; não contava com o efeito que produzia nos olhos da outra gente aquele seminarista que ia espantado, medroso, fugitivo. Desconhecia as ruas, andava e desandava; finalmente parou. Para onde iria? Para casa, não; lá estava o pai que o devolveria ao seminário, depois de um bom castigo. Não assentara no ponto de refúgio, porque a saída estava determinada para mais tarde; uma circunstância fortuita a apressou. Para onde iria? Lembrou-se do padrinho, João Carneiro, mas o padrinho era um moleirão sem vontade, que por si só não faria cousa útil. Foi ele que o levou ao seminário e o apresentou ao reitor:

— Trago-lhe o grande homem que há de ser, disse ele ao reitor.

— Venha, acudiu este, venha o grande homem, contanto que seja também humilde e bom. A verdadeira grandeza é chã. Moço...

Tal foi a entrada. Pouco tempo depois fugiu o rapaz ao seminário. Aqui o vemos agora na rua, espantado, incerto, sem atinar com refúgio nem conselho; percorreu de memória as casas de parentes e amigos, sem se fixar em nenhuma. De repente, exclamou:

— Vou pegar-me com Sinhá Rita! Ela manda chamar meu padrinho, diz-lhe que quer que eu saia do seminário... Talvez assim...

Sinhá Rita era uma viúva, querida de João Carneiro; Damião tinha umas idéias vagas dessa situação e tratou de a aproveitar. Onde morava? Estava tão atordoado, que só daí a alguns minutos é que lhe acudiu a casa; era no largo do Capim.

— Santo nome de Jesus! Que é isto? bradou Sinhá Rita, sentando-se na marquesa, onde estava reclinada.

Damião acabava de entrar espavorido; no momento de chegar à casa, vira passar um padre, e deu um empurrão à porta, que por fortuna não estava fechada a chave nem ferrolho. Depois de entrar, espiou pela rótula, a ver o padre. Este não deu por ele e ia andando.

— Mas que é isto, Sr. Damião? bradou novamente a dona da casa, que só agora o conhecera. Que vem fazer aqui?

Damião, trêmulo, mal podendo falar, disse que não tivesse medo, não era nada; ia explicar tudo.

— Descanse, e explique-se.

— Já lhe digo; não pratiquei nenhum crime, isso juro; mas espere.

Sinhá Rita olhava para ele espantada, e todas as crias, de casa, e de fora, que estavam sentadas em volta da sala, diante das suas almofadas de renda, todas fizeram parar os bilros e as mãos. Sinhá Rita vivia principalmente de ensinar a fazer renda, crivo e bordado. Enquanto o rapaz tomava fôlego, ordenou às pequenas que trabalhassem, e esperou. Afinal, Damião contou tudo, o desgosto que lhe dava o seminário; estava certo de que não podia ser bom padre; falou com paixão, pediu-lhe que o salvasse.

— Como assim? Não posso nada.

— Pode, querendo.

— Não, replicou ela abanando a cabeça; não me meto em negócios de sua família, que mal conheço; e então seu pai, que dizem que é zangado!

Damião viu-se perdido. Ajoelhou-se-lhe aos pés, beijou-lhe as mãos, desesperado.

— Pode muito, Sinhá Rita; peço-lhe pelo amor de Deus, pelo que a senhora tiver de mais sagrado, por alma de seu marido, salve-me da morte, porque eu mato-me, se voltar para aquela casa.

Sinhá Rita, lisonjeada com as súplicas do moço, tentou chamá-lo a outros sentimentos. A vida de padre era santa e bonita, disse-lhe ela; o tempo lhe mostraria que era melhor vencer as repugnâncias e um dia... Não, nada, nunca, redargüia Damião, abanando a cabeça e beijando-lhe as mãos; e repetia que era a sua morte. Sinhá Rita hesitou ainda muito tempo; afinal perguntou-lhe por que não ia ter com o padrinho.

— Meu padrinho? Esse é ainda pior que papai; não me atende, duvido que atenda a ninguém...

— Não atende? interrompeu Sinhá Rita ferida em seus brios. Ora, eu lhe mostro se atende ou não...

Chamou um moleque e bradou-lhe que fosse à casa do Sr. João Carneiro chamá-lo, já e já; e se não estivesse em casa, perguntasse onde podia ser encontrado, e corresse a dizer-lhe que precisava muito de lhe falar imediatamente.

— Anda, moleque.

Damião suspirou alto e triste. Ela, para mascarar a autoridade com que dera aquelas ordens, explicou ao moço que o Sr. João Carneiro fora amigo do marido e arranjara-lhe algumas crias para ensinar. Depois, como ele continuasse triste, encostado a um portal, puxou-lhe o nariz, rindo:

— Ande lá, seu padreco, descanse que tudo se há de arranjar.

Sinhá Rita tinha quarenta anos na certidão de batismo, e vinte e sete nos olhos. Era apessoada, viva, patusca, amiga de rir; mas, quando convinha, brava como diabo. Quis alegrar o rapaz, e, apesar da situação, não lhe custou muito. Dentro de pouco, ambos eles riam, ela contava-lhe anedotas, e pedia-lhe outras, que ele referia com singular graça. Uma destas, estúrdia, obrigada a trejeitos, fez rir a uma das crias de Sinhá Rita, que esquecera o trabalho, para mirar e escutar o moço. Sinhá Rita pegou de uma vara que estava ao pé da marquesa, e ameaçou-a:

— Lucrécia, olha a vara!

A pequena abaixou a cabeça, aparando o golpe, mas o golpe não veio. Era uma advertência; se à noitinha a tarefa não estivesse pronta, Lucrécia receberia o castigo do costume. Damião olhou para a pequena; era uma negrinha, magricela, um frangalho de nada, com uma cicatriz na testa e uma queimadura na mão esquerda. Contava onze anos. Damião reparou que tossia, mas para dentro, surdamente, a fim de não interromper a conversação. Teve pena da negrinha, e resolveu apadrinhá-la, se não acabasse a tarefa. Sinhá Rita não lhe negaria o perdão... Demais, ela rira por achar-lhe graça; a culpa era sua, se há culpa em ter chiste.

Nisto, chegou João Carneiro. Empalideceu quando viu ali o afilhado, e olhou para Sinhá Rita, que não gastou tempo com preâmbulos. Disse-lhe que era preciso tirar o moço do seminário, que ele não tinha vocação para a vida eclesiástica, e antes um padre de menos que um padre ruim. Cá fora também se podia amar e servir a Nosso Senhor. João Carneiro, assombrado, não achou que replicar durante os primeiros minutos; afinal, abriu a boca e repreendeu o afilhado por ter vindo incomodar "pessoas estranhas", e em seguida afirmou que o castigaria.

— Qual castigar, qual nada! interrompeu Sinhá Rita. Castigar por quê? Vá, vá falar a seu compadre.

— Não afianço nada, não creio que seja possível...

— Há de ser possível, afianço eu. Se o senhor quiser, continuou ela com certo tom insinuativo, tudo se há de arranjar. Peça-lhe muito, que ele cede. Ande, senhor João Carneiro, seu afilhado não volta para o seminário; digo-lhe que não volta...

— Mas, minha senhora...

— Vá, vá.

João Carneiro não se animava a sair, nem podia ficar. Estava entre um puxar de forças opostas. Não lhe importava, em suma, que o rapaz acabasse clérigo, advogado ou médico, ou outra qualquer cousa, vadio que fosse; mas o pior é que lhe cometiam uma luta ingente com os sentimentos mais íntimos do compadre, sem certeza do resultado; e, se este fosse negativo, outra luta com Sinhá Rita, cuja última palavra era ameaçadora: "digo-lhe que ele não volta". Tinha de haver por força um escândalo. João Carneiro estava com a pupila desvairada, a pálpebra trêmula, o peito ofegante. Os olhares que deitava a Sinhá Rita eram de súplica, mesclados de um tênue raio de censura. Por que lhe não pedia outra cousa? Por que lhe não ordenava que fosse a pé, debaixo de chuva, à Tijuca, ou Jacarepaguá? Mas logo persuadir ao compadre que mudasse a carreira do filho... Conhecia o velho; era capaz de lhe quebrar uma jarra na cara. Ah! se o rapaz caísse ali, de repente, apoplético, morto! Era uma solução, — cruel, é certo, mas definitiva.

— Então? insistiu Sinhá Rita.

Ele fez-lhe um gesto de mão que esperasse. Coçava a barba, procurando um recurso. Deus do céu! um decreto do papa dissolvendo a igreja, ou, pelo menos, extinguindo os seminários, faria acabar tudo em bem. João Carneiro voltaria para casa e ia jogar os *três-setes*. Imaginai que o barbeiro de Napoleão era encarregado de comandar a batalha de Austerlitz... Mas a igreja continuava, os seminários continuavam, o afilhado continuava, cosido à parede, olhos baixos, esperando, sem solução apoplética.

— Vá, vá, disse Sinhá Rita dando-lhe o chapéu e a bengala.

Não teve remédio. O barbeiro meteu a navalha no estojo, travou da espada e saiu à campanha. Damião respirou; exteriormente deixou-se estar na mesma, olhos fincados no chão, acabrunhado. Sinhá Rita puxou-lhe desta vez o queixo.

— Ande jantar, deixe-se de melancolias.

— A senhora crê que ele alcance alguma cousa?

— Há de alcançar tudo, redargüiu Sinhá Rita cheia de si. Ande, que a sopa está esfriando.

Apesar do gênio galhofeiro de Sinhá Rita, e do seu próprio espírito leve, Damião esteve menos alegre ao jantar que na primeira parte do dia. Não fiava do caráter mole do padrinho. Contudo, jantou bem; e, para o fim, voltou às pilhérias da manhã. À sobremesa, ouviu um rumor de gente na sala, e perguntou se o vinham prender.

— Hão de ser as moças.

Levantaram-se e passaram à sala. As moças eram cinco vizinhas que iam todas as tardes tomar café com Sinhá Rita, e ali ficavam até o cair da noite.

As discípulas, findo o jantar delas, tornaram às almofadas do trabalho. Sinhá Rita presidia a todo esse mulherio de casa e de fora. O sussurro dos bilros e o palavrear das moças eram ecos tão mundanos, tão alheios à teologia e ao latim, que o rapaz deixou-se ir por eles e esqueceu o resto. Durante os primeiros minutos, ainda houve da parte das vizinhas certo acanhamento, mas passou depressa. Uma delas cantou uma modinha, ao som da guitarra, tangida por Sinhá Rita, e a tarde foi passando depressa. Antes do fim, Sinhá Rita pediu a Damião que contasse certa anedota que lhe agradara muito. Era a tal que fizera rir Lucrécia.

— Ande, senhor Damião, não se faça de rogado, que as moças querem ir embora. Vocês vão gostar muito.

Damião não teve remédio senão obedecer. Malgrado o anúncio e a expectação, que serviam a diminuir o chiste e o efeito, a anedota acabou entre risadas das moças. Damião, contente de si, não esqueceu Lucrécia e olhou para ela, a ver se rira também. Viu-a com a cabeça metida na almofada para acabar a tarefa. Não ria; ou teria rido para dentro, como tossia.

Saíram as vizinhas, e a tarde caiu de todo. A alma de Damião foi-se fazendo tenebrosa, antes da noite. Que estaria acontecendo? De instante a instante, ia espiar pela rótula, e voltava cada vez mais desanimado. Nem sombra do padrinho. Com certeza, o pai fê-lo calar, mandou chamar dous negros, foi à polícia pedir um pedestre, e aí vinha pegá-lo à força e levá-lo ao seminário. Damião perguntou a Sinhá Rita se a casa não teria saída pelos fundos; correu ao quintal, e calculou que podia saltar o muro. Quis ainda saber se haveria modo de fugir para a rua da Vala, ou se era melhor falar a algum vizinho que fizesse o favor de o receber. O pior era a batina; se Sinhá Rita lhe pudesse arranjar um rodaque, uma sobrecasaca velha... Sinhá Rita dispunha justamente de um rodaque, lembrança ou esquecimento de João Carneiro.

— Tenho um rodaque do meu defunto, disse ela, rindo; mas para que está com esses sustos? Tudo se há de arranjar, descanse.

Afinal, à boca da noite, apareceu um escravo do padrinho, com uma carta para Sinhá Rita. O negócio ainda não estava composto; o pai ficou furioso e quis quebrar tudo; bradou que não, senhor, que o peralta havia de ir para o seminário, ou então metia-o no Aljube ou na presiganga. João Carneiro lutou muito para conseguir que o compadre não resolvesse logo, que dormisse a noite, e meditasse bem se era conveniente dar à religião um sujeito tão rebelde e vicioso. Explicava na carta que falou assim para melhor ganhar a causa. Não a tinha por ganha; mas no dia seguinte lá iria ver o homem, e teimar de novo. Concluía dizendo que o moço fosse para a casa dele.

Damião acabou de ler a carta e olhou para Sinhá Rita. "Não tenho outra tábua de salvação", pensou ele. Sinhá Rita mandou vir um tinteiro de chifre, e na meia folha da própria carta escreveu esta resposta: "Joãozinho, ou você salva o moço, ou nunca mais nos vemos". Fechou a carta com obreia, e deu-a ao escravo, para que a levasse depressa. Voltou a reanimar o seminarista, que estava outra vez no capuz da humildade e da consternação. Disse-lhe que sossegasse, que aquele negócio era agora dela.

— Hão de ver para quanto presto! Não, que eu não sou de brincadeiras!

Era a hora de recolher os trabalhos. Sinhá Rita examinou-os; todas as discípulas tinham concluído a tarefa. Só Lucrécia estava ainda à almofada, meneando os bilros, já sem ver; Sinhá Rita chegou-se a ela, viu que a tarefa não estava acabada, ficou furiosa, e agarrou-a por uma orelha.

— Ah! malandra!

— Nhanhã, nhanhã! pelo amor de Deus! por Nossa Senhora que está no céu.

— Malandra! Nossa Senhora não protege vadias!

Lucrécia fez um esforço, soltou-se das mãos da senhora, e fugiu para dentro; a senhora foi atrás e agarrou-a.

— Anda cá!

— Minha senhora, me perdoe! tossia a negrinha.

— Não perdôo, não. Onde está a vara?

E tornaram ambas à sala, uma presa pela orelha, debatendo-se, chorando e pedindo; a outra dizendo que não, que a havia de castigar.

— Onde está a vara?

A vara estava à cabeceira da marquesa, do outro lado da sala. Sinhá Rita, não querendo soltar a pequena, bradou ao seminarista:

— Sr. Damião, dê-me aquela vara, faz favor?

Damião ficou frio... Cruel instante! Uma nuvem passou-lhe pelos olhos. Sim, tinha jurado apadrinhar a pequena, que, por causa dele, atrasara o trabalho...

— Dê-me a vara, Sr. Damião!

Damião chegou a caminhar na direção da marquesa. A negrinha pediu-lhe então por tudo o que houvesse mais sagrado, pela mãe, pelo pai, por Nosso Senhor...

— Me acuda, meu sinhô moço!

Sinhá Rita, com a cara em fogo e os olhos esbugalhados, instava pela vara, sem largar a negrinha, agora presa de um acesso de tosse. Damião sentiu-se compungido; mas ele precisava tanto sair do seminário! Chegou à marquesa, pegou na vara e entregou-a a Sinhá Rita.

Feito tatuagem

Claudia Lage

Eterno!

Machado de Assis

Feito tatuagem

Claudia Lage

É ridículo como ele sofre, se contorce, engasga, crava as unhas nos cabelos, aperta os olhos, espreme lágrimas. Quase rio com a cena. Parece um pastelão de quintal, atores amadores rasgando a própria máscara para mostrar desespero. Mas ele bate no peito e jura sinceridade. Quase bocejo. Jura dedicação, devoção, amor eterno. Bocejo. Não rio para não ofender a sua dor. Mas, na verdade, é a sua dor que me ofende. Rio. Imaginei que a reação seria de revolta, de ultraje. Que nada. Ao ver o meu riso, começa a rir também. Rimos juntos. No mesmo descontrole e intensidade. Dois coitados. Um que não acredita no amor, outro que morre por ele.

Fomos à taberna beber ao mal deste século. Um, para afogá-lo no vinho e depois ressuscitá-lo na mesma embriaguez. Outro, para entorpecer ainda mais veias e coração. Lá pelas tantas, sacudi meu amigo Norberto três vezes. A primeira, para que parasse de derramar em meus ombros aquelas lágrimas de moleque enamorado. A segunda, para que visse a realidade como homem: a sua amada podia não amar o marido, mas também não o amava. A terceira, para que não se jogasse da ponte nem se atirasse debaixo de nenhuma carruagem, só porque ela e a família estavam de mudança do Rio de Janeiro. E a quarta (sim, poderia haver uma quarta vez), para que guardasse a pistola no bolso, o lenço vermelho da tosse e parasse de amar o impossível.

Saímos do bar trocando pernas e pés. Ainda não trocávamos caminhos. Mas desabafos e desafogos. Eu o consolava com um único mantra: vai passar, vai passar. Mas Beto não estava para consolos. Respondia, nunca, nunca! Duvidei. Se o amor correspondido já tem prazo de validade determinado, o amor platônico tem prazo vencido. Beto arregalou os olhos e rasgou a blusa para mostrar o peito nu, coberto por uma tatuagem que não era tribal, nem de caveira, de roqueiro, nem nada. Era a palavra *para sempre* escrita em português, inglês, francês, árabe, japonês, espanhol e italiano. Beto amava em sete línguas. E sete vezes prometia a eternidade.

Tive pena. É triste quando alguém insiste em ver horizonte onde não existe. Tive mais pena ainda de mim, que precisava também desabafar. E já previa os efeitos das minhas palavras. Também me mudaria do Rio, disse, e Beto já misturava num bolo só o choro do amor com o choro do amigo, abrindo o peito para um abraço. Iria para a mesma cidade dela, completei, e Beto cravou os dedos em minhas costas, enlouquecido.

Meu amigo não escutava mais meu desafogo: o meu tio, cansado de todo mês me enviar sustento para trinta dias, que eu gastava esplendidamente em cinco, me lançara um ultimato. Ou eu iria morar com ele, transferir meus estudos e minha vagabundice para a sua cidade, ou... Não havia ou. Sem opção, despedia-me do Rio de Janeiro. Mas

Norberto não escutava: queria ir comigo, assim ficaria perto de sua dor e adoração. Seus pais, como eu esperava, o proibiram. Então, ele quis fugir, matar, morrer. Nada disso foi possível. Na véspera de minha partida, entrou em meu gabinete desvairado. Desabou no canapé, com todo o peso da alma, como diriam os poetas românticos que víamos descabelados e aos berros nos saraus. A frágil palhinha do assento estremeceu, desacostumada a uma opressão que não era a do corpo. Quando imaginei que não poderia sair mais uma gota de sofrimento daquele cálice, Norberto foi soberbo: arrancou o sobretudo, desabotoou a camisa de linho branco para revelar em seu peito nu, na altura do coração, uma cruz talhada em sua carne. Ele próprio a havia feito naquela manhã, com uma navalha afiada a ferro e desespero. A ferida irradiava uma eternidade vermelha, enquanto eu afastava-me, enojado.

Quase vomitei no sofá. Beto não se esquivou, apenas tirou o casaco do alcance de meu enjôo e continuou a sofrer. O pior de tudo, para ele, não era o amor, era a dúvida. Que dúvida? Se ela o amasse, já estariam trocando e-mails clandestinos, se agarrando na penumbra de bares e esquinas, rolando na cama em um motel qualquer. Quase gritei. E nem precisava amar, bastava um leve desejo de fim de tarde, um mínimo tédio da vida. Gritei. Não estamos no século XIX, cara! Beto recuou, ofendido. Percebeu que estava a ponto de ser sacudido de novo. Mesmo assim, antes de ele sair, cedi a seu argumento insano de que várias vezes havia farejado o amor correspondido em diversos lugares: nos olhos, numa vez que ela sorriu ao se despedir. Na surpresa alegre que mostrou ao se encontrarem casualmente numa festa. Na voz terna com que viu seu nome no bina e atendeu o celular. A insanidade venceu, e aceitei assumir o ridículo papel de cão farejador dos sentimentos alheios. Fora do Rio, eu vigiaria os olhos, voz, gestos e suspiros daquela mulher. Eu tinha trocado poucas palavras com ela, mas o amor de Beto começava a ser o meu contrário. Se ele a amava, eu já começava a odiar. Me despedi, chamando ele, num impulso, não pelo apelido, mas pelo nome. Beto me escutou dizer Norberto e se virou com uma firmeza que nunca vi, tão acostumado que eu estava com as suas lágrimas. É Beto, Beto, Beto, repetiu. E ordenou que eu nunca mais o chamasse por aquele nome velho, com cara de naftalina, cheiro de mofo e gosto de armário. Culpa de uma crise nostálgica de seu pai, explicava sempre sua mãe, que ela não conseguiu conter antes de ele chegar ao cartório. Um sorriso incontrolável escapou de meus lábios. Às vezes, o tempo sabe o que faz.

Fiz a viagem de navio decepcionado com o meu fracasso em dar ordem ao caos. O caos era Norberto com seus soluços, espasmos e destemperos. Mas, enquanto a proximidade com meu amigo me envolvia em seu apocalipse, a distância me esfriava. Enjoado, pisei em terra firme determinado a adiar o máximo possível aquela missão ridícula, até que o tempo se embrulhasse no tempo e todo aquele melodrama de canastrões fosse esquecido. No entanto, um telegrama já me esperava na casa do meu tio: que fosse atento e implacável: que não o poupasse ou o enganasse: que a confirmação o salvaria: que a negação o mataria: que seu amor não tinha tempo, não tinha tamanho, medida: só peso e eternidade: que não só não tirasse a atenção dos olhos, gestos, voz e suspiros, mas que tirasse de cada um e de todos a verdade, a verdade, a verdade.

A verdade:

Quando a encontrei na ópera, os olhos eram duas esferas verdes de águas turvas. Não consegui enxergar na mansidão escura nem Norberto nem o marido, dois homens submersos incapazes de provocar ondas, afogamentos súbitos e salvamentos inesperados. No recital, a voz era uma cantiga distante e gentil, como quem sorri com educação e sem alegria. Mencionei diversas vezes o nome do meu amigo e não escutei nenhum tremor, nenhuma nota dissonante, nenhum atropelo nas palavras. Ela falou Norberto e o som saiu de seus lábios como quem fala piano, livro, bordado, tapete. Na recepção em sua casa, os gestos eram repousados em mãos postas, postura ereta e firme, ações delicadas e seguras. Nenhuma imobilidade típica de um vulcão, nenhuma incerteza de onde se está, nenhum gesto arrebatado de desejo de lançar-se ao mar até o Rio de Janeiro. Uma firmeza de pés bem plantados no chão, de corpo presente e aceitação da própria vida.

E, na porta de saída, nenhum suspiro.

Outra verdade:

Quando a encontrei no show, os olhos estranhos escorregavam sentidos, camuflavam surpresas, escondiam caminhos. Eu não sabia para onde ir, a não ser atrás da brilhante luz verde na multidão escura, ainda sem uma palavra certa ou incerta a meu amigo. Na performance, a voz era um sussurro que se aproximava ambíguo, se escondia no *gloss*, nos lábios, acendia refletores, recebia aplausos, descia à platéia, não sei se personagem ou atriz, e ressoava doce em meus ouvidos. Ela me chamou diversas vezes sorrindo, e eu estranhei, com um arrepio, desde a primeira vez meu nome em sua boca, como se sempre na vida acontecesse simplesmente isso: ela me chamasse, e eu a ouvisse. Na festa em seu apartamento, os gestos eram dedos nervosos que arrumam taças, derrubavam *proseccos*, ajeitavam cabelos, desfiavam fios. Nenhuma paz em seus ombros, nenhuma paz em suas costas, nenhuma paz em seus pés. Estava para lá ou para cá. Um corpo que de repente eu via pálido perto de mim, via hesitante ao lado do marido. Um desnorteio de direções que me lançava dali ao Rio de Janeiro, e lá de volta ao susto, ao perigo, ao desaviso.

E, na porta de saída, um disfarçado suspiro.

E outra:

Quando a encontrei na missa, os olhos já me esperavam, irradiavam convites, reprimiam impulsos, desviavam caminhos. Eu não ousava pensar em Norberto. Meu amigo era um pensamento pequeno e envergonhado na indefinição dos dias e na insônia das noites, quando eu raramente respondia suas cartas com nanquim ralo, frases vagas, nuvens espessas e chuvas pesadas. Eu vagava num mundo verde, afundava na sensação daqueles olhos e sentia a vida quente pela primeira vez. É claro que, depois, ria de tudo, desfazia o que meu coração havia feito, olhava-me de cima, sentia-me deus das certezas, superior a ela e a mim mesmo. Pobre coitado. No recital, a voz fazia de mim um homem que se arrastava entre a música e a poesia. Já estávamos perdidos sem os poetas, mais ainda com eles, que roubam de nós o que não ousamos dizer. Tudo era sentido, nada era dito, nada era feito. Enlouquecíamos. No baile em sua casa, os gestos ora me buscavam no ar, sutilmente, ora aceitavam a minha busca, num improviso de tentativas, impossibilidades e desejos. As mãos roçavam de leve meu sobretudo, meus dedos vagavam pela macia seda do vestido, sonhadores de corpete, relevos, peles. Dois corpos desabitados deles mesmos. Dois corpos no deserto.

E, na porta de saída, suspiros.

Então, quando todas as minhas expectativas secavam no fundo do copo, no bar da esquina, nas pernas morenas na praia, na pipoca solitária nos cinemas, nas notas arranhadas na guitarra, nos domingos arrastados, no silêncio do telefone e no tênis furado em meus pés, o marido morreu. Fui ao cemitério pensando no Beto, que nunca deve ter zanzado entre os túmulos. Uma pena, porque só quem nunca acompanhou um velório pode acreditar que algo neste mundo dura para sempre. Ela chorava de verdade a morte do homem que não conseguiu amar. Mas, mesmo verdadeiro, o choro acabou logo que o caixão sumiu na sepultura e o sol brilhou implacável em nosso rosto. Mais tarde, fiquei com a impressão de que enterrávamos, naquele dia, dois defuntos. O marido, que me lembrou a minha mãe quando dizia que uma pessoa educada sempre sabe a hora de se retirar, e Beto, meu amigo, que não se retirava, mas era retirado de minha vida nas demoras dos e-mails e no vazio das respostas, e agora, no meu silêncio total.

E eu, eu era enfim um corpo habitado. Estranho como a carne reage aos sentidos, ferve ao menor sinal de contato, borbulha de satisfação, gela com a distância, estremece de medos inexplicáveis, arrepia por tudo e nada, e nada pode ser um olhar ao vento, tudo pode ser um roçar de lábios.

Incrível como os poros se abrem a um sussurro, os pêlos arrepiam a uma palavra, a pele muda com um toque. Diariamente, eu via o meu corpo ser ocupado como uma cidade. Diariamente, eu a ocupava com o meu corpo, sem inibição por me apossar de um terreno que não era meu. Para mim, toda aquela extensão de curvas, subidas e descidas me pertenciam, assim como o músculo pertence ao osso, a lágrima ao olho, o poeta à poesia, a lua à noite, o sonho ao sonhador e o louco à sua loucura.

Deixamos o tempo dar conta do tempo, para ficarmos juntos sem matar ninguém da família de vergonha nem de susto. Mas, dentro de nós, o tempo era apenas uma convenção do relógio digital em nossa cabeceira. E, para mim, o tempo era duas esferas verdes de águas fluentes e imprevisíveis.

Então, dei corda no meu relógio de bolso, para que o tempo corresse e eu me formasse logo como médico. Para que o tempo voasse e nós nos casássemos. Para que o mundo se esquecesse que um dia nós não pertencemos um ao outro. Para que a lembrança de Norberto não viesse a cada visão do sonho que vivo, meu sonho roubado. Para que a minha felicidade não tivesse este preço tão alto que é o cínico abafamento de uma amizade. Para que eu não vivesse mais neste universo paralelo que criei por dentro, onde cada sorriso de meu casamento cravava mais fundo a navalha em cruz ferida no peito de Norberto. Onde uma tristeza repentina às vezes me invadia e me aliviava como se enfim eu chegasse a um destino e sussurrasse bem baixinho, viste, amigo? não sou assim tão feliz.

Agora, vivia tendo pesadelos. Beto dirigia bêbado e batia de carro. Beto ensangüentado me estendia a mão. Beto pulava do sétimo andar. Beto cortava os pulsos. Me xingava em sete línguas. Cobria o corpo inteiro com tatuagens. Beto morria de mil maneiras e ressuscitava só para morrer de novo e jogar radiante sua morte na minha cara. Não tínhamos mais paz. Ela começou a fumar e a fazer terapia, perplexa por um casal feliz sofrer tanto. Eu emagreci muitos quilos, como se estivesse muito doente. Sempre havia dor em nossa alegria, alegria em nossa dor, risadas e lágrimas em tudo. Mesmo assim, nada tirava do meu peito o meu peito nu, enquanto meu amigo morria em sete línguas. E eu não conseguia imaginar o que nesta vida pode ser pior do que a morte para quem sempre quis a eternidade.

E justamente quando o inferno parecia perfeito e não faltava mais nada para completar meu desespero, ela decidiu na terapia que o nosso sofrimento tinha um nome: o marido morto. E um lugar: a cidade onde nos apaixonamos, a mesma de sua morte. Assim, como se não bastasse o assombro que meu amigo tinha se tornado para mim, minha mulher fazia de seu ex-marido mais uma assombração para as nossas noites, mais um fantasma entre nós. Depois de várias considerações precisas, análises de circunstâncias, coincidências e mistérios, surgiu no divã a conclusão absurda que precisávamos viajar urgentemente, mudar de paisagem, de perspectiva, ângulo, polaridade, ansiedade e ansiolítico. Enfim, precisávamos ir para o Rio de Janeiro.

Entramos no avião sob meus protestos inúteis. Ela repetia o argumento da terapeuta, de uma lógica desconcertante: voltar ao Rio era limpar o terreno: zerar nossa história: desinfetar nossa relação. Era como se ela voltasse viúva e eu solteiro, puros para a paixão, sem culpas. Saímos do navio com as ondas revoltas em meu estômago e as paisagens cariocas cambaleando à minha frente. Paisagens bêbadas, enquanto eu por dentro bebia lucidez, identificava a realidade como cego no nevoeiro, derrubava o argumento terapêutico com um piparote só: que conversa mais besta, voltar ao Rio de Janeiro era apenas e exclusivamente: voltar para Norberto.

Como um corpo não pode evitar outro corpo, ou a mariposa não pode evitar a luz, ou o escorpião não consegue escapar do próprio veneno, não demorou muito para eu procurar meu amigo. Percorri todas as tabernas, ruelas, bordéis onde costumávamos derramar nosso mal e gastar este século. Não o encontrei. A minha conclusão óbvia foi que depois do que aconteceu, se ele não estava na pândega nem na sarjeta, é porque estava morto. Morto realmente, não apenas em meus pesadelos. Incrível como a morte real impulsiona, enquanto a dos sonhos paralisa. Saí feito doido mais uma vez por todos os bares, becos, puteiros, e já estava quase confirmando a minha desgraça, quando me contaram que Beto tinha mesmo desaparecido daquelas bandas, mas não porque estava debaixo da terra, com as mãos postas e algodão no nariz, mas porque havia mudado de vida e de endereço. Peguei o primeiro tílburi. Fazia três anos que a gente não se via. Tempo do tempo fazer e desfazer muitas coisas. Falei o nome da rua ao motorista, atordoado. Tempo do tempo dar uma volta na própria órbita e me colocar novamente diante de Norberto, como se não houvesse passado o tempo, como se fosse qualquer tempo, ou tempo nenhum. Paguei o táxi tomando coragem para contar tudo. Bati palmas na porta da casa de Norberto, pensando que, provavelmente, o próprio tempo já havia também desfeito a nossa amizade. Era só questão de enterrar o que já estava morto. Mas Beto abriu a porta do apartamento abrindo também um sorriso enorme para mim. Me senti pequeno para aquele sorriso. Nos abraçamos. O que aconteceu em seguida não parou de me surpreender: Um garotinho, de mais ou menos dois anos, se aproximou, e Norberto o ergueu no ar, como os pais fazem com os filhos. Logo depois veio uma mulher, muito jovem, muito bonita e muito grávida. Ficaram os três à minha frente, sorridentes. Parecia um comercial de margarina, mas não. Era a família do Beto. Lá estava o meu amigo trágico, de mãos dadas, casado e feliz.

Escureceu. A bela esposa acendeu duas velas dentro de bonitas arandelas de cristal e se afastou mansamente, sem antes lançar um olhar lânguido para Norberto, amplamente correspondido. Aquela felicidade explodiu na minha cara, numa viscosidade nojenta. Beto não parou de elogiar a mulher. É amor, dizia. É eterno, concluiu. Por pouco não ri. Lembrei da ferida vermelha em cruz no seu peito, que agora devia ser uma horrenda cicatriz. É pra sempre, Beto repetiu. Ri. Que eu me lembre, a eternidade já tinha sido prometida sete vezes para outra mulher. E sete vezes perdida! Dei uma desculpa esfarrapada para não ficar para o jantar nem o vinho. Saí sem dizer uma palavra sobre o meu casamento. O tempo colocaria cada coisa em seu devido lugar, se fosse o caso. Peguei o primeiro táxi. Se fosse o caso, cada coisa encontraria o seu lugar no tempo. O pobre do cocheiro não teve reação ao ver aquele homem de chapéu e bengala desabar no assento e chorar como um moleque de calças curtas. Eu só pensava no *para sempre* escrito no peito do Beto, enquanto enxugava as lágrimas na blusa. A tatuagem que significava seu amor eterno por uma mulher passou a significar por outra sem porres homéricos ou overdoses. Num piscar de olhos, o sangue derramado pelo seu amor de ontem valia pelo de hoje e a eternidade nada mais era do que isso, meu caro. O motorista só balançava a cabeça, compreensivo. Parou o tílburi na frente do hotel, e eu saltei do táxi com o rosto seco e uma felicidade intensa. Minha esposa me aguardava sentada no canapé, eu imaginava, tranqüila com o seu bordado, sem mais fantasma para velar. E eu subia o elevador, leve, totalmente leve e livre do meu. Então, é assim que o tempo arruma as coisas. Quando abri a porta, ela desligou a TV, e eu joguei bengala e chapéu longe, para um chão que o seu beijo não me deixou avistar. É assim, então, que as coisas arrumam o tempo.

Eterno!

Machado de Assis

— Não me expliques nada, disse eu entrando no quarto; é o negócio da baronesa.

Norberto enxugou os olhos e sentou-se na cama, com as pernas pendentes. Eu, cavalgando uma cadeira, pousei a barba no dorso, e proferi este breve discurso:

— Mas, meu pateta, quantas vezes queres que te diga que acabes com essa paixão ridícula e humilhante? Sim, senhor, humilhante e ridícula, porque ela não faz caso de ti; e demais, é arriscado. Não? Verás se o é, quando o barão desconfiar que lhe arrastas a asa à mulher. Olha que ele tem cara de maus bofes.

Norberto meteu as unhas na cabeça, desesperado. Tinha-me escrito cedo, pedindo que fosse confortá-lo e dar-lhe algum conselho; esperara-me na rua, até perto de uma hora da noite, defronte da casa de pensão em que eu morava; contava-me na carta que não dormira, que recebera um golpe terrível, falava em atirar-se ao mar. Eu, apesar de outro golpe que também recebera, acudi ao meu pobre Norberto. Éramos da mesma idade, estudávamos medicina, com a diferença que eu repetia o terceiro ano, que perdera, por vadio. Norberto vivia com os pais; não me cabendo igual fortuna, por havê-los perdido, vivia de uma mesada que me dava um tio da Bahia, e das dívidas que o bom velho pagava semestralmente. Pagava-as, e escrevia-me logo uma porção de cousas amargas, concluindo sempre que, pelo menos, fosse estudando até ser doutor. Doutor, para quê? dizia comigo. Pois se nem o sol, nem a lua, nem as moças, nem os bons charutos Vilegas eram doutores, que necessidade tinha eu de o ser? E tocava a rir, a folgar, a deixar correr semanas e credores.

Falei de um golpe recebido. Era uma carta do tio, vinda com a do Norberto, naquela mesma manhã. Abri-a antes da outra, e li-a com pasmo. Já me não tuteava; dizia cerimoniosamente: "Sr. Simeão Antônio de Barros, estou farto de gastar à toa o meu dinheiro com o senhor. Se quiser concluir os estudos, venha matricular-se aqui, e morar comigo. Se não, procure por si mesmo recursos; não lhe dou mais nada." Amarrotei o papel, finquei os olhos numa litografia muito ruim do Visconde de Sepetiba, que já achei pendente de um prego, no meu quarto de pensão, e disse-lhe os nomes mais feios, de maluco para baixo. Bradei que podia guardar o seu dinheiro, que eu tinha vinte anos, — o primeiro dos direitos do homem, anterior aos tios e outras convenções sociais.

A imaginação, madre amiga, apontou-me logo uma infinidade de recursos, que bastavam a dispensar os magros cobres de um velho avarento, mas, passada essa primeira impressão, e relida a carta, entrei a ver que a solução era mais árdua do que parecia. Os recursos podiam ser bons e até certos; mas eu estava tão afeito a ir a rua da Quitanda receber a pensão mensal e a gastá-la em dobro, que mal podia adotar outro sistema.

Foi neste ponto que abri a carta do amigo Norberto e corri à casa dele. Já sabem o que lhe disse; viram que ele meteu as unhas na cabeça, desesperado. Saibam agora que, depois do gesto, disse com olhar sombrio que esperava de mim outros conselhos.

— Quais?

Não me respondeu.

— Que compres uma pistola ou uma gazua? algum narcótico?

— Para que estás caçoando comigo?

— Para fazer-te homem.

Norberto deu de ombros, com um laivozinho de escárnio ao canto da boca. Que homem? Que era ser homem senão amar a mais divina criatura do mundo e morrer por ela?

A Baronesa de Magalhães, causa daquela demência, viera pouco antes da Bahia, com o marido, que antes do baronato, adquirido para satisfazer a noiva, era Antônio José Soares de Magalhães. Vinham casados de fresco; a baronesa tinha menos trinta anos que o barão; ia em vinte e quatro. Realmente era bela. Chamavam-lhe, em família, Iaiá Lindinha. Como o barão era velho amigo do pai de Norberto, as duas famílias uniram-se desde logo.

— Morrer por ela? disse eu.

Jurou-me que sim; era capaz de matar-se. Mulher misteriosa! A voz dela entrava-lhe pelos ossos... E, dizendo isto, rolava na cama, batia com a cabeça, mordia os travesseiros. Às vezes, parava, arquejando; logo depois tornava às mesmas convulsões, abafando os soluços e os gritos, para que os não ouvissem do primeiro andar.

Já acostumado às lágrimas do meu amigo, desde a vinda da baronesa, esperei que elas acabassem, mas não acabavam. Descavalguei a cadeira, fui a ele, bradei-lhe que era uma criançada, e despedi-me; Norberto pegou-me na mão, para que ficasse, não me tinha dito ainda o principal.

— É verdade; que é?

— Vão-se embora. Estivemos lá ontem, e ouvi que embarcam sábado.

— Para a Bahia?

— Sim.

— Então, vão comigo.

Contei-lhe o caso da carta, e as ordens de meu tio para ir matricular-me na Bahia, e estudar ao pé dele. Norberto escutou-me alvoroçado. Na Bahia? Iríamos juntos; éramos íntimos, os pais não recusariam este favor à nossa jovem amizade. Confesso que o plano pareceu-me excelente, e demo-nos a ele com afinco. A mãe, apesar de muita lágrima que teria de verter ao despegar-se do filho, cedeu mais prontamente do que supúnhamos. O pai é que não cedeu nada. Não houve rogos nem empenhos; o próprio barão, que eu tive a arte de trazer ao nosso propósito, não alcançou do velho amigo que deixasse ir o filho, nem ainda com a promessa de o aposentar em casa e velar por ele. O pai foi inflexível.

Podem imaginar o desespero do meu amigo. Na noite de sexta-feira esteve em casa dela, com a família, até onze horas; mas, com o pretexto de passar comigo a última noite da minha estada aqui, veio realmente chorar tantas e tais lágrimas, como nunca as vi chorar jamais, nem antes nem depois. Não podia descrer da paixão, nem presumir consolá-la; era a primeira. Até então, ambos nós só conhecíamos os trocos miúdos do amor; e, por desgraça dele a primeira moeda grande que achara, não era ouro nem prata, senão ferro, duro ferro, como a do velho Licurgo, forjada com o mesmo amargo vinagre.

Não dormimos. Norberto chorava, arrepelava-se, pedia a morte, construía planos absurdos ou terríveis. Eu, arranjando as malas, ia-lhe dizendo alguma cousa que o consolasse;

era pior, era como se falasse de dança a uma perna dolorida. Consegui que fumasse um cigarro, depois outro, e afinal fumou-os às dúzias, sem acabar nenhum. Às três horas tratava do modo de fugir ao Rio de Janeiro, — não logo, mas daí a dias, no primeiro vapor. Tirei-lhe essa idéia da cabeça unicamente no interesse dele próprio.

— Ainda se fosse útil, vá, disse-lhe eu; mas ir sem certeza de nada, ir dar com o nariz na porta, porque a mulher, se não gosta de ti, e te vê lá, é capaz de perceber logo o motivo da tua viagem, e não te recebe.

— Que sabes tu?

— Pode receber-te, mas não há certeza, acho eu. Crês que ela goste de ti?

— Não digo que sim, nem que não.

Contou-me episódios, gestos, ditos, cousas ambíguas ou insignificantes; depois vinha uma reticência de lágrimas, murros no peito, clamor de angústia, a dor ia-se-me comunicando; padecia com ele, a razão cedia à compaixão, as nossas naturezas fundiam-se em uma só lástima. Daí esta promessa que lhe fiz.

— Tenho uma idéia. Vou com eles, já nos conhecemos, é provável que freqüente a casa; eu então farei uma cousa: sondo-a a teu respeito. Se vir que nem pensa em ti, escrevo-te francamente que penses em outra cousa; mas se achar alguma inclinação, pouca que seja, aviso-te, e, ou por bem ou por mal, embarca.

Norberto aceitou alvoroçado a proposta; era uma esperança. Fez-me jurar que cumpriria tudo, que a observaria bem, sem temor, e, pela sua parte, jurou-me que não hesitaria um instante. E teimava comigo que não perdesse nada; que, às vezes, um indício pequeno valia muito, uma palavrinha era um livro; que, se pudesse, aludisse ao desespero em que o deixava. Para peitar a minha sagacidade, afirmou que o desengano matá-lo-ia, porque esse amor, eterno como era, iria fartar-se na morte e na eternidade. Não achei boca para replicar-lhe que isto era o mesmo que obrigar-me a só mandar boas notícias. Naquela ocasião, apenas sabia chorar com ele.

A aurora registrou o nosso pacto imoral. Não consenti que ele fosse a bordo despedir-se. Parti. Não falemos da viagem... Ó mares de Homero, flagelados por Euros, Bóreas e o violento Zéfiro, mares épicos, podeis sacudir Ulisses, mas não lhe dais as aflições do enjôo. Isso é bom para os mares de agora, e particularmente para aqueles que me levaram daqui à Bahia. Só depois de chegar ante a cidade, ousei aparecer à nossa dona magnífica, tão senhora de si, como se acabasse de dar um passeio apenas longo.

— Não tem saudades do Rio de Janeiro? disse-lhe eu logo, de intróito.

— Certamente.

O barão veio indicar-me os lugares que a gente via do paquete, — ou a direção de outros. Ofereceu-me a casa dele, no Bonfim. Meu tio veio a bordo, e, por mais que quisesse fazer-se tétrico, senti-lhe o coração amigo. Via-me, único filho da irmã finada, — e via-me obediente. Não podia haver para mim melhores impressões de entrada. Divina juventude! As cousas novas pagavam-me em dobro as cousas velhas.

Dei os primeiros dias ao conhecimento da cidade; mas não tardou que uma carta do meu amigo Norberto me chamasse a atenção para ele. Fui ao Bonfim. A baronesa — ou Iaiá Lindinha, que era ainda o nome dado por toda a gente, — recebeu-me com tanta graça, e o marido era tão hospedeiro e bom, que me envergonhei da particular comissão que trazia. Mas durou pouco a vergonha, vi o desespero do meu amigo, e a necessidade de consolá-lo ou desenganá-lo era superior a qualquer outra consideração. Confesso até uma singularidade; agora que estavam separados entrou-me na alma a esperança de que ela não desgostasse dele, — justamente o que eu negava antes. Talvez fosse o desejo de o ver feliz; podia ser uma instigação da vaidade que me acenasse com a vitória em favor do desgraçado.

Naturalmente, conversamos do Rio de Janeiro. Eu dizia-lhe as minhas saudades, falava das cousas que estava acostumado a ver, das ruas que faziam parte da minha pessoa, das caras de todos os dias das casas, das afeições... Oh! as afeições eram os laços mais apertados. Tinha amigos: os pais de Norberto...

— Dous santos, interrompeu a moça; meu marido, que conhece o velho desde muitos anos, conta dele cousas curiosas. Sabe que casou por uma paixão fortíssima?

— Adivinha-se. O filho é o fruto expressivo do amor dos dous. Conheceu bem o meu pobre Norberto?

— Conheci; ia lá à casa muitas vezes.

— Não conheceu.

Iaiá Lindinha franziu levemente a testa.

— Perdoe-me se a desminto, continuei com vivacidade. Não conheceu a melhor alma, a mais pura e a mais ardente que Deus criou. Talvez que ache parcial por ser amigo. A verdade é que ninguém me prende mais ao Rio de Janeiro. Coitado do meu Norberto! Não imagina que homem talhado para dous ofícios ao mesmo tempo, arcanjo e herói, — para dizer à terra as delícias do céu, e para escalar o céu, se for preciso ir lá levar as lamentações humanas...

Só no fim desta fala compreendi que era ridícula. Iaiá Lindinha, ou não a entendeu assim, ou disfarçou a opinião; disse-me somente que a minha amizade era entusiasta, mas que o meu amigo parecia boa pessoa. Não era alegre, ou tinha crises melancólicas. Disseram-lhe que ele estudava muito...

— Muito.

Não insisti para não atropelar os acontecimentos... Que o leitor me não condene sem remissão nem agravo. Sei que o papel que eu fazia não era bonito; mas já lá vão vinte e sete anos. Confio do Tempo, que é um insigne alquimista. Dá-se-lhe um punhado de lodo, ele o restitui em diamantes; quando menos, em cascalho. Assim é que, se um homem de Estado escrever e publicar as suas memórias, tão sem escrúpulo, que lhes não falte nada, nem confidências pessoais, nem segredos do governo, nem até amores, amores particularíssimos e inconfessáveis, verá que escândalo levanta o livro. Dirão e dirão bem, que o autor é um cínico, indigno dos homens que confiaram nele e das mulheres que o amaram. Clamor sincero e legítimo, porque o caráter público impõe muitos resguardos; os bons costumes e o próprio respeito às mulheres amadas constrangem ao silêncio...

...Mas deixai pingar os anos na cuba de um século. Cheio o século, passa o livro a documento histórico, psicológico, anedótico. Hão de lê-lo a frio; estudar-se-á nele a vida íntima do nosso tempo a maneira de amar, a de compor os ministérios e deitá-los abaixo, se as mulheres eram mais animosas que dissimuladas, como é que se faziam eleições e galanteios, se eram usados xales ou capas, que veículos tínhamos, se os relógios eram trazidos à direita ou à esquerda, e multidão de cousas interessantes para a nossa história pública e íntima. Daí a esperança que me fica, de não ser condenado absolutamente pela consciência dos que me lêem. Já lá vão vinte e sete anos!

Gastei mais de meio em bater à porta daquele coração, a ver se lá achava o Norberto; mas ninguém me respondia de dentro, nem o próprio marido. Não obstante, as cartas que mandava ao meu pobre amigo, se não levavam esperanças, também não levavam desenganos. Houve-as até mais esperançosas que desenganadas. A afeição que lhe tinha e o meu amor-próprio conjugavam as forças todas para espertar nela a curiosidade e a sedução de um mistério remoto e possível.

Já então as nossas relações eram familiares. Visitava-os a miúdo. Quando lá não ia três noites seguidas, vivia aflito e inquieto; corria a vê-los na quarta noite, e era ela que me esperava ao portão da chácara, para dizer-me nomes feios, ingrato, preguiçoso, esquecido. Os nomes foram cessando, mas a pessoa não deixava de estar ali à espera, com a mão prestes a apertar a minha, — às vezes, trêmula, — ou seria a minha que tremia; não sei.

— Amanhã não posso vir, dizia-lhe algumas noites, à despedida, baixo, no vão de uma janela.

— Por quê?

Explicava-lhe a causa, estudo ou alguma obrigação de meu tio. Nunca tentou dissuadir-me de promessa, mas ficava desconsolada. Comecei a escrever menos ao Norberto e a falar pouco de Iaiá Lindinha, como quem não ia à casa dela. Tinha fórmulas diferentes: "Ontem encontrei o barão no largo do Palácio; disse-me que a mulher está boa". Ou então: "Sabes quem vi há três dias no teatro? A baronesa". Não relia as cartas, para não encarar a minha hipocrisia. Ele, pela sua parte, também ia escrevendo menos, e bilhetes curtos. Entre mim e a moça não aparecia mais o nome de Norberto; convencionamos, sem palavras, que era um defunto, e um triste defunto sem galas mortuárias.

Beirávamos o abismo, ambos teimando que era um reflexo da cúpula celeste, — incongruência para os que não andam namorados. A morte resolveu o problema, levando consigo o barão, por meio de um ataque de apoplexia, no dia vinte e três de março de 1861, às seis horas da tarde. Era um excelente homem, a quem a viúva pagou em preces o que lhe não dera em amor.

Quando eu lhe pedi, três meses depois, que, acabado o luto, casasse comigo, Iaiá Lindinha não estranhou nem me despediu. Ao contrário, respondeu que sim, mas não tão cedo; punha uma condição: que concluísse primeiro os estudos, que me formasse. E disse isto com os mesmos lábios, que pareciam ser o único livro do mundo, o livro universal, a melhor das academias, a escola das escolas. Apelei dela para ela; escutou-me inflexível. A razão que me deu foi que meu tio podia recear que, uma vez casado, interromperia a carreira.

— E com razão, concluiu. Ouça-me: só me caso com um doutor.

Cumprimos ambos a promessa. Durante algum tempo andou ela pela Europa, com uma cunhada e o marido desta; e as saudades foram então as minhas disciplinas mais duras. Estudei pacientemente; despeguei-me de todas as vadiações antigas. Recebi o capelo na véspera da bênção matrimonial; e posso dizer, sem hipocrisia, que achei o latim do padre muito superior ao discurso acadêmico.

Semanas depois, pediu-me Iaiá Lindinha que viéssemos ao Rio de Janeiro. Cedi ao pedido, confesso que um pouco atordoado. Cá viria achar o meu amigo Norberto, se é que ele ainda residia aqui. Ia em mais de três anos que nos não escrevíamos; já antes disso as nossas cartas eram breves e sem interesse. Saberia do nosso casamento? Dos precedentes? Viemos; não contei nada a minha mulher.

Para quê? Era dar-lhe notícia de uma aleivosia oculta, dizia comigo. Ao chegar, pus esta questão a mim mesmo, se esperaria a visita dele, se iria visitá-lo antes; escolhi o segundo alvitre, para avisá-lo das cousas. Engenhei umas circunstâncias especiais, curiosas, acarretadas pela Providência, cujos fios ficam sempre ocultos aos homens. Não me ria, note-se bem; minha imaginação compunha tudo isso com seriedade.

No fim de quatro dias, soube que Norberto morava para os lados do Rio Comprido, estava casado. Tanto melhor. Corri a casa dele. Vi no jardim uma preta amamentando uma criança, outra criança de ano e meio, que recolhia umas pedrinhas do chão, acocorada.

— Nhô Bertinho, vai dizer a mamãe que está aqui um moço procurando papai.

O menino obedeceu; mas, antes que voltasse, chegava de fora o meu velho amigo Norberto. Conheci-o logo, apesar das grandes suíças que usava; lançamo-nos nos braços um do outro.

— Tu aqui? Quando chegaste?

— Ontem.

— Estás mais gordo, meu velho! Gordo e bonito. Entremos. Que é? continuou ele inclinando-se para Nhô Bertinho, que lhe abraçava uma das pernas.

Pegou dele, alçou-o, deu-lhe trinta mil beijos ou pouco menos depois, tendo-o num braço, apontou para mim.

— Conheces este moço?

Nhô Bertinho olhava espantado, com o dedo na boca. O pai contou-lhe então que eu era um amigo de papai, muito amigo, desde o tempo em que vovô e vovó eram vivos...

— Teus pais morreram?

Norberto fez-me sinal que sim, e acudiu ao filho, que com as mãozinhas espalmadas pegava da cara do pai, pedindo-lhe mais beijos. Depois, foi à criança que mamava, não a tirou do regaço da ama, mas disse-lhe muitas cousas ternas, chamou-me para vê-la, era uma menina. Revia-se nela, encantado. Tinha cinco meses por ora; mas se eu voltasse ali quinze anos depois, veria que mocetona. Que bracinhos! que dedos gordos! Não podendo ter-se, inclinou-se e beijou-a.

— Entra, anda ver minha mulher. Jantas conosco.

— Não posso.

— Mamãe, está espiando, disse Nhô Bertinho.

Olhei, vi uma moça à porta da sala, que dava para o jardim; a porta estava aberta, ela esperava-nos. Subimos os cinco degraus; entramos na sala. Norberto pegou-lhe nas mãos, e deu-lhes dous beijos. A moça quis recuar, não pôde, ficou muito corada.

— Não te vexes, Carmela, disse ele. Sabes quem é este sujeito? É aquele Barros de quem te falei muitas vezes, um Simeão, estudante de medicina... A propósito, por que é que não me respondeste à participação do casamento?

— Não recebi nada, respondi.

— Pois afirmo que foi pelo correio.

Carmela ouvia o marido com admiração; ele tanto fez, que foi sentar-se ao pé dela, para lhe reter a mão, às escondidas. Eu fingia não ver nada, falava dos tempos acadêmicos, de alguns amigos, da política, da guerra, tudo para evitar que ele me perguntasse se estava ou não casado. Já me arrependia de ter ido ali; que lhe diria, se ele tocasse ao ponto e indagasse da pessoa? Não me falou em nada; talvez soubesse tudo.

A conversação prolongou-se; mas eu teimei em sair, e levantei-me, Carmela despediu-se de mim com muita afabilidade. Era bela; os olhos pareciam dar-lhe um resplendor de santa. Certo é que o marido tinha-lhe adoração.

— Viste-a bem? perguntou-me ele à porta do jardim. Não te digo o sentimento que nos prende, estas cousas sentem-se, não se exprimem. De que sorris? Achas-me naturalmente criança. Creio que sim; criança eterna, como é eterno o meu amor.

Entrei no tílburi, prometendo ir lá jantar um daqueles dias.

— Eterno! disse comigo. Tal qual o amor que ele tinha a minha mulher.

E, voltando-me para o cocheiro, perguntei-lhe:

— O que é eterno?

— Com perdão de V.S.a, acudiu ele, mas eu acho que eterno é o fiscal da minha rua, um maroto que, se não lhe quebro a cara um destes dias, a minha alma se não salve. Pois o maroto parece eterno no lugar; tem aí não sei que compadres... Outros dizem que... Não me meto nisso... Lá quebrar-lhe a cara...

Não ouvi o resto: fui mergulhando em mim mesmo, ao zunzum do cocheiro. Quando dei por mim, estava na rua da Glória. O demônio continuava a falar; paguei, e desci até à Praia da Glória, meti-me pela do Russell e fui sair à do Flamengo. O mar batia com força. Moderei o passo, e pusme a olhar para as ondas que vinham ali bater e morrer. Cá dentro, ressoava, como um trecho musical, a pergunta que fizera ao cocheiro: O que é eterno? As ondas, mais discretas que ele, não me contaram os seus particulares, vinham vindo, morriam, vinham vindo, morriam.

Cheguei ao Hotel de Estrangeiros ao declinar da tarde. Minha mulher esperava-me para jantar. Eu, ao entrar no quarto, peguei-lhe das mãos, e perguntei-lhe:

— O que é eterno, Iaiá Lindinha?

Ela, suspirando:

— Ingrato! é o amor que te tenho.

Jantei sem remorsos; ao contrário, tranqüilo e jovial. Cousas do Tempo! Dá-se-lhe um punhado de lodo, ele o restitui em diamantes...

O adotado

Cristovão Tezza

O enfermeiro

Machado de Assis

O adotado

Cristovão Tezza

De tudo que ele leu e releu naquela carta que só por um milagre chegou às suas mãos — meses antes entregue pelo correio numa espelunca em que ele não morava já há mais de dois anos, e dali, por um vago conhecido, até a boate em que ele também não mais batia ponto, caindo enfim por um golpe de sorte no colo da velha e boa Maria, que lembrou da pensão e bateu na sua porta com tramela de madeira, no fundo do corredor escuro, à esquerda, foi o que disseram a ela de má vontade na recepção, e Maria avançou até ali, o Reinaldo está mal, alguém sussurrou, e ele ouviu sem respirar antes de abrir a porta, atento a todos os detalhes da atmosfera como um bigode de gato, mas falavam de fracasso, não de saúde, que sempre foi milagrosamente boa, resistindo a todas as pancadarias, ele pensaria depois, já no ônibus para Curitiba — de tudo que estava escrito com a letra miúda e feroz ficaram dois trechos, sublinhados com a força de quem não tem o hábito da escrita, como ele, quase rasgando o papel, juntando num só movimento a intenção e o sinal, *Estou no fim,* ela sublinhou, e logo adiante, *Venha,* essa palavra marcada duas vezes, quase riscada pela mão trêmula, como quem insiste a contragosto; mas o principal eram as três notas de cinqüenta, dobradas duas vezes dentro de outro envelope, menor, que ele discretamente ocultou dos olhos de Maria embevecida diante dele, à espera de um agrado. Ficou com vergonha de lhe oferecer apenas moedas pela gentileza de trazer a carta, e ele precisaria daquele dinheiro para a passagem e pequenas despesas; e uma ponta de náusea impediu-o de abraçá-la, ou beijá-la, talvez levá-la à cama e tentar comê-la, naquela manhã, como em tantas outras no passado — ele abriu uma fresta da janela que dava a um esgoto, fundos de taperas, carrinhos de coletar papel, adiante a língua negra do que teria sido um rio — naquela manhã sombria. Talvez ela só quisesse um abraço, como um cachorro abandonado, ou um café — a pensão tinha café-da-manhã, com pão e geléia, bastante razoável, mas ele estava sem pagar fazia dois meses e preferia desaparecer cedo pelos fundos e percorrer São Paulo, o céu e o inferno, atrás de seus bicos —, ou mesmo nada, Maria não queria nada, ela trouxe a carta pelo simples desejo de fazer a coisa certa, algumas pessoas são assim, não ganham nada com porra nenhuma, mas sempre fazem o que devem fazer, todos os dias, uma gente treinada, ele especulava depois, sonolento no ônibus, sentindo que a sua vida estava prestes a mudar, ou a recuperar o que é meu, ele chegou a dizer, quase vingativo, ou indignado, eu tenho direitos. Foi muito bom ter conservado o seu terno, ainda apresentável, a mesma gravata vermelha de sempre que era o seu cartão de visitas: gostava de ficar à porta das boates, botecos, inferninhos, controlando a entrada — ele era um segurança confiável, boa-pinta, mas foi perdendo seus pontos todos, perdendo conta bancária, moradia, mulher, tudo, foi perdendo a confiança nele mesmo e os outros foram fazendo a mesma coisa, acreditando na descrença dele. É assim, o pastor lhe disse, se nem você se interessa por você, por que eu vou me interessar? Foi aprendiz de pastor por um tempo, aquele era o caminho da riqueza, decidiu, lendo a Bíblia, mas faltava-lhe vocação, é preciso crer, dizia-lhe o homem, livrando-se dele com duas ou três notas e um tapinha nas costas. Talvez mudar de vida, ele chegou a sonhar — foi a uma Lan House de periferia oferecer serviços de segurança e em troca lhe deram um curso gratuito de Windows, que ele fez, sentindo o estalo de uma outra vida, sem internet você não é ninguém, lhe disseram, aqueles dedos acostumados a agarrar colarinhos agora tateando a delicadeza das teclas, de volta ao ensino médio perdido para sempre, mas também isso foi inútil: é muita coisa conspirando contra, ele costumava pensar, todos esses filhos da puta, a começar por sua mãe, que o tirou da sarjeta — ele gostava da expressão, o toque dramático — e o devolveu a ela, é olho por olho, seu vagabundo. Jurou nunca mais voltar a Curitiba, mas é o destino, não adianta lutar contra o destino — isso era Maria quem costumava dizer, e tinha razão. O tal do destino. Você é um predestinado, disse-lhe também o pastor. Um predestinado ao desastre, ele contra-argumentava em silêncio. Nada está em nossas mãos, nem nascer, ele tentava formular, para daí sentir a encruzilhada: suportar calado os golpes do destino ou insurgir-se contra eles? Latir ou botar o rabo entre as pernas? Na parada de Registro desceu do ônibus esmagado pela aflição — lembrou da última vez em que esteve ali, exatamente nesse lugar, ele conferiu, a mesma placa no restaurante. Desceu feliz do ônibus, estava indo pela primeira vez a São Paulo, o bolso cheio de dinheiro; mal deu três passos, a polícia agarrou-o, meteu-o no escuro de um camburão e levou-o de volta a Curitiba onde ele ficou três anos, dois meses e cinco dias, presídio do Ahu, crime de estelionato, denunciado pela própria mãe. Aqueles cheques, que ele falsificava até bem. Mãe adotiva, ele sempre tinha de explicar em seguida, como um cacoete — a palavra mãe, avulsa, não cabia, era excessiva; era preciso diminuí-la com "adotiva", como se fosse ela a adotada, e não ele. Jamais foi visitá-lo no Ahu. Três, dois e cinco, o que dá dez, e hoje é dia dez, está amanhecendo o dia dez em Curitiba, e estamos em outubro, que é mês dez (conferiu nos dedos) e ele saiu lento da Rodoferroviária, a velha maleta à mão, com a carta e uma muda de roupa, e sentiu no rosto a friagem de Curitiba, sua conhecida, aquela espécie de gelo que é a alma dessa cidade, ele pensou. Por um momento imaginou-se uma pessoa importante que retorna à terra natal, deu alguns passos solenes em direção à fila dos táxis, alguém que assume um papel ou que já tem um papel definido na vida, um lugar certo, até o queixo se ergueu um pouco, era como que a sombra de uma vingança, um troco que ele dava, mesmo que de vento. A altissonância de dizer: Estou aqui! Mas pensou melhor: não gastaria seus últimos trocados com táxi — se ele ainda lembrava bem de sua terra, poderia perfeitamente ir a pé até o Juvevê e extrair algum prazer da caminhada revendo o território da sua infância. Mais tarde ele lembraria, como quem se orgulha do risco: e mal me passou pela cabeça a idéia de que a velha estivesse morta, o que teria tornado inútil essa viagem — a carta tinha já uns quatro meses. Eu acho que eu queria mesmo voltar de qualquer jeito, o retorno do filho pródigo, como está na Bíblia, com mãe ou sem mãe. Sou filho de Curitiba, ele se viu dizendo, alimentando um fio de dignidade, alguém que se agarra a uma sombra, a cada passo criando defesas para o pior — quem sabe a velha nem o recebesse mais, arrependida, e ele ficaria na calçada com a maleta na mão. Tudo está mudado nessa cidade, parece quase uma metrópole. Saí daqui — e ele voltou aos dedos — em 1987, estamos em 2006. É muito tempo. E tenho 43 anos, ele calculou, 44 em dezembro — também é muito tempo para tão pouco resultado. Ela não ajudou muito. Mas não estou no fim. *Venha*. Quem sabe agora. Releu outra vez o endereço no envelope: Avenida João Gualberto. Ele conhecia bem essa cidade. Andava por tudo, nas horas erradas, quando devia estar na escola. A escola da rua, o pastor dizia, a pior de todas. O Hospital das Clínicas, ele lembrou. Cortar caminho por ali. Sem pensar em nada — apenas o jogo de localizar, no presente, fachadas, recortes, ruas, esquinas, os fantasmas do passado, cobrir um tempo com as peças de outro tempo e pouca coisa coincidia — chegou enfim diante do prédio. No grande espelho do saguão — um prédio de ricos — achou que o sapato, só o sapato, seria velho demais para aquele ambiente; mesmo assim o porteiro veio direto em sua direção, o olho treinado para separar o joio do trigo — é a cicatriz no pescoço, é essa pele morena demais, a velha errou na escolha da criança, uma adoção temporã, apontou o dedo ("eu quero aquela criança ali") sem prestar atenção e acabou levando um produto com defeito, é esse olhar de ex-presidiário, é essa maleta de pensão, até mesmo o corte do cabelo, esses caras sacam de primeira, eu sei porque também sou porteiro, quem não julga pela aparência é um idiota. Os porteiros são os autênticos guardiões da cidade, bravos soldados, cada um em sua trincheira. O primeiro teste: estaria viva?

— Estou visitando minha mãe.

— Ela trabalha em que apartamento?

— O senhor não entendeu. É a dona Eunice. No décimo andar.

O homem olhou para ele com assombro. Reinaldo encontrava o primeiro rival do dia, como um treino para o que viria em seguida, lá em cima, ele imaginou, enfrentar a velha ainda viva, ele tremeu, enquanto o porteiro apertava os números do interfone sem tirar os olhos dele. Filho falso, mas único, continuou, uma máquina de pensar matutando se teria algum direito a alguma coisa, mesmo depois de preso. Vá com muita calma, Reinaldo, ele mesmo se disse, vá com muita calma ou você volta rapidinho para a merda. O homem ouviu alguma coisa positiva do outro lado do fio e armou um sorriso ressabiado.

— Eu não sabia que dona Eunice tinha filho.

Ele não respondeu, ignorou o porteiro e apertou o 10. Subiu com medo. Quem abriu a porta foi uma jovem de branco que fez algum esforço para ser gentil mas não pôde esconder — o quê?, ele tentava descobrir, enquanto estendia a mão com um sorriso consternado, a voz baixa, Ela está bem?, talvez não pôde esconder a decepção por esse filho: a aparência. A aparência é brutal, sempre — as pessoas vêem, ele depois pensaria, já sozinho com a mãe, as pessoas vêem e decidem, esse entra, aquele não entra, e isso é tudo.

O medo da morte acovarda, falsifica, transtorna (mas não transforma — ela sempre foi assim, ele sabe). Segurou a mão gelada da velha com suas duas mãos quentes e o melhor sentimento que ele conseguiu colocar no tom de voz, mas sem embargá-la, o que seria ridículo:

— Como está minha dona Eunice?

Não conseguiu dizer "mãe". E o "minha" chegou a esganiçar de tão falso. O quarto era como um quarto de hospital. A moça explicou, sussurrando:

— Ela não quer sair daqui. Teve uma crise.

Ele olhou os tubos em volta e reservou um pequeno sobressalto para pensar depois: isso estaria custando os tubos, e quase riu, já de novo no limiar da pobreza — dona Eunice ainda vai acabar levando tudo com ela à beira da morte. A voz trêmula, mas os olhos vivíssimos, dois pontos negros e agudos avaliando o filho e a lucidez:

— Estou no fim, Reinaldo. — Declamou: — Eu não queria morrer sem ver você de novo.

— Não diga isso, mãe. — Agora conseguiu chamá-la assim, e se sentiu bem. — Demorei porque a carta levou meses para me achar. Mudei de emprego, mudei de endereço.

O velho endereço de onde ele escrevia, inútil, pedindo ajuda, até desistir.

— Puxe uma cadeira — e ela sacudiu a outra mão; do braço saía um tubo de soro, e ela gemeu.

A moça se apressou em trazer uma cadeira, sorridente. Era uma mulher bem-tratada, ele avaliou, e imediatamente imaginou-se nu com ela em alguma cama futura, e sentiu medo, como sempre. Quem sabe ainda conseguisse? Talvez uma cúmplice; ele iria precisar? Nesse momento ela só não quer perder o emprego, mas vai ser útil aqui, decidiu, como quem enfim tem um projeto na vida.

— É a Mara. Meu anjo da guarda. Enfermeira formada.

Ele apertou a mão quente e seca de Mara, olhos nos olhos:

— Muito obrigado por tudo que você tem feito por minha mãe.

Ela sorriu, ainda desconfiada. Quanto tempo a velha ainda vai levar de vida?, ele se perguntou, fechando os olhos: uma coisa de cada vez. Mara mostrou o vidro de drágeas vermelhas e brilhantes: daqui a uma hora, duas dessas.

— Eu já dei o calmante. A crise está passando. Vou deixar vocês sozinhos.

— Tudo bem. Parece incrível, mas também fiz um curso de enfermeiro. Posso ajudar você bastante.

Curso de técnico de enfermagem para a ressocialização de apenados com bom comportamento do Presídio do Ahu, mas isso ele não disse. Chegou a trabalhar num hospital em São Paulo por dois meses, até ser expulso por tráfico de remédios. Escapou por um triz de ser indiciado.

— Ela vinha falando muito de você.

Sorriu de novo, saiu e fechou a porta. Uma moça gentil tentando descobrir qual seria seu papel daqui para a frente, ainda insegura. Ela é como eu: precisa desse emprego, ele pensou, antes de enfim fixar os olhos nos olhos negros da mãe, e sentiu o mesmo frio na espinha da infância — agora ela não teria forças para espancá-lo, mas o poder do olhar continuava intacto.

— Fale de você. Você está bem, meu filho?

Ele fez que sim. Sustentou o olhar:

— Aqueles anos que passei no presídio foram a melhor coisa que me aconteceu na vida. Eu queria lhe dizer isso um dia. — Estaria ela acreditando? Sim, os olhinhos queriam acreditar. Ele percebeu que agora era ela que precisava de perdão e reconhecimento. Meteu a alavanca naquela pequena fresta da alma e passou a abri-la, com cuidado, para que não fugisse. — Claro, mãe, tive altos e baixos, momentos difíceis. Mas a senhora me deu as armas para sobreviver. No começo, fiquei ressentido. Mas fui ficando adulto e entendendo. Eu estava mesmo planejando voltar — e apertou levemente a mão fria. Os olhos dela percorriam seu rosto, devassavam cada centímetro atrás de alguma verdade. Seria mesmo isso que ela estava ouvindo? — Vivi um pouco de bicos, depois fiz um curso de informática e hoje estou bem em São Paulo. — Suspirou um suspiro medido e sincero: — Quer dizer, recomeçando. Com saúde. Inteiro. O que a senhora precisar, eu —

A voz embargou, mas desta vez era verdade — lembrou dos espancamentos quase diários. Lembrou daquele incrível horror que foi sua infância, a criança adotada como criado; a orelha de abano de tanto ser puxada; os tapas violentos no rosto; os cascudos implacáveis; lembrou da vergonha que ela sentia por tê-lo ali ao lado, aquele menino sujo (ela gostava de chamá-lo de sujo diante dos outros), sem remissão nem solução. Lembrou também do que ele fazia em troca, olho por olho; lembrou dos furtos, dos roubos, depois dos assaltos; lembrou, enfim, da última cartada, que acabou em Registro, e do recado que recebeu para que desaparecesse de sua vida. "Que você morra", repetiu o guarda, sorrindo — era a mensagem da mãe. Ela parecia rever o mesmo filme nos olhos dele:

— Aqueles tempos eram outros. Tudo era muito difícil, muito bruto.

— Sim. Hoje as coisas mudaram.

Lembrou do dia em que foi currado no presídio, e do plano que arquitetou para matá-los (eram três; ainda hoje lembra nitidamente cada um deles e cada minuto), que nunca realizou, por medo. Talvez seja esse o momento: passar a vida, aquilo que ele vem chamando de vida por falta de uma palavra melhor, a limpo. Pensou em Mara e na dificuldade sexual — era preciso vencê-la. Os dedinhos ossudos da velha apertaram a sua mão suada, num resíduo de afeto:

— Fique no quarto maior. E compre roupa. Esse teu terno parece de empregadinho.

Ele concordou, pensando — e era como um plano que lhe vinha inteiro à cabeça — em trocar aquelas drágeas vermelhas por alguma outra coisa.

Orgulhoso de seu autocontrole, foi avançando passo a passo para dominar a nova casa; e o seu retorno como que rejuvenesceu a velha, para alegria de todos — na verdade, apenas de Mara e dos dois médicos que apareciam lá. Detalhista à perfeição, dona Eunice conduziu sua vida inteira de modo a morrer inapelavelmente só.

— Você fez bem a ela — disse um deles, a mão cordial no seu ombro. — Isso está lhe dando uma boa sobrevida.

Era preciso cuidar das coisas práticas, entretanto; do primeiro cheque — a mão da velha tremia, mas ainda era sólida o suficiente — com que tentou perder seu ar de empregadinho comprando novas roupas, até os subseqüentes, para o supermercado e a burocracia da casa, foi ganhando confiança, na mesma medida em que a velha também ressuscitava, voltando a espancá-lo, agora apenas com palavras em que a agressão simulava uma forma tosca de carinho — "Você sempre foi desleixado", e ela ria um riso fininho e poderoso, ou "Ele nunca teve a cabeça muito boa, o meu menino", e ela dava tapinhas na mão dele, contando a Mara suas desventuras, ocultando entretanto o principal, aqueles três anos, dois meses e cinco dias, como um acordo silencioso entre os dois. Às vezes, como quem volta à realidade e à compulsão do veneno, a alma dela cochichava coisas terríveis que escapavam pela fragilidade da doença: "Você nunca teve caráter", "Eu não sei onde estava com a cabeça quando te peguei para criar" — mas eram monólogos raros e sussurrantes, de onde ela rapidamente emergia ou para o sono, ou para a conciliação. O desejo de mentir, mais forte, permanecia vivo e mútuo: "Eu não conseguiria viver outro ano longe da senhora", ele dizia, oferecendo o copo com água e o comprimido vermelho, e ela melhorava a qualidade de suas transgressões passadas, inventando histórias — "Trazia mulheres para casa, veja só, Mara, que safadinho!", e ele simulava vergonha diante da enfermeira, balbuciando alguma explicação inútil, na verdade apenas um jogo de subentendidos engraçados, e ao fim, como uma barreira que se transpõe, ela repetia várias vezes a mentira piedosa, contrita, verdadeira, sentida: "Acredite, o Reinaldo no fundo sempre foi muito obediente, uma criança carinhosa", e aqueles tapinhas da mão seca na mão insegura dele pareciam indicar que ela de fato acreditava nisso. Ele estava vencendo a guerra e viveu um surto poderoso de auto-estima. O velho curso de informática lhe foi útil — convenceu-a a comprar um computador com banda larga para melhor controlar as contas da mãe, "A senhora não pode ficar se matando aí para preencher um cheque, hoje em dia é tudo com cartão. Sem internet a gente não existe". Foi ganhando confiança com a ajuda de Mara (as mãos se tocando às vezes no movimento de mouse, ela explicava algum detalhe do Explorer), enquanto a velha percebia sua vida ser facilitada — bastava pensar, e ele realizava, os melhores filmes em DVD, que ele mesmo escolhia na prateleira dos clássicos e com ela assistia, controle remoto à mão, ouvindo calado os comentários: "Essa Elizabeth Taylor sempre foi uma vadia", ou "Não sei que graça acham em Marcelo Mastroianni". Quando ela pegava no sono, na metade do filme, ele ia à internet e passava a noite navegando em sites pornográficos, o que sempre lhe dava um difuso sentimento de culpa e um projeto de mudar de vida no dia seguinte. Mas avançava de fato nessa direção: a partir de um folheto de rua contratou uma firma para limpar seu nome no Serviço de Proteção ao Crédito e regularizar seus documentos; refez dois anos de imposto de renda para recuperar seu CPF; tentou até uma nova carteira de identidade em que constasse o nome de algum pai, mas isso não conseguiu; e finalmente abriu uma própria conta no banco, para onde transferia sua mesada, no começo de comum acordo com a velha, depois aumentando pouco a pouco o valor.

Pensou pela primeira vez em Maria — recompensá-la pela entrega da carta milagrosa, quem sabe, e a simples idéia deixou-o feliz, eu sou um homem bom, ele descobriu, surpreso. Talvez trazê-la para cá, sim — mas não conseguia encaixá-la naquela paisagem; melhor não. Tentava vê-la naquela sala, sentada na poltrona maior, fumando um cigarro, mas não havia cinzeiros aqui; ouvia sua risada aguda e rascante (os vizinhos ouviriam?); quem sabe fizessem amor no tapete, ao modo cachorrinho, como ela gostava de propor, a bunda arrebitada, e ele sentiu o sopro de um desejo só em imaginar; levá-la ao shopping, quem sabe; ela ficaria feliz; mas nada se fixava, ela seria a pessoa errada no lugar errado. Melhor dinheiro vivo. Sim, um bom cheque ao portador — e imaginou-a abrindo o envelope; talvez pagar um tratamento dentário completo. Tanta coisa ele podia fazer por ela! Alimentar essa idéia lhe fez bem — afinal, se não fosse ela —

Mantinha-se entretanto cuidadoso com o dinheiro; uma pergunta indiscreta de um dos médicos, de supetão — "Quem está controlando a contabilidade da dona Eunice?" — alertou-o para o perigo de ir com muita sede ao pote, os generosos fundos de investimento de onde ele beliscava aqui e ali, sempre pensando em justificativas sólidas no caso improvável de alguém, o gerente, talvez, comentar alguma coisa. Além disso, a medicina é uma atividade insaciável, e depois de reclamar uma vez da conta quinzenal apresentada como quem se queixa ao garçom e sentir a instantânea e agressiva hostilidade dos médicos, ele percebeu que era melhor pagar em dia e sem conferir, defendendo-os junto à dona Eunice, "Eles são ótimos e estão fazendo de tudo pela sua saúde", ele repetia — um bom filho, todos acabavam por concordar em torno da cama da moribunda. Era o momento de começar a afastar Mara dali — ela poderia vir apenas meio turno, ou só à noite para os momentos de higiene, sempre a parte mais difícil de lidar, aqueles penicos de aço, o eterno desconforto da merda, a intimidade devassada das partes. Sim, meio turno, "com o mesmo salário", ele explicou, para que ela não fosse prejudicada.

— Afinal, você tem feito muito por ela. Sou muito agradecido.

Como ficavam bastante tempo juntos, ela acabava perguntando coisas demais e ele se sentia ameaçado — a fantasia original de seduzi-la (ambos matariam a velha, casariam em comunhão de bens e seriam felizes para sempre naquela mesma casa) passou a assustá-lo, como se ela soubesse do plano idiota, as perguntas cada vez mais agudas investigando o filho milagroso. Essa cicatriz no pescoço, foi acidente? — e ele demorou a balbuciar uma história que substituísse o quase enforcamento de uma briga de rua. Melhor criar distância. E afinal ele já sabia tudo, das bandejas de congelados especiais para mamãe ao horário implacável dos remédios; e dona Eunice melhorava, dia a dia — numa tarde, arriscou alguns passos pelo corredor até a sala e reclamou da bagunça da casa. Por causa disso, teve de chamar Mara, que chamou imediatamente o médico —

nada muito grave, ela terá uma sobrevida ainda de um ou dois anos, mas ainda não deve se levantar em hipótese alguma, o homem frisou, aceitando o cheque da visita extra, que pôs no bolso sem olhar.

Era o momento exato, ele calculou, ou a agonia não teria fim: começou a substituir as drágeas, aquela bateria de comprimidos diferentes, por outros contra resfriado e dor de cabeça, mas não tudo de uma vez, um sim, outro não, para sentir os efeitos. No controle da temperatura e da pressão, passou a marcar dados errados, sempre com notícias boas ou razoáveis. Na última vez que ouviu a voz da mãe ela fez uma pergunta vazia, um som já sem corpo, só os olhinhos negros ainda vivos: "Não são dois comprimidos nessa hora?" Talvez ela pressentisse que estava sendo assassinada. Ele não respondeu, pondo-lhe na língua uma aspirina e quase afogando-a impaciente com o copo d'água, que ela morresse logo, levasse seus setenta anos para o inferno. Os comprimidos verdadeiros, jogava-os na privada e dava descarga, que não ficassem pistas. Ela parecia dormir quando ele conferiu três horas depois, mas já estava morta. Não sofreu, ela de fato não sofreu nada, ela viveu a vida que viveu, todos os 70 anos, e não sofreu absolutamente nada, ela morreu como se fosse um anjo, ele se espantaria depois, quase indignado, repetindo aos médicos, práticos e solenes diante dele, sim, dizia um deles, ela morreu tranqüila, foi uma felicidade. O outro suspirou. Bem, vamos resolver tudo o que for preciso, e tirou um celular do bolso. Você quer um calmante?, o outro ofereceu — imagino o estresse que você está passando, todo esse tempo, mas ele estava bem, obrigado. A essa altura, praticamente todo o dinheiro da velha já estava na sua conta, se fosse só por isso nem precisava inventário. Claro, havia os imóveis de dona Eunice, ele nunca soube quantos eram, a começar por esse apartamento antigo, maravilhoso, que os médicos investigavam com um toque de curiosidade, como se não conhecessem o local — para lidar com isso contrataria um escritório de advocacia. Mais tarde, trâmites encaminhados, os médicos se despediram dele com abraços apertados e o toque de efusão que se dispensa aos ganhadores de uma loteria:

— Ela descansou.

Quando Mara chegou, de fato chocada pela notícia, uma boa alma, o apartamento já estava vazio. Abraçaram-se, canhestros. Ele segurou os ombros dela:

— Obrigado por tudo.

— Não me agradeça. Você foi o verdadeiro enfermeiro de dona Eunice.

Ele vislumbrou um duplo sentido naquilo, e tirou o talão de cheques do bolso. O próprio tom de voz mudava, agora mais firme nas pernas:

— Minha mãe queria muito que eu recompensasse você quando ela partisse. Você foi muito mais que uma enfermeira.

Mara recebeu o cheque sem conferir, com um agradecimento discreto: olhava nos olhos dele, inquiridora. Ia perguntar algo, talvez algum detalhe do passamento, ele imaginou, mas ela desistiu, dando três passos em direção à porta.

— Quando será o enterro?

— Amanhã. Não sei a hora ainda. Eu aviso você.

Esqueceu de avisar. Passou a noite inteira sozinho com sua mãe numa das capelas do cemitério do Barigüi, onde a velha tinha um jazigo. Não completamente sozinho; duas salas adiante um morto popular que chegou de madrugada encheu subitamente de gente aquele espaço público e alguns assinaram por engano o livro de visitas da dona Eunice, trocando com ele algumas palavras atrapalhadas de sono, consternação e pêsames. Só então ele percebeu que não havia uma única coroa ali e sentiu uma ponta de vergonha. No velório vizinho não paravam de chegar flores, coroas, arranjos e gente. De manhã cedo foi até o quiosque de coroas e pensou em comprar uma de bom tamanho, mas não haveria tempo para escrever dizeres personalizados na fita branca, o homem explicou, e ele sentiu um desejo irritado de acabar logo com aquilo e não comprou nada. Felizmente o jazigo não era longe, e no momento do enterro, às nove da manhã, ele acompanhou o carrinho com os quatro funcionários. Uma bela manhã de sol. O trabalho foi rápido e feito em silêncio. Assinou ainda uns papéis e voltou caminhando até encontrar um táxi. Olhar perdido pela janela, súbito lhe ocorreu que em algum lugar da cidade estaria sua mãe verdadeira e a idéia caiu-lhe na alma por alguns segundos com o peso de um sonho. Depois, sentiu uma coisa ruim no estômago, talvez no esôfago, e ele se apalpou. Acho que é azia, disse em voz alta. Foi o café, tomei muito café no velório, explicou ao motorista.

O enfermeiro

Machado de Assis

Parece-lhe então que o que se deu comigo em 1860, pode entrar numa página de livro? Vá que seja, com a condição única de que não há de divulgar nada antes da minha morte. Não esperará muito, pode ser que oito dias, se não for menos; estou desenganado.

Olhe, eu podia mesmo contar-lhe a minha vida inteira, em que há outras cousas interessantes, mas para isso era preciso tempo, ânimo e papel, e eu só tenho papel; o ânimo é frouxo, e o tempo assemelha-se à lamparina de madrugada. Não tarda o sol do outro dia, um sol dos diabos, impenetrável como a vida. Adeus, meu caro senhor, leia isto e queira-me bem; perdoe-me o que lhe parecer mau, e não maltrate muito a arruda, se lhe não cheira a rosas. Pediu-me um documento humano, ei-lo aqui. Não me peça também o império do Grão-Mogol, nem a fotografia dos Macabeus; peça, porém, os meus sapatos de defunto e não os dou a ninguém mais.

Já sabe que foi em 1860. No ano anterior, ali pelo mês de agosto, tendo eu quarenta e dous anos, fiz-me teólogo, — quero dizer, copiava os estudos de teologia de um padre de Niterói, antigo companheiro de colégio, que assim me dava, delicadamente, casa, cama e mesa. Naquele mês de agosto de 1859, recebeu ele uma carta de um vigário de certa vila do interior, perguntando se conhecia pessoa entendida, discreta e paciente, que quisesse ir servir de enfermeiro ao coronel Felisberto, mediante um bom ordenado. O padre falou-me, aceitei com ambas as mãos, estava já enfarado de copiar citações latinas e fórmulas eclesiásticas. Vim à corte despedir-me de um irmão, e segui para a vila.

Chegando à vila, tive más notícias do coronel. Era homem insuportável, estúrdio, exigente, ninguém o aturava, nem os próprios amigos. Gastava mais enfermeiros que remédios. A dous deles quebrou a cara. Respondi que não tinha medo de gente sã, menos ainda de doentes; e depois de entender-me com o vigário, que me confirmou as notícias recebidas, e me recomendou mansidão e caridade, segui para a residência do coronel.

Achei-o na varanda da casa estirado numa cadeira, bufando muito. Não me recebeu mal. Começou por não dizer nada; pôs em mim dous olhos de gato que observa; depois, uma espécie de riso maligno alumiou-lhe as feições, que eram duras. Afinal, disse-me que nenhum dos enfermeiros que tivera, prestava para nada, dormiam muito, eram respondões e andavam ao faro das escravas; dous eram até gatunos!

— Você é gatuno?

— Não, senhor.

Em seguida, perguntou-me pelo nome: disse-lho e ele fez um gesto de espanto. Colombo? Não, senhor: Procópio José Gomes Valongo. Valongo? achou que não era nome de gente, e propôs chamar-me tão-somente Procópio, ao que respondi que estaria pelo que fosse de seu agrado. Conto-lhe esta particularidade, não só porque me parece pintá-lo bem, como porque a minha resposta deu de mim a melhor idéia ao coronel. Ele mesmo o declarou ao vigário, acrescentando que eu era o mais simpático dos enfermeiros que tivera. A verdade é que vivemos uma lua-de-mel de sete dias.

No oitavo dia, entrei na vida dos meus predecessores, uma vida de cão, não dormir, não pensar em mais nada, recolher injúrias, e, às vezes, rir delas, com um ar de resignação e conformidade; reparei que era um modo de lhe fazer corte. Tudo impertinências da moléstia e do temperamento. A moléstia era um rosário delas, padecia de aneurisma, de reumatismo e de três ou quatro afecções menores. Tinha perto de sessenta anos, e desde os cinco toda a gente lhe fazia a vontade. Se fosse só rabugento, vá; mas ele era também mau, deleitava-se com a dor e a humilhação dos outros. No fim de três meses estava farto de o aturar; determinei vir embora; só esperei ocasião.

Não tardou a ocasião. Um dia, como lhe não desse a tempo uma fomentação, pegou da bengala e atirou-me dous ou três golpes. Não era preciso mais; despedi-me imediatamente, e fui aprontar a mala. Ele foi ter comigo, ao quarto, pediu-me que ficasse, que não valia a pena zangar por uma rabugice de velho. Instou tanto que fiquei.

— Estou na dependura, Procópio, dizia-me ele à noite; não posso viver muito tempo. Estou aqui, estou na cova. Você há de ir ao meu enterro, Procópio; não o dispenso por nada. Há de ir, há de rezar ao pé da minha sepultura. Se não for, acrescentou rindo, eu voltarei de noite para lhe puxar as pernas. Você crê em almas de outro mundo, Procópio?

— Qual o quê!

— E por que é que não há de crer, *seu* burro? redargüiu vivamente, arregalando os olhos.

Eram assim as pazes; imagine a guerra. Coibiu-se das bengaladas; mas as injúrias ficaram as mesmas, se não piores. Eu, com o tempo, fui calejando, e não dava mais por nada; era burro, camelo, pedaço d'asno, idiota, moleirão, era tudo. Nem, ao menos, havia mais gente que recolhesse uma parte desses nomes. Não tinha parentes; tinha um sobrinho que morreu tísico, em fins de maio ou princípios de junho, em Minas. Os amigos iam por lá às vezes aprová-lo, aplaudi-lo, e nada mais; cinco, dez minutos de visita. Restava eu; era eu sozinho para um dicionário inteiro. Mais de uma vez resolvi sair; mas, instado pelo vigário, ia ficando.

Não só as relações foram-se tornando melindrosas, mas eu estava ansioso por tornar à corte. Aos quarenta e dous anos não é que havia de acostumar-me à reclusão constante, ao pé de um doente bravio, no interior. Para avaliar o meu isolamento, basta saber que eu nem lia os jornais; salvo alguma notícia mais importante que levavam ao coronel, eu nada sabia do resto do mundo. Entendi, portanto, voltar para a corte, na primeira ocasião, ainda que tivesse de brigar com o vigário. Bom é dizer (visto que faço uma confissão geral) que, nada gastando e tendo guardado integralmente os ordenados, estava ansioso por vir dissipá-los aqui.

Era provável que a ocasião aparecesse. O coronel estava pior, fez testamento, descompondo o tabelião, quase tanto como a mim. O trato era mais duro, os breves lapsos de sossego e brandura faziam-se raros. Já por esse tempo tinha eu perdido a escassa dose de piedade que me fazia esquecer os excessos do doente; trazia dentro de mim um fermento de ódio e aversão. No princípio de agosto resolvi definitivamente sair; o vigário e o médico, aceitando as razões, pediram-me que ficasse algum tempo mais. Concedi-lhes um mês; no fim de um mês viria embora, qualquer que fosse o estado do doente. O vigário tratou de procurar-me substituto.

Vai ver o que aconteceu. Na noite de vinte e quatro de agosto, o coronel teve um acesso de raiva, atropelou-me, disse-me muito nome cru, ameaçou-me de um tiro, e acabou atirando-me um prato de mingau, que achou frio; o prato foi cair na parede, onde se fez em pedaços.

— Hás de pagá-lo, ladrão! bradou ele.

Resmungou ainda muito tempo. Às onze horas passou pelo sono. Enquanto ele dormia, saquei um livro do bolso, um velho romance de d'Arlincourt, traduzido, que lá achei, e pus-me a lê-lo, no mesmo quarto, a pequena distância da cama; tinha de acordá-lo à meia-noite para lhe dar o remédio. Ou fosse de cansaço, ou do livro, antes de chegar ao fim da segunda página adormeci também. Acordei aos gritos do coronel, e levantei-me estremunhado. Ele, que parecia delirar, continuou nos mesmos gritos, e acabou por lançar mão da moringa e arremessá-la contra mim. Não tive tempo de desviar-me; a moringa bateu-me na face esquerda, e tal foi a dor que não vi mais nada; atirei-me ao doente, pus-lhe as mãos ao pescoço, lutamos, e esganei-o.

Quando percebi que o doente expirava, recuei aterrado, e dei um grito; mas ninguém me ouviu. Voltei à cama, agitei-o para chamá-lo à vida, era tarde; arrebentara o aneurisma, e o coronel morreu. Passei à sala contígua, e durante duas horas não ousei voltar ao quarto. Não posso mesmo dizer tudo o que passei, durante esse tempo. Era um atordoamento, um delírio vago e estúpido. Parecia-me que as paredes tinham vultos; escutava umas vozes surdas. Os gritos da vítima, antes da luta e durante a luta, continuavam a repercutir dentro de mim, e o ar, para onde quer que me voltasse, aparecia recortado de convulsões. Não creia que esteja fazendo imagens nem estilo; digo-lhe que eu ouvia distintamente umas vozes que me bradavam: assassino! assassino!

Tudo o mais estava calado. O mesmo som do relógio, lento, igual e seco, sublinhava o silêncio e a solidão. Colava a orelha à porta do quarto na esperança de ouvir um gemido, uma palavra, uma injúria, qualquer cousa que significasse a vida, e me restituísse a paz à consciência. Estaria pronto a apanhar das mãos do coronel, dez, vinte, cem vezes. Mas nada, nada; tudo calado. Voltava a andar à toa na sala, sentava-me, punha as mãos na cabeça; arrependia-me de ter vindo. — "Maldita a hora em que aceitei semelhante cousa!" exclamava. E descompunha o padre de Niterói, o médico, o vigário, os que me arranjaram um lugar, e os que me pediram para ficar mais algum tempo. Agarrava-me à cumplicidade dos outros homens.

Como o silêncio acabasse por aterrar-me, abri uma das janelas, para escutar o som do vento, se ventasse. Não ventava. A noite ia tranqüila, as estrelas fulguravam, com a indiferença de pessoas que tiram o chapéu a um enterro que passa, e continuam a falar de outra cousa. Encostei-me ali por algum tempo, fitando a noite, deixando-me ir a uma recapitulação da vida, a ver se descansava da dor presente. Só então posso dizer que pensei claramente no castigo. Achei-me com um crime às costas e vi a punição certa. Aqui o temor complicou o remorso. Senti que os cabelos me ficavam de pé. Minutos depois, vi três ou quatro vultos de pessoas, no terreiro, espiando, com um ar de emboscada; recuei, os vultos esvaíram-se no ar; era uma alucinação.

Antes do alvorecer curei a contusão da face. Só então ousei voltar ao quarto. Recuei duas vezes, mas era preciso e entrei; ainda assim, não cheguei logo à cama. Tremiam-me as pernas, o coração batia-me; cheguei a pensar na fuga; mas era confessar o crime, e, ao contrário, urgia fazer desaparecer os vestígios dele. Fui até à cama; vi o cadáver, com os olhos arregalados e a boca aberta, como deixando passar a eterna palavra dos séculos: "Caim, que fizeste de teu irmão?". Vi no pescoço o sinal das minhas unhas; abotoei alto a camisa e cheguei ao queixo a ponta do lençol. Em seguida, chamei um escravo, disse-lhe que o coronel amanhecera morto; mandei recado ao vigário e ao médico.

A primeira idéia foi retirar-me logo cedo, a pretexto de ter meu irmão doente, e, na verdade, recebera carta dele, alguns dias antes, dizendo-me que se sentia mal. Mas adverti que a retirada imediata poderia fazer despertar suspeitas, e fiquei. Eu mesmo amortalhei o cadáver, com o auxílio de um preto velho e míope. Não saí da sala mortuária; tinha medo de que descobrissem alguma cousa. Queria ver no rosto dos outros se desconfiavam; mas não ousava fitar ninguém. Tudo me dava impaciências: os passos de ladrão com que entravam na sala, os cochichos, as cerimônias e as rezas do vigário. Vindo a hora, fechei o caixão, com as mãos trêmulas, tão trêmulas que uma pessoa, que reparou nelas, disse a outra com piedade:

— Coitado do Procópio! apesar do que padeceu, está muito sentido.

Pareceu-me ironia; estava ansioso por ver tudo acabado. Saímos à rua. A passagem da meia escuridão da casa para a claridade da rua deu-me grande abalo; receei que fosse então impossível ocultar o crime. Meti os olhos no chão, e fui andando. Quando tudo acabou, respirei. Estava em paz com os homens. Não o estava com a consciência, e as primeiras noites foram naturalmente de desassossego e aflição. Não é preciso dizer que vim logo para o Rio de Janeiro, nem que vivi aqui aterrado, embora longe do crime; não ria, falava pouco, mal comia, tinha alucinações, pesadelos...

— Deixa lá o outro que morreu, diziam-me. Não é caso para tanta melancolia.

E eu aproveitava a ilusão, fazendo muitos elogios ao morto, chamando-lhe boa criatura, impertinente, é verdade, mas um coração de ouro. E, elogiando, convencia-me também, ao menos por alguns instantes. Outro fenômeno interessante, e que talvez lhe possa aproveitar, é que, não sendo religioso, mandei dizer uma missa pelo eterno descanso do coronel, na igreja do Sacramento. Não fiz convites, não disse nada a ninguém; fui ouvi-la, sozinho, e estive de joelhos todo o tempo, persignando-me a miúdo. Dobrei a espórtula do padre, e distribuí esmolas à porta, tudo por intenção do finado. Não queria embair os homens; a prova é que fui só. Para completar este ponto, acrescentarei que nunca aludia ao coronel, que não dissesse: "Deus lhe fale n'alma!". E contava dele algumas anedotas alegres, rompantes engraçados...

Sete dias depois de chegar ao Rio de Janeiro, recebi a carta do vigário, que lhe mostrei, dizendo-me que fora achado o testamento do coronel, e que eu era o herdeiro universal. Imagine o meu pasmo. Pareceu-me que lia mal, fui a meu irmão, fui aos amigos; todos leram a mesma cousa. Estava escrito; era eu o herdeiro universal do coronel. Cheguei a supor que fosse uma cilada; mas adverti logo que havia outros meios de capturar-me, se o crime estivesse descoberto. Demais, eu conhecia a probidade do vigário, que não se prestaria a ser instrumento. Reli a carta, cinco, dez, muitas vezes; lá estava a notícia.

— Quanto tinha ele? perguntava-me meu irmão.

— Não sei, mas era rico.

— Realmente, provou que era teu amigo.

— Era... era...

Assim, por uma ironia da sorte, os bens do coronel vinham parar às minhas mãos. Cogitei em recusar a herança. Parecia-me odioso receber um vintém do tal espólio; era pior do que fazer-me esbirro alugado. Pensei nisso três dias, e esbarrava sempre na consideração de que a recusa podia fazer desconfiar alguma cousa. No fim dos três dias, assentei num meio-termo; receberia a herança e dá-la-ia toda, aos bocados e às escondidas. Não era só escrúpulo; era também o modo de resgatar o crime por um ato de virtude; pareceu-me que ficava assim de contas saldas.

Preparei-me e segui para a vila. Em caminho, à proporção que me ia aproximando, recordava o triste sucesso; as cercanias da vila tinham um aspecto de tragédia, e a sombra do coronel parecia-me surgir de cada lado. A imaginação ia reproduzindo as palavras, os gestos, toda a noite horrenda do crime...

Crime ou luta? Realmente, foi uma luta em que eu, atacado, defendi-me, e na defesa... Foi uma luta desgraçada, uma fatalidade. Fixei-me nessa idéia. E balanceava os agravos, punha no ativo as pancadas, as injúrias... Não era culpa do coronel, bem o sabia, era da moléstia, que o tornava assim rabugento e até mau... Mas eu perdoava tudo, tudo... O pior foi a fatalidade daquela noite... Considerei também que o coronel não podia viver muito mais; estava por pouco; ele mesmo o sentia e dizia. Viveria quanto? Duas semanas, ou uma; pode ser até que menos. Já não era vida, era um molambo de vida, se isto mesmo se podia chamar ao padecer contínuo do pobre homem... E quem sabe mesmo se a luta e a morte não foram apenas coincidentes? Podia ser, era até o mais provável; não foi outra cousa. Fixei-me também nessa idéia...

Perto da vila apertou-se-me o coração, e quis recuar; mas dominei-me e fui. Receberam-me com parabéns. O vigário disse-me as disposições do testamento, os legados pios, e de caminho ia louvando a mansidão cristã e o zelo com que eu servira ao coronel, que, apesar de áspero e duro, soube ser grato.

— Sem dúvida, dizia eu olhando para outra parte.

Estava atordoado. Toda a gente me elogiava a dedicação e a paciência. As primeiras necessidades do inventário detiveram-me algum tempo na vila. Constituí advogado; as cousas correram placidamente. Durante esse tempo, falava muita vez do coronel. Vinham contar-me cousas dele, mas sem a moderação do padre; eu defendia-o, apontava algumas virtudes, era austero...

— Qual austero! Já morreu, acabou; mas era o diabo.

E referiam-me casos duros, ações perversas, algumas extraordinárias. Quer que lhe diga? Eu, a princípio, ia ouvindo cheio de curiosidade; depois, entrou-me no coração um singular prazer, que eu, sinceramente, buscava expelir. E defendia o coronel, explicava-o, atribuía alguma cousa às rivalidades locais; confessava, sim, que era um pouco violento... Um pouco? Era uma cobra assanhada, interrompia-me o barbeiro; e todos, o coletor, o boticário, o escrivão, todos diziam a mesma cousa; e vinham outras anedotas, vinha toda a vida do defunto. Os velhos lembravam-se das crueldades dele, em menino. E o prazer íntimo, calado, insidioso, crescia dentro de mim, espécie de tênia moral, que por mais que a arrancasse aos pedaços, recompunha-se logo e ia ficando.

As obrigações do inventário distraíram-me; e por outro lado a opinião da vila era tão contrária ao coronel, que a vista dos lugares foi perdendo para mim a feição tenebrosa que a princípio achei neles. Entrando na posse da herança, converti-a em títulos e dinheiro. Eram então passados muitos meses, e a idéia de distribuí-la toda em esmolas e donativos pios não me dominou como da primeira vez; achei mesmo que era afetação. Restringi o plano primitivo: distribuí alguma cousa aos pobres, dei à matriz da vila uns paramentos novos, fiz uma esmola à Santa Casa da Misericórdia, etc.: ao todo trinta e dous contos. Mandei também levantar um túmulo ao coronel, todo de mármore, obra de um napolitano, que aqui esteve até 1866, e foi morrer, creio eu, no Paraguai.

Os anos foram andando, a memória tornou-se cinzenta e desmaiada. Penso às vezes no coronel, mas sem os terrores dos primeiros dias. Todos os médicos a quem contei as moléstias dele, foram acordes em que a morte era certa, e só se admiravam de ter resistido tanto tempo. Pode ser que eu, involuntariamente, exagerasse a descrição que então lhes fiz; mas a verdade é que ele devia morrer, ainda que não fosse aquela fatalidade...

Adeus, meu caro senhor. Se achar que esses apontamentos valem alguma cousa, pague-me também com um túmulo de mármore, ao qual dará por epitáfio esta emenda que faço aqui ao divino sermão da montanha: "Bem-aventurados os que possuem, porque eles serão consolados".

Viagem

Heloisa Seixas

A segunda vida

Machado de Assis

Viagem

Heloisa Seixas

Cinco horas e quarenta e três minutos da manhã. Foi o instante exato. Como posso saber, é mais um mistério — mas o menor deles. Sei que o carrilhão no corredor soara as cinco badaladas, mas os minutos, quarenta e três, talvez eu tenha contado, segundo a segundo, pelas batidas do meu coração, pelo pulsar do sangue que ainda me corria nas veias, não sei. Minha lucidez era tamanha que podia medir tudo, ouvir tudo, sentir tudo, preso de uma atenção sobrenatural. E, enquanto contava os segundos, ouvia os pássaros anunciando a manhã, seus pios e arrulhos, sua movimentação nos galhos que se debruçavam sobre minha sacada. Tinha os olhos fechados, mas sabia que, se os abrisse, poderia enxergar cada pluma nos corpos daqueles pássaros, cada veio em cada folha das árvores, cada pequeno verme ou inseto, toda a vida secreta que pulula nos vegetais. Todos os meus sentidos estavam despertos, mais do que despertos, ativados, refinados, afinados numa sintonia maior do que a vida — a sintonia da morte.

Sim, porque àquela hora — cinco horas e quarenta e três minutos da manhã — eu morri.

Cinco horas e quarenta e três minutos. Era o dia 20 de março de 1860. Tinha eu 68 anos. Morri naquela manhã, morri em meio ao canto dos pássaros, morri como numa vertigem, morri e, enquanto morria, meus olhos etéreos foram enxergando cada vez mais, cada vez mais longe. Vi tudo, a um só tempo, no quarto e nos jardins, na cidade e no mundo, no universo inteiro. Vi um rato cruzar um canto do aposento, enquanto lá fora, muito longe, uma bela mulher de pele cor de ouro, envolta em véus coloridos, atravessava a rua com um cântaro de barro equilibrado na cabeça. Vi exércitos inteiros vencendo planícies geladas, vi cavernas, florestas luxuriantes. Vi homens e mulheres, crianças e velhos, ricos e pobres, de todas as raças, chorando ou felizes, olhos súplices, bocas entreabertas. Vi rostos, muitos rostos. Impossível condensar em palavras tudo o que vi naquele exato instante, cinco horas e quarenta e três minutos da manhã, a hora da minha morte, mas, de tudo, talvez a visão mais maravilhosa e terrível tenha sido a de meu próprio corpo inerte sobre a cama, aquela carcaça velha e doente que já não me continha, já não me prendia. Ao vê-la, com meus olhos imateriais, com o corpo espectral que pairava alguns metros acima da cama — soube que estava livre. E, livre, voei.

O ar morno da primavera que me beijou o rosto, o cheiro de folha e flores nas narinas, o som insistente dos pássaros, os arrulhos, os cantos, os prantos (terei eu ouvido ao fundo um soluço ou lamúria, de alguém que me panteasse?), essas primeiras impressões foram aos poucos, em gradações, dando lugar a um sopro gelado, vigoroso, a uma atmosfera branca, que me cortaria a pele se pele eu tivesse. Nela mergulhei sem medo, sabia que minha viagem tinha um sentido, uma direção. Mas nessa região não fiquei por muito tempo, logo o ar recomeçou a esquentar e ganhou densidade quase palpável, que também atravessei sem sentir resistência, como a lâmina quente da faca rasgando a manteiga. E assim, nessa alternância de calor e frio, viajei por um tempo imensurável até o instante em que, sem qualquer aviso ou freio, sem qualquer desaceleração, percebi que estava parado.

Estático.

Abri os olhos devagar (só então notei que os vinha mantendo fechados) e olhei em torno. Primeiro, vi apenas escuridão. Depois, aos poucos, o negror se dividiu em vários matizes de cinza, com alguns trechos ainda inteiramente mergulhados no breu. E afinal discerni montanhas, suas formas longínquas recortadas no horizonte. Mas foi após algum tempo, antes mesmo que meus olhos me revelassem mais do que aquele mundo de trevas, que ouvi o som. Um som triste, lúgubre, embora musical, como almas penadas que cantassem, em sofrimento. E logo elas se revelaram a meus olhos: milhares delas, com sua longas túnicas, caminhando pelos desfiladeiros estreitos que circundavam as montanhas, vindo lentamente em minha direção. Levavam nas mãos tochas acesas e delas emanava uma luz esverdeada, irreal, o fogo de um mundo alienígena. Caminhavam de cabeça baixa, cobertas por capuzes, mas às vezes uma mudança de ângulo permitia vislumbrar seus rostos mortos, as covas vazias onde um dia orbitaram olhos. Estremeci, enquanto esperava a aproximação daquela procissão macabra.

Vieram, e vieram, sempre cantando aquele canto lamurioso, e, sempre de cabeça baixa, passaram por mim sem me molestar. Enquanto passavam, a luz esverdeada das tochas iluminou alguma coisa às minhas costas. Sabia, com meus sentidos agudos, que estava cercado por uma floresta, mas a luminosidade me fez farejar, em meio ao aroma das folhas, um cheiro doce de decomposição. Voltei-me. E ante meus olhos surgiram árvores que eram homens. Homens e mulheres, seres monstruosos que, incrustados nos troncos, braços, pernas, mãos e pés formando galhos e raízes, me olhavam em agonia, como se cientes de sua condenação à imobilidade.

Aterrorizado, tornei a me virar, mil vezes preferindo o desfile lúgubre das almas, com seus cânticos. Mas elas não estavam mais lá. O cenário à minha frente era outro, e talvez ainda mais aterrador. Eu estava agora à beira de um lago. Um lago gelado, de águas imóveis, mais do que imóveis — pétreas. E sob a camada de gelo que recobria a superfície, avistei dezenas, centenas, milhares de rostos. Mas não havia neles qualquer desespero. Ao contrário dos homens-árvores, aqueles seres afogados pareciam serenos, conformados em seu sofrimento, e essa quietude foi o que mais me atormentou. Suas carnes petrificadas, brancas de gelo, cintilavam, com um estranho brilho, semelhante à luminosidade de alguns organismos vivos que habitam águas profundas. Ergui os olhos, contemplei o horizonte. Por toda a extensão daquele lago sem fim — ou seria um mar? — espalhavam-se os pontos de luz, infindáveis testemunhos de que, sob cada um deles, havia um ser condenado ao frio eterno.

Fechei os olhos, desejando estar longe dali. Evitei virar o rosto, temendo descortinar, às minhas costas, qualquer coisa de ainda mais terrível. Mas, desta vez, o que senti foi um deslocamento. O ar à minha volta vibrou, o chão pareceu desaparecer de sob meus pés. Fui acometido de um entorpecimento. Meus sentidos incorpóreos, até então em absoluto alerta, esmoreciam. Qualquer coisa rodava, dentro ou fora de mim, eu mergulhava numa espiral, descia com a areia de uma gigantesca ampulheta, por um canal que me pareceu infindo. Mas de repente já não senti medo ou apreensão, apenas me deixei sugar, enquanto me perguntava se não estaria sendo, também eu, transformado em máscara de gelo.

Foi uma voz que fez todo o movimento cessar. E foi uma voz que me fez, de novo, abrir os olhos. Ouvir um som humano me surpreendera, pois, pela primeira vez naquela jornada, eu não estava só. Tinha diante de mim um homem.

Era um velho, acho, pois tinha em torno do rosto uma aura clara, e talvez essa aura fossem seus cabelos brancos. Nada sei de seu corpo, de suas mãos, de seus gestos. Sei apenas do olhar, que me prendeu de imediato, e da voz, que me disse coisas espantosas (quem seria ele, um anjo, um guardião — seria Deus?). O olhar era de uma benevolência inumana e dele pareciam brotar todas as nuances de cor, toda a suavidade, toda a doçura que nos cercava. Não sou poeta. Não saberia descrever o que vi à minha volta. Se há pouco tentava dizer dos horrores encarados nos primeiros passos da minha jornada, o mesmo não posso fazer com a beleza que vi naquele céu. Porque a tinta do horror é da mesma cor que o sangue humano — viver é tragédia —, mas a da beleza, não. No entanto, se não sei descrever o lugar onde estávamos, sei, sim, reproduzir as palavras que dele ouvi:

Você é um escolhido.

Escolhido. Eu. Não me bastassem todos os espantos, a estranheza de viver na morte, eu, um agnóstico, um incréu. *Escolhido.* Como podia ser? Sentia-me mais e mais constrangido diante daqueles olhos de amor, que me davam tais novas, achava talvez que merecesse mais ter ficado nas regiões de terror abissal que acabara de percorrer. Mas o velho continuou falando e, falando, explicou que a escolha nada tinha a ver com merecimento. Era obra do *acaso*.

Acaso? Como assim, eu me perguntava, ou perguntava a ele, embora não me lembre de jamais, naquele colóquio, ter emitido um som sequer. O velho explicou: a cada mil almas que chegavam ali (seria mesmo o Céu?), havia uma celebração. Toda vez que se completava o milheiro, a alma chegada recebia uma bênção especial — um prêmio. E eu fora uma delas. Mais mil. Lá estava eu, no momento exato. Tivesse esperado soar mais uma badalada, tivesse deixado escoar mais alguns segundos daquela madrugada — cinco horas e quarenta e três minutos da manhã do dia 20 de março de 1860 — e eu não seria escolhido. O acaso, sempre o acaso. O amontoado caótico de acasos que a vida sempre me pareceu — me seguia agora, na morte. Pensei vagamente que as leis do Céu não deveriam ser tão frouxas, que ali, naquele lugar mavioso, deveria haver uma ordem estrita de acontecimentos. Nada poderia acontecer *por acaso*. Mas acontecia. Cheguei a pensar em confrontar o velho, pedir-lhe explicações a respeito desse paradoxo. Mas achei melhor ficar quieto. Afinal, ele acabara de mencionar um prêmio. Esperei.

E tive então o maior dos espantos. Ele me falou que, sendo uma alma a completar o milheiro, eu teria direito a uma segunda chance — uma segunda vida. Devia voltar à Terra, tornar a nascer e viver como um homem, podendo escolher o que quisesse, ser príncipe ou plebeu, abastado ou miserável, repugnante ou belo, o que fosse.

Ouvi aquilo e, mudo, fiquei pensando. Cansado que estava, ainda, das lides da velhice, das mazelas, das doenças, do desamor — talvez pudesse agradecer e ficar por ali mesmo. Mas antes que dissesse uma palavra o velho foi logo explicando que eu não podia recusar: a chance de uma segunda vida para a alma que completava o milheiro era uma lei eterna.

Aquiesci. Mas ainda continuei quieto, pensando.

Lamentava, esta é a verdade. Lamentava ter de voltar. Mais do que lamentar, temia. Não queria tornar a sofrer, fora um tolo pela vida afora, levado, por inexperiência e excesso de boa-fé, a toda sorte de infortúnios. Não queria passar por tudo aquilo outra vez. Que diferença faria ser príncipe ou plebeu, rico ou pobre, se, igualmente, me visse cercado por pessoas mais espertas, mais vivazes, mais maliciosas do que eu, capazes de me enredar e conduzir, de acordo com seus próprios interesses? Seria uma nova derrocada. De que adiantaria viver outra vez?

E foi quando me veio uma idéia.

Voltar, sim, mas não começar do zero. Queria voltar guardando na mente toda a experiência da vida anterior, para não cometer jamais os mesmos erros. E essa escolha — que, de forma um tanto intempestiva, fui logo comunicando ao velho — foi o maior erro de todos os que cometi nas minhas duas vidas.

Nasci (pela segunda vez) no dia 5 de janeiro de 1861. Chamaram-me José Maria, e assim que abri os olhos e tive consciência do que me estava em torno, comecei a sofrer. Menino, ainda, vivia pelos cantos, em casa ou na escola, perseguido por um medo inclemente, que me atormentava dia e noite: o medo de ser descoberto. Porque era diferente, eis o meu segredo. Era diverso de todos os meninos, de todas as crianças do mundo. Eu *sabia tudo*. Desprezava os adultos, desprezava os colegas — não tinha amigos. Temia deixar escapar, numa frase ou num gesto, o mundo de conhecimento que trouxera armazenado dentro de mim, e que parecia crescer como um câncer à medida que o tempo passava.

A experiência, esse fardo terrível que carrego comigo, fez de mim um covarde. Ainda criança, segurava os galhos da árvore, mas não ousava subir, com medo de cair. Roubava a fruta do vizinho, mas, na primeira dentada, largava-a ao chão, adivinhando o verme que se escondia por entre as sementes. Não corria, não me soltava nas brincadeiras, sempre antevendo o tombo, o joelho ralado, o castigo.

Quando veio a juventude, tudo piorou ainda mais. Os estudos me entediavam, pois já sabia muito do que me era ensinado. Os ofícios não me interessavam, pois conhecia as mazelas e desvantagens inerentes a cada uma das profissões. Não tinha amigos, porque a redoma de isolamento na qual cresci só fez encorpar-se com o tempo. E o amor... ah, o amor! Que suprema desgraça foi para mim encarar, quando chegada a hora, as coisas do coração. Com que cinismo fui invadido ao me ver diante de cada gesto lânguido, de cada olhar sedutor, de cada etapa dos tediosos jogos do amor. Não acreditava em nada, nem nas mulheres, nem em ninguém, só via por trás dos rostos mentira, malícia, ambição. Em tudo, o tempo todo, eu via o fim da história. E o fim era sempre triste.

E assim fui pela vida, este ser desgraçado, sempre tentando, tentando, e me desesperando, até que um dia — ontem — tive o sonho.

O sonho que me fez compreender tudo.

Era noite, uma noite absoluta. No sonho, talvez, mas também talvez em torno de mim, no quarto escuro. Era daquelas noites em que, se erguemos a mão espalmada à frente do rosto e arregalamos os olhos, ainda assim, nada vemos. E eu não via nada. Ou melhor, via o negror, porque o negror era denso, tinha materialidade. E foi dessa escuridão que surgiram os olhos. Surgiram a princípio como pequenas estrelas vermelhas, perdidas no infinito, estrelas-anãs, moribundas, que enviassem sua luz final através do espaço, como um pedido de socorro. Depois, foram aumentando de tamanho, e cintilando mais, soltando chispas, estremecendo, e só então percebi que eram olhos. Olhos que se moviam nas órbitas com uma velocidade impensável, as pupilas dilatadas tomando quase toda a íris vermelha, os globos oculares amarelados de bílis, com sua superfície estriada de veias. E soube de imediato que eram os olhos do Demônio.

Encarei-os, e eles a mim. Vi que se fechavam um pouco e, nesse instante, ouvi a gargalhada. O Demônio ria.

Não tive medo. Sabia que ele estava ali por algum motivo e intuía que o ser das Trevas tinha um comunicado importante a me fazer. Esperei, e ele começou a falar. Recitava o Evangelho, citava Jesus, dizia dos lírios do campo, aos quais nem Salomão, em toda a sua glória, jamais se igualará. "Salomão é o conhecimento, José Maria. E os lírios são teus verdes anos, a inocência que tu escolhestes não ter. Teus lírios apodreceram na floração." Falava com escárnio, desdenhando de mim. E, enquanto falava, o branco dos lírios da Escritura ia aos poucos vencendo o negror que nos cercava, e clareando tudo, branqueando a paisagem, cegando-me os olhos. Em pouco tempo, a claridade era absoluta, como absoluta havia sido a escuridão. Ouvi, então, um rumor de asas — e o ar leitoso me revelou que eram *minhas*.

Eu era um pássaro imenso, de envergadura inútil, cujas asas agitava sem poder alçar vôo, as garras presas na lama endurecida pelo sol.

Comecei a rir. Ria e ria e ria, gargalhava para não gritar, ciente agora da minha expiação, compreendendo que em nada sou diferente daqueles homens-árvores que vi no Umbral, dos seres de gelo incrustados no lago, das almas penadas caminhando nos desfiladeiros sem jamais chegar a lugar algum. Sofremos da mesma dor, a maldição mais cruel — viver aprisionado por saber demais.

Na sala, de pé-direito altíssimo, a gargalhada ainda parece ecoar, quando Monsenhor Caldas, as pernas trêmulas, levanta-se afinal e caminha até a janela. Espia. A rua está vazia. Já o levaram. Pobre homem. Ao entrar, ninguém diria que se tratava de um louco. Mas, assim que começara a falar, Monsenhor Caldas vira logo que era caso de insanidade grave. Achara melhor não arriscar. Pedira licença e, escapando até o vestíbulo, dissera a João, o preto velho que o servia, que fosse até a estação pedir ajuda ao comandante da polícia. O comandante mandara dois homens. Há pouco, o doido fora levado embora, mas ainda rindo, sempre rindo, gargalhando sem parar. Coitado, quem seria? Dissera chamar-se José Maria. Parecia um sujeito tão distinto ao entrar, com a bengala e o livro na mão. Até que começara a contar sua estranha história sobre as duas vidas.

Monsenhor Caldas vira-se, observa a sala. No chão, junto à cadeira de palhinha onde há pouco estivera sentado, ouvindo as confissões do doido, viu o livro. A bengala, que podia ser usada como uma arma, na certa fora levada pelos policiais, mas o livro ficara para trás, caído no chão, aberto, emborcado. Monsenhor Caldas afasta-se da janela. Ainda sente as pernas bambas. Houve momentos em que temeu uma violência por parte do maluco. Coitado. Que livro seria aquele? Aproxima-se.

Na capa de marroquim vermelho, lê as palavras impressas em letras douradas:

Divina Comédia, de Dante Alighieri. Ilustrações de Gustave Doré.

A segunda vida

Machado de Assis

Monsenhor Caldas interrompeu a narração do desconhecido:

— Dá licença? é só um instante.

Levantou-se, foi ao interior da casa, chamou o preto velho que o servia, e disse-lhe em voz baixa:

— João, vai ali à estação de urbanos, fala da minha parte ao comandante, e pede-lhe que venha cá com um ou dous homens, para livrar-me de um sujeito doudo. Anda, vai depressa.

E, voltando à sala:

— Pronto, disse ele; podemos continuar.

— Como ia dizendo a Vossa Reverendíssima, morri no dia vinte de março de 1860, às cinco horas e quarenta e três minutos da manhã. Tinha então sessenta e oito anos de idade. Minha alma voou pelo espaço, até perder a terra de vista, deixando muito abaixo a lua, as estrelas e o sol; penetrou finalmente num espaço em que não havia mais nada, e era clareado tão-somente por uma luz difusa. Continuei a subir, e comecei a ver um pontinho mais luminoso ao longe, muito longe. O ponto cresceu, fez-se sol. Fui por ali dentro, sem arder, porque as almas são incombustíveis. A sua pegou fogo alguma vez?

— Não, senhor.

— São incombustíveis. Fui subindo, subindo; na distância de quarenta mil léguas, ouvi uma deliciosa música, e logo que cheguei a cinco mil léguas, desceu um enxame de almas, que me levaram num palanquim feito de éter e plumas. Entrei daí a pouco no novo sol, que é o planeta dos virtuosos da terra. Não sou poeta, monsenhor; não ouso descrever-lhe as magnificências daquela estância divina. Poeta que fosse, não poderia, usando a linguagem humana, transmitir-lhe a emoção da grandeza, do deslumbramento, da felicidade, os êxtases, as melodias, os arrojos de luz e cores, uma cousa indefinível e incompreensível. Só vendo. Lá dentro é que soube que completava mais um milheiro de almas; tal era o motivo das festas extraordinárias que me fizeram, e que duraram dous séculos, ou, pelas nossas contas, quarenta e oito horas. Afinal, concluídas as festas, convidaram-me a tornar à terra para cumprir uma vida nova; era o privilégio de cada alma que completava um milheiro. Respondi agradecendo e recusando, mas não havia recusar. Era uma lei eterna. A única liberdade que me deram foi a escolha do veículo; podia nascer príncipe ou condutor de ônibus. Que fazer? Que faria Vossa Reverendíssima no meu lugar?

— Não posso saber; depende...

— Tem razão; depende das circunstâncias. Mas imagine que as minhas eram tais que não me davam gosto a tornar cá. Fui vítima da inexperiência, monsenhor, tive uma velhice ruim, por essa razão. Então lembrou-me que sempre ouvira dizer a meu pai e outras pessoas mais velhas, quando viam algum rapaz: — "Quem me dera aquela idade, sabendo o que sei hoje!". Lembrou-me isto, e declarei que me era indiferente nascer mendigo ou potentado, com a condição de nascer experiente. Não imagina o riso universal com que me ouviram. Jó, que ali preside a província dos pacientes, disse-me que um tal desejo era disparate; mas eu teimei e venci. Daí a pouco escorreguei no espaço: gastei nove meses a atravessá-lo até cair nos braços de uma ama-de-leite, e chamei-me José Maria. Vossa Reverendíssima é Romualdo, não?

— Sim, senhor; Romualdo de Sousa Caldas.

— Será parente do padre Sousa Caldas?

— Não, senhor.

— Bom poeta o padre Caldas. Poesia é um dom; eu nunca pude compor uma décima. Mas, vamos ao que importa. Conto-lhe primeiro o que me sucedeu; depois lhe direi o que desejo de Vossa Reverendíssima. Entretanto, se me permitisse ir fumando...

Monsenhor Caldas fez um gesto de assentimento, sem perder de vista a bengala que José Maria conservava atravessada sobre as pernas. Este preparou vagarosamente um cigarro. Era um homem de trinta e poucos anos, pálido, com um olhar ora mole e apagado, ora inquieto e centelhante. Apareceu ali, tinha o padre acabado de almoçar, e pediu-lhe uma entrevista para negócio grave e urgente. Monsenhor fê-lo entrar e sentar-se; no fim de dez minutos, viu que estava com um lunático. Perdoava-lhe a incoerência das idéias ou o assombroso das invenções; pode ser até que lhe servissem de estudo. Mas o desconhecido teve um assomo de raiva, que meteu medo ao pacato clérigo. Que podiam fazer ele e o preto, ambos velhos, contra qualquer agressão de um homem forte e louco? Enquanto esperava o auxílio policial, Monsenhor Caldas desfazia-se em sorrisos e assentimentos de cabeça, espantava-se com ele, alegrava-se com ele, política útil com os loucos, as mulheres e os potentados. José Maria acendeu finalmente o cigarro, e continuou:

— Renasci em cinco de janeiro de 1861. Não lhe digo nada da nova meninice, porque aí a experiência teve só uma forma instintiva. Mamava pouco; chorava o menos que podia para não apanhar pancada. Comecei a andar tarde, por medo de cair, e daí me ficou uma tal ou qual fraqueza nas pernas. Correr e rolar, trepar nas árvores, saltar paredões, trocar murros, cousas tão úteis, nada disso fiz, por medo de contusão e sangue. Para falar com franqueza, tive uma infância aborrecida, e a escola não o foi menos. Chamavam-me tolo e moleirão. Realmente, eu vivia fugindo de tudo. Creia que durante esse tempo não escorreguei, mas também não corria nunca. Palavra, foi um tempo de aborrecimento; e, comparando as cabeças quebradas de outro tempo com o tédio de hoje, antes as cabeças quebradas. Cresci; fiz-me rapaz, entrei no período dos amores... Não se assuste; serei casto, como a primeira ceia. Vossa Reverendíssima sabe o que é uma ceia de rapazes e mulheres?

— Como quer que saiba?...

— Tinha dezenove anos, continuou José Maria, e não imagina o espanto dos meus amigos, quando me declarei pronto a ir a uma tal ceia... Ninguém esperava tal cousa de um rapaz tão cauteloso, que fugia de tudo, dos sonos atrasados, dos sonos excessivos, de andar sozinho a horas mortas, que vivia, por assim dizer, às apalpadelas. Fui à ceia; era no Jardim Botânico, obra esplêndida. Comidas, vinhos, luzes, flores, alegria dos rapazes, os olhos das damas, e, por cima de tudo, um apetite de vinte anos. Há de crer que não comi nada? A lembrança de três indigestões apanhadas quarenta anos antes, na primeira vida, fez-me recuar. Menti dizendo que estava indisposto. Uma das damas veio sentar-se à minha direita, para curar-me; outra levantou-se também, e veio para a minha esquerda, com o mesmo fim. "Você cura de um lado, eu curo do outro", disseram elas. Eram lépidas, frescas, astuciosas, e tinham fama de devorar o coração e a vida dos rapazes. Confesso-lhe que fiquei com medo e retraí-me. Elas fizeram tudo, tudo; mas em vão. Vim de lá de manhã, apaixonado por ambas, sem nenhuma delas, e caindo de fome. Que lhe parece? concluiu José Maria pondo as mãos nos joelhos, e arqueando os braços para fora.

— Com efeito...

— Não lhe digo mais nada; Vossa Reverendíssima adivinhará o resto. A minha segunda vida é assim uma mocidade expansiva e impetuosa, enfreada por uma experiência virtual e tradicional. Vivo como Eurico, atado ao próprio cadáver... Não, a comparação não é boa. Como lhe parece que vivo?

— Sou pouco imaginoso. Suponho que vive assim como um pássaro, batendo as asas e amarrado pelos pés...

— Justamente. Pouco imaginoso? Achou a fórmula; é isso mesmo. Um pássaro, um grande pássaro, batendo as asas, assim...

José Maria ergueu-se, agitando os braços, à maneira de asas. Ao erguer-se, caiu-lhe a bengala no chão; mas ele não deu por ela. Continuou a agitar os braços, em pé, defronte do padre, e a dizer que era isso mesmo, um pássaro, um grande pássaro... De cada vez que batia os braços nas coxas, levantava os calcanhares, dando ao corpo uma cadência de movimentos, e conservava os pés unidos, para mostrar que os tinha amarrados. Monsenhor aprovava de cabeça; ao mesmo tempo afiava as orelhas para ver se ouvia passos na escada. Tudo silêncio. Só lhe chegavam os rumores de fora: — carros e carroças que desciam, quitandeiras apregoando legumes, e um piano da vizinhança. José Maria sentou-se finalmente, depois de apanhar a bengala, e continuou nestes termos:

— Um pássaro, um grande pássaro. Para ver quanto é feliz a comparação, basta a aventura que me traz aqui, um caso de consciência, uma paixão, uma mulher, uma viúva, D. Clemência. Tem vinte e seis anos, uns olhos que não acabam mais, não digo no tamanho, mas na expressão, e duas pinceladas de buço, que lhe completam a fisionomia. É filha de um professor jubilado. Os vestidos pretos ficam-lhe tão bem que eu às vezes digo-lhe rindo que ela não enviuvou senão para andar de luto. Caçoadas! Conhecemo-nos há um ano, em casa de um fazendeiro de Cantagalo. Saímos namorados um do outro. Já sei o que me vai perguntar: por que é que não nos casamos, sendo ambos livres...

— Sim, senhor.

— Mas, homem de Deus! é essa justamente a matéria da minha aventura. Somos livres, gostamos um do outro, e não nos casamos: tal é a situação tenebrosa que venho expor a Vossa Reverendíssima, e que a sua teologia ou o que quer que seja explicará, se puder. Voltamos para a corte namorados. Clemência morava com o velho pai, e um irmão empregado no comércio; relacionei-me com ambos, e comecei a freqüentar a casa, em Matacavalos. Olhos, apertos de mão, palavras soltas, outras ligadas, uma frase, duas frases, e estávamos amados e confessados. Uma noite, no patamar da escada, trocamos o primeiro beijo... Perdoe estas cousas, monsenhor; faça de conta que me está ouvindo de confissão. Nem eu lhe digo isto senão para acrescentar que saí dali tonto, desvairado, com a imagem de Clemência na cabeça e o sabor do beijo na boca. Errei cerca de duas horas, planeando uma vida única; determinei pedir-lhe a mão no fim da semana, e casar daí a um mês. Cheguei às derradeiras minúcias, cheguei a redigir e ornar de cabeça as cartas de participação. Entrei em casa depois de meia-noite, e toda essa fantasmagoria voou, como as mutações à vista nas antigas peças de teatro. Veja se adivinha como.

— Não alcanço...

— Considerei, no momento de despir o colete, que o amor podia acabar depressa; tem-se visto algumas vezes. Ao descalçar as botas, lembrou-me cousa pior: — podia ficar o fastio. Concluí a *toilette* de dormir, acendi um cigarro, e, reclinado no canapé, pensei que o costume, a convivência, podia salvar tudo; mas, logo depois adverti que as duas índoles podiam ser incompatíveis; e que fazer com duas índoles incompatíveis e inseparáveis? Mas, enfim, dei de barato tudo isso, porque a paixão era grande, violenta; considerei-me casado, com uma linda criancinha... Uma? duas, seis, oito; podiam vir oito, podiam vir dez; algumas aleijadas. Também podia vir uma crise, duas crises, falta de dinheiro, penúria, doenças; podia vir alguma dessas afeições espúrias que perturbam a paz doméstica... Considerei tudo e concluí que o melhor era não casar. O que não lhe posso contar é o meu desespero; faltam-me expressões para lhe pintar o que padeci nessa noite... Deixa-me fumar outro cigarro?

Não esperou resposta, fez o cigarro, e acendeu-o. Monsenhor não podia deixar de admirar-lhe a bela cabeça, no meio do desalinho próprio do estado; ao mesmo tempo notou que ele falava em termos polidos, e que, apesar dos rompantes mórbidos, tinha maneiras. Quem diabo podia ser esse homem? José Maria continuou a história, dizendo que deixou de ir à casa de Clemência, durante seis dias, mas não resistiu às cartas e às lágrimas. No fim de uma semana correu para lá, e confessou-lhe tudo, tudo. Ela ouviu-o com muito interesse, e quis saber o que era preciso para acabar com tantas cismas, que prova de amor queria que ela lhe desse. A resposta de José Maria foi uma pergunta.

— Está disposta a fazer-me um grande sacrifício? disse-lhe eu. Clemência jurou que sim. "Pois bem, rompa com tudo, família e sociedade; venha morar comigo; casamo-nos depois desse noviciado." Compreendo que Vossa Reverendíssima arregale os olhos. Os dela encheram-se de lágrimas; mas, apesar de humilhada, aceitou tudo. Vamos; confesse que sou um monstro.

— Não, senhor...

— Como não? Sou um monstro. Clemência veio para minha casa, e não imagina as festas com que a recebi. "Deixo tudo, disse-me ela; você é para mim o universo." Eu beijei-lhe os pés, beijei-lhe os tacões dos sapatos. Não imagina o meu contentamento. No dia seguinte, recebi uma carta tarjada de preto; era a notícia da morte de um tio meu, em Santa Ana do Livramento, deixando-me vinte mil contos. Fiquei fulminado. "Entendo, disse a Clemência, você sacrificou tudo, porque tinha notícia da herança." Desta vez, Clemência não chorou, pegou em si e saiu. Fui atrás dela, envergonhado, pedi-lhe perdão; ela resistiu. Um dia, dous dias, três dias, foi tudo vão; Clemência não cedia nada, não falava sequer. Então declarei-lhe que me mataria; comprei um revólver, fui ter com ela, e apresentei-lho; é este.

Monsenhor Caldas empalideceu. José Maria mostrou-lhe o revólver, durante alguns segundos, tornou a metê-lo na algibeira, e continuou:

— Cheguei a dar um tiro. Ela, assustada, desarmou-me e perdoou-me. Ajustamos precipitar o casamento, e, pela minha parte, impus uma condição: doar os vinte mil contos à Biblioteca Nacional. Clemência atirou-se-me aos braços, e aprovou-me com um beijo. Dei os vinte mil contos. Há de ter lido nos jornais... Três semanas depois casamo-nos. Vossa Reverendíssima respira como quem chegou ao fim. Qual! Agora é que chegamos ao trágico. O que posso fazer é abreviar umas particularidades e suprimir outras; restrinjo-me a Clemência. Não lhe falo de outras emoções truncadas, que são todas as minhas, abortos de prazer, planos que se esgarçam no ar, nem das ilusões de saia rota, nem do tal pássaro... plás... plás... plás...

E, de um salto, José Maria ficou outra vez de pé, agitando os braços, e dando ao corpo uma cadência. Monsenhor Caldas começou a suar frio. No fim de alguns segundos, José Maria parou, sentou-se, e reatou a narração, agora mais difusa, mais derramada, evidentemente mais delirante. Contava os sustos em que vivia, desgostos e desconfianças. Não podia comer um figo às dentadas, como outrora; o receio do bicho diminuía-lhe o sabor. Não cria nas caras alegres da gente que ia pela rua: preocupações, desejos, ódios, tristezas, outras cousas, iam dissimuladas por umas três quartas partes delas. Vivia a temer um filho cego ou surdo-mudo, ou tuberculoso, ou assassino, etc. Não conseguia dar um jantar que não ficasse triste logo depois da sopa, pela idéia de que uma palavra sua, um gesto da mulher, qualquer falta de serviço podia sugerir o epigrama digestivo, na rua, debaixo de um lampião. A experiência deralhe o terror de ser empulhado. Confessava ao padre que, realmente, não tinha até agora lucrado nada; ao contrário, perdera até, porque fora levado ao sangue... Ia contar-lhe o caso do sangue. Na véspera, deitara-se cedo, e sonhou... Com quem pensava o padre que ele sonhou?

— Não atino...

— Sonhei que o Diabo lia-me o Evangelho. Chegando ao ponto em que Jesus fala dos lírios do campo, o Diabo colheu alguns e deu-mos. "Toma, disse-me ele; são os lírios da Escritura; segundo ouviste, nem Salomão, em toda a pompa, pode ombrear com eles. Salomão é a sapiência. E sabes o que são estes lírios, José? São os teus vinte anos." Fitei-os encantado; eram lindos como não imagina. O Diabo pegou deles, cheirou-os e disse-me que os cheirasse também. Não lhe digo nada; no momento de os chegar ao nariz, vi sair de dentro um réptil fedorento e torpe, dei um grito, e arrojei para longe as flores. Então, o Diabo, escancarando uma formidável gargalhada: "José Maria, são os teus vinte anos". Era uma gargalhada assim: — cá, cá, cá, cá, cá...

José Maria ria à solta, ria de um modo estridente e diabólico. De repente, parou; levantou-se, e contou que, tão depressa abriu os olhos, como viu a mulher diante dele, aflita e desgrenhada. Os olhos de Clemência eram doces, mas ele disse-lhe que os olhos doces também fazem mal. Ela arrojou-se-lhe aos pés... Neste ponto a fisionomia de José Maria estava tão transtornada que o padre, também de pé, começou a recuar, trêmulo e pálido.

— Não, miserável! não! tu não me fugirás! bradava José Maria investindo para ele. Tinha os olhos esbugalhados, as têmporas latejantes; o padre ia recuando... recuando... Pela escada acima ouvia-se um rumor de espadas e de pés.

Dona Inácia na Casa Verde

Leticia Wierzchowski

Missa do galo

O alienista

Machado de Assis

Dona Inácia na Casa Verde

Leticia Wierzchowski

Eu não estava em Itaguaí quando do sucedido, pois nem sequer havia chegado a este mundo; foi meu tio-avô, que naquele tempo era vigário, quem me contou esta história, e se acho apropriado recontá-la hoje, tantos anos depois, retirando-a do pó do esquecimento, luzindo-a de palavras novas, não o faço por folgazão, nem por deboche, pois sei bem dos sofrimentos e das penas desta vida.

O fato aconteceu quando ainda andava em Itaguaí a ditadura da Casa Verde, e meu tio-avô não passava de um meninote ajudante de padre. O gigantesco sobrado de loucos ficava na rua Nova, onde hoje funciona uma casa de cômodos de freqüência não mui recomendada, da qual fui expulso cerca de alguns anos atrás, não por mau comportamento, porque de lá ninguém sai por motivos tais; mas por falta de cobres com que pagar meu modesto quartinho, posto que já faz tempo que a minha família deixou de aproveitar os benefícios do vicariato onde meu tio regeu os assuntos espirituais de Itaguaí.

É na dita Casa Verde que se passa o meu relato. Creio que todos vocês hão de ter ouvido falar em tal flagelo, nos calabouços, por assim dizer, do famoso Dr. Simão Bacamarte, que prendeu e desprendeu todas as gentes da cidade e das rendondezas, primeiro porque eram loucos demais, depois porque eram normais demais, depois porque o amavam demais, para a seguir soltar esses, e prender aqueles que o achincalharam, como o boticário Crispim Soares. E tanto vai neste prende e desprende, nesta dança de loucos pra lá e loucos pra cá, neste enrosco de encher e esvaziar a Casa Verde, que, numa dessas idas e vindas, foi parar lá uma distinta senhora, de nome D. Inácia, trazida aos cuidados do Alienista diretamente do Rio de Janeiro, creiam vocês, até na Corte chegavam os louros do nosso Bacamarte naqueles tempos. Andava então o ano de 1863.

E veio a tal D. Inácia pela mão da própria filha, que era uma moça mui fina, segundo me contou meu tio-avô, de nome D. Conceição, e era recém-casada em segundas núpcias; mas o marido, este ficara no Rio de Janeiro tratando de assuntos profissionais. Viera D. Conceição internar sua amada mãe na Casa Verde, porque essa sofria de manias irreconciliáveis, e criava tamanhas conspirações que nem trancada em casa D. Conceição podia mais levar a progenitora: esta, num acesso de loucura, lanhara o rosto de uma negra da casa até tirar-lhe sangue. De outra feita, pintara a própria cara de carvão, e vestindo os andrajos de uma das escravas do sobrado onde vivia com a filha, ousara sair à rua a fim de declarar à polícia que tinha presenciado um assassinato.

Em suma, chegou D. Conceição num mês de junho em Itaguaí, e veio debaixo de chuvas, trazendo aquele senhora franzina, aparentemente mansa, enrolada num cobertor de listras, usando chinelas de pisar na alcova. Vieram num carro particular, que mal parou à porta da Casa Verde, encontrou o próprio Simão Bacamarte a esperá-las com alegria, pois um caso de loucura como o de D. Inácia era exatamente o que o Alienista estava estudando no momento, e sempre era bom ter termo de comparação.

Num instante depois de descer do carro, aos prantos, no meio da rua ensopada pela chuva outonal, a pobre velha foi enfiada num quarto da instituição. É mui certo que de lá, mesmo em meio a tantas idas e vindas dos doutos que, ora eram presos, ora eram considerados curados pelo Alienista, a pobre D. Inácia nunca mais saiu, não me perguntem por que; talvez porque o Dr. Bacamarte tenha lhe pego gosto.

A grande curiosidade disso tudo, pasmem vocês, é que a pobre velha, D. Inácia, ocupou por muitos anos a mesma alcova que eu ocupei já na Casa de Cômodos, e seus papéis, as cousas que ela escrevia nas suas longas tardes de pasmaceira, ainda estavam na gavetinha de um criado-mudo, ensebados pela sujeira dos anos, quando para lá eu me mudei depois de ter sido expulso do seminário. E se era louca, a D. Inácia, isso eu não sei; porém escrevia com elegância, e usava os pontos e as vírgulas nos seus devidos lugares, e tanto que a boa pontuação dos seus textos chegou a ser considerada pelo Alienista um dos grandes sinais da sua loucura: ela era uma douta mansa, como uma monomania que obrigava-a a dizer mal da filha, a pobre D. Conceição, senhora honesta, cristã, casada havia poucos meses com um escrevente juramentado que vivia para a rua do Senado, no Rio de Janeiro.

Assim, um dia, quando eu procurava uma gaveta onde guardar minhas roupas íntimas, foi que dei com aquele rolo de cartas em papel embolorado. Tinham todas a mesma letra inclinada, densa, quase angustiosa; todas levavam a assinatura da senhora D. Inácia e contavam a mesma história, mil vezes repetida em versões escabrosas, ora falando em veneno, ora falando em apoplexia — todas elas terminavam com a morte dum tal Meneses, que era, deduzindo das frases escritas pela velha, o primeiro marido da senhora D. Conceição.

Gozei boas horas com aquelas leituras, e pude esquecer meus sofrimentos de amor, meus problemas familiares e financeiros, pois naquele tempo eu estava numa maré de azares que me acabrunhavam o espírito. Fiquei dous dias com o nariz enfiado nos dizeres da louca D. Inácia, que para todos os efeitos eram os dizeres mais lúcidos que eu já vira postos num pedaço de papel, e davam o melhor enredo para um drama — com exceção talvez do enredo da Bíblia —, e me perdoem a comparação, porque deixei o seminário, mas creio em Deus Todo-Poderoso com toda a força da minha alma. Assim, quando terminei de ler aquilo tudo, não tendo mais com o que ocupar meu tempo, enchi-me de coragem e fui ao tio pedir-lhe uns conselhos e talvez alguns mil-réis: afinal era preciso viver, e eu ainda não tinha encontrado ocupação com a qual ganhar meu sustento.

No vicariato, passei duas horas ouvindo os sermões do tio. Eu era a vergonha da família porque, sendo filho mais velho e tendo sobrevivido a uma grave doença infantil, minha mãe tivera a idéia de me prometer aos ofícios da Igreja. Porém eu cresci com saúde, e aos dezessete anos já queria saber de mulher. Aos dezoito consegui convencer uma mucama da casa de uma tia a ter comigo uns tratos íntimos, e dous meses depois os padres me tinham mandado embora do seminário. Tal foi a sucessão de cousas que me levou à casa de cômodos e, de lá, ao escritório do meu tio.

Depois de muitas falas rebuscadas, de muito maldizer a carne e a família do meu pai, o tio cansou-se. Era um homem acostumado à boa-vida do vicariato, e sabia que se gastar em assuntos perdidos não fazia bem à saúde. Assim, prometeu arranjar-me entre os fiéis uma ocupação decente, talvez como guarda-livros de alguma loja, já que eu sempre fui excelente na matemática. Eu cogitava que tal emprego seria por demais trabalhoso; esperava algo mais leve, talvez garoto de recados, talvez vendedor de artigos de senhoras numa boa loja onde eu poderia unir o útil ao agradável, mas sabia por bem não exigir demais do tio. Para mudar de assunto, tirando a minha pessoa da linha de frente, foi que puxei da algibeira aquela pilha de papéis, explicando-lhe que se tratavam dos escritos de uma louca da extinta Casa Verde.

O tio olhou-os e seus olhos brilharam. Que boa história era aquela! Cousa dos seus tempos de coroinha, quando o padre Lopes atendia a comunidade de Itaguaí, e meu tio, então um rapazola de treze anos, vivia-lhe ao encalço, servindo de ajudante nas missas, e de criado em casa. Devo dizer que o velho tio sempre soube ser persistente na vida, e de pajear o Lopes à exaustão foi que lhe deram, anos depois, a freguesia de Itaguaí.

— Onde vosmecê arrumou isso?

Expliquei-lhe que os papéis estavam perdidos numa das gavetas da casa de cômodos onde eu vivia, e o tio, sem mais delongas, tomou-os de mim e enfiou-os, num rolo, dentro de uma gaveta, a qual fechou à chave. Aqueles papéis, disse-me ele, não deviam andar de um lado para outro. Era cousa importante, que podia ter desdobramento.

E complementou:

— Essa história, a conheço melhor do que ninguém... Eu era um moleque, mas lembro porque o padre Lopes ia lá todas as tardes e ficava ouvindo os loucos, e para os mansos oferecia o sacramento da confissão. Eu ia junto com ele, e às vezes tinha medo. O padre Lopes me esquecia pelos corredores, e aquilo lá era um labirinto.

Disse-me o tio que, numa daquelas tardes perdidas, depois de seguir por ali e dobrar por aqui, desfiando portas iguais de cubículos iguais, ele dera de cara com a tal D. Inácia, a autora daqueles escritos. Era velhíssima e não parecia louca, mas conformada. Estava ali havia dez anos, e então a filha já nem vinha mais vê-la. Rolava pelo corredores da Casa Verde, a pobre D. Inácia, como um móvel velho para o qual a gente não encontra mais serventia, e do qual tampouco quer se desfazer. Levava uma pena e papel enfiado no bolso do vestido descosido, e quando vira o tio, um rapazote com o buço incipiente, sorriu-lhe e disse:

— Vosmecê parece um menino que certa feita esteve em nossa casa, lá no Rio de Janeiro. Ele viera de Mangaratiba para estudar na Corte, e minha filha afeiçoou-se-lhe muito. — Ela riu e mostrou a gengiva branca e sem dentes, que ao tio causou muito asco, depois completou: — Venha, venha aqui, meu amigo, que lhe conto tudo. Neste lugar já ninguém quer me ouvir, e é sempre bom encontrar uma cara nova.

O tio quis fugir, mas o corredor inteiro era um vazio silencioso. A velha, D. Inácia, trancando-lhe a passagem, explicou-lhe que não era louca. Louca era a filha, a tal Conceição. E por causa daquela sua loucura, é que a tinha posto ali.

E a velha foi aproximando-se do tio, e o tio foi-se encolhendo, tentando sumir num vão da parede, mas D. Inácia então colocou-lhe a mão no ombro e disse, não me tenha medo, só quero contar.

E contou.

A filha, Conceição, tinha casado velha, aos vinte e sete anos. Antes disso, era moça quieta, mal saía de casa, a não ser para as missas. Um belo dia, surgiu-lhe o Escrivão Meneses. Era viúvo e queria esposa; Conceição pareceu-lhe boa: era prendada, caseira e não muito moça. O Escrivão não queria filhos, sabe-se lá por quê.

D. Inácia, que era viúva, arranjou o casamento com a anuência da filha, e depois da boda as duas se mudaram para a rua do Senado. Era uma vida pacata, disse D. Inácia. Viviam com duas escravas, e gastavam as tardes cosendo. O Escrivão era homem moderado, gentil com a sogra. A filha queria-o bem. Volta e meia, recebiam em casa o escrevente que trabalhava com o Meneses. Era um moço duns vinte e oito anos, moreno, simpático e de olhares espichados. Chamava-se Luciano, e a Conceição não o queria muito bem, por achá-lo muito folgazão.

Por esses tempos, Meneses enredou-se com uma mulher separada, e uma noite por semana sumia de casa, dizendo que ia ao teatro. Esse hábito coincidiu com umas insônias que a Conceição passou a experimentar. Preocupada com a filha, D. Inácia tratou de explicar-lhe que aqueles amores eram correntes, que todos casamentos tinham daquilo e que mal não faziam, conquanto a esposa não levasse o rabicho muito a sério. Que o Meneses fosse dormir com quem quisesse, respondeu a Conceição, às avessas, desde que mantivesse as aparências. D. Inácia percebeu a mágoa daquela resposta e não quis mais insistir no assunto.

E assim seguiram os dias: quando o Meneses ia ter com a outra, Conceição sofria suas insônias. Era comum ouvi-la pela casa nessas noites, os pezinhos arrastando no piso de madeira, às vezes falando sozinha. D. Inácia tinha pena da filha. Deitada na sua cama, tarde da noite, ouvia os ruídos que a Conceição fazia na sala, tentando gastar as horas noturnas.

Certa vez, com dó daquele martírio, D. Inácia levantara-se, vestira o chambre e, no escuro, sem vela nem nada, saíra em busca da filha. Qual não fora seu espanto ao ver a Conceição gemendo na sala, e não estava só. Luciano, o jovem escrevente, semi-escondido pela escuridão da noite, beijava-lhe o pulso, e Conceição, iluminada pela única vela que ardia na casa, revirava os olhos de delícia, enquanto chispas de fogo tremeluziam-lhe entre os lábios onde antes houvera sua língua. A filha estava louca, concluíra D. Inácia, e talvez possuída pelo demônio.

Ah, como a velha chorara naquela noite, de vergonha e de medo da vingança divina! No outro dia, recomposta, querendo pegar a filha em flagrante e livrar ao menos a própria alma de futuros padecimentos celestiais, D. Inácia, logo ao café-da-manhã, perguntara a Conceição sobre os padecimentos da insônia. E Conceição respondera, a noite de ontem me foi um martírio.

D. Inácia adoeceu com aquilo. Passou a ouvir atrás das portas, a espiar as gavetas, a espreitar as mucamas, a rezar cem Pai-Nossos diários. Por esse tempo, viera dar na casa o tal moço de Mangaratiba com o qual D. Inácia achara o tio parecido. D. Inácia vigiou os ardores da filha, mas em vão: Conceição só queria mesmo saber do Luciano. Era o marido visitar a outra, e pouco depois, no silêncio da noite, o maldito escrevente subia a rua e ia bater à janela da sala.

Certa feita, numa madrugada de Natal, quase que o menino de Mangaratiba e o Luciano se encontram, quando o jovenzinho, que ia à Missa do galo, saía, tarde da noite, pela rua silenciosa em companhia de um amigo. D. Inácia, à janela, ambicionava que o destino revelasse a poltrice da filha única; mas não. Passou-se aquele Natal, e veio o Ano-Novo. Meneses seguia visitando escrupulosamente a amante, porque era homem organizado e uma vez à semana ia ter com ela. Conceição, por sua vez, já não agüentava esperar tanto para ver o Luciano, e às vezes inventava uma confissão às pressas só para encontrá-lo de passagem numa das ruas da vizinhança, com a desculpa de visitar a igreja.

D. Inácia descobriu que as escravas há muito sabiam dos amores da patroa, e que uma delas até lhe servia de alcoviteira. De raiva, meteu as unhas à cara da negra, e então começara seu suplício: Conceição tachou a mãe de louca, e fez queixa ao Meneses! Pobre Meneses, gemeu a velha. Nem dous meses depois, saiu de casa para estar com a outra. A tal mulher teve uma constipação, Meneses achou por bem voltar ao lar naquela noite ainda, pois a amante precisava de repouso.

Chegou em casa na exata hora em que Luciano sentava um beijo aos beiços de Conceição. D. Inácia espiava tudo através do buraco da fechadura. O Meneses, que afinal de contas não fizera nada que todos os outros maridos não haviam feito antes, teve ali mesmo um piripaque: caiu durinho, aos pés do malandro do Luciano. Foi uma gritaria só. Luciano nem sequer ajudou a erguer o patrão: escapuliu-se pela mesma janela que entrara. Quando as negras chegaram do quintal, viram apenas a patroa aos gritos, e o Meneses, com a cara retorcida, já nem era mais deste mundo.

Tudo isso contou D. Inácia num canto do corredor da casa de loucos, e o bafio da sua boca já dava engulhos no jovem meu tio. Mas também o espanto daquela história de amores e traição segurava-o no mesmo lugar: o tio queria ouvir o fim daquele disparate de pecados, e perguntou:

— O que aconteceu depois, minha senhora?

D. Inácia soltou uma risadinha fina.

— Depois? Depois o Luciano e a minha filha se casaram. O Luciano foi lá para a casa, e mui mal me tratou desde o princípio, enchendo a cabeça da Conceição de tanto falar mal de mim. Tudo isso porque eu sabia. As escravas também sabiam, mas a Conceição ficou com elas. Eram duas negras trabalhadoras e davam conta de todo o serviço; ademais, vendê-las seria muito perigoso porque elas podiam dar com a língua nos dentes. Já eu, eu vim parar aqui. Pobre Meneses, eu ainda o vejo estrebuchando no chão, bem ao pé daquela figura de Cleópatra que a Conceição sempre detestou. Pobre Meneses, ao fim e ao cabo, podia não ser um grande marido, mas era um bom genro.

Missa do galo

Machado de Assis

Nunca pude entender a conversação que tive com uma senhora, há muitos anos, contava eu dezessete, ela trinta. Era noite de Natal. Havendo ajustado com um vizinho irmos à missa do galo, preferi não dormir; combinei que eu iria acordá-lo à meia-noite.

A casa em que eu estava hospedado era a do escrivão Meneses, que fora casado, em primeiras núpcias, com uma de minhas primas. A segunda mulher, Conceição, e a mãe desta acolheram-me bem, quando vim de Mangaratiba para o Rio de Janeiro, meses antes, a estudar preparatórios. Vivia tranqüilo, naquela casa assobradada da rua do Senado, com os meus livros, poucas relações, alguns passeios. A família era pequena, o escrivão, a mulher, a sogra e duas escravas. Costumes velhos. Às dez horas da noite toda a gente estava nos quartos; às dez e meia a casa dormia. Nunca tinha ido ao teatro, e mais de uma vez, ouvindo dizer ao Meneses que ia ao teatro, pedi-lhe que me levasse consigo. Nessas ocasiões, a sogra fazia uma careta, e as escravas riam à socapa; ele não respondia, vestia-se, saía e só tornava na manhã seguinte. Mais tarde é que eu soube que o teatro era um eufemismo em ação. Meneses trazia amores com uma senhora, separada do marido, e dormia fora de casa uma vez por semana. Conceição padecera, a princípio, com a existência da comborça; mas, afinal, resignara-se, acostumara-se, e acabou achando que era muito direito.

Boa Conceição! Chamavam-lhe "a santa", e fazia jus ao título, tão facilmente suportava os esquecimentos do marido. Em verdade, era um temperamento moderado, sem extremos, nem grandes lágrimas, nem grandes risos. No capítulo de que trato, dava para maometana; aceitaria um harém, com as aparências salvas. Deus me perdoe, se a julgo mal. Tudo nela era atenuado e passivo. O próprio rosto era mediano, nem bonito nem feio. Era o que chamamos uma pessoa simpática. Não dizia mal de ninguém, perdoava tudo. Não sabia odiar; pode ser até que não soubesse amar.

Naquela noite de Natal foi o escrivão ao teatro. Era pelos anos de 1861 ou 1862. Eu já devia estar em Mangaratiba, em férias; mas fiquei até o Natal para ver "a missa do galo na Corte". A família recolheu-se à hora do costume; eu meti-me na sala da frente, vestido e pronto. Dali passaria ao corredor da entrada e sairia sem acordar ninguém. Tinha três chaves a porta; uma estava com o escrivão, eu levaria outra, a terceira ficava em casa.

— Mas, Sr. Nogueira, que fará você todo esse tempo? perguntou-me a mãe de Conceição.

— Leio, D. Inácia.

Tinha comigo um romance, *Os Três Mosqueteiros*, velha tradução creio do *Jornal do Comércio*. Sentei-me à mesa que havia no centro da sala, e à luz de um candeeiro de querosene, enquanto a casa dormia, trepei ainda uma vez ao cavalo magro de D'Artagnan e fui-me às aventuras. Dentro em pouco estava completamente ébrio de Dumas. Os minutos voavam, ao contrário do que costumam fazer, quando são de espera; ouvi bater onze horas, mas quase sem dar por elas, um acaso. Entretanto, um pequeno rumor que ouvi dentro veio acordar-me da leitura. Eram uns passos no corredor que ia da sala de visitas à de jantar; levantei a cabeça; logo depois vi assomar à porta da sala o vulto de Conceição.

— Ainda não foi? perguntou ela.

— Não fui, parece que ainda não é meia-noite.

— Que paciência!

Conceição entrou na sala, arrastando as chinelinhas da alcova. Vestia um roupão branco, mal-apanhado na cintura. Sendo magra, tinha um ar de visão romântica, não disparatada com o meu livro de aventuras. Fechei o livro; ela foi sentar-se na cadeira que ficava defronte de mim, perto do canapé. Como eu lhe perguntasse se a havia acordado, sem querer, fazendo barulho, respondeu com presteza:

— Não! qual! Acordei por acordar.

Fitei-a um pouco e duvidei da afirmativa. Os olhos não eram de pessoa que acabasse de dormir; pareciam não ter ainda pegado no sono. Essa observação, porém, que valeria alguma cousa em outro espírito, depressa a botei fora, sem advertir que talvez não dormisse justamente por minha causa, e mentisse para me não afligir ou aborrecer. Já disse que ela era boa, muito boa.

— Mas a hora já há de estar próxima, disse eu.

— Que paciência a sua de esperar acordado, enquanto o vizinho dorme! E esperar sozinho! Não tem medo de almas do outro mundo? Eu cuidei que se assustasse quando me viu.

— Quando ouvi os passos estranhei; mas a senhora apareceu logo.

— Que é que estava lendo? Não diga, já sei, é o romance dos *Mosqueteiros*.

— Justamente: é muito bonito.

— Gosta de romances?

— Gosto.

— Já leu *A Moreninha*?

— Do Dr. Macedo? Tenho lá em Mangaratiba.

— Eu gosto muito de romances, mas leio pouco, por falta de tempo. Que romances é que você tem lido?

Comecei a dizer-lhe os nomes de alguns. Conceição ouvia-me com a cabeça reclinada no espaldar, enfiando os olhos por entre as pálpebras meio-cerradas, sem os tirar de mim. De vez em quando passava a língua pelos beiços, para umedecê-los. Quando acabei de falar, não me disse nada; ficamos assim alguns segundos. Em seguida, vi-a endireitar a cabeça, cruzar os dedos e sobre eles pousar o queixo, tendo os cotovelos nos braços da cadeira, tudo sem desviar de mim os grandes olhos espertos.

— Talvez esteja aborrecida, pensei eu.

E logo alto:

— D. Conceição, creio que vão sendo horas, e eu...

— Não, não, ainda é cedo. Vi agora mesmo o relógio; são onze e meia. Tem tempo. Você, perdendo a noite, é capaz de não dormir de dia?

— Já tenho feito isso.

— Eu, não; perdendo uma noite, no outro dia estou que não posso, e, meia hora que seja, hei de passar pelo sono. Mas também estou ficando velha.

— Que velha o quê, D. Conceição?

Tal foi o calor da minha palavra que a fez sorrir. De costume tinha os gestos demorados e as atitudes tranqüilas; agora, porém, ergueu-se rapidamente, passou para o outro lado da sala e deu alguns passos, entre a janela da rua e a porta do gabinete do marido. Assim, com o desalinho honesto que trazia, dava-me uma impressão singular. Magra embora, tinha não sei que balanço no andar, como quem lhe custa levar o corpo; essa feição nunca me pareceu tão distinta como naquela noite. Parava algumas vezes, examinando um trecho de cortina ou consertando a posição de algum objeto no aparador; afinal deteve-se, ante mim, com a mesa de permeio. Estreito era o círculo das suas idéias; tornou ao espanto de me ver esperar acordado; eu repeti-lhe o que ela sabia, isto é, que nunca ouvira missa do galo na Corte, e não queria perdê-la.

— É a mesma missa da roça; todas as missas se parecem.

— Acredito; mas aqui há de haver mais luxo e mais gente também. Olhe, a semana santa na Corte é mais bonita que na roça. S. João não digo, nem Santo Antônio...

Pouco a pouco, tinha-se inclinado; fincara os cotovelos no mármore da mesa e metera o rosto entre as mãos espalmadas. Não estando abotoadas, as mangas, caíram naturalmente, e eu vi-lhe metade dos braços, muito claros, e menos magros do que se poderiam supor. A vista não era nova para mim, posto também não fosse comum; naquele momento, porém, a impressão que tive foi grande. As veias eram tão azuis, que apesar da pouca claridade, podia contálas do meu lugar. A presença de Conceição espertara-me ainda mais que o livro. Continuei a dizer o que pensava das festas da roça e da cidade, e de outras cousas que me iam vindo à boca. Falava emendando os assuntos, sem saber por quê, variando deles ou tornando aos primeiros, e rindo para fazê-la sorrir e ver-lhe os dentes que luziam de brancos, todos iguaizinhos. Os olhos dela não eram bem negros, mas escuros; o nariz, seco e longo, um tantinho curvo, dava-lhe ao rosto um ar interrogativo. Quando eu alteava um pouco a voz, ela reprimia-me:

— Mais baixo! mamãe pode acordar.

E não saía daquela posição, que me enchia de gosto, tão perto ficavam as nossas caras. Realmente, não era preciso falar alto para ser ouvido; cochichávamos os dous, eu mais que ela, porque falava mais; ela, às vezes, ficava séria, muito séria, com a testa um pouco franzida. Afinal, cansou; trocou de atitude e de lugar. Deu volta à mesa e veio sentar-se do meu lado, no canapé. Voltei-me, e pude ver, a furto, o bico das chinelas; mas foi só o tempo que ela gastou em sentar-se, o roupão era comprido e cobriu-as logo. Recordo-me que eram pretas. Conceição disse baixinho:

— Mamãe está longe, mas tem o sono muito leve; se acordasse agora, coitada, tão cedo não pegava no sono.

— Eu também sou assim.

— O quê? perguntou ela inclinando o corpo para ouvir melhor.

Fui sentar-me na cadeira que ficava ao lado do canapé e repeti a palavra. Riu-se da coincidência; também ela tinha o sono leve; éramos três sonos leves.

— Há ocasiões em que sou como mamãe, acordando, custa-me dormir outra vez, rolo na cama, à toa, levanto-me, acendo vela, passeio, torno a deitar-me, e nada.

— Foi o que lhe aconteceu hoje.

— Não, não, atalhou ela.

Não entendi a negativa; ela pode ser que também não a entendesse. Pegou das pontas do cinto e bateu com elas sobre os joelhos, isto é, o joelho direito, porque acabava de cruzar as pernas. Depois referiu uma história de sonhos, e afirmou-me que só tivera um pesadelo, em criança. Quis saber se eu os tinha. A conversa reatou-se assim lentamente, longamente, sem que eu desse pela hora nem pela missa. Quando eu acabava uma narração ou uma explicação, ela inventava outra pergunta ou outra matéria, e eu pegava novamente na palavra. De quando em quando, reprimia-me:

— Mais baixo, mais baixo...

Havia também umas pausas. Duas outras vezes, pareceu-me que a via dormir; mas os olhos, cerrados por um instante, abriam-se logo sem sono nem fadiga, como se ela os houvesse fechado para ver melhor. Uma dessas vezes creio que deu por mim embebido na sua pessoa, e lembra-me que os tornou a fechar, não sei se apressada ou vagarosamente. Há impressões dessa noite, que me aparecem truncadas ou confusas. Contradigo-me, atrapalho-me. Uma das que ainda tenho frescas é que, em certa ocasião, ela, que era apenas simpática, ficou linda, ficou lindíssima. Estava de pé, os braços cruzados; eu, em respeito a ela, quis levantar-me; não consentiu, pôs uma das mãos no meu ombro, e obrigou-me a estar sentado. Cuidei que ia dizer alguma cousa; mas estremeceu, como se tivesse um arrepio de frio, voltou as costas e foi sentar-se na cadeira, onde me achara lendo. Dali relanceou a vista pelo espelho, que ficava por cima do canapé, falou de duas gravuras que pendiam da parede.

— Estes quadros estão ficando velhos. Já pedi a Chiquinho para comprar outros.

Chiquinho era o marido. Os quadros falavam do principal negócio deste homem. Um representava "Cleópatra"; não me recordo o assunto do outro, mas eram mulheres. Vulgares ambos; naquele tempo não me pareciam feios.

— São bonitos, disse eu.

— Bonitos são; mas estão manchados. E depois francamente, eu preferia duas imagens, duas santas. Estas são mais próprias para sala de rapaz ou de barbeiro.

— De barbeiro? A senhora nunca foi a casa de barbeiro.

— Mas imagino que os fregueses, enquanto esperam, falam de moças e namoros, e naturalmente o dono da casa alegra a vista deles com figuras bonitas. Em casa de família é que não acho próprio. É o que eu penso; mas eu penso muita cousa assim esquisita. Seja o que for, não gosto dos quadros. Eu tenho uma Nossa Senhora da Conceição, minha madrinha, muito bonita; mas é de escultura, não se pode pôr na parede, nem eu quero. Está no meu oratório.

A idéia do oratório trouxe-me a da missa, lembrou-me que podia ser tarde e quis dizê-lo. Penso que cheguei a abrir a boca, mas logo a fechei para ouvir o que ela contava, com doçura, com graça, com tal moleza que trazia preguiça à minha alma e fazia esquecer a missa e a igreja. Falava das suas devoções de menina e moça. Em seguida referia umas anedotas de baile, uns casos de passeio, reminiscências de Paquetá, tudo de mistura, quase sem interrupção. Quando cansou do passado, falou do presente, dos negócios da casa, das canseiras de família, que lhe diziam ser muitas, antes de casar, mas não eram nada. Não me contou, mas eu sabia que casara aos vinte e sete anos.

Já agora não trocava de lugar, como a princípio, e quase não saíra da mesma atitude. Não tinha os grandes olhos compridos, e entrou a olhar à toa para as paredes.

— Precisamos mudar o papel da sala, disse daí a pouco, como se falasse consigo.

Concordei, para dizer alguma cousa, para sair da espécie de sono magnético, ou o que quer que era que me tolhia a língua e os sentidos. Queria e não queria acabar a conversação; fazia esforço para arredar os olhos dela, e arredava-os por um sentimento de respeito; mas a idéia de parecer que era aborrecimento, quando não era, levava-me os olhos outra vez para Conceição. A conversa ia morrendo. Na rua, o silêncio era completo.

Chegamos a ficar por algum tempo, — não posso dizer quanto, — inteiramente calados. O rumor único e escasso, era um roer de camundongo no gabinete, que me acordou daquela espécie de sonolência; quis falar dele, mas não achei modo. Conceição parecia estar devaneando. Subitamente, ouvi uma pancada na janela, do lado de fora, e uma voz que bradava: "Missa do galo! missa do galo!".

— Aí está o companheiro, disse ela levantando-se. Tem graça; você é que ficou de ir acordá-lo, ele é que vem acordar você. Vá, que hão de ser horas; adeus.

— Já serão horas? perguntei.

— Naturalmente.

— Missa do galo! repetiram de fora, batendo.

— Vá, vá, não se faça esperar. A culpa foi minha. Adeus; até amanhã.

E com o mesmo balanço do corpo, Conceição enfiou pelo corredor dentro, pisando mansinho. Saí à rua e achei o vizinho que esperava. Guiamos dali para a igreja. Durante a missa, a figura de Conceição interpôs-se mais de uma vez, entre mim e o padre; fique isto à conta dos meus dezessete anos. Na manhã seguinte, ao almoço, falei da missa do galo e da gente que estava na igreja sem excitar a curiosidade de Conceição. Durante o dia, achei-a como sempre, natural, benigna, sem nada que fizesse lembrar a conversação da véspera. Pelo ano-bom fui para Mangaratiba. Quando tornei ao Rio de Janeiro, em março, o escrivão tinha morrido de apoplexia. Conceição morava no Engenho Novo, mas nem a visitei nem a encontrei. Ouvi mais tarde que casara com o escrevente juramentado do marido.

O alienista

Machado de Assis

I. De como Itaguaí ganhou uma casa de Orates

As crônicas da vila de Itaguaí dizem que em tempos remotos vivera ali um certo médico, o Dr. Simão Bacamarte, filho da nobreza da terra e o maior dos médicos do Brasil, de Portugal e das Espanhas. Estudara em Coimbra e Pádua. Aos trinta e quatro anos regressou ao Brasil, não podendo el-rei alcançar dele que ficasse em Coimbra, regendo a universidade, ou em Lisboa, expedindo os negócios da monarquia.

— A ciência, disse ele a Sua Majestade, é o meu emprego único; Itaguaí é o meu universo.

Dito isso, meteu-se em Itaguaí, e entregou-se de corpo e alma ao estudo da ciência, alternando as curas com as leituras, e demonstrando os teoremas com cataplasmas. Aos quarenta anos casou com D. Evarista da Costa e Mascarenhas, senhora de vinte e cinco anos, viúva de um juiz de fora, e não bonita nem simpática. Um dos tios dele, caçador de pacas perante o Eterno, e não menos franco, admirou-se de semelhante escolha e disse-lho. Simão Bacamarte explicou-lhe que D. Evarista reunia condições fisiológicas e anatômicas de primeira ordem, digeria com facilidade, dormia regularmente, tinha bom pulso, e excelente vista; estava assim apta para dar-lhe filhos robustos, sãos e inteligentes. Se além dessas prendas, — únicas dignas da preocupação de um sábio, D. Evarista era mal composta de feições, longe de lastimá-lo, agradecia-o a Deus, porquanto não corria o risco de preterir os interesses da ciência na contemplação exclusiva, miúda e vulgar da consorte.

D. Evarista mentiu às esperanças do Dr. Bacamarte, não lhe deu filhos robustos nem mofinos. A índole natural da ciência é a longanimidade; o nosso médico esperou três anos, depois quatro, depois cinco. Ao cabo desse tempo fez um estudo profundo da matéria, releu todos os escritores árabes e outros, que trouxera para Itaguaí, enviou consultas às universidades italianas e alemãs, e acabou por aconselhar à mulher um regime alimentício especial. A ilustre dama, nutrida exclusivamente com a bela carne de porco de Itaguaí, não atendeu às admoestações do esposo; e à sua resistência, — explicável, mas inqualificável, — devemos a total extinção da dinastia dos Bacamartes.

Mas a ciência tem o inefável dom de curar todas as mágoas; o nosso médico mergulhou inteiramente no estudo e na prática da medicina. Foi então que um dos recantos desta lhe chamou especialmente a atenção, — o recanto psíquico, o exame da patologia cerebral. Não havia na colônia, e ainda no reino, uma só autoridade em semelhante matéria, mal explorada, ou quase inexplorada. Simão Bacamarte compreendeu que a ciência lusitana, e particularmente a brasileira, podia cobrir-se de "louros imarcescíveis", — expressão usada por ele mesmo, mas em um arroubo de intimidade doméstica; exteriormente era modesto, segundo convém aos sabedores.

— A saúde da alma, bradou ele, é a ocupação mais digna do médico.

— Do verdadeiro médico, emendou Crispim Soares, boticário da vila, e um dos seus amigos e comensais.

A vereança de Itaguaí, entre outros pecados de que é argüida pelos cronistas, tinha o de não fazer caso dos dementes. Assim é que cada louco furioso era trancado em uma alcova, na própria casa, e, não curado, mas descurado, até que a morte o vinha defraudar do benefício da vida; os mansos andavam à solta pela rua. Simão Bacamarte entendeu desde logo reformar tão ruim costume; pediu licença à câmara para agasalhar e tratar no edifício que ia construir todos os loucos de Itaguaí e das demais vilas e cidades, mediante um estipêndio, que a câmara lhe daria quando a família do enfermo o não pudesse fazer. A proposta excitou a curiosidade de toda a vila, e encontrou grande resistência, tão certo é que dificilmente se desarraigam hábitos absurdos, ou ainda maus. A idéia de meter os loucos na mesma casa, vivendo em comum, pareceu em si mesma um sintoma de demência e não faltou quem o insinuasse à própria mulher do médico.

— Olhe, D. Evarista, disse-lhe o padre Lopes, vigário do lugar, veja se seu marido dá um passeio ao Rio de Janeiro. Isso de estudar sempre, sempre, não é bom, vira o juízo.

D. Evarista ficou aterrada, foi ter com o marido, disse-lhe "que estava com desejos", um principalmente, o de vir ao Rio de Janeiro e comer tudo o que a ele lhe parecesse adequado a certo fim. Mas aquele grande homem, com a rara sagacidade que o distinguia, penetrou a intenção da esposa e redargüiu-lhe sorrindo que não tivesse medo. Dali foi à câmara, onde os vereadores debatiam a proposta, e defendeu-a com tanta eloqüência que a maioria resolveu autorizá-lo ao que pedira, votando ao mesmo tempo um imposto destinado a subsidiar o tratamento, alojamento e mantimento dos doudos pobres. A matéria do imposto não foi fácil achá-la; tudo estava tributado em Itaguaí. Depois de longos estudos, assentou-se em permitir o uso de dous penachos nos cavalos dos enterros. Quem quisesse emplumar os cavalos de um coche mortuário pagaria dous tostões à câmara, repetindo-se tantas vezes esta quantia quantas fossem as horas decorridas entre a do falecimento e a da última bênção na sepultura. O escrivão perdeu-se nos cálculos aritméticos do rendimento possível da nova taxa; e um dos vereadores, que não acreditava na empresa do médico, pediu que se relevasse o escrivão de um trabalho inútil.

— Os cálculos não são precisos, disse ele, porque o Dr. Bacamarte não arranja nada. Quem é que viu agora meter todos os doudos dentro da mesma casa?

Enganava-se o digno magistrado; o médico arranjou tudo. Uma vez empossado da licença começou logo a construir a casa. Era na rua Nova, a mais bela rua de Itaguaí naquele tempo, tinha cinqüenta janelas por lado, um pátio no centro, e numerosos cubículos para os hóspedes. Como fosse grande arabista, achou no Corão que Maomé declara veneráveis os doudos, pela consideração de que Alá lhes tira o juízo para que não pequem. A idéia pareceu-lhe bonita e profunda, e ele a fez gravar no frontispício da casa; mas, como tinha medo ao vigário, e por tabela ao bispo, atribuiu o pensamento a Benedito VIII, merecendo com essa fraude aliás pia, que o padre Lopes lhe contasse, ao almoço, a vida daquele pontífice eminente.

A Casa Verde foi o nome dado ao asilo, por alusão à cor das janelas, que pela primeira vez apareciam verdes em Itaguaí. Inaugurou-se com imensa pompa; de todas as vilas e povoações próximas, e até remotas, e da própria cidade do Rio de Janeiro, correu gente para assistir às cerimônias, que duraram sete dias. Muitos dementes já estavam recolhidos; e os parentes tiveram ocasião de ver o carinho paternal e a caridade cristã com que eles iam ser tratados. D. Evarista, contentíssima com a glória do marido, vestira-se luxuosamente, cobriu-se de jóias, flores e sedas. Ela foi uma verdadeira rainha naqueles dias memoráveis; ninguém deixou de ir visitá-la duas e três vezes, apesar dos costumes caseiros e recatados do século, e não só a cortejavam como a louvavam; porquanto, — e este fato é um documento altamente honroso para a sociedade do tempo, — porquanto viam nela a feliz esposa de um alto espírito, de um varão ilustre, e, se lhe tinham inveja, era a santa e nobre inveja dos admiradores.

Ao cabo de sete dias expiraram as festas públicas; Itaguaí tinha finalmente uma casa de Orates.

II. Torrente de loucos

Três dias depois, numa expansão íntima com o boticário Crispim Soares, desvendou o alienista o mistério do seu coração.

— A caridade, Sr. Soares, entra decerto no meu procedimento, mas entra como tempero, como o sal das cousas, que é assim que interpreto o dito de S. Paulo aos Coríntios: "Se eu conhecer quanto se pode saber, e não tiver caridade, não sou nada". O principal nesta minha obra da Casa Verde é estudar profundamente a loucura, os seus diversos graus, classificar-lhe os casos, descobrir enfim a causa do fenômeno e o remédio universal. Este é o mistério do meu coração. Creio que com isto presto um bom serviço à humanidade.

— Um excelente serviço, corrigiu o boticário.

— Sem este asilo, continuou o alienista, pouco poderia fazer; ele dá-me, porém, muito maior campo aos meus estudos.

— Muito maior, acrescentou o outro.

E tinham razão. De todas as vilas e arraiais vizinhos afluíam loucos à Casa Verde. Eram furiosos, eram mansos, eram monomaníacos, era toda a família dos deserdados do espírito. Ao cabo de quatro meses, a Casa Verde era uma povoação. Não bastaram os primeiros cubículos; mandou-se anexar uma galeria de mais trinta e sete. O padre Lopes confessou que não imaginara a existência de tantos doudos no mundo, e menos ainda o inexplicável de alguns casos. Um, por exemplo, um rapaz bronco e vilão, que todos os dias, depois do almoço, fazia regularmente um discurso acadêmico, ornado de tropos, de antíteses, de apóstrofes, com seus recamos de grego e latim, e suas borlas de Cícero, Apuleio e Tertuliano. O vigário não queria acabar de crer. Quê! um rapaz que ele vira, três meses antes, jogando peteca na rua!

— Não digo que não, respondia-lhe o alienista; mas a verdade é o que Vossa Reverendíssima está vendo. Isto é todos os dias.

— Quanto a mim, tornou o vigário, só se pode explicar pela confusão das línguas na torre de Babel, segundo nos conta a Escritura; provavelmente, confundidas antigamente as línguas, é fácil trocá-las agora, desde que a razão não trabalhe...

— Essa pode ser, com efeito, a explicação divina do fenômeno, concordou o alienista, depois de refletir um instante, mas não é impossível que haja também alguma razão humana, e puramente científica, e disso trato...

— Vá que seja, e fico ansioso. Realmente!

Os loucos por amor eram três ou quatro, mas só dous espantavam pelo curioso do delírio. O primeiro, um Falcão, rapaz de vinte e cinco anos, supunha-se estrela-d'alva, abria os braços e alargava as pernas, para dar-lhes certa feição de raios, e ficava assim horas esquecidas a perguntar se o sol já tinha saído para ele recolher-se. O outro andava sempre, sempre, sempre, à roda das salas ou do pátio, ao longo dos corredores, à procura do fim do mundo. Era um desgraçado, a quem a mulher deixou por seguir um peralvilho. Mal descobrira a fuga, armou-se de uma garrucha, e saiu-lhes no encalço; achou-os duas horas depois, ao pé de uma lagoa, matou-os a ambos com os maiores requintes de crueldade. O ciúme satisfez-se, mas o vingado estava louco. E então começou aquela ânsia de ir ao fim do mundo à cata dos fugitivos.

A mania das grandezas tinha exemplares notáveis. O mais notável era um pobre-diabo, filho de um algibebe, que narrava às paredes (porque não olhava nunca para nenhuma pessoa) toda a sua genealogia, que era esta:

— Deus engendrou um ovo, o ovo engendrou a espada, a espada engendrou Davi, Davi engendrou a púrpura, a púrpura engendrou o duque, o duque engendrou o marquês, o marquês engendrou o conde, que sou eu.

Dava uma pancada na testa, um estalo com os dedos, e repetia cinco, seis vezes seguidas:

— Deus engendrou um ovo, o ovo, etc.

Outro da mesma espécie era um escrivão, que se vendia por mordomo do rei; outro era um boiadeiro de Minas, cuja mania era distribuir boiadas a toda a gente, dava trezentas cabeças a um, seiscentas a outro, mil e duzentas a outro, e não acabava mais. Não falo dos casos de monomania religiosa; apenas citarei um sujeito que, chamando-se João de

Deus, dizia agora ser o deus João, e prometia o reino dos céus a quem o adorasse, e as penas do inferno aos outros; e depois desse, o licenciado Garcia, que não dizia nada, porque imaginava que no dia em que chegasse a proferir uma só palavra, todas as estrelas se despegariam do céu e abrasariam a terra; tal era o poder que recebera de Deus. Assim o escrevia ele no papel que o alienista lhe mandava dar, menos por caridade do que por interesse científico.

Que, na verdade, a paciência do alienista era ainda mais extraordinária do que todas as manias hospedadas na Casa Verde; nada menos que assombrosa. Simão Bacamarte começou por organizar um pessoal de administração; e, aceitando essa idéia ao boticário Crispim Soares, aceitou-lhe também dous sobrinhos, a quem incumbiu da execução de um regimento que lhes deu, aprovado pela câmara, da distribuição da comida e da roupa, e assim também na escrita, etc. Era o melhor que podia fazer, para somente cuidar do seu ofício. — A Casa Verde, disse ele ao vigário, é agora uma espécie de mundo, em que há o governo temporal e o governo *espiritual*. E o padre Lopes ria deste pio trocado, — e acrescentava, — com o único fim de dizer também uma chalaça: — Deixe estar, deixe estar, que hei de mandá-lo denunciar ao papa.

Uma vez desonerado da administração, o alienista procedeu a uma vasta classificação dos seus enfermos. Dividiu-os primeiramente em duas classes principais: os furiosos e os mansos; daí passou às subclasses, monomanias, delírios, alucinações diversas. Isto feito, começou um estudo aturado e contínuo; analisava os hábitos de cada louco, as horas de acesso, as aversões, as simpatias, as palavras, os gestos, as tendências; inquiria da vida dos enfermos, profissão, costumes, circunstâncias da revelação mórbida, acidentes da infância e da mocidade, doenças de outra espécie, antecedentes na família, uma devassa, enfim, como a não faria o mais atilado corregedor. E cada dia notava uma observação nova, uma descoberta interessante, um fenômeno extraordinário. Ao mesmo tempo estudava o melhor regime, as substâncias medicamentosas, os meios curativos e os meios paliativos, não só os que vinham nos seus amados árabes, como os que ele mesmo descobria, à força de sagacidade e paciência. Ora, todo esse trabalho levava-lhe o melhor e o mais do tempo. Mal dormia e mal comia; e, ainda comendo, era como se trabalhasse, porque ora interrogava um texto antigo, ora ruminava uma questão, e ia muitas vezes de um cabo a outro do jantar sem dizer uma só palavra a D. Evarista.

III. Deus sabe o que faz

A ilustre dama, no fim de dous meses, achou-se a mais desgraçada das mulheres; caiu em profunda melancolia, ficou amarela, magra, comia pouco e suspirava a cada canto. Não ousava fazer-lhe nenhuma queixa ou reproche, porque respeitava nele o seu marido e senhor, mas padecia calada, e definhava a olhos vistos. Um dia, ao jantar, como lhe perguntasse o marido o que é que tinha, respondeu tristemente que nada; depois atreveu-se um pouco, e foi ao ponto de dizer que se considerava tão viúva como dantes. E acrescentou:

— Quem diria nunca que meia dúzia de lunáticos...

Não acabou a frase; ou antes, acabou-a levantando os olhos ao teto, — os olhos, que eram a sua feição mais insinuante, — negros, grandes, lavados de uma luz úmida, como os da aurora. Quanto ao gesto, era o mesmo que empregara no dia em que Simão Bacamarte a pediu em casamento. Não dizem as crônicas se D. Evarista brandiu aquela arma com o perverso intuito de degolar de uma vez a ciência, ou, pelo menos, decepar-lhe as mãos; mas a conjetura é verossímil. Em todo caso, o alienista não lhe atribuiu outra intenção. E não se irritou o grande homem, não ficou sequer consternado. O metal de seus olhos não deixou de ser o mesmo metal, duro, liso, eterno, nem a menor prega veio quebrar a superfície da fronte quieta como a água de Botafogo. Talvez um sorriso lhe descerrou os lábios, por entre os quais filtrou esta palavra macia como o óleo do *Cântico*:

— Consinto que vás dar um passeio ao Rio de Janeiro.

D. Evarista sentiu faltar-lhe o chão debaixo dos pés. Nunca dos nuncas vira o Rio de Janeiro, que posto não fosse sequer uma pálida sombra do que hoje é, todavia era alguma cousa mais do que Itaguaí. Ver o Rio de Janeiro, para ela, equivalia ao sonho do hebreu cativo. Agora, principalmente, que o marido assentara de vez naquela povoação interior, agora é que ela perdera as últimas esperanças de respirar os ares da nossa boa cidade; e justamente agora é que ele a convidava a realizar os seus desejos de menina e moça. D. Evarista não pôde dissimular o gosto de semelhante proposta. Simão Bacamarte pegou-lhe na mão e sorriu, — um sorriso tanto ou quanto filosófico, além de conjugal, em que parecia traduzir-se este pensamento: — "Não há remédio certo para as dores da alma; esta senhora definha, porque lhe parece que a não amo; dou-lhe o Rio de Janeiro, e consola-se". E porque era homem estudioso tomou nota da observação.

Mas um dardo atravessou o coração de D. Evarista. Conteve-se, entretanto; limitou-se a dizer ao marido, que, se ele não ia, ela não iria também, porque não havia de meter-se sozinha pelas estradas.

— Irá com sua tia, redargüiu o alienista.

Note-se que D. Evarista tinha pensado nisso mesmo; mas não quisera pedi-lo nem insinuá-lo, em primeiro lugar porque seria impor grandes despesas ao marido, em segundo lugar porque era melhor, mais metódico e racional que a proposta viesse dele.

— Oh! mas o dinheiro que será preciso gastar! suspirou D. Evarista sem convicção.

— Que importa? Temos ganho muito, disse o marido. Ainda ontem o escriturário prestou-me contas. Queres ver?

E levou-a aos livros. D. Evarista ficou deslumbrada. Era uma via láctea de algarismos. E depois levou-a às arcas, onde estava o dinheiro. Deus! eram montes de ouro, eram mil cruzados sobre mil cruzados, dobrões sobre dobrões; era a opulência. Enquanto ela comia o ouro com os seus olhos negros, o alienista fitava-a, e dizia-lhe ao ouvido com a mais pérfida das alusões:

— Quem diria que meia dúzia de lunáticos...

D. Evarista compreendeu, sorriu e respondeu com muita resignação:

— Deus sabe o que faz!

Três meses depois efetuava-se a jornada. D. Evarista, a tia, a mulher do boticário, um sobrinho deste, um padre que o alienista conhecera em Lisboa, e que de aventura achava-se em Itaguaí, cinco ou seis pajens, quatro mucamas, tal foi a comitiva que a população viu dali sair em certa manhã do mês de maio. As despedidas foram tristes para todos, menos para o alienista. Conquanto as lágrimas de D. Evarista fossem abundantes e sinceras, não chegaram a abalá-lo. Homem de ciência, e só de ciência, nada o consternava fora da ciência; e se alguma cousa o preocupava naquela ocasião, se ele deixava correr pela multidão um olhar inquieto e policial, não era outra cousa mais do que a idéia de que algum demente podia achar-se ali misturado com a gente de juízo.

— Adeus! soluçaram enfim as damas e o boticário.

E partiu a comitiva. Crispim Soares, ao tornar a casa, trazia os olhos entre as duas orelhas da besta ruana em que vinha montado; Simão Bacamarte alongava os seus pelo horizonte adiante, deixando ao cavalo a responsabilidade do regresso. Imagem vivaz do gênio e do vulgo! Um fita o presente, com todas as suas lágrimas e saudades, outro devassa o futuro com todas as suas auroras.

IV. Uma teoria nova

Ao passo que D. Evarista, em lágrimas, vinha buscando o Rio de Janeiro, Simão Bacamarte estudava por todos os lados uma certa idéia arrojada e nova, própria a alargar as bases da psicologia. Todo o tempo que lhe sobrava dos cuidados da Casa Verde, era pouco para andar na rua, ou de casa em casa, conversando as gentes, sobre trinta mil assuntos, e virgulando as falas de um olhar que metia medo aos mais heróicos.

Um dia de manhã, — eram passadas três semanas, — estando Crispim Soares ocupado em temperar um medicamento, vieram dizer-lhe que o alienista o mandava chamar.

— Trata-se de negócio importante, segundo ele me disse, acrescentou o portador.

Crispim empalideceu. Que negócio importante podia ser, se não alguma notícia da comitiva, e especialmente da mulher? Porque este tópico deve ficar claramente definido, visto insistirem nele os cronistas Crispim amava a mulher, e, desde trinta anos, nunca estiveram separados um só dia. Assim se explicam os monólogos que ele fazia agora, e que os fâmulos lhe ouviam muita vez: — "Anda, bem feito, quem te mandou consentir na viagem de Cesária? Bajulador, torpe bajulador! Só para adular ao Dr. Bacamarte. Pois agora agüenta-te; anda, agüenta-te, alma de lacaio, fracalhão, vil, miserável. Dizes *amen* a tudo, não é? aí tens o lucro, biltre!" — E muitos outros nomes feios, que um homem não deve dizer aos outros, quanto mais a si mesmo. Daqui a imaginar o efeito do recado é um nada. Tão depressa ele o recebeu como abriu mão das drogas e voou à Casa Verde.

Simão Bacamarte recebeu-o com a alegria própria de um sábio, uma alegria abotoada de circunspecção até o pescoço.

— Estou muito contente, disse ele.

— Notícias do nosso povo? perguntou o boticário com a voz trêmula.

O alienista fez um gesto magnífico, e respondeu:

— Trata-se de cousa mais alta, trata-se de uma experiência científica. Digo experiência, porque não me atrevo a assegurar desde já a minha idéia, nem a ciência é outra cousa, Sr. Soares, senão uma investigação constante. Trata-se, pois, de uma experiência, mas uma experiência que vai mudar a face da Terra. A loucura, objeto dos meus estudos, era até agora uma ilha perdida no oceano da razão; começo a suspeitar que é um continente.

Disse isto, e calou-se, para ruminar o pasmo do boticário. Depois explicou compridamente a sua idéia. No conceito dele a insânia abrangia uma vasta superfície de cérebros; e desenvolveu isto com grande cópia de raciocínios, de textos, de exemplos. Os exemplos achou-os na história e em

Itaguaí; mas, como um raro espírito que era, reconheceu o perigo de citar todos os casos de Itaguaí, e refugiou-se na história. Assim, apontou com especialidade alguns personagens célebres. Sócrates, que tinha um demônio familiar, Pascal, que via um abismo à esquerda, Maomé, Caracala, Domiciano, Calígula, etc., uma enfiada de casos e pessoas, em que de mistura vinham entidades odiosas, e entidades ridículas. E porque o boticário se admirasse de uma tal promiscuidade, o alienista disse-lhe que era tudo a mesma cousa, e até acrescentou sentenciosamente:

— A ferocidade, Sr. Soares, é o grotesco a sério.

— Gracioso, muito gracioso! exclamou Crispim Soares levantando as mãos ao céu.

Quanto à idéia de ampliar o território da loucura, achou-a o boticário extravagante; mas a modéstia, principal adorno de seu espírito, não lhe sofreu confessar outra cousa além de um nobre entusiasmo; declarou-a sublime e verdadeira, e acrescentou que era "caso de matraca". Esta expressão não tem equivalente no estilo moderno. Naquele tempo, Itaguaí, que como as demais vilas, arraiais e povoações da colônia, não dispunha de imprensa, tinha dous modos de divulgar uma notícia: ou por meio de cartazes manuscritos e pregados na porta da câmara e da matriz; — ou por meio de matraca. Eis em que consistia este segundo uso. Contratava-se um homem, por um ou mais dias, para andar as ruas do povoado, com uma matraca na mão. De quando em quando tocava a matraca, reunia-se gente, e ele anunciava o que lhe incumbiam, — um remédio para sezões, umas terras lavradias, um soneto, um donativo eclesiástico, a melhor tesoura da vila, o mais belo discurso do ano, etc. O sistema tinha inconvenientes para a paz pública; mas era conservado pela grande energia de divulgação que possuía. Por exemplo, um dos vereadores, — aquele justamente que mais se opusera à criação da Casa Verde, — desfrutava a reputação de perfeito educador de cobras e macacos, e aliás nunca domesticara um só desses bichos; mas, tinha o cuidado de fazer trabalhar a matraca todos os meses. E dizem as crônicas que algumas pessoas afirmavam ter visto cascavéis dançando no peito do vereador; afirmação perfeitamente falsa, mas só devida à absoluta confiança no sistema. Verdade, verdade; nem todas as instituições do antigo regime, mereciam o desprezo do nosso século.

— Há melhor do que anunciar a minha idéia, é praticá-la, respondeu o alienista à insinuação do boticário.

E o boticário, não divergindo sensivelmente deste modo de ver, disse-lhe que sim, que era melhor começar pela execução.

— Sempre haverá tempo de a dar à matraca, concluiu ele.

Simão Bacamarte refletiu ainda um instante, e disse:

— Supondo o espírito humano uma vasta concha, o meu fim, Sr. Soares, é ver se posso extrair a pérola, que é a razão; por outros termos, demarquemos definitivamente os limites da razão e da loucura. A razão é o perfeito equilíbrio de todas as faculdades; fora daí insânia, insânia e só insânia.

O vigário Lopes, a quem ele confiou a nova teoria, declarou lisamente que não chegava a entendê-la, que era uma obra absurda, e, se não era absurda, era de tal modo colossal que não merecia princípio de execução.

— Com a definição atual, que é a de todos os tempos, acrescentou, a loucura e a razão estão perfeitamente delimitadas. Sabe-se onde uma acaba e onde a outra começa. Para que transpor a cerca?

Sobre o lábio fino e discreto do alienista roçou a vaga sombra de uma intenção de riso, em que o desdém vinha casado à comiseração; mas nenhuma palavra saiu de suas egrégias entranhas. A ciência contentou-se em estender a mão à teologia, — com tal segurança, que a teologia não soube enfim se devia crer em si ou na outra. Itaguaí e o universo ficavam à beira de uma revolução.

V. O terror

Quatro dias depois, a população de Itaguaí ouviu consternada a notícia de que um certo Costa fora recolhido à Casa Verde.

— Impossível!

— Qual impossível! foi recolhido hoje de manhã.

— Mas, na verdade, ele não merecia... Ainda em cima! depois de tanto que ele fez...

Costa era um dos cidadãos mais estimados de Itaguaí. Herdara quatrocentos mil cruzados em boa moeda de el-rei D. João V, dinheiro cuja renda bastava, segundo lhe declarou o tio no testamento, para viver "até o fim do mundo". Tão depressa recolheu a herança, como entrou a dividi-la em empréstimos, sem usura, mil cruzados a um, dous mil a outro, trezentos a este, oitocentos àquele, a tal ponto que, no fim de cinco anos, estava sem nada. Se a miséria viesse de chofre, o pasmo de Itaguaí seria enorme; mas veio devagar; ele foi passando da opulência à abastança, da abastança à mediania, da mediania à pobreza, da pobreza à miséria, gradualmente. Ao cabo daqueles cinco anos, pessoas que levavam o chapéu ao chão, logo que ele assomava no fim da rua, agora batiam-lhe no ombro, com intimidade, davam-lhe piparotes no nariz, diziam-lhe pulhas. E o Costa sempre lhano, risonho. Nem se lhe dava de ver que os menos corteses eram justamente os que tinham ainda a dívida em aberto; ao contrário, parece que os agasalhava com maior prazer, e mais sublime resignação. Um dia, como um desses incuráveis devedores lhe atirasse uma chalaça grossa, e ele se risse dela, observou um desafeiçoado, com certa perfídia: — "Você suporta esse sujeito para ver se ele lhe paga". Costa não se deteve um minuto, foi ao devedor e perdoou-lhe a dívida. — "Não admira, retorquiu o outro; o Costa abriu mão de uma estrela, que está no céu." Costa era perspicaz, entendeu que ele negava todo o merecimento ao ato, atribuindo-lhe a intenção de rejeitar o que não vinham meter-lhe na algibeira. Era também pundonoroso e inventivo; duas horas depois achou um meio de provar que lhe não cabia um tal labéu: pegou de algumas dobras, e mandou-as de empréstimo ao devedor.

— Agora espero que... — pensou ele sem concluir a frase.

Esse último rasgo do Costa persuadiu a crédulos e incrédulos; ninguém mais pôs em dúvida os sentimentos cavalheirescos daquele digno cidadão. As necessidades mais acanhadas saíram à rua, vieram bater-lhe à porta, com os seus chinelos velhos, com as suas capas remendadas. Um verme, entretanto, roía a alma do Costa: era o conceito do desafeto. Mas isso mesmo acabou; três meses depois veio este pedir-lhe uns cento e vinte cruzados com promessa de restituir-lhos daí a dous dias; era o resíduo da grande herança, mas era também uma nobre desforra: Costa emprestou o dinheiro logo, logo, e sem juros. Infelizmente não teve tempo de ser pago; cinco meses depois era recolhido à Casa Verde.

Imagina-se a consternação de Itaguaí, quando soube do caso. Não se falou em outra cousa, dizia-se que o Costa ensandecera, ao almoço, outros que de madrugada; e contavam-se os acessos, que eram furiosos, sombrios, terríveis, — ou mansos, e até engraçados, conforme as versões. Muita gente correu à Casa Verde, e achou o pobre Costa, tranqüilo, um pouco espantado, falando com muita clareza, e perguntando por que motivo o tinham levado para ali. Alguns foram ter com o alienista. Bacamarte aprovava esses sentimentos de estima e compaixão, mas acrescentava que a ciência era a ciência, que ele não podia deixar na rua um mentecapto. A última pessoa que intercedeu por ele (porque depois do que vou contar ninguém mais se atreveu a procurar o terrível médico) foi uma pobre senhora, prima do Costa. O alienista disse-lhe confidencialmente que esse digno homem não estava no perfeito equilíbrio das faculdades mentais, à vista do modo como dissipara os cabedais que...

— Isso, não! isso não! interrompeu a boa senhora com energia. Se ele gastou tão depressa o que recebeu, a culpa não é dele.

— Não?

— Não, senhor. Eu lhe digo como o negócio se passou. O defunto meu tio não era mau homem; mas quando estava furioso era capaz de nem tirar o chapéu ao Santíssimo. Ora, um dia, pouco tempo antes de morrer, descobriu que um escravo lhe roubara um boi; imagine como ficou. A cara era um pimentão; todo ele tremia, a boca escumava; lembra-me como se fosse hoje. Então um homem feio, cabeludo, em mangas de camisa, chegou-se a ele e pediu água. Meu tio (Deus lhe fale n'alma!) respondeu que fosse beber ao rio ou ao inferno. O homem olhou para ele, abriu a mão em ar de ameaça, e rogou esta praga: — "Todo o seu dinheiro não há de durar mais de sete anos e um dia, tão certo como isto ser o *sino salamão*! E mostrou o *sino salamão* impresso no braço. Foi isto, meu senhor; foi esta praga daquele maldito.

Bacamarte espetara na pobre senhora um par de olhos agudos como punhais. Quando ela acabou, estendeu-lhe a mão polidamente, como se o fizesse à própria esposa do vice-rei, e convidou-a a ir falar ao primo. A mísera acreditou; ele levou-a à Casa Verde e encerrou-a na galeria dos alucinados.

A notícia desta aleivosia do ilustre Bacamarte lançou o terror à alma da população. Ninguém queria acabar de crer, que, sem motivo, sem inimizade, o alienista trancasse na Casa Verde uma senhora perfeitamente ajuizada, que não tinha outro crime senão o de interceder por um infeliz. Comentava-se o caso nas esquinas, nos barbeiros; edificou-se um romance, umas finezas namoradas que o alienista outrora dirigira à prima do Costa, a indignação do Costa e o desprezo da prima. E daí a vingança. Era claro. Mas a austeridade do alienista, a vida de estudos que ele levava, pareciam desmentir uma tal hipótese. Histórias! Tudo isso era naturalmente a capa do velhaco. E um dos mais crédulos chegou a murmurar que sabia de outras cousas, não as dizia, por não ter certeza plena, mas sabia, quase que podia jurar.

— Você, que é íntimo dele, não nos podia dizer o que há, o que houve, que motivo...

Crispim Soares derretia-se todo. Esse interrogar da gente inquieta e curiosa, dos amigos atônitos, era para ele uma consagração pública. Não havia duvidar; toda a povoação sabia enfim que o privado do alienista era ele, Crispim, o boticário, o colaborador do grande homem e das grandes cousas; daí a corrida à botica. Tudo isso dizia o carão jucundo e o riso discreto do boticário, o riso e o silêncio, porque ele não respondia nada; um, dous, três monossílabos, quando muito, soltos, secos, encapados no fiel sorriso, constante e miúdo, cheio de mistérios científicos, que ele não podia, sem desdouro nem perigo, desvendar a nenhuma pessoa humana.

— Há cousa, pensavam os mais desconfiados.

Um desses limitou-se a pensá-lo, deu de ombros e foi embora. Tinha negócios pessoais. Acabava de construir uma casa suntuosa. Só a casa bastava para deter e chamar toda a gente; mas havia mais, — a mobília, que ele mandara vir da Hungria e da Holanda, segundo contava, e que se podia ver do lado de fora, porque as janelas viviam abertas, — e o jardim, que era uma obra-prima de arte e de gosto. Esse homem, que enriquecera no fabrico de albardas, tinha tido sempre o sonho de uma casa magnífica, jardim pomposo, mobília rara. Não deixou o negócio das albardas, mas repousava dele na contemplação da casa nova, a primeira de Itaguaí, mais grandiosa do que a Casa Verde, mais nobre do que a da câmara. Entre a gente ilustre da povoação havia choro e ranger de dentes, quando se pensava, ou se falava, ou se louvava a casa do albardeiro, — um simples albardeiro, Deus do céu!

— Lá está ele embasbacado, diziam os transeuntes, de manhã.

De manhã, com efeito, era costume do Mateus estatelar-se, no meio do jardim, com os olhos na casa, namorado, durante uma longa hora, até que vinham chamá-lo para almoçar. Os vizinhos, embora o cumprimentassem com certo respeito, riam-se por trás dele, que era um gosto. Um desses chegou a dizer que o Mateus seria muito mais econômico, e estaria riquíssimo, se fabricasse as albardas para si mesmo; epigrama ininteligível, mas que fazia rir às bandeiras despregadas.

— Agora lá está o Mateus a ser contemplado, diziam à tarde.

A razão deste outro dito era que, de tarde, quando as famílias saíam a passeio (jantavam cedo) usava o Mateus postar-se à janela, bem no centro, vistoso, sobre um fundo escuro, trajado de branco, atitude senhoril, e assim ficava duas e três horas até que anoitecia de todo. Pode crer-se que a intenção do Mateus era ser admirado e invejado, posto que ele não a confessasse a nenhuma pessoa, nem ao boticário, nem ao padre Lopes, seus grandes amigos. E entretanto não foi outra a alegação do boticário, quando o alienista lhe disse que o albardeiro talvez padecesse do amor das pedras, mania que ele Bacamarte descobrira e estudava desde algum tempo. Aquilo de contemplar a casa...

— Não, senhor, acudiu vivamente Crispim Soares.

— Não?

— Há de perdoar-me, mas talvez não saiba que ele de manhã examina a obra, não a admira; de tarde, são os outros que o admiram a ele e à obra. — E contou o uso do albardeiro, todas as tardes, desde cedo até o cair da noite.

Uma volúpia científica alumiou os olhos de Simão Bacamarte. Ou ele não conhecia todos os costumes do albardeiro, ou nada mais quis, interrogando o Crispim, do que confirmar alguma notícia incerta ou suspeita vaga. A explicação satisfê-lo; mas como tinha as alegrias próprias de um sábio, concentradas, nada viu o boticário que fizesse suspeitar uma intenção sinistra. Ao contrário, era de tarde, e o alienista pediu-lhe o braço para irem a passeio. Deus! era a primeira vez que Simão Bacamarte dava ao seu privado tamanha honra; Crispim ficou trêmulo, atarantado, disse que sim, que estava pronto. Chegaram duas ou três pessoas de fora, Crispim mandou-as mentalmente a todos os diabos; não só atrasavam o passeio, como podia acontecer que Bacamarte elegesse alguma delas, para acompanhá-lo, e o dispensasse a ele. Que impaciência! que aflição! Enfim, saíram. O alienista guiou para os lados da casa do albardeiro, viu-o à janela, passou cinco, seis vezes por diante, devagar, parando, examinando as atitudes, a expressão do rosto. O pobre Mateus, apenas notou que era objeto da curiosidade ou admiração do primeiro vulto de Itaguaí, redobrou de expressão, deu outro relevo às atitudes... Triste! triste! não fez mais do que condenar-se; no dia seguinte, foi recolhido à Casa Verde.

— A Casa Verde é um cárcere privado, disse um médico sem clínica.

Nunca uma opinião pegou e grassou tão rapidamente. Cárcere privado: eis o que se repetia de norte a sul e de leste a oeste de Itaguaí, — a medo, é verdade, porque durante a semana que se seguiu à captura do pobre Mateus, vinte e tantas pessoas, — duas ou três de consideração, — foram recolhidas à Casa Verde. O alienista dizia que só eram admitidos os casos patológicos, mas pouca gente lhe dava crédito. Sucediam-se as versões populares. Vingança, cobiça de dinheiro, castigo de Deus, monomania do próprio médico, plano secreto do Rio de Janeiro com o fim de destruir em Itaguaí qualquer gérmen de prosperidade que viesse a brotar, arvorecer, florir, com desdouro e míngua daquela cidade, mil outras explicações, que não explicavam nada, tal era o produto diário da imaginação pública.

Nisto chegou do Rio de Janeiro a esposa do alienista, a tia, a mulher do Crispim Soares, e toda a mais comitiva, — ou quase toda, — que algumas semanas antes partira de Itaguaí. O alienista foi recebê-la, com o boticário, o padre Lopes, os vereadores e vários outros magistrados. O momento em que D. Evarista pôs os olhos na pessoa do marido é considerado pelos cronistas do tempo como um dos mais sublimes da história moral dos homens, e isto pelo contraste das duas naturezas, ambas extremas, ambas egrégias. D. Evarista soltou um grito, balbuciou uma palavra, e atirou-se ao consorte, de um gesto que não se pode melhor definir do que comparando-o a uma mistura de onça e rola. Não assim o ilustre Bacamarte; frio como diagnóstico, sem desengonçar por um instante a rigidez científica, estendeu os braços à dona, que caiu neles, e desmaiou. Curto incidente; ao cabo de dous minutos, D. Evarista recebia os cumprimentos dos amigos, e o préstito punha-se em marcha.

D. Evarista era a esperança de Itaguaí; contava-se com ela para minorar o flagelo da Casa Verde. Daí as aclamações públicas, a imensa gente que atulhava as ruas, as flâmulas, as flores e damascos às janelas. Com o braço apoiado no do padre Lopes, — porque o eminente Bacamarte confiara a mulher ao vigário, e acompanhava-os a passo meditativo, — D. Evarista voltava a cabeça a um lado e outro, curiosa, inquieta, petulante. O vigário indagava do Rio de Janeiro, que ele não vira desde o vice-reinado anterior; e D. Evarista respondia, entusiasmada, que era a cousa mais bela que podia haver no mundo. O Passeio Público estava acabado, um paraíso, onde ela fora muitas vezes, e a rua das Belas Noites, o chafariz das Marrecas... Ah! o chafariz das Marrecas!

Eram mesmo marrecas — feitas de metal e despejando água pela boca fora. Uma cousa galantíssima. O vigário dizia que sim, que o Rio de Janeiro devia estar agora muito mais bonito. Se já o era noutro tempo! Não admira, maior do que Itaguaí, e de mais a mais sede do governo... Mas não se pode dizer que Itaguaí fosse feio; tinha belas casas, a casa do Mateus, a Casa Verde...

— A propósito de Casa Verde, disse o padre Lopes escorregando habilmente para o assunto da ocasião, a senhora vem achá-la muito cheia de gente.

— Sim?

— É verdade. Lá está o Mateus...

— O albardeiro?

— O albardeiro; está o Costa, a prima do Costa, e Fulano, e Sicrano, e...

— Tudo isso doudo?

— Ou quase doudo, obtemperou o padre.

— Mas então?

O vigário derreou os cantos da boca, à maneira de quem não sabe nada ou não quer dizer tudo; resposta vaga, que se não pode repetir a outra pessoa, por falta de texto. D. Evarista achou realmente extraordinário que toda aquela gente ensandecesse; um ou outro, vá; mas todos? Entretanto, custava-lhe duvidar; o marido era um sábio, não recolheria ninguém à Casa Verde sem prova evidente de loucura.

— Sem dúvida... sem dúvida... ia pontuando o vigário.

Três horas depois, cerca de cinqüenta convivas sentavam-se em volta da mesa de Simão Bacamarte; era o jantar das boas-vindas. D. Evarista foi o assunto obrigado dos brindes, discursos, versos de toda a casta, metáforas, amplificações, apólogos. Ela era a esposa do novo Hipócrates, a musa da ciência, anjo, divina, aurora, caridade, vida, consolação; trazia nos olhos duas estrelas, segundo a versão modesta de Crispim Soares, e dous sóis, no conceito de um vereador. O alienista ouvia essas cousas um tanto enfastiado, mas sem visível impaciência. Quando muito dizia ao ouvido da mulher, que a retórica permitia tais arrojos sem significação. D. Evarista fazia esforços para aderir a esta opinião do marido; mas, ainda descontando três quartas partes das louvaminhas, ficava muito com que enfunar-lhe a alma. Um dos oradores, por exemplo, Martim Brito, rapaz de vinte e cinco anos, pintalegrete acabado, curtido de namoros e aventuras, declamou um discurso em que o nascimento de D. Evarista era explicado pelo mais singular dos reptos. "Deus, disse ele, depois de dar ao universo o homem e a mulher, esse diamante e essa pérola da coroa divina (e o orador arrastava triunfalmente esta frase de uma ponta a outra da mesa), Deus quis vencer a Deus, e criou D. Evarista."

D. Evarista baixou os olhos com exemplar modéstia. Duas senhoras, achando a cortesanice excessiva e audaciosa, interrogaram os olhos do dono da casa; e, na verdade, o gesto do alienista pareceu-lhes nublado de suspeitas, de ameaças, provavelmente, de sangue. O atrevimento foi grande, pensaram as duas damas. E uma e outra pediam a Deus que removesse qualquer episódio trágico, — ou que o adiasse, ao menos, para o dia seguinte. Sim, que o adiasse. Uma delas, a mais piedosa, chegou a admitir, consigo mesma, que D. Evarista não merecia nenhuma desconfiança, tão longe estava de ser atraente ou bonita. Uma simples água-morna. Verdade é que, se todos os gostos fossem iguais, o que seria do amarelo? Esta idéia fê-la tremer outra vez, embora menos; menos, porque o alienista sorria agora para o Martim Brito, e, levantados todos, foi ter com ele e falou-lhe do discurso. Não lhe negou que era um improviso brilhante, cheio de rasgos magníficos. Seria dele mesmo a idéia relativa ao nascimento de D. Evarista, ou tê-la-ia encontrado em algum autor que...? Não, senhor; era dele mesmo; achou-a naquela ocasião e parecera-lhe adequada a um arroubo oratório. De resto, suas idéias eram antes arrojadas do que ternas ou jocosas. Dava para o épico. Uma vez, por exemplo, compôs uma ode à queda do Marquês de Pombal, em que dizia que esse ministro era o "dragão aspérrimo do Nada", esmagado pelas "garras vingadoras do Todo"; e assim outras, mais ou menos fora do comum; gostava das idéias sublimes e raras, das imagens grandes e nobres...

— Pobre moço! pensou o alienista. E continuou consigo: — Trata-se de um caso de lesão cerebral; fenômeno sem gravidade, mas digno de estudo...

D. Evarista ficou estupefata quando soube, três dias depois, que o Martim Brito fora alojado na Casa Verde. Um moço que tinha idéias tão bonitas! As duas senhoras atribuíram o ato a ciúmes do alienista. Não podia ser outra cousa; realmente a declaração do moço fora audaciosa demais.

Ciúmes? Mas como explicar que, logo em seguida, fossem recolhidos José Borges do Couto Leme, pessoa estimável, o Chico das cambraias, folgazão emérito, o escrivão Fabrício, e ainda outros? O terror acentuou-se. Não se sabia já quem estava são, nem quem estava doudo. As mulheres, quando os maridos saíam, mandavam acender uma lamparina a Nossa Senhora; e nem todos os maridos eram valorosos, alguns não andavam fora sem um ou dous capangas. Positivamente o terror. Quem podia, emigrava. Um desses fugitivos chegou a ser preso a duzentos passos da vila. Era um rapaz de trinta anos, amável, conversado, polido, tão polido que não cumprimentava alguém sem levar o chapéu ao chão; na rua, acontecia-lhe correr uma distância de dez a vinte braças para ir apertar a mão a um homem grave, a uma senhora, às vezes a um menino, como acontecera ao filho do juiz de fora. Tinha a vocação das cortesias. De resto, devia as boas relações da sociedade, não só aos dotes pessoais, que eram raros, como à nobre tenacidade com que nunca desanimava diante de uma, duas, quatro, seis recusas, caras feias, etc. O que acontecia era que, uma vez entrado numa casa, não a deixava mais, nem os da casa o deixavam a ele, tão gracioso era o Gil Bernardes. Pois o Gil Bernardes, apesar de se saber estimado, teve medo quando lhe disseram um dia que o alienista o trazia de olho; na madrugada seguinte fugiu da vila, mas foi logo apanhado e conduzido à Casa Verde.

— Devemos acabar com isto!

— Não pode continuar!

— Abaixo a tirania!

— Déspota! violento! Golias!

Não eram gritos na rua, eram suspiros em casa, mas não tardava a hora dos gritos. O terror crescia; avizinhava-se a rebelião. A idéia de uma petição ao governo, para que Simão Bacamarte fosse capturado e deportado, andou por algumas cabeças, antes que o barbeiro Porfírio a expendesse na loja, com grandes gestos de indignação. Note-se, — e essa é uma das laudas mais puras desta sombria história, — note-se que o Porfírio, desde que a Casa Verde começara a povoar-se tão extraordinariamente, viu crescerem-lhe os lucros pela aplicação assídua de sanguessugas que dali lhe pediam; mas o interesse particular, dizia ele, deve ceder ao interesse público. E acrescentava: — é preciso derrubar o tirano! Note-se mais que ele soltou esse grito justamente no dia em que Simão Bacamarte fizera recolher à Casa Verde um homem que trazia com ele uma demanda, o Coelho.

— Não me dirão em que é que o Coelho é doudo? bradou o Porfírio.

E ninguém lhe respondia; todos repetiam que era um homem perfeitamente ajuizado. A mesma demanda que ele trazia com o barbeiro, acerca de uns chãos da vila, era filha da obscuridade de um alvará e não da cobiça ou ódio. Um excelente caráter o Coelho. Os únicos desafeiçoados que tinha eram alguns sujeitos que, dizendo-se taciturnos, ou alegando andar com pressa, mal o viam de longe dobravam as esquinas, entravam nas lojas, etc. Na verdade, ele amava a boa palestra, a palestra comprida, gostada a sorvos largos, e assim é que nunca estava só, preferindo os que sabiam dizer duas palavras, mas não desdenhando os outros. O padre Lopes, que cultivava o Dante, e era inimigo do Coelho, nunca o via desligar-se de uma pessoa que não declamasse e emendasse este trecho:

La bocca sollevò dal fiero pasto
Quel seccatore...

mas uns sabiam do ódio do padre, e outros pensavam que isto era uma oração em latim.

VI. A rebelião

Cerca de trinta pessoas ligaram-se ao barbeiro, redigiram e levaram uma representação à câmara. A câmara recusou aceitá-la, declarando que a Casa Verde era uma instituição pública, e que a ciência não podia ser emendada por votação administrativa, menos ainda por movimentos de rua.

— Voltai ao trabalho, concluiu o presidente, é o conselho que vos damos.

A irritação dos agitadores foi enorme. O barbeiro declarou que iam dali levantar a bandeira da rebelião, e destruir a Casa Verde; que Itaguaí não podia continuar a servir de cadáver aos estudos e experiências de um déspota; que muitas pessoas estimáveis, e algumas distintas, outras humildes mas dignas de apreço, jaziam nos cubículos da Casa Verde; que o despotismo científico do alienista complicava-se do espírito de ganância, visto que os loucos, ou supostos tais não eram tratados de graça: as famílias, e em falta delas a câmara pagavam ao alienista...

— É falso, interrompeu o presidente.

— Falso?

— Há cerca de duas semanas recebemos um ofício do ilustre médico, em que nos declara que, tratando de fazer experiências de alto valor psicológico, desiste do estipêndio votado pela câmara, bem como nada receberá das famílias dos enfermos.

A notícia deste ato tão nobre, tão puro, suspendeu um pouco a alma dos rebeldes. Seguramente o alienista podia estar em erro, mas nenhum interesse alheio à ciência o instigava; e para demonstrar o erro era preciso alguma cousa mais do que arruaças e clamores. Isto disse o presidente, com aplauso de toda a câmara. O barbeiro, depois de alguns instantes de concentração, declarou que estava investido de um mandato público, e não restituiria a paz a Itaguaí antes de ver por terra a Casa Verde, — "essa Bastilha da razão humana", — expressão que ouvira a um poeta local, e que ele repetiu com muita ênfase. Disse, e a um sinal, todos saíram com ele.

Imagine-se a situação dos vereadores, urgia obstar ao ajuntamento, à rebelião, à luta, ao sangue. Para acrescentar ao mal, um dos vereadores, que apoiara o presidente, ouvindo agora a denominação dada pelo barbeiro à Casa Verde — "Bastilha da razão humana", — achou-a tão elegante, que mudou de parecer. Disse que entendia de bom aviso decretar alguma medida que reduzisse a Casa Verde; e porque o presidente, indignado, manifestasse em termos enérgicos o seu pasmo, o vereador fez esta reflexão:

— Nada tenho que ver com a ciência; mas se tantos homens em quem supomos são reclusos por dementes, quem nos afirma que o alienado não é o alienista?

Sebastião Freitas, o vereador dissidente, tinha o dom da palavra e falou ainda por algum tempo com prudência, mas com firmeza. Os colegas estavam atônitos; o presidente pediu-lhe que, ao menos, desse o exemplo da ordem e do respeito à lei, não aventasse as suas idéias na rua, para não dar corpo e alma à rebelião, que era por ora um turbilhão de átomos dispersos. Esta figura corrigiu um pouco o efeito da outra: Sebastião Freitas prometeu suspender qualquer ação, reservando-se o direito de pedir pelos meios legais a redução da Casa Verde. E repetia consigo, namorado: — Bastilha da razão humana!

Entretanto, a arruaça crescia. Já não eram trinta, mas trezentas pessoas que acompanhavam o barbeiro, cuja alcunha familiar deve ser mencionada, porque ela deu o nome à revolta; chamavam-lhe o Canjica, — e o movimento ficou célebre com o nome de revolta dos Canjicas. A ação podia ser restrita, — visto que muita gente, ou por medo, ou por hábitos de educação, não descia à rua; mas o sentimento era unânime, ou quase unânime, e os trezentos que caminhavam para a Casa Verde, — dada a diferença de Paris a Itaguaí, — podiam ser comparados aos que tomaram a Bastilha.

D. Evarista teve notícia da rebelião antes que ela chegasse; veio dar-lha uma de suas crias. Ela provava nessa ocasião um vestido de seda, — um dos trinta e sete que trouxera do Rio de Janeiro, — e não quis crer.

— Há de ser alguma patuscada, dizia ela mudando a posição de um alfinete. Benedita, vê se a barra está boa.

— Está, sinhá, respondia a mucama de cócoras no chão, está boa. Sinhá vira um bocadinho. Assim. Está muito boa.

— Não é patuscada, não, senhora; eles estão gritando: — Morra o Dr. Bacamarte! o tirano! dizia o moleque assustado.

— Cala a boca, tolo! Benedita, olha aí do lado esquerdo; não parece que a costura está um pouco enviesada? A risca azul não segue até abaixo; está muito feio assim; é preciso descoser para ficar igualzinho e...

— Morra o Dr. Bacamarte! morra o tirano! uivaram fora trezentas vozes. Era a rebelião que desembocava na rua Nova.

D. Evarista ficou sem pinga de sangue. No primeiro instante não deu um passo, não fez um gesto; o terror petrificou-a. A mucama correu instintivamente para a porta do fundo. Quanto ao moleque, a quem D. Evarista não dera crédito, teve um instante de triunfo, um certo movimento súbito, imperceptível, entranhado, de satisfação moral, ao ver que a realidade vinha jurar por ele.

— Morra o alienista! bradavam as vozes mais perto.

D. Evarista, se não resistia facilmente às comoções de prazer, sabia entestar com os momentos de perigo. Não desmaiou; correu à sala interior onde o marido estudava. Quando ela ali entrou, precipitada, o ilustre médico escrutava um texto de Averróis; os olhos dele, empanados pela cogitação, subiam do livro ao teto e baixavam do teto ao livro, cegos para a realidade exterior, videntes para os profundos trabalhos mentais. D. Evarista chamou pelo marido duas vezes, sem que ele lhe desse atenção; à terceira, ouviu e perguntou-lhe o que tinha, se estava doente.

— Você não ouve estes gritos? perguntou a digna esposa em lágrimas.

O alienista atendeu então; os gritos aproximavam-se, terríveis, ameaçadores; ele compreendeu tudo. Levantou-se da cadeira de espaldar em que estava sentado, fechou o livro, e, a passo firme e tranqüilo, foi depositá-lo na estante. Como a introdução do volume desconsertasse um pouco a linha dos dous tomos contíguos, Simão Bacamarte cuidou de corrigir esse defeito mínimo, e, aliás, interessante. Depois disse à mulher que se recolhesse, que não fizesse nada.

— Não, não, implorava a digna senhora, quero morrer ao lado de você...

Simão Bacamarte teimou que não, que não era caso de morte; e ainda que o fosse, intimava-lhe em nome da vida que ficasse. A infeliz dama curvou a cabeça, obediente e chorosa.

— Abaixo a Casa Verde! bradavam os Canjicas.

O alienista caminhou para a varanda da frente, e chegou ali no momento em que a rebelião também chegava e parava, defronte, com as suas trezentas cabeças rutilantes de civismo e sombrias de desespero. — Morra! morra! bradaram de todos os lados, apenas o vulto do alienista assomou na varanda. Simão Bacamarte fez um sinal pedindo para falar; os revoltosos cobriram-lhe a voz com brados de indignação. Então, o barbeiro, agitando o chapéu, a fim de impor silêncio à turba, conseguiu aquietar os amigos, e declarou ao alienista que podia falar, mas acrescentou que não abusasse da paciência do povo como fizera até então.

— Direi pouco, ou até não direi nada, se for preciso. Desejo saber primeiro o que pedis.

— Não pedimos nada, replicou frementе o barbeiro; ordenamos que a Casa Verde seja demolida, ou pelo menos despojada dos infelizes que lá estão.

— Não entendo.

— Entendeis bem, tirano; queremos dar liberdade às vítimas do vosso ódio, capricho, ganância...

O alienista sorriu, mas o sorriso desse grande homem não era cousa visível aos olhos da multidão; era uma contração leve de dous ou três músculos, nada mais. Sorriu e respondeu:

— Meus senhores, a ciência é cousa séria, e merece ser tratada com seriedade. Não dou razão dos meus atos de alienista a ninguém, salvo aos mestres e a Deus. Se quereis emendar a administração da Casa Verde, estou pronto a ouvir-vos; mas se exigis que me negue a mim mesmo, não ganhareis nada. Poderia convidar alguns de vós, em comissão dos outros, a vir ver comigo os loucos reclusos; mas não o faço, porque seria dar-vos razão do meu sistema, o que não farei a leigos, nem a rebeldes.

Disse isto o alienista, e a multidão ficou atônita; era claro que não esperava tanta energia e menos ainda tamanha serenidade. Mas o assombro cresceu de ponto quando o alienista, cortejando a multidão com muita gravidade, deu-lhe as costas e retirou-se lentamente para dentro. O barbeiro tornou logo a si, e, agitando o chapéu, convidou os amigos à demolição da Casa Verde; poucas vozes e frouxas lhe responderam. Foi nesse momento decisivo que o barbeiro sentiu despontar em si a ambição do governo; pareceu-lhe então que, demolindo a Casa Verde, e derrocando a influência do alienista, chegaria a apoderar-se da câmara, dominar as demais autoridades e constituir-se senhor de Itaguaí. Desde alguns anos que ele forcejava por ver o seu nome incluído nos pelouros para o sorteio dos vereadores, mas era recusado por não ter uma posição compatível com tão grande cargo. A ocasião era agora ou nunca. Demais, fora tão longe na arruaça, que a derrota seria a prisão, ou talvez a forca, ou o degredo. Infelizmente, a resposta do alienista diminuíra o furor dos sequazes. O barbeiro, logo que o percebeu, sentiu um impulso de indignação, e quis bradar-lhes: — Canalhas! covardes! — mas conteve-se, e rompeu deste modo:

— Meus amigos, lutemos até o fim! A salvação de Itaguaí está nas vossas mãos dignas e heróicas. Destruamos o cárcere de vossos filhos e pais, de vossas mães e irmãs, de vossos parentes e amigos, e de vós mesmos. Ou morrereis a pão e água, talvez a chicote, na masmorra daquele indigno.

A multidão agitou-se, murmurou, bradou, ameaçou, congregou-se toda em derredor do barbeiro. Era a revolta que tornava a si da ligeira síncope, e ameaçava arrasar a Casa Verde.

— Vamos! bradou Porfírio agitando o chapéu.

— Vamos! repetiram todos.

Deteve-os um incidente: era um corpo de dragões que, a marche-marche, entrava na rua Nova.

VII. O inesperado

Chegados os dragões em frente aos Canjicas, houve um instante de estupefação: Os Canjicas não queriam crer que a força pública fosse mandada contra eles; mas o barbeiro compreendeu tudo e esperou. Os dragões pararam, o capitão intimou à multidão que se dispersasse; mas, conquanto uma parte dela estivesse inclinada a isso, a outra parte apoiou fortemente o barbeiro, cuja resposta consistiu nestes termos alevantados:

— Não nos dispersaremos. Se quereis os nossos cadáveres, podeis tomá-los; mas só os cadáveres; não levareis a nossa honra, o nosso crédito, os nossos direitos, e com eles a salvação de Itaguaí.

Nada mais imprudente do que essa resposta do barbeiro; e nada mais natural. Era a vertigem das grandes crises. Talvez fosse também um excesso de confiança na abstenção das armas por parte dos dragões; confiança que o capitão dissipou logo, mandando carregar sobre os Canjicas. O momento foi indescritível. A multidão urrou furiosa; alguns, trepando às janelas das casas, ou correndo pela rua fora, conseguiram escapar; mas a maioria, ficou bufando de cólera, indignada, animada pela exortação do barbeiro. A derrota dos Canjicas estava iminente, quando um terço dos dragões, — qualquer que fosse o motivo, as crônicas não o declaram, — passou subitamente para o lado da rebelião. Este inesperado reforço deu alma aos Canjicas, ao mesmo tempo que lançou o desanimo às fileiras da legalidade. Os soldados fiéis não tiveram coragem de atacar os seus próprios camaradas, e, um a um, foram passando para eles, de modo que ao cabo de alguns minutos, o aspecto das cousas era totalmente outro. O capitão estava de um lado, com alguma gente, contra uma massa compacta que o ameaçava de morte. Não teve remédio, declarou-se vencido e entregou a espada ao barbeiro.

A revolução triunfante não perdeu um só minuto; recolheu os feridos às casas próximas, e guiou para a câmara. Povo e tropa fraternizavam, davam vivas a el-rei, ao vice-rei, a Itaguaí, ao "ilustre Porfírio". Este ia na frente, empunhando tão destramente a espada, como se ela fosse apenas uma navalha um pouco mais comprida. A vitória cingia-lhe a fronte de um nimbo misterioso. A dignidade de governo começava a enrijar-lhe os quadris.

Os vereadores, às janelas, vendo a multidão e a tropa, cuidaram que a tropa capturara a multidão, e sem mais exame, entraram e votaram uma petição ao vice-rei para que mandasse dar um mês de soldo aos dragões, "cujo denodo salvou Itaguaí do abismo a que o tinha lançado uma cáfila de rebeldes". Esta frase foi proposta por Sebastião Freitas, o vereador dissidente, cuja defesa dos Canjicas tanto escandalizara os colegas. Mas bem depressa a ilusão se desfez. Os vivas ao barbeiro, os morras aos vereadores e ao alienista vieram dar-lhes notícia da triste realidade. O presidente não desanimou: — Qualquer que seja a nossa sorte, disse ele, lembremo-nos que estamos ao serviço de Sua Majestade e do povo. — Sebastião Freitas insinuou que melhor se poderia servir à coroa e à vila saindo pelos fundos e indo conferenciar com o juiz de fora, mas toda a câmara rejeitou esse alvitre.

Daí a nada o barbeiro, acompanhado de alguns de seus tenentes, entrava na sala da vereança intimava à câmara a sua queda. A câmara não resistiu, entregou-se, e foi dali para a cadeia. Então os amigos do barbeiro propuseram-lhe que assumisse o governo da vila, em nome de Sua Majestade. Porfírio aceitou o encargo, embora não desconhecesse (acrescentou) os espinhos que trazia; disse mais que não podia dispensar o concurso dos amigos presentes; ao que eles prontamente anuíram. O barbeiro veio à janela, e comunicou ao povo essas resoluções, que o povo ratificou, aclamando o barbeiro. Este tomou a denominação de —

"Protetor da vila em nome de Sua Majestade e do povo". — Expediram-se logo várias ordens importantes, comunicações oficiais do novo governo, uma exposição minuciosa ao vice-rei, com muitos protestos de obediência às ordens de Sua Majestade; finalmente, uma proclamação ao povo, curta, mas enérgica:

"Itaguaienses!

Uma câmara corrupta e violenta conspirava contra os interesses de Sua Majestade e do povo. A opinião pública tinha-a condenado; um punhado de cidadãos, fortemente apoiados pelos bravos dragões de Sua Majestade, acaba de a dissolver ignominiosamente, e por unânime consenso da vila, foi-me confiado o mando supremo, até que Sua Majestade se sirva ordenar o que parecer melhor ao seu real serviço. Itaguaienses! não vos peço senão que me rodeeis de confiança, que me auxilieis em restaurar a paz e a fazenda pública, tão desbaratada pela câmara que ora findou às vossas mãos. Contai com o meu sacrifício, e ficai certos de que a coroa será por nós.

O Protetor da vila em nome de Sua Majestade e do povo
Porfírio Caetano das Neves."

Toda a gente advertiu no absoluto silêncio desta proclamação acerca da Casa Verde; e, segundo uns, não podia haver mais vivo indício dos projetos tenebrosos do barbeiro. O perigo era tanto maior quanto que, no meio mesmo desses graves sucessos, o alienista metera na Casa Verde umas sete ou oito pessoas, entre elas duas senhoras, e sendo um dos homens aparentado com o Protetor. Não era um repto, um ato intencional; mas todos o interpretaram dessa maneira, e a vila respirou com a esperança de que o alienista dentro de vinte e quatro horas estaria a ferros, e destruído o terrível cárcere.

O dia acabou alegremente. Enquanto o arauto da matraca ia recitando de esquina em esquina a proclamação, o povo espalhava-se nas ruas e jurava morrer em defesa do ilustre Porfírio. Poucos gritos contra a Casa Verde, prova de confiança na ação do governo. O barbeiro faz expedir um ato declarando feriado aquele dia, e entabulou negociações com o vigário para a celebração de um *Te Deum*, tão conveniente era aos olhos dele a conjunção do poder temporal com o espiritual; mas o padre Lopes recusou abertamente o seu concurso.

— Em todo caso, Vossa Reverendíssima não se alistará entre os inimigos do governo? disse-lhe o barbeiro dando à fisionomia um aspecto tenebroso.

Ao que o padre Lopes respondeu, sem responder:

— Como alistar-me, se o novo governo não tem inimigos?

O barbeiro sorriu; era a pura verdade. Salvo o capitão, os vereadores e os principais da vila, toda a gente o aclamava. Os mesmos principais, se o não aclamavam, não tinham saído contra ele. Nenhum dos almotacés deixou de vir receber as suas ordens. No geral, as famílias abençoavam o nome daquele que ia enfim libertar Itaguaí da Casa Verde e do terrível Simão Bacamarte.

VIII. As angústias do boticário

Vinte e quatro horas depois dos sucessos narrados no capítulo anterior, o barbeiro saiu do palácio do governo, — foi a denominação dada à casa da câmara, — com dous ajudantes-de-ordens, e dirigiu-se à residência de Simão Bacamarte. Não ignorava ele que era mais decoroso ao governo mandá-lo chamar; o receio, porém, de que o alienista não obedecesse, obrigou-o a parecer tolerante e moderado.

Não descrevo o terror do boticário ao ouvir dizer que o barbeiro ia à casa do alienista. — Vai prendê-lo, pensou ele. E redobraram-lhe as angústias. Com efeito, a tortura moral do boticário naqueles dias de revolução excede a toda a descrição possível. Nunca um homem se achou em mais apertado lance: — a privança do alienista chamava-o ao lado deste, a vitória do barbeiro atraía-o ao barbeiro. Já a simples notícia da sublevação tinha-lhe sacudido fortemente a alma, porque ele sabia a unanimidade do ódio ao alienista; mas a vitória final foi também o golpe final. A esposa, senhora máscula, amiga particular de D. Evarista, dizia que o lugar dele era ao lado de Simão Bacamarte, ao passo que o coração lhe bradava que não, que a causa do alienista estava perdida, e que ninguém, por ato próprio, se amarra a um cadáver. Fê-lo Catão, é verdade, *sed victa Catoni*, pensava ele, relembrando algumas palestras habituais do padre Lopes; mas Catão não se atou a uma causa vencida, ele era a própria causa vencida, a causa da república; o seu ato, portanto, foi de egoísta, de um miserável egoísta; minha situação é outra. Insistindo, porém, a mulher, não achou Crispim Soares outra saída em tal crise senão adoecer; declarou-se doente e meteu-se na cama.

— Lá vai o Porfírio à casa do Dr. Bacamarte, disse-lhe a mulher no dia seguinte à cabeceira da cama; vai acompanhado de gente.

— Vai prendê-lo, pensou o boticário.

Uma idéia traz outra; o boticário imaginou que, uma vez preso o alienista, viriam também buscá-lo a ele, na qualidade de cúmplice. Esta idéia foi o melhor dos vesicatórios.

Crispim Soares ergueu-se, disse que estava bom, que ia sair; e apesar de todos os esforços e protestos da consorte, vestiu-se e saiu. Os velhos cronistas são unânimes em dizer que a certeza de que o marido ia colocar-se nobremente ao lado do alienista consolou grandemente a esposa do boticário; e notam, com muita perspicácia o imenso poder moral de uma ilusão; porquanto, o boticário caminhou resolutamente ao palácio do governo, e não à casa do alienista. Ali chegando, mostrou-se admirado de não ver o barbeiro, a quem ia apresentar os seus protestos de adesão, não o tendo feito desde a véspera por enfermo. E tossia com algum custo. Os altos funcionários que lhe ouviam esta declaração, sabedores da intimidade do boticário com o alienista, compreenderam toda a importância da adesão nova, e trataram a Crispim Soares com apurado carinho; afirmaram-lhe que o barbeiro não tardava; Sua Senhoria tinha ido à Casa Verde, a negócio importante, mas não tardava. Deram-lhe cadeira, refrescos, elogios, disseram-lhe que a causa do ilustre Porfírio era a de todos os patriotas; ao que o boticário ia repetindo que sim, que nunca pensara outra cousa, que isso mesmo mandaria declarar a Sua Majestade.

IX. Dous lindos casos

Não se demorou o alienista em receber o barbeiro; declarou-lhe que não tinha meios de resistir, e portanto estava prestes a obedecer. Só uma cousa pedia, é que o não constrangesse a assistir pessoalmente à destruição da Casa Verde.

— Engana-se Vossa Senhoria, disse o barbeiro depois de alguma pausa, engana-se em atribuir ao governo intenções vandálicas. Com razão ou sem ela, a opinião crê que a maior parte dos doudos ali metidos estão em seu perfeito juízo, mas o governo reconhece que a questão é puramente científica, e não cogita em resolver com posturas as questões científicas. Demais, a Casa Verde é uma instituição pública; tal a aceitamos das mãos da câmara dissolvida. Há entretanto, — por força que há de haver um alvitre intermédio que restitua o sossego ao espírito público.

O alienista mal podia dissimular o assombro; confessou que esperava outra cousa, o arrasamento do hospício, a prisão dele, o desterro, tudo, menos...

— O pasmo de Vossa Senhoria, atalhou gravemente o barbeiro, vem de não atender à grave responsabilidade do governo. O povo, tomado de uma cega piedade, que lhe dá em tal caso legítima indignação, pode exigir do governo certa ordem de atos; mas este, com a responsabilidade que lhe incumbe, não os deve praticar, ao menos integralmente, e tal é a nossa situação. A generosa revolução que ontem derrubou uma câmara vilipendiada e corrupta, pediu em altos brados o arrasamento da Casa Verde; mas pode entrar no ânimo do governo eliminar a loucura? Não. E se o governo não a pode eliminar, está ao menos apto para discriminá-la, reconhecê-la? Também não; é matéria de ciência. Logo, em assunto tão melindroso, o governo não pode, não deve, não quer dispensar o concurso de Vossa Senhoria. O que lhe pede é que de certa maneira demos alguma satisfação ao povo. Unamo-nos, e o povo saberá obedecer. Um dos alvitres aceitáveis, se Vossa Senhoria não indicar outro, seria fazer retirar da Casa Verde aqueles enfermos que estiverem quase curados, e bem assim os maníacos de pouca monta, etc. Desse modo, sem grande perigo, mostraremos alguma tolerância e benignidade.

— Quantos mortos e feridos houve ontem no conflito? perguntou Simão Bacamarte, depois de uns três minutos

O barbeiro ficou espantado da pergunta, mas respondeu logo que onze mortos e vinte e cinco feridos.

— Onze mortos e vinte e cinco feridos! repetiu duas ou três vezes o alienista.

E em seguida declarou que o alvitre lhe não parecia bom mas que ele ia catar algum outro, e dentro de poucos dias lhe daria resposta. E fez-lhe várias perguntas acerca dos sucessos da véspera, ataque, defesa, adesão dos dragões, resistência da câmara etc., ao que o barbeiro ia respondendo com grande abundância, insistindo principalmente no descrédito em que a câmara caíra. O barbeiro confessou que o novo governo não tinha ainda por si a confiança dos principais da vila, mas o alienista podia fazer muito nesse ponto. O governo, concluiu o barbeiro, folgaria se pudesse contar, não já com a simpatia senão com a benevolência do mais alto espírito de Itaguaí, e seguramente do reino. Mas nada disso alterava a nobre e austera fisionomia daquele grande homem, que ouvia calado, sem desvanecimento, nem modéstia, mas impassível como um deus de pedra.

— Onze mortos e vinte e cinco feridos, repetiu o alienista, depois de acompanhar o barbeiro até à porta. Eis aí dous lindos casos de doença cerebral. Os sintomas de duplicidade e descaramento deste barbeiro são positivos. Quanto à toleima dos que o aclamaram não é preciso outra prova além dos onze mortos e vinte e cinco feridos. — Dous lindos casos!

— Viva o ilustre Porfírio! bradaram umas trinta pessoas que aguardavam o barbeiro à porta.

O alienista espiou pela janela, e ainda ouviu este resto de uma pequena fala do barbeiro às trinta pessoas que o aclamavam:

— ...porque eu velo, podeis estar certos disso, eu velo pela execução das vontades do povo. Confiai em mim; e tudo se fará pela melhor maneira. Só vos recomendo ordem. A ordem, meus amigos, é a base do governo...

— Viva o ilustre Porfírio! bradaram as trinta vozes, agitando os chapéus.

— Dous lindos casos! murmurou o alienista.

X. Restauração

Dentro de cinco dias, o alienista meteu na Casa Verde cerca de cinqüenta aclamadores do novo governo. O povo indignou-se. O governo, atarantado, não sabia reagir. João Pina, outro barbeiro, dizia abertamente nas ruas, que o Porfírio estava "vendido ao ouro de Simão Bacamarte", frase que congregou em torno de João Pina a gente mais resoluta da vila. Porfírio, vendo o antigo rival da navalha à testa da insurreição, compreendeu que a sua perda era irremediável, se não desse um grande golpe; expediu dous decretos, um abolindo a Casa Verde, outro desterrando o alienista. João Pina mostrou claramente, com grandes frases, que o ato de Porfírio era um simples aparato, um engodo, em que o povo não devia crer. Duas horas depois caía Porfírio ignominiosamente, e João Pina assumia a difícil tarefa do governo. Como achasse nas gavetas as minutas da proclamação, da exposição ao vice-rei e de outros atos inaugurais do governo anterior, deu-se pressa em os fazer copiar e expedir; acrescentam os cronistas, e aliás subentende-se, que ele lhes mudou os nomes, e onde o outro barbeiro falara de uma câmara corrupta, falou este de "um intruso eivado das más doutrinas francesas, e contrário aos sacrossantos interesses de Sua Majestade, etc."

Nisto entrou na vila uma força mandada pelo vice-rei, e restabeleceu a ordem. O alienista exigiu desde logo a entrega do barbeiro Porfírio, e bem assim a de uns cinqüenta e tantos indivíduos, que declarou mentecaptos; e não só lhe deram esses, como afiançaram entregar-lhe mais dezenove sequazes do barbeiro, que convalesciam das feridas apanhadas na primeira rebelião.

Este ponto da crise de Itaguaí marca também o grau máximo da influência de Simão Bacamarte. Tudo quanto quis, deu-se-lhe, e uma das mais vivas provas do poder do ilustre médico achamo-la na prontidão com que os vereadores, restituídos a seus lugares, consentiram em que Sebastião Freitas também fosse recolhido ao hospício. O alienista, sabendo da extraordinária inconsistência das opiniões desse vereador, entendeu que era um caso patológico, e pediu-o. A mesma cousa aconteceu ao boticário. O alienista, desde que lhe falaram da momentânea adesão de Crispim Soares à rebelião dos Canjicas, comparou-a à aprovação que sempre recebera dele ainda na véspera, e mandou capturá-lo. Crispim Soares não negou o fato, mas explicou-o dizendo que cedera a um movimento de terror, ao ver a rebelião triunfante, e deu como prova a ausência de nenhum outro ato seu, acrescentando que voltara logo à cama, doente. Simão Bacamarte não o contrariou; disse, porém, aos circunstantes que o terror também é o pai da loucura, e que o caso de Crispim Soares lhe parecia dos mais caracterizados.

Mas a prova mais evidente da influência de Simão Bacamarte foi a docilidade com que a câmara lhe entregou o próprio presidente. Este digno magistrado tinha declarado em plena sessão, que não se contentava, para lavá-lo da afronta dos Canjicas, com menos de trinta almudes de sangue; palavra que chegou aos ouvidos do alienista por boca do secretário da câmara, entusiasmado de tamanha energia. Simão Bacamarte começou por meter o secretário na Casa Verde, e foi dali à câmara, à qual declarou que o presidente estava padecendo da "demência dos touros", um gênero que ele pretendia estudar, com grande vantagem para os povos. A câmara a princípio hesitou, mas acabou cedendo.

Daí em diante foi uma coleta desenfreada. Um homem não podia dar nascença ou curso à mais simples mentira do mundo, ainda daquelas que aproveitam ao inventor ou divulgador, que não fosse logo metido na Casa Verde. Tudo era loucura. Os cultores de enigmas, os fabricantes de charadas, de anagramas, os maldizentes, os curiosos da vida alheia, os que põem todo o seu cuidado na tafularia, um ou outro almotacé enfunado, ninguém escapava aos emissários do alienista. Ele respeitava as namoradas e não poupava as namoradeiras, dizendo que as primeiras cediam a um impulso natural e as segundas a um vício. Se um homem era avaro ou pródigo ia do mesmo modo para a Casa Verde; daí a alegação de que não havia regra para a completa sanidade mental. Alguns cronistas crêem que Simão Bacamarte nem sempre procedia com lisura, e citam em abono da afirmação (que não sei se pode ser aceita) o fato de ter alcançado da câmara uma postura autorizando o uso de um anel de prata no dedo polegar da mão esquerda, a toda a pessoa que, sem outra prova documental ou tradicional, declarasse ter nas veias duas ou três onças de sangue godo. Dizem esses cronistas que o fim secreto da insinuação à câmara foi enriquecer um ourives, amigo e compadre dele; mas, conquanto seja certo que o ourives viu prosperar o negócio depois da nova ordenação municipal, não o é menos que essa postura deu à Casa Verde uma multidão de inquilinos; pelo que, não se pode definir, sem temeridade, o verdadeiro fim do ilustre médico. Quanto à razão determinativa da captura e da aposentação na Casa Verde de todos quantos usaram do anel, é um dos pontos mais obscuros da história de Itaguaí; a opinião mais verossímil é que eles foram recolhidos por andarem a gesticular, à toa, nas ruas, em casa, na igreja. Ninguém ignora que os doudos gesticulam muito. Em todo caso é uma simples conjetura; de positivo nada há.

— Onde é que este homem vai parar? diziam os principais da terra. Ah! se nós tivéssemos apoiado os Canjicas...

Um dia de manhã, — dia em que a câmara devia dar um grande baile, — a vila inteira ficou abalada com a notícia de que a própria esposa do alienista fora metida na Casa Verde. Ninguém acreditou; devia ser invenção de algum gaiato. E não era: era a verdade pura. D. Evarista fora recolhida às duas horas da noite. O padre Lopes correu ao alienista e interrogou-o discretamente acerca do fato.

— Já há algum tempo que eu desconfiava, disse gravemente o marido. A modéstia com que ela vivera em ambos os matrimônios não podia conciliar-se com o furor das sedas, veludos, rendas e pedras preciosas que manifestou, logo que voltou do Rio de Janeiro. Desde então comecei a observá-la. Suas conversas eram todas sobre esses objetos; se eu lhe falava das antigas cortes, inquiria logo da forma dos vestidos das damas; se uma senhora a visitava, na minha ausência, antes de me dizer o objeto da visita, descrevia-me o trajo, aprovando umas cousas e censurando outras. Um dia, creio que Vossa Reverendíssima há de lembrar-se, propôs-se a fazer anualmente um vestido para a imagem de Nossa Senhora da matriz. Tudo isto eram sintomas graves; esta noite, porém, declarou-se a total demência. Tinha escolhido, preparado, enfeitado o vestuário que levaria ao baile da câmara municipal; só hesitava entre um colar de granada e outro de safira. Anteontem perguntou-me qual deles levaria; respondi-lhe que um ou outro lhe ficava bem. Ontem repetiu a pergunta, ao almoço; pouco depois de jantar fui achá-la calada e pensativa. — Que tem? perguntei-lhe. — Queria levar o colar de granada, mas acho o de safira tão bonito! — Pois leve o de safira. — Ah! mas onde fica o de granada? — Enfim, passou a tarde sem novidade. Ceamos, e deitamo-nos. Alta noite, seria hora e meia, acordo e não a vejo; levanto-me, vou ao quarto de vestir, acho-a diante dos dous colares, ensaiando-os ao espelho, ora um, ora outro. Era evidente da demência: recolhi-a logo.

O padre Lopes não se satisfez com a resposta, mas não objetou nada. O alienista, porém, percebeu e explicou-lhe que o caso de D. Evarista era de "mania sumptuária", não incurável e em todo caso digno de estudo.

— Conto pô-la boa dentro de seis semanas, concluiu ele.

A abnegação do ilustre médico deu-lhe grande realce. Conjeturas, invenções, desconfianças, tudo caiu por terra, desde que ele não duvidou recolher à Casa Verde a própria mulher, a quem amava com todas as forças da alma. Ninguém mais tinha o direito de resistir-lhe, — menos ainda o de atribuir-lhe intuitos alheios à ciência.

Era um grande homem austero, Hipócrates forrado de Catão.

XI. O assombro de Itaguaí

E agora prepare-se o leitor para o mesmo assombro em que ficou a vila, ao saber um dia que os loucos da Casa Verde iam todos ser postos na rua.

— Todos?

— Todos.

— É impossível; alguns sim, mas todos...

— Todos. Assim o disse ele no ofício que mandou hoje de manhã à câmara.

De fato, o alienista oficiara à câmara expondo: — 1°, que verificara das estatísticas da vila e da Casa Verde, que quatro quintos da população estavam aposentados naquele estabelecimento; 2°, que esta deslocação de população levara-o a examinar os fundamentos da sua teoria das moléstias cerebrais, teoria que excluía do domínio da razão todos os casos em que o equilíbrio das faculdades não fosse perfeito e absoluto; 3°, que, desse exame e do fato estatístico, resultara para ele a convicção de que a verdadeira doutrina não era aquela, mas a oposta, e portanto que se devia admitir como normal e exemplar o desequilíbrio das faculdades, e como hipóteses patológicas todos os casos em que aquele equilíbrio fosse ininterrupto; 4°, que à vista disso, declarava à câmara que ia dar liberdade aos reclusos da Casa Verde e agasalhar nela as pessoas que se achassem nas condições agora expostas; 5°, que, tratando de descobrir a verdade científica, não se pouparia a esforços de toda a natureza, esperando da câmara igual dedicação; 6°, que restituía à câmara e aos particulares a soma do estipêndio recebido para alojamento dos supostos loucos, descontada a parte efetivamente gasta com a alimentação, roupa, etc.; o que a câmara mandaria verificar nos livros e arcas da Casa Verde.

O assombro de Itaguaí foi grande; não foi menor a alegria dos parentes e amigos dos reclusos. Jantares, danças, luminárias, músicas, tudo houve para celebrar tão fausto acontecimento. Não descrevo as festas por não interessarem ao nosso propósito; mas foram esplêndidas, tocantes e prolongadas.

E vão assim as cousas humanas! No meio do regozijo produzido pelo ofício de Simão Bacamarte, ninguém advertia na frase final do § 4°, uma frase cheia de experiências futuras.

XII. O final do § 4°

Apagaram-se as luminárias, reconstituíram-se as famílias, tudo parecia reposto nos antigos eixos. Reinava a ordem, a câmara exercia outra vez o governo sem nenhuma pressão externa; o próprio presidente e o vereador Freitas tornaram aos seus lugares. O barbeiro Porfírio, ensinado pelos acontecimentos, tendo "provado tudo", como o poeta disse de Napoleão, e mais alguma cousa, porque Napoleão não provou a Casa Verde, o barbeiro achou preferível a glória obscura da navalha e da tesoura às calamidades brilhantes do poder; foi, é certo, processado; mas a população da vila implorou a clemência de Sua Majestade; daí o perdão. João Pina foi absolvido, atendendo-se a que ele derrocara um rebelde. Os cronistas pensam que deste fato é que nasceu o nosso adágio: — ladrão que furta ladrão, tem cem anos de perdão; — adágio imoral, é verdade, mas grandemente útil.

Não só findaram as queixas contra o alienista, mas até nenhum ressentimento ficou dos atos que ele praticara; acrescendo que os reclusos da Casa Verde, desde que ele os declarara plenamente ajuizados, sentiram-se tomados de profundo reconhecimento e férvido entusiasmo. Muitos entenderam que o alienista merecia uma especial manifestação, e deram-lhe um baile, ao qual se seguiram outros bailes e jantares. Dizem as crônicas que D. Evarista a princípio tivera idéia de separar-se do consorte, mas a dor de perder a companhia de tão grande homem venceu qualquer ressentimento de amor-próprio, e o casal veio a ser ainda mais feliz do que antes.

Não menos íntima ficou a amizade do alienista e do boticário. Este concluiu do ofício de Simão Bacamarte que a prudência é a primeira das virtudes em tempos de revolução e apreciou muito a magnanimidade do alienista que, ao dar-lhe a liberdade, estendeu-lhe a mão de amigo velho.

— É um grande homem, disse ele à mulher, referindo aquela circunstância.

Não é preciso falar do albardeiro, do Costa, do Coelho, do Martim Brito e outros, especialmente nomeados neste escrito; basta dizer que puderam exercer livremente os seus hábitos anteriores. O próprio Martim Brito, recluso por um discurso em que louvara enfaticamente D. Evarista, fez agora outro em honra do insigne médico — "cujo altíssimo gênio, elevando as asas muito acima do sol, deixou abaixo de si todos os demais espíritos da terra".

— Agradeço as suas palavras, retorquiu-lhe o alienista, e ainda me não arrependo de o haver restituído à liberdade.

Entretanto, a câmara, que respondera ao ofício de Simão Bacamarte, com a ressalva de que oportunamente estatuiria em relação ao final do § 4°, tratou enfim de legislar sobre ele. Foi adotada, sem debate, uma postura, autorizando o alienista a agasalhar na Casa Verde as pessoas que se achassem no gozo do perfeito equilíbrio das faculdades mentais. E porque a experiência da câmara tivesse sido dolorosa, estabeleceu ela a cláusula, de que a autorização era provisória, limitada a um ano, para o fim de ser experimentada a nova teoria psicológica, podendo a câmara, antes mesmo daquele prazo, mandar fechar a Casa Verde, se a isso fosse aconselhada por motivos de ordem pública. O vereador Freitas propôs também a declaração de que em nenhum caso fossem os vereadores recolhidos ao asilo dos alienados: cláusula que foi aceita, votada e incluída na postura, apesar das reclamações do vereador Galvão. O argumento principal deste magistrado é que a câmara, legislando sobre uma experiência científica, não podia excluir as pessoas dos seus membros das conseqüências da lei; a exceção era odiosa e ridícula. Mal proferira estas duas palavras, romperam os vereadores em altos brados contra a audácia e insensatez do colega; este, porém, ouviu-os e limitou-se a dizer que votava contra a exceção.

— A vereança, concluiu ele, não nos dá nenhum poder especial nem nos elimina do espírito humano.

Simão Bacamarte aceitou a postura com todas as restrições. Quanto à exclusão dos vereadores, declarou que teria profundo sentimento se fosse compelido a recolhê-los à Casa Verde; a cláusula, porém, era a melhor prova de que eles não padeciam do perfeito equilíbrio das faculdades mentais. Não acontecia o mesmo ao vereador Galvão, cujo acerto na objeção feita, e cuja moderação na resposta dada às invectivas dos colegas mostravam da parte dele um cérebro bem organizado; pelo que, rogava à câmara que lho entregasse. A câmara, sentindo-se ainda agravada pelo proceder do vereador Galvão, estimou o pedido do alienista, e votou unanimemente a entrega.

Compreende-se que, pela teoria nova, não bastava um fato ou um dito, para recolher alguém à Casa Verde; era preciso um longo exame, um vasto inquérito do passado e do presente. O padre Lopes, por exemplo, só foi capturado trinta dias depois da postura, a mulher do boticário quarenta dias. A reclusão desta senhora encheu o consorte de indignação. Crispim Soares saiu de casa espumando de cólera, e declarando às pessoas a quem encontrava que ia arrancar as orelhas ao tirano. Um sujeito, adversário do alienista, ouvindo na rua essa notícia, esqueceu os motivos de dissidência, e correu à casa de Simão Bacamarte a participar-lhe o perigo que corria. Simão Bacamarte mostrou-se grato ao procedimento do adversário, e poucos minutos lhe bastaram para conhecer a retidão dos seus sentimentos, a boa-fé, o respeito humano, a generosidade; apertou-lhe muito as mãos, e recolheu-o à Casa Verde.

— Um caso destes é raro, disse ele à mulher pasmada. Agora esperemos o nosso Crispim.

Crispim Soares entrou. A dor vencera a raiva, o boticário não arrancou as orelhas ao alienista. Este consolou o seu privado, assegurando-lhe que não era caso perdido; talvez a mulher tivesse alguma lesão cerebral; ia examiná-la com muita atenção; mas antes disso não podia deixá-la na rua. E parecendo-lhe vantajoso reuni-los, porque a astúcia e velhacaria do marido poderiam de certo modo curar a beleza moral que ele descobrira na esposa, disse Simão Bacamarte:

— O senhor trabalhará durante o dia na botica, mas almoçará e jantará com sua mulher, e cá passará as noites, e os domingos e dias santos.

A proposta colocou o pobre boticário na situação do asno de Buridan. Queria viver com a mulher, mas temia voltar à Casa Verde; e nessa luta esteve algum tempo, até que D. Evarista o tirou da dificuldade, prometendo que se incumbiria de ver a amiga e transmitir os recados de um para outro. Crispim Soares beijou-lhe as mãos agradecido. Este último rasgo de egoísmo pusilânime pareceu sublime ao alienista.

Ao cabo de cinco meses estavam alojadas umas dezoito pessoas; mas Simão Bacamarte não afrouxava; ia de rua em rua, de casa em casa, espreitando, interrogando, estudando; e quando colhia um enfermo, levava-o com a mesma alegria com que outrora os arrebanhava às dúzias. Essa mesma desproporção confirmava a teoria nova; achara-se enfim a verdadeira patologia cerebral. Um dia, conseguiu meter na Casa Verde o juiz de fora; mas procedia com tanto escrúpulo, que o não fez senão depois de estudar minuciosamente todos os seus atos, e interrogar os principais da vila. Mais de uma vez esteve prestes a recolher pessoas perfeitamente desequilibradas; foi o que se deu com um advogado, em quem reconheceu um tal conjunto de qualidades morais e mentais, que era perigoso deixá-lo na rua. Mandou prendê-lo; mas o agente, desconfiado, pediu-lhe para fazer uma experiência; foi ter com um compadre, demandado por um testamento falso, e deu-lhe de conselho que tomasse por advogado o Salustiano; era o nome da pessoa em questão.

— Então parece-lhe...?

— Sem dúvida: vá, confesse tudo, a verdade inteira, seja qual for, e confie-lhe a causa.

O homem foi ter com o advogado, confessou ter falsificado o testamento, e acabou pedindo que lhe tomasse a causa. Não se negou o advogado, estudou os papéis, arrazoou longamente, e provou a todas as luzes que o testamento era mais que verdadeiro. A inocência do réu foi solenemente proclamada pelo juiz, e a herança passou-lhe às mãos. O distinto jurisconsulto deveu a esta experiência a liberdade. Mas nada escapa a um espírito original e penetrante. Simão Bacamarte, que desde algum tempo notava o zelo, a sagacidade, a paciência, a moderação daquele agente, reconheceu a habilidade e o tino com que ele levara a cabo uma experiência tão melindrosa e complicada, e determinou recolhê-lo imediatamente à Casa Verde; deu-lhe, todavia, um dos melhores cubículos.

Os alienados foram alojados por classes. Fez-se uma galeria de modestos, isto é, os loucos em quem predominava esta perfeição moral; outra de tolerantes, outra de verídicos, outra de símplices, outra de leais, outra de magnânimos, outra de sagazes, outra de sinceros, etc. Naturalmente, as famílias e os amigos dos reclusos bradavam contra a teoria; e alguns tentaram compelir a câmara a cassar a licença. A câmara, porém, não esquecera a linguagem do vereador Galvão, e se cassasse a licença, vê-lo-ia na rua, e restituído ao lugar; pelo que, recusou. Simão Bacamarte oficiou aos vereadores, não agradecendo, mas felicitando-os por esse ato de vingança pessoal.

Desenganados da legalidade, alguns principais da vila recorreram secretamente ao barbeiro Porfírio e afiançaram-lhe todo o apoio de gente, de dinheiro e influência na corte, se ele se pusesse à testa de outro movimento contra a câmara e o alienista. O barbeiro respondeu-lhes que não; que a ambição o levara da primeira vez a transgredir as leis, mas que ele se emendara, reconhecendo o erro próprio e a pouca consistência da opinião dos seus mesmos sequazes; que a câmara entendera autorizar a nova experiência do alienista, por um ano: cumpria, ou esperar o fim do prazo, ou requerer ao vice-rei, caso a mesma câmara rejeitasse o pedido. Jamais aconselharia o emprego de um recurso que ele viu falhar em suas mãos, e isso a troco de mortes e ferimentos que seriam o seu eterno remorso.

— O que é que me está dizendo? perguntou o alienista quando um agente secreto lhe contou a conversação do barbeiro com os principais da vila.

Dous dias depois o barbeiro era recolhido à Casa Verde.

— Preso por ter cão, preso por não ter cão! exclamou o infeliz.

Chegou o fim do prazo, a câmara autorizou um prazo suplementar de seis meses para ensaio dos meios terapêuticos. O desfecho deste episódio da crônica itaguaiense é de tal ordem, e tão inesperado, que merecia nada menos de dez capítulos de exposição; mas contento-me com um, que será o remate da narrativa, e um dos mais belos exemplos de convicção científica e abnegação humana.

XIII. Plus Ultra!

Era a vez da terapêutica. Simão Bacamarte, ativo e sagaz em descobrir enfermos, excedeu-se ainda na diligência e penetração com que principiou a tratá-los. Neste ponto todos os cronistas estão de pleno acordo: o ilustre alienista faz curas pasmosas, que excitaram a mais viva admiração em Itaguaí.

Com efeito, era difícil imaginar mais racional sistema terapêutico. Estando os loucos divididos por classes, segundo a perfeição moral que em cada um deles excedia às outras, Simão Bacamarte cuidou em atacar de frente a qualidade predominante. Suponhamos um modesto. Ele aplicava a medicação que pudesse incutir-lhe o sentimento oposto; e não ia logo às doses máximas, — graduava-as, conforme o estado, a idade, o temperamento, a posição social do enfermo. Às vezes bastava uma casaca, uma fita, uma cabeleira, uma bengala, para restituir a razão ao alienado; em outros casos a moléstia era mais rebelde; recorria então aos anéis de brilhantes, às distinções honoríficas, etc. Houve um doente, poeta, que resistiu a tudo. Simão Bacamarte começava a desesperar da cura, quando teve idéia de mandar correr matraca, para o fim de o apregoar como um rival de Garção e de Píndaro.

— Foi um santo remédio, contava a mãe do infeliz a uma comadre; foi um santo remédio.

Outro doente, também modesto, opôs a mesma rebeldia à medicação; mas não sendo escritor (mal sabia assinar o nome), não se lhe podia aplicar o remédio da matraca. Simão Bacamarte lembrou-se de pedir para ele o lugar de secretário da Academia dos Encobertos estabelecida em Itaguaí. Os lugares de presidente e secretários eram de nomeação régia, por especial graça do finado rei D. João V, e implicavam o tratamento de Excelência e o uso de uma placa de ouro no chapéu. O governo de Lisboa recusou o diploma; mas representando o alienista que o não pedia como prêmio honorífico ou distinção legítima, e somente como um meio terapêutico para um caso difícil, o governo cedeu excepcionalmente à súplica; e ainda assim não o fez sem extraordinário esforço do ministro de marinha e ultramar, que vinha a ser primo do alienado. Foi outro santo remédio.

— Realmente, é admirável! dizia-se nas ruas, ao ver a expressão sadia e enfunada dos dous ex-dementes.

Tal era o sistema. Imagina-se o resto. Cada beleza moral ou mental era atacada no ponto em que a perfeição parecia mais sólida; e o efeito era certo. Nem sempre era certo. Casos houve em que a qualidade predominante resistia a tudo; então, o alienista atacava outra parte, aplicando à terapêutica o método da estratégia militar, que toma uma fortaleza por um ponto, se por outro o não pode conseguir.

No fim de cinco meses e meio estava vazia a Casa Verde; todos curados! O vereador Galvão, tão cruelmente afligido de moderação e eqüidade, teve a felicidade de perder um tio; digo felicidade, porque o tio deixou um testamento ambíguo, e ele obteve uma boa interpretação, corrompendo os juízes e embaçando os outros herdeiros. A sinceridade do alienista manifestou-se nesse lance; confessou ingenuamente que não teve parte na cura: foi a simples *vis medicatrix* da natureza. Não aconteceu o mesmo com o padre Lopes. Sabendo o alienista que ele ignorava perfeitamente o hebraico e o grego, incumbiu-o de fazer uma análise crítica da versão dos Setenta; o padre aceitou a incumbência, e em boa hora o fez; ao cabo de dous meses possuía um livro e a liberdade. Quanto à senhora do boticário, não ficou muito tempo na célula que lhe coube, e onde aliás lhe não faltaram carinhos.

— Por que é que o Crispim não vem visitar-me? dizia ela todos os dias.

Respondiam-lhe ora uma cousa, ora outra; afinal disseram-lhe a verdade inteira. A digna matrona não pôde conter a indignação e a vergonha. Nas explosões da cólera escaparam-lhe expressões soltas e vagas, como estas:

— Tratante!... velhaco!... ingrato!... Um patife que tem feito casas à custa de ungüentos falsificados e podres... Ah! tratante!...

Simão Bacamarte advertiu que, ainda quando não fosse verdadeira a acusação contida nestas palavras, bastavam elas para mostrar que a excelente senhora estava enfim restituída ao perfeito desequilíbrio das faculdades; e prontamente lhe deu alta.

Agora, se imaginais que o alienista ficou radiante ao ver sair o último hóspede da Casa Verde, mostrais com isso que ainda não conheceis o nosso homem. *Plus ultra*! era a sua divisa. Não lhe bastava ter descoberto a teoria verdadeira da loucura; não o contentava ter estabelecido em Itaguaí o reinado da razão. *Plus ultra*! Não ficou alegre, ficou preocupado, cogitativo; alguma cousa lhe dizia que a teoria nova tinha, em si mesma, outra e novíssima teoria.

— Vejamos, pensava ele; vejamos se chego enfim à última verdade.

Dizia isto, passeando ao longo da vasta sala, onde fulgurava a mais rica biblioteca dos domínios ultramarinos de Sua Majestade. Um amplo chambre de damasco, preso à cintura por um cordão de seda, com borlas de ouro (presente de uma Universidade) envolvia o corpo majestoso e austero do ilustre alienista. A cabeleira cobria-lhe uma extensa e nobre calva adquirida nas cogitações cotidianas da ciência. Os pés, não delgados e femininos, não graúdos e mariolas, mas proporcionados ao vulto, eram resguardados por um par de sapatos cujas fivelas não passavam de simples e modesto latão. Vede a diferença: — só se lhe notava luxo naquilo que era de origem científica; o que propriamente vinha dele trazia a cor da moderação e da singeleza, virtudes tão ajustadas à pessoa de um sábio.

Era assim que ele ia, o grande alienista, de um cabo a outro da vasta biblioteca, metido em si mesmo, estranho a todas as cousas que não fosse o tenebroso problema da patologia cerebral. Súbito, parou. Em pé, diante de uma janela, com o cotovelo esquerdo apoiado na mão direita, aberta, e o queixo na mão esquerda, fechada, perguntou ele a si:

— Mas deveras estariam eles doudos, e foram curados por mim, — ou o que pareceu cura, não foi mais do que a descoberta do perfeito desequilíbrio do cérebro?

E cavando por aí abaixo, eis o resultado a que chegou: os cérebros bem organizados que ele acabava de curar, eram tão desequilibrados como os outros. Sim, dizia ele consigo, eu não posso ter a pretensão de haver-lhes incutido um sentimento ou uma faculdade nova; uma e outra cousa existiam no estado latente, mas existiam.

Chegado a esta conclusão, o ilustre alienista teve duas sensações contrárias, uma de gozo, outra de abatimento. A de gozo foi por ver que, ao cabo de longas e pacientes investigações, constantes trabalhos, luta ingente com o povo, podia afirmar esta verdade: — não havia loucos em Itaguaí; Itaguaí não possuía um só mentecapto. Mas tão depressa esta idéia lhe refrescara a alma, outra apareceu que neutralizou o primeiro efeito; foi a idéia da dúvida. Pois quê! Itaguaí não possuiria um único cérebro concertado? Esta conclusão tão absoluta, não seria por isso mesmo errônea, e não vinha, portanto, destruir o largo e majestoso edifício da nova doutrina psicológica?

A aflição do egrégio Simão Bacamarte é definida pelos cronistas itaguaienses como uma das mais medonhas tempestades morais que têm desabado sobre o homem. Mas as tempestades só aterram os fracos; os fortes enrijam-se contra elas e fitam o trovão. Vinte minutos depois alumiou-se a fisionomia do alienista de uma suave claridade.

— Sim, há de ser isso, pensou ele.

Isso é isto. Simão Bacamarte achou em si os característicos do perfeito equilíbrio mental e moral; pareceu-lhe que possuía a sagacidade, a paciência, a perseverança, a tolerância, a veracidade, o vigor moral, a lealdade, todas as qualidades enfim que podem formar um acabado mentecapto. Duvidou logo, é certo, e chegou mesmo a concluir que era ilusão; mas sendo homem prudente, resolveu convocar um conselho de amigos, a quem interrogou com franqueza. A opinião foi afirmativa.

— Nenhum defeito?

— Nenhum, disse em coro a assembléia.

— Nenhum vício?

— Nada.

— Tudo perfeito?

— Tudo.

— Não, impossível, bradou o alienista. Digo que não sinto em mim essa superioridade que acabo de ver definir com tanta magnificência. A simpatia é que vos faz falar. Estudo-me e nada acho que justifique os excessos da vossa bondade.

A assembléia insistiu; o alienista resistiu; finalmente o padre Lopes explicou tudo com este conceito digno de um observador:

— Sabe a razão por que não vê as suas elevadas qualidades, que aliás todos nós admiramos? É porque tem ainda uma qualidade que realça as outras: — a modéstia.

Era decisivo. Simão Bacamarte curvou a cabeça juntamente alegre e triste, e ainda mais alegre do que triste. Ato contínuo, recolheu-se à Casa Verde. Em vão a mulher e os amigos lhe disseram que ficasse, que estava perfeitamente são e equilibrado: nem rogos nem sugestões nem lágrimas o detiveram um só instante.

— A questão é científica, dizia ele; trata-se de uma doutrina nova, cujo primeiro exemplo sou eu. Reúno em mim mesmo a teoria e a prática.

— Simão! Simão! meu amor! dizia-lhe a esposa com o rosto lavado em lágrimas.

Mas o ilustre médico, com os olhos acesos da convicção científica, trancou os ouvidos à saudade da mulher, e brandamente a repeliu. Fechada a porta da Casa Verde, entregou-se ao estudo e à cura de si mesmo. Dizem os cronistas que ele morreu dali a dezessete meses, no mesmo estado em que entrou, sem ter podido alcançar nada. Alguns chegam ao ponto de conjeturar que nunca houve outro louco, além dele, em Itaguaí; mas esta opinião, fundada em um boato que correu desde que o alienista expirou, não tem outra prova, senão o boato; e boato duvidoso, pois é atribuído ao padre Lopes, que com tanto fogo realçara as qualidades do grande homem. Seja como for, efetuou-se o enterro com muita pompa e rara solenidade.

De dentro do ovo para dentro da gaiola

Marcelino Freire

Idéias de canário

Machado de Assis

De dentro do ovo para dentro da gaiola

Marcelino Freire

Ou porque na hora eu avistei um avião. Ou porque eu desviei de uma motocicleta voadora. Ou porque o destino fechou as asas sobre nós. Não sei. O fato é que o meu carro quase sobe o canteiro. A ilha da avenida. E quase mata aquele senhor de barba antiga, ao sol. Parecido com esses profetas do além, vindos de Jerusalém. Ou do Nordeste. Lá de onde veio o meu pai e aqui conseguiu ganhar dinheiro. Na construção de viadutos. E ninhos de concreto.

Pulei da porta, liguei o pisca-alerta. E fui puxar uma conversa, pedir desculpas àquela criatura que havia criado, no asfalto quente, umas paredes verdes. Levantadas do nada. Algo como caixas de maçã e pregos. E madeiras e galhos de árvores que a chuva arranca à força. As raízes das coisas.

Disse-lhe bom-dia. Creio que não me ouviu porque a buzina atrapalhou. E a outra buzina e a outra. No calor da pressa. Agora mais essa: a minha consciência em crise e a cidade é quem paga. Você não poderia deixar esse remorso para outro dia? Quis me perguntar o guarda, já interditando a área. Isso porque meus pneus cantaram alto e ali perto havia um hospital e eu arrebentei a guia, etc. e tal. O meio-fio por um fio.

Aproximei-me devagar para que o velho não escapulisse. Quase na ponta do terno é que fui. De gravata na mão, abri um sorriso. Enfeitado de perdão tímido. Eu poderia ter destruído o seu esconderijo. E aí? Olhe só (ele não olhou):

eu posso oferecer a minha morada. Por uns dias. Façamos de conta que o senhor é o meu pai desaparecido. Há anos que o procuramos. Em outros países e continentes subterrâneos. Dar-lhe-ia, creia: melhor aparência e cuidados. Por que não? Fiquei tão atrapalhado. O velho me comoveu. E, sobretudo, me causou um encantamento que faz tempo eu não sentia. Nem me lembro quando. O homem recuou, oco.

Não falava. Antes trinava, piava, gorjeava. Nenhuma palavra assim, como a gente está acostumado. Períodos obscuros, frases aéreas, idéias sem cabeça que eu ouvi na maior gentileza. Tipo: "o canário é senhor da gaiola que habita e da loja que o cerca. Fora daí, tudo é ilusão e mentira". E bicou-se lá para dentro da casa, que mais parecia uma caverna. Uma cratera que eu quase ponho abaixo. Um abismo engolido pela segunda-feira. Os carros a caminho da morte não entendem nada. Ao redor, era tudo um inferno de calotas e capacetes. Saias, botões e binóculos. Cães e caminhões. Ambulantes e sapatos. E policiais armados. Como conseguia?

Emburaquei no seu alojamento. Ele iria, sim, passar umas manhãs comigo. Algo nele, por minha causa, sei, desparafusou de vez. Vamos? O velho não respondia. Era feito de um silêncio grosso. Os olhos fundos. Vivos como os de um gavião assassino. Uma coruja bêbada. Um cancão de fogo.

Vi que ele, trancado em seu viveiro, lia alguns livros de filosofia. E história. Em meio à metrópole nervosa. Disse-lhe, de improviso, sem medo. Numa chantagem de linguagem. Apelei para que me acompanhasse. Estudei-lhe, em segundos, o movimento de pássaro. Reminiscências de bicho. Pus a meu serviço o pouco que eu sabia de ornitologia. Falei-lhe, enfim: compro-lhe uma gaiola vasta, circular, de madeira e arame, pintada de branco, na varanda. À vista, o céu azul e algumas plantas. Vamos? O guarda não acreditava no que via. O velho veio mesmo em minha companhia e entramos no carro. Mansos.

Também não acreditaram meus empregados em casa quando me viram chegar. Será que ele finalmente encontrou o pai? Preferi não avançar em detalhes. Mas ordenei: não me interrompam. Não quero saber de telegramas. Mortes súbitas. Se me ligarem do escritório, desliguem. Digam que viajei. Explodi no espaço. Migrei para outro planeta.

Incrível. O velho e eu nos entendíamos. Pude pesquisar de perto a sua estrutura e as suas relações com a música. Conversávamos demoradas horas na sua língua. Sibilada. Pude conhecer um pouco da sua história, origem, dos primeiros séculos, geologia e flora das ilhas Canárias, etc. Era, sem dúvida, o meu pai. Em seu vôo de volta.

O velho dormia pouco. E eu também. Ambos acordávamos duas ou três vezes por noite, passeávamos à toa. Gostava quando ele repetia a sua madura teoria, a saber: "o mundo é um jardim assaz largo com repuxo no meio, flores e arbustos, alguma grama, ar claro e um pouco de azul por cima". E mais: "o canário, dono do mundo, habita gaiola vasta, branca e circular, donde mira o resto. Tudo o mais é ilusão e mentira". Infinitamente repetia e repetia. Assim fomos passando os nossos dias.

Um dos empregados, por exemplo, tinha a seu cargo limpar a gaiola e pôr-lhe água e comida. A ele o velho não dizia nada, como se soubesse que a esse homem faltava qualquer preparo científico. Também na praça em que vivia, lembro do que me disse o guarda. Ou do que me disse uma senhora dos Jardins: todos cuidam dele aqui. Vêm e trazem livros. Papéis e caixas. E pedaços de fruta. E miolos de pão. E leite. Vive neste cemitério (assim mesmo que ela disse) há mais de dez anos. O mesmo tempo que o meu pai sumiu. Pelo Brasil. Pensei. E fiquei feliz. Leve de satisfação.

Repito: faz tempo que não havia luz no meu coração. Tão intensa. O tanto que temos aprendido um com o outro. Prendi-me ao seu jeito. Ao seu pêlo branco. À penugem do seu peito. Imaginei, até, apresentar-lhe ao Museu Nacional, ao Instituto Histórico. Às universidades alemãs. Tão original era o seu pensamento. Aquele bicho sujo era o meu pai, sim. Eis o meu orgulho.

E, creio, em parte adoeci por causa disso. Veio-me, de repente, uma febre. Um soluço. O médico ordenou absoluto repouso: "era excesso de estudo". Disse-me que eu estava proibido de pensar. Que eu não devia saber sequer o que se passava na cidade e no mundo. Como? Esqueça. Às vezes não é bom lembrar. Desplugue-se. Estresse emocional, sei lá. Fiquei cinco dias assim. Tontos e eternos.

Foi quando soube, ao me levantar: o velho fugiu da gaiola. O quê? Um empregado — com cara de gato — veio ao quarto rebusnar: "a princípio, trepou no telhado. E eu trepei também. E aí ele fugiu. Foi para uma árvore, depois escondeu-se não sei onde". Soluço, soluço. Sem ele, eu teria de voltar ao escritório. Aos carimbos e papéis. Aos carros e semáforos. Ave Maria! Não pode ser. Eu o procuraria, sim, segundas seguidas. Pousaria os pneus em outros canteiros, ilhas e esquinas. Até o fim da minha vida. Esta pena!

Meu pai ganhou a selva. E o mundo outra vez. Que mundo? Você não perde esse mau costume, diria o velho canário. O mundo, meu filho, é um espaço infinito e azul.

E com o sol cinza em cima, eu sei.

Idéias de canário

Machado de Assis

Um homem dado a estudos de ornitologia, por nome Macedo, referiu a alguns amigos um caso tão extraordinário que ninguém lhe deu crédito. Alguns chegam a supor que Macedo virou o juízo. Eis aqui o resumo da narração.

No princípio do mês passado, — disse ele, — indo por uma rua, sucedeu que um tílburi à disparada, quase me atirou ao chão. Escapei saltando para dentro de uma loja de belchior. Nem o estrépito do cavalo e do veículo, nem a minha entrada fez levantar o dono do negócio, que cochilava ao fundo, sentado numa cadeira de abrir. Era um frangalho de homem, barba cor de palha suja, a cabeça enfiada em um gorro esfarrapado, que provavelmente não achara comprador. Não se adivinhava nele nenhuma história, como podiam ter alguns dos objetos que vendia, nem se lhe sentia a tristeza austera e desenganada das vidas que foram vidas.

A loja era escura, atulhada das cousas velhas, tortas, rotas, enxovalhadas, enferrujadas que de ordinário se acham em tais casas, tudo naquela meia desordem própria do negócio. Essa mistura, posto que banal, era interessante. Panelas sem tampa, tampas sem panela, botões, sapatos, fechaduras, uma saia preta, chapéus de palha e de pêlo, caixilhos, binóculos, meias casacas, um florete, um cão empalhado, um par de chinelas, luvas, vasos sem nome, dragonas, uma bolsa de veludo, dous cabides, um bodoque, um termômetro, cadeiras, um retrato litografado pelo finado Sisson, um gamão, duas máscaras de arame para o carnaval que há de vir, tudo isso e o mais que não vi ou não me ficou de memória, enchia a loja nas imediações da porta, encostado, pendurado ou exposto em caixas de vidro, igualmente velhas. Lá para dentro, havia outras cousas mais e muitas, e do mesmo aspecto, dominando os objetos grandes, cômodas, cadeiras, camas, uns por cima dos outros, perdidos na escuridão.

Ia a sair, quando vi uma gaiola pendurada da porta. Tão velha como o resto, para ter o mesmo aspecto da desolação geral, faltava-lhe estar vazia. Não estava vazia. Dentro pulava um canário. A cor, a animação e a graça do passarinho davam àquele amontoado de destroços uma nota de vida e de mocidade. Era o último passageiro de algum naufrágio, que ali foi parar íntegro e alegre como dantes. Logo que olhei para ele, entrou a saltar mais, abaixo e acima, de poleiro em poleiro, como se quisesse dizer que no meio daquele cemitério brincava um raio de sol. Não atribuo essa imagem ao canário, senão porque falo a gente retórica; em verdade, ele não pensou em cemitério nem sol, segundo me disse depois. Eu, de envolta com o prazer que me trouxe aquela vista, senti-me indignado do destino do pássaro, e murmurei baixinho palavras de azedume.

— Quem seria o dono execrável deste bichinho, que teve ânimo de se desfazer dele por alguns pares de níqueis? Ou que mão indiferente, não querendo guardar esse companheiro de dono defunto, o deu de graça a algum pequeno, que o vendeu para ir jogar uma quiniela?

E o canário, quedando-se em cima do poleiro, trilou isto:

— Quem quer que sejas tu, certamente não estás em teu juízo. Não tive dono execrável, nem fui dado a nenhum menino que me vendesse. São imaginações de pessoa doente; vai-te curar, amigo...

— Como? interrompi eu, sem ter tempo de ficar espantado. Então o teu dono não te vendeu a esta casa? Não foi a miséria ou a ociosidade que te trouxe a este cemitério, como um raio de sol?

— Não sei que seja sol nem cemitério. Se os canários que tens visto usam do primeiro desses nomes, tanto melhor, porque é bonito, mas estou que confundes.

— Perdão, mas tu não vieste para aqui à toa, sem ninguém, salvo se o teu dono foi sempre aquele homem que ali está sentado.

— Que dono? Esse homem que aí está é meu criado, dá-me água e comida todos os dias, com tal regularidade que eu, se devesse pagar-lhe os serviços, não seria com pouco; mas os canários não pagam criados. Em verdade, se o mundo é propriedade dos canários, seria extravagante que eles pagassem o que está no mundo.

Pasmado das respostas, não sabia que mais admirar, se a linguagem, se as idéias. A linguagem, posto me entrasse pelo ouvido como de gente, saía do bicho em trilos engraçados. Olhei em volta de mim, para verificar se estava acordado; a rua era a mesma, a loja era a mesma loja escura, triste e úmida. O canário, movendo a um lado e outro, esperava que eu lhe falasse. Perguntei-lhe então se tinha saudades do espaço azul e infinito...

— Mas, caro homem, trilou o canário, que quer dizer espaço azul e infinito?

— Mas, perdão, que pensas deste mundo? Que cousa é o mundo?

— O mundo, redargüiu o canário com certo ar de professor, o mundo é uma loja de belchior, com uma pequena gaiola de taquara, quadrilonga, pendente de um prego; o canário é senhor da gaiola que habita e da loja que o cerca. Fora daí, tudo é ilusão e mentira.

Nisto acordou o velho, e veio a mim arrastando os pés. Perguntou-me se queria comprar o canário. Indaguei se o adquirira, como o resto dos objetos que vendia, e soube que sim, que o comprara a um barbeiro, acompanhado de uma coleção de navalhas.

— As navalhas estão em muito bom uso, concluiu ele.

— Quero só o canário.

Paguei-lhe o preço, mandei comprar uma gaiola vasta, circular, de madeira e arame, pintada de branco, e ordenei que a pusessem na varanda da minha casa, donde o passarinho podia ver o jardim, o repuxo e um pouco do céu azul.

Era meu intuito fazer um longo estudo do fenômeno, sem dizer nada a ninguém, até poder assombrar o século com a minha extraordinária descoberta. Comecei por alfabetar a língua do canário, por estudar-lhe a estrutura, as relações com a música, os sentimentos estéticos do bicho, as suas idéias e reminiscências. Feita essa análise filológica e psicológica, entrei propriamente na história dos canários, na origem deles, primeiros séculos, geologia e flora das ilhas Canárias, se ele tinha conhecimento da navegação, etc. Conversávamos longas horas, eu escrevendo as notas, ele esperando, saltando, trilando.

Não tendo mais família que dous criados, ordenava-lhes que não me interrompessem, ainda por motivo de alguma carta ou telegrama urgente, ou visita de importância. Sabendo ambos das minhas ocupações científicas, acharam natural a ordem, e não suspeitaram que o canário e eu nos entendíamos.

Não é mister dizer que dormia pouco, acordava duas e três vezes por noite, passeava à toa, sentia-me com febre. Afinal tornava ao trabalho, para reler, acrescentar, emendar. Retifiquei mais de uma observação, — ou por havê-la entendido mal, ou porque ele não a tivesse expresso claramente. A definição do mundo foi uma delas. Três semanas depois da entrada do canário em minha casa, pedi-lhe que me repetisse a definição do mundo.

— O mundo, respondeu ele, é um jardim assaz largo com repuxo no meio, flores e arbustos, alguma grama, ar claro e um pouco de azul por cima; o canário, dono do mundo, habita uma gaiola vasta, branca e circular, donde mira o resto. Tudo o mais é ilusão e mentira.

Também a linguagem sofreu algumas retificações, e certas conclusões, que me tinham parecido simples, vi que eram temerárias. Não podia ainda escrever a memória que havia de mandar ao Museu Nacional, ao Instituto Histórico e às universidades alemãs, não porque faltasse matéria, mas para acumular primeiro todas as observações e ratificá-las. Nos últimos dias, não saía de casa, não respondia a cartas, não quis saber de amigos nem parentes. Todo eu era canário. De manhã, um dos criados tinha a seu cargo limpar a gaiola e por-lhe água e comida. O passarinho não lhe dizia nada, como se soubesse que a esse homem faltava qualquer preparo científico. Também o serviço era o mais sumário do mundo; o criado não era amador de pássaros.

Um sábado amanheci enfermo, a cabeça e a espinha doíam-me. O médico ordenou absoluto repouso; era excesso de estudo, não devia ler nem pensar, não devia saber sequer o que se passava na cidade e no mundo. Assim fiquei cinco dias; no sexto levantei-me, e só então soube que o canário, estando o criado a tratar dele, fugira da gaiola. O meu primeiro gesto foi para esganar o criado; a indignação sufocou-me, caí na cadeira, sem voz, tonto. O culpado defendeu-se, jurou que tivera cuidado, o passarinho é que fugira por astuto...

— Mas não o procuraram?

— Procuramos, sim, senhor; a princípio trepou ao telhado, trepei também, ele fugiu, foi para uma árvore, depois escondeu-se não sei onde. Tenho indagado desde ontem, perguntei aos vizinhos, aos chacareiros, ninguém sabe nada.

Padeci muito; felizmente, a fadiga estava passada, e com algumas horas pude sair à varanda e ao jardim. Nem sombra de canário. Indaguei, corri, anunciei, e nada. Tinha já recolhido as notas para compor a memória, ainda que truncada e incompleta, quando me sucedeu visitar um amigo, que ocupa uma das mais belas e grandes chácaras dos arrabaldes. Passeávamos nela antes de jantar, quando ouvi trilar esta pergunta:

— Viva, Sr. Macedo, por onde tem andado que desapareceu?

Era o canário; estava no galho de uma árvore. Imaginem como fiquei, e o que lhe disse. O meu amigo cuidou que eu estivesse doudo; mas que me importavam cuidados de amigos? Falei ao canário com ternura, pedi-lhe que viesse continuar a conversação, naquele nosso mundo composto de um jardim e repuxo, varanda e gaiola branca e circular...

— Que jardim? que repuxo?

— O mundo, meu querido.

— Que mundo? Tu não perdes os maus costumes de professor. O mundo, concluiu solenemente, é um espaço infinito e azul, com o sol por cima.

Indignado, retorqui-lhe que, se eu lhe desse crédito, o mundo era tudo; até já fora uma loja de belchior...

— De belchior? trilou ele às bandeiras despregadas. Mas há mesmo lojas de belchior?

Um chapéu ao espelho

Mario Sabino

O espelho
Capítulo dos chapéus

Machado de Assis

Um chapéu ao espelho

(O segundo e derradeiro capítulo dos chapéus)

Mario Sabino

— "Cousa mais estranha! De manhã meu chapéu baixo já não servia para ir à cidade. Agora, o chapéu que ela me sugerira, mais alto e vistoso, é que não serve. O que terá acontecido a Mariana? Minha iaiá não está entre as mulheres mais volúveis deste Rio de Janeiro e, no entanto..."

E, no entanto, Conrado estava a achar-se muito garboso com seu novo chapéu. Aquele, sim, é que lhe convinha. Fazia-lhe parecer não só mais alta a estatura, como também a dignidade. Iaiá tivera razão ao propor-lhe a troca pela manhã — e a perdera completamente ao ordenar-lhe a destroca pela tarde. Por que o fizera, não entendia... O chapéu caía-lhe tão bem!

Admirando-se ao espelho, Conrado lembrou-se do sarcasmo com que havia respondido ao pedido matinal de sua mulher para que trocasse de chapéu — um sarcasmo revestido de razão, e razão filosófica. Dissera ele: — "A escolha do chapéu não é uma ação indiferente, como você pode supor; é regida por um princípio metafísico. Não cuide que quem compra um chapéu exerce uma ação voluntária e livre; a verdade é que obedece a um determinismo obscuro. A ilusão da liberdade existe arraigada nos compradores, e é mantida pelos chapeleiros que, ao verem um freguês ensaiar trinta ou quarenta chapéus, e sair sem comprar nenhum, imaginam que ele está procurando livremente uma combinação elegante. O princípio metafísico é este: — o chapéu é a integração do homem, um prolongamento da cabeça, um complemento decretado *ab eterno*; ninguém o pode trocar sem mutilação. É uma questão profunda que ainda não ocorreu a ninguém..." O sarcasmo incorporava, ainda, a citação dos nomes de alguns sábios, mas o essencial acaba de ser transcrito. A verdade é que o que surgira como pilhéria agora andava a transubstanciar-se em realidade. De fato, aquele chapéu mais alto e vistoso parecia-lhe bem mais harmonioso como prolongamento de sua cabeça do que o antigo, baixo e discreto.

Mas, a levar-se a ferro e fogo a proposição que nascera como troça (e já parecia impossível não tomá-la como cousa séria, dada a imagem que o espelho refletia), não havia dito ele que o chapéu era um complemento *ab eterno*? Sendo eterno, pois, parecia-lhe estranha a sua metamorfose, de chapéu baixo em chapéu alto... — "Qual o quê, tudo é possível neste ano de 1879!", disse a vozinha insidiosa que, vez por outra, desde o final da juventude, tentava desembaraçá-lo de certos impasses por meio de argumentos ligeiros, mas não menos eficazes. E continuou a vozinha: — "Pois não se estava provando, por obra do inglês Darwin, que éramos, nós, homens, parentes de símios? Comparada a essa descensão da espécie (e não se fale das implicâncias teológicas da teoria), a mudança de chapéu baixo para chapéu alto era de infinito somenos. E, quem sabe, talvez ela se devesse apenas ao acaso — o mesmo acaso que comanda as partidas de voltarete. Ou seja, dali a pouco ele poderia voltar a ser um chapéu baixo. E desçamos logo para o jantar, que se faz tarde e os ditames do estômago estão longe de ter a paciência do espírito que busca a eternidade!"

À mesa, com Mariana, tudo estava disposto como sempre. As louças, a prataria, o caldo de verduras que antecipava a galinha assada pela preta da cozinha, comprada a bom preço pela manhã (a galinha, não a preta, que esta ele herdara da mãe), prato principal ao qual sucederiam supimpas fios de ovos ou os delicados pastéis que ali no Rio de Janeiro estavam a ganhar o nome de Santa Clara. Findo o jantar, café, um cálix de Porto, charuto e uma conversinha agradável com Mariana. Depois, quiçá...

Tudo disposto como sempre? Nem tudo. Conrado continuava a sentir-se um homem de chapéu alto, sentimento que o afligiu ainda mais quando, na manhã seguinte, colocou o velho chapéu baixo para ir à cidade. Como de hábito, pegou o *bond* em frente à sua casa, mas decidido de antemão a mudar a rotina. Tão logo o *bond* virou a esquina, ele desceu e tomou um tílburi. — "Toque para a Ouvidor", mandou. Quinze minutos depois, percorria a pé a rua elegante, que, embora àquela hora ainda não exibisse o movimento de costume, já mostrava por que era conhecida como o reino dos chapéus altos. Umas duas dezenas deles estavam à espreita dos poucos chapéus femininos que se arriscavam numa caminhada matinal. Eles, os femininos, iam e vinham, acompanhados por olhares deliciados dos altos, olhares estes retribuídos com maliciosa condescendência. Sentado à janela de um café, Conrado acompanhava o espetáculo das gentes esplendidamente enchapeladas, que se desenrolava num crescendo à medida que as horas avançavam. Agora, uma centena de chapéus altos, alguns a cavalo, e outro tanto de chapéus femininos tomavam a rua e também as janelas. Não era Sofia, a voluptuosa amiga de Mariana, que assomara a uma delas? Achava Sofia um tanto desfrutável. Decerto ela se comprazia em espetar espinhos por debaixo dos chapéus floridos de Mariana... Mas era uma bela mulher, sim, senhor, se era: de uma beleza derramada e altiva, oposta à de Mariana. Todo chapéu alto gostaria de ter ao lado alguém como Sofia.

Sobressaltou-se com este último pensamento. E se "todo chapéu alto" o incluísse? Não, ele jamais poderia ser um chapéu alto, embora estivesse a sentir-se como tal, porque implicaria mudanças muito drásticas. Fora isso, provavelmente, que Mariana percebera quando o mandara trocar de chapéu. Sim, essa era a razão de sua iaiá ter-se mostrado tão volúvel! Mariana sabia não ser mulher para um chapéu alto — que, ao contrário, era perfeita para um chapéu baixo. Ficara com medo, portanto, de seu pequeno mundo desabar com a mudança. Um pequeno mundo composto com paciência de artesão... Não que não houvesse arte no seu casamento. Mas as proporções da arte que cultivavam eram as de um bibelô italiano, não de uma marinha de Lorrain. Sem frêmitos de paixão, sem solavancos dos sentidos, eles tocavam uma vida sem grandiosidade.

A menos que se tomasse por grandioso o fato de nada em sua casa estar fora do lugar — nem os vasos do jardim, nem os cristais no armário, nem a suavidade de Mariana, nem ele e seu... chapéu baixo e mesquinho.

Céus!... Não adiantava esconder: o seu princípio metafísico era mesmo o chapéu alto, não o baixo, como até então pensara. Ele enveredara pelo caminho errado, pensando ser o certo. Ou talvez divisara o erro, e ainda assim insistira pela trilha que o levara até aquele café na Ouvidor, onde era espectador, e não protagonista. Por medo? Mas se era ele tão destemido, todos o reconheciam, e a esse destemor se devia justamente o sucesso de seu escritório de advocacia na rua da Quitanda...

Cabisbaixo em seu chapéu baixo, Conrado voltou para casa no final da tarde. Lá estava Mariana, que o recebeu com um beijo meigo, lá estavam os vasos, os cristais, as louças, a preta que herdara da mãe. E, contudo, algo dentro de si se quebrara. Fechado em seu quarto, antes do jantar, ele abriu o baú onde Mariana acreditava ter sepultado o chapéu alto e o pegou. Colocou-o na cabeça com um gesto de autocoroação. Era um outro Conrado que aparecia ao espelho — magnífico, altivo, capaz de encantar qualquer Sofia. Um belo e desejável homem, enfim. Era como se usufruísse da alforria que sempre negara à preta herdada da mãe. E assim começou a fazer em todos os finais de tarde, em rituais que se prolongavam até que tudo o mais desaparecia, menos a imagem brilhante que ali surgia refletida.

Mariana morreria de tísica dali a dez anos, sem deixar filhos e infeliz com a desatenção do marido, que fazia muito deixara de ter olhos para ela. A preta fugiria não muito tempo depois, levando consigo as jóias da família a título de indenização. O corolário dessas ausências: um jardim com aspecto selvagem, vasos mofados, pratarias enegrecidas e cristais empoeirados. A Conrado começaram a faltar forças até mesmo para tocar o escritório da Quitanda — e, com isso, os negócios foram minguando, até que se viu obrigado a fechar as portas, para viver de uns parcos aluguéis.

Solitário, na casa que ultrapassara os limites da decadência, agora ele passava horas diante do espelho, tomado pela visão de seu reflexo, mais do que nunca uma verdade apenas metafísica. Já velho, foi encontrado morto, o corpo putrefato, com o chapéu alto na cabeça. — "Saiu de moda", concluiu o amanuense encarregado de listar os bens do defunto, depois de examinar o acessório.

Fin du chapitre des chapeaux.

O espelho

Esboço de uma nova teoria da alma humana

Machado de Assis

Quatro ou cinco cavalheiros debatiam, uma noite, várias questões de alta transcendência, sem que a disparidade dos votos trouxesse a menor alteração aos espíritos. A casa ficava no morro de Santa Teresa, a sala era pequena, alumiada a velas, cuja luz fundia-se misteriosamente com o luar que vinha de fora. Entre a cidade, com as suas agitações e aventuras, e o céu, em que as estrelas pestanejavam, através de uma atmosfera límpida e sossegada, estavam os nossos quatro ou cinco investigadores de cousas metafísicas, resolvendo amigavelmente os mais árduos problemas do universo.

Por que quatro ou cinco? Rigorosamente eram quatro os que falavam; mas, além deles, havia na sala um quinto personagem, calado, pensando, cochilando, cuja espórtula no debate não passava de um ou outro resmungo de aprovação. Esse homem tinha a mesma idade dos companheiros, entre quarenta e cinqüenta anos, era provinciano, capitalista, inteligente, não sem instrução, e, ao que parece, astuto e cáustico. Não discutia nunca; e defendia-se da abstenção com um paradoxo, dizendo que a discussão era a forma polida do instinto batalhador, que jaz no homem, como uma herança bestial; e acrescentava que os serafins e os querubins não controvertiam nada, e, aliás, eram a perfeição espiritual e eterna. Como desse esta mesma resposta naquela noite, contestou-lha um dos presentes, e desafiou-o a demonstrar o que dizia, se era capaz. Jacobina (assim se chamava ele) refletiu um instante, e respondeu:

— Pensando bem, talvez o senhor tenha razão.

Vai senão quando, no meio da noite, sucedeu que este casmurro usou da palavra, e não dous ou três minutos, mas trinta ou quarenta. A conversa, em seus meandros, veio a cair na natureza da alma, ponto que dividiu radicalmente os quatro amigos. Cada cabeça, cada sentença; não só o acordo, mas a mesma discussão, tornou-se difícil, senão impossível, pela multiplicidade de questões que se deduziram do tronco principal, e um pouco, talvez, pela inconsistência dos pareceres. Um dos argumentadores pediu ao Jacobina alguma opinião, — uma conjetura, ao menos.

— Nem conjetura, nem opinião, redargüiu ele; uma ou outra pode dar lugar a dissentimento, e, como sabem, eu não discuto. Mas, se querem ouvir-me calados, posso contar-lhes um caso de minha vida, em que ressalta a mais clara demonstração acerca da matéria de que se trata. Em primeiro lugar, não há uma só alma, há duas...

— Duas?

— Nada menos de duas almas. Cada criatura humana traz duas almas consigo: uma que olha de dentro para fora, outra que olha de fora para dentro... Espantem-se à vontade; podem ficar de boca aberta, dar de ombros, tudo; não admito réplica. Se me replicarem, acabo o charuto e vou dormir. A alma exterior pode ser um espírito, um fluido, um homem, muitos homens, um objeto, uma operação. Há casos, por exemplo, em que um simples botão de camisa é a alma exterior de uma pessoa; — e assim também a polca, o voltarete, um livro, uma máquina, um par de botas, uma cavatina, um tambor, etc. Está claro que o ofício dessa segunda alma é transmitir a vida, como a primeira;

as duas completam o homem, que é, metafisicamente falando, uma laranja. Quem perde uma das metades, perde naturalmente metade da existência; e casos há, não raros, em que a perda da alma exterior implica a da existência inteira. Shylock, por exemplo. A alma exterior daquele judeu eram os seus ducados; perdê-los equivalia a morrer. "Nunca mais verei o meu ouro, diz ele a Tubal; *é um punhal que me enterras no coração.*" Vejam bem esta frase; a perda dos ducados, alma exterior, era a morte para ele. Agora, é preciso saber que a alma exterior não é sempre a mesma...

— Não?

— Não, senhor; muda de natureza e de estado. Não aludo a certas almas absorventes, como a pátria, com a qual disse o Camões que morria, e o poder, que foi a alma exterior de César e de Cromwell. São almas enérgicas e exclusivas; mas há outras, embora enérgicas, de natureza mudável. Há cavalheiros, por exemplo, cuja alma exterior, nos primeiros anos, foi um chocalho ou um cavalinho de pau, e mais tarde uma provedoria de irmandade, suponhamos. Pela minha parte, conheço uma senhora, — na verdade, gentilíssima, — que muda de alma exterior cinco, seis vezes por ano. Durante a estação lírica é a ópera; cessando a estação, a alma exterior substitui-se por outra: um concerto, um baile do Cassino, a rua do Ouvidor, Petrópolis...

— Perdão; essa senhora quem é?

— Essa senhora é parenta do diabo, e tem o mesmo nome: chama-se Legião... E assim outros muitos casos. Eu mesmo tenho experimentado dessas trocas. Não as relato, porque iria longe; restrinjo-me ao episódio de que lhes falei. Um episódio dos meus vinte e cinco anos...

Os quatro companheiros, ansiosos de ouvir o caso prometido, esqueceram a controvérsia. Santa curiosidade! tu não és só a ama da civilização, és também o pomo da concórdia, fruta divina, de outro sabor que não aquele pomo da mitologia. A sala, até há pouco ruidosa de física e metafísica, é agora um mar morto; todos os olhos estão no Jacobina, que conserta a ponta do charuto, recolhendo as memórias. Eis aqui como ele começou a narração:

— Tinha vinte e cinco anos, era pobre, e acabava de ser nomeado alferes da guarda nacional. Não imaginam o acontecimento que isto foi em nossa casa. Minha mãe ficou tão orgulhosa! tão contente! Chamava-me o seu alferes. Primos e tios, foi tudo uma alegria sincera e pura. Na vila, note-se bem, houve alguns despeitados; choro e ranger de dentes, como na Escritura; e o motivo não foi outro senão que o posto tinha muitos candidatos e que estes perderam. Suponho também que uma parte do desgosto foi inteiramente gratuita: nasceu da simples distinção. Lembra-me de alguns rapazes, que se davam comigo, e passaram a olhar-me de revés, durante algum tempo. Em compensação, tive muitas pessoas que ficaram satisfeitas com a nomeação; e a prova é que todo o fardamento me foi dado por amigos... Vai então uma das minhas tias, D. Marcolina, viúva do capitão Peçanha, que morava a muitas léguas da vila, num sítio escuso e solitário, desejou ver-me, e pediu que fosse ter com ela e levasse a farda. Fui, acompanhado de um pajem, que daí a dias tornou à vila, porque a tia Marcolina, apenas me pilhou no sítio, escreveu a minha mãe dizendo que não me soltava antes de um mês, pelo menos. E abraçava-me! Chamava-me também o seu alferes. Achava-me um rapagão bonito. Como era um tanto patusca, chegou a confessar que tinha inveja da moça que houvesse de ser minha mulher. Jurava que em toda a província não havia outro que me pusesse o pé adiante. E sempre alferes; era alferes para cá, alferes para lá, alferes a toda a hora. Eu pedia-lhe que me chamasse Joãozinho, como dantes; e ela abanava a cabeça, bradando que não, que era o "senhor alferes". Um cunhado dela, irmão do finado Peçanha, que ali morava, não me chamava de outra maneira. Era o "senhor alferes", não por gracejo, mas a sério, e à vista dos escravos, que naturalmente foram pelo mesmo caminho. Na mesa tinha eu o melhor lugar, e era o primeiro servido. Não imaginam. Se lhes disser que o entusiasmo da tia Marcolina chegou ao ponto de mandar pôr no meu quarto um grande espelho, obra rica e magnífica, que destoava do resto da casa, cuja mobília era modesta e simples... Era um espelho que lhe dera a madrinha, e que esta herdara da mãe, que o comprara a uma das fidalgas vindas em 1808 com a corte de D. João VI. Não sei o que havia nisso de verdade; era a tradição. O espelho estava naturalmente muito velho; mas via-se-lhe ainda o ouro, comido em parte pelo tempo, uns delfins esculpidos nos ângulos superiores da moldura, uns enfeites de madrepérola e outros caprichos do artista. Tudo velho, mas bom...

— Espelho grande?

— Grande. E foi, como digo, uma enorme fineza, porque o espelho estava na sala; era a melhor peça da casa. Mas não houve forças que a demovessem do propósito; respondia que não fazia falta, que era só por algumas semanas, e finalmente que o "senhor alferes" merecia muito mais. O certo é que todas essas cousas, carinhos, atenções, obséquios, fizeram em mim uma transformação, que o natural sentimento da mocidade ajudou e completou. Imaginam, creio eu?

— Não.

— O alferes eliminou o homem. Durante alguns dias as duas naturezas equilibraram-se; mas não tardou que a primitiva cedesse à outra; ficou-me uma parte mínima de humanidade. Aconteceu então que a alma exterior, que era dantes o sol, o ar, o campo, os olhos das moças, mudou de natureza, e passou a ser a cortesia e os rapapés da casa, tudo o que me falava do posto, nada do que me falava do homem. A única parte do cidadão que ficou comigo foi aquela que entendia com o exercício da patente; a outra dispersou-se no ar e no passado. Custa-lhes acreditar, não?

— Custa-me até entender, respondeu um dos ouvintes.

— Vai entender. Os fatos explicarão melhor os sentimentos; os fatos são tudo. A melhor definição do amor não vale um beijo de moça namorada; e, se bem me lembro, um filósofo antigo demonstrou o movimento andando. Vamos aos fatos. Vamos ver como, ao tempo em que a consciência do homem se obliterava, a do alferes tornava-se viva e intensa. As dores humanas, as alegrias humanas, se eram só isso, mal obtinham de mim uma compaixão apática ou um sorriso de favor. No fim de três semanas, era outro, totalmente outro. Era exclusivamente alferes. Ora, um dia recebeu a tia Marcolina uma notícia grave; uma de suas filhas, casada com um lavrador residente dali a cinco léguas, estava mal e à morte. Adeus, sobrinho! adeus, alferes! Era mãe extremosa, armou logo uma viagem, pediu ao cunhado que fosse com ela, e a mim que tomasse conta do sítio. Creio que, se não fosse a aflição, disporia o contrário; deixaria o cunhado, e iria comigo. Mas o certo é que fiquei só, com os poucos escravos da casa. Confesso-lhes que desde logo senti uma grande opressão, alguma cousa semelhante ao efeito de quatro paredes de um cárcere, subitamente levantadas em torno de mim. Era a alma exterior que se reduzia; estava agora limitada a alguns espíritos boçais. O alferes continuava a dominar em mim, embora a vida fosse menos intensa, e a consciência mais débil. Os escravos punham uma nota de humildade nas suas cortesias, que de certa maneira compensava a afeição dos parentes e a intimidade doméstica interrompida. Notei mesmo, naquela noite, que eles redobravam de respeito, de alegria, de protestos. Nhô alferes de minuto a minuto; nhô alferes é muito bonito; nhô alferes há de ser coronel; nhô alferes há de casar com moça bonita, filha de general; um concerto de louvores e profecias, que me deixou extático. Ah ! pérfidos! mal podia eu suspeitar a intenção secreta dos malvados.

— Matá-lo?

— Antes assim fosse.

— Cousa pior?

— Ouçam-me. Na manhã seguinte achei-me só. Os velhacos, seduzidos por outros, ou de movimento próprio, tinham resolvido fugir durante a noite; e assim fizeram. Achei-me só, sem mais ninguém, entre quatro paredes, diante do terreiro deserto e da roça abandonada. Nenhum fôlego humano. Corri a casa toda, a senzala, tudo; ninguém, um molequinho que fosse. Galos e galinhas tão-somente, um par de mulas, que filosofavam a vida, sacudindo as moscas, e três bois. Os mesmos cães foram levados pelos escravos. Nenhum ente humano. Parece-lhes que isto era melhor do que ter morrido? era pior. Não por medo; juro-lhes que não tinha medo; era um pouco atrevidinho, tanto que não senti nada, durante as primeiras horas. Fiquei triste por causa do dano causado à tia Marcolina; fiquei também um pouco perplexo, não sabendo se devia ir ter com ela, para lhe dar a triste notícia, ou ficar tomando conta da casa. Adotei o segundo alvitre, para não desamparar a casa, e porque, se a minha prima enferma estava mal, eu ia somente aumentar a dor da mãe, sem remédio nenhum; finalmente, esperei que o irmão do tio Peçanha voltasse naquele dia ou no outro, visto que tinha saído havia já trinta e seis horas. Mas a manhã passou sem vestígio dele; e à tarde comecei a sentir uma sensação como de pessoa que houvesse perdido toda a ação nervosa, e não tivesse consciência da ação muscular. O irmão do tio Peçanha não voltou nesse dia, nem no outro, nem em toda aquela semana. Minha solidão tomou proporções enormes. Nunca os dias foram mais compridos, nunca o sol abrasou a terra com uma obstinação mais cansativa. As horas batiam de século a século, no velho relógio da sala, cuja pêndula *tic-tac, tic-tac,* feria-me a alma interior, como um piparote contínuo da eternidade. Quando, muitos anos depois, li uma poesia americana, creio que de Longfellow, e topei com este famoso estribilho: *Never, for ever! — For ever, never!* confesso-lhes que tive um calafrio: recordei-me daqueles dias medonhos. Era justamente assim que fazia o relógio da tia Marcolina: — *Never, for ever! — For ever, never!* Não eram golpes de pêndula, era um diálogo do abismo, um cochicho do nada. E então de noite! Não que a noite fosse mais silenciosa. O silêncio era o mesmo que de dia. Mas a noite era a sombra, era a solidão ainda mais estreita ou mais larga. *Tic-tac, tic-tac.* Ninguém nas salas, na varanda, nos corredores, no terreiro, ninguém em parte nenhuma... Riem-se?

— Sim, parece que tinha um pouco de medo.

— Oh! fora bom se eu pudesse ter medo! Viveria. Mas o característico daquela situação é que eu nem sequer podia ter medo, isto é, o medo vulgarmente entendido. Tinha uma sensação inexplicável. Era como um defunto andando, um sonâmbulo, um boneco mecânico. Dormindo, era outra cousa. O sono dava-me alívio, não pela razão comum de ser irmão da morte, mas por outra. Acho que posso explicar assim esse fenômeno: — o sono, eliminando a necessidade de uma alma exterior, deixava atuar a alma interior. Nos sonhos, fardava-me, orgulhosamente, no meio da família e dos amigos, que me elogiavam o garbo, que me chamavam alferes; vinha um amigo de nossa casa, e prometia-me o posto de tenente, outro o de capitão ou major; e tudo isso fazia-me viver. Mas quando acordava, dia claro, esvaía-se com o sono, a consciência do meu ser novo e único, — porque a alma interior perdia a ação exclusiva, e ficava dependente da outra, que teimava em não tornar... Não tornava. Eu saía fora, a um lado e outro, a ver se descobria algum sinal de regresso. *Soeur Anne, soeur Anne, ne vois-tu rien venir?* Nada, cousa nenhuma; tal qual como na lenda francesa. Nada mais do que a poeira da estrada e o capinzal dos morros. Voltava para casa, nervoso, desesperado, estirava-me no canapé da sala. *Tic-tac, tic-tac.* Levantava-me, passeava, tamborilava nos vidros das janelas, assobiava. Em certa ocasião lembrei-me de escrever alguma cousa, um artigo político, um romance, uma ode; não escolhi nada definitivamente; sentei-me e tracei no papel algumas palavras e frases soltas, para intercalar no estilo. Mas o estilo, como a tia Marcolina, deixava-se estar. *Soeur Anne, soeur Anne...* Cousa nenhuma. Quando muito via negrejar a tinta e alvejar o papel.

— Mas não comia?

— Comia mal, frutas, farinha, conservas, algumas raízes tostadas ao fogo, mas suportaria tudo alegremente, se não fora a terrível situação moral em que me achava. Recitava versos, discursos, trechos latinos, liras de Gonzaga, oitavas de Camões, décimas, uma antologia em trinta volumes. Às vezes fazia ginástica; outra dava beliscões nas pernas; mas o efeito era só uma sensação física de dor ou de cansaço, e mais nada. Tudo silêncio, um silêncio vasto, enorme, infinito, apenas sublinhado pelo eterno *tic-tac* da pêndula. *Tic-tac, tic-tac...*

— Na verdade, era de enlouquecer.

— Vão ouvir cousa pior. Convém dizer-lhes que, desde que ficara só, não olhara uma só vez para o espelho. Não era abstenção deliberada, não tinha motivo; era um impulso inconsciente, um receio de achar-me um e dous, ao mesmo tempo, naquela casa solitária; e se tal explicação é verdadeira, nada prova melhor a contradição humana, porque no fim de oito dias deu-me na veneta de olhar para o espelho com o fim justamente de achar-me dous. Olhei e recuei. O próprio vidro parecia conjurado com o resto do universo; não me estampou a figura nítida e inteira, mas vaga, esfumada, difusa, sombra de sombra. A realidade das leis físicas não permite negar que o espelho reproduziu-me textualmente, com os mesmos contornos e feições; assim devia ter sido. Mas tal não foi a minha sensação. Então tive medo; atribuí o fenômeno à excitação nervosa em que andava; receei ficar mais tempo, e enlouquecer. — Vou-me embora, disse comigo. E levantei o braço com gesto de mau humor, e ao mesmo tempo de decisão, olhando para o vidro; o gesto lá estava, mas disperso, esgaçado, mutilado... Entrei a vestir-me, murmurando comigo, tossindo sem tosse, sacudindo a roupa com estrépito, afligindo-me a frio com os botões, para dizer alguma cousa. De quando em quando, olhava furtivamente para o espelho; a imagem era a mesma difusão de linhas, a mesma decomposição de contornos... Continuei a vestir-me. Subitamente por uma inspiração inexplicável, por um impulso sem cálculo, lembrou-me... Se forem capazes de adivinhar qual foi a minha idéia...

— Diga.

— Estava a olhar para o vidro, com uma persistência de desesperado, contemplando as próprias feições derramadas e inacabadas, uma nuvem de linhas soltas, informes, quando tive o pensamento... Não, não são capazes de adivinhar.

— Mas, diga, diga.

— Lembrou-me vestir a farda de alferes. Vesti-a, aprontei-me de todo; e, como estava defronte do espelho, levantei os olhos, e... não lhes digo nada; o vidro reproduziu então a figura integral; nenhuma linha de menos, nenhum contorno diverso; era eu mesmo, o alferes, que achava, enfim, a alma exterior. Essa alma ausente com a dona do sítio, dispersa e fugida com os escravos, ei-la recolhida no espelho. Imaginai um homem que, pouco a pouco, emerge de um letargo, abre os olhos sem ver, depois começa a ver, distingue as pessoas dos objetos, mas não conhece individualmente uns nem outros; enfim, sabe que este é Fulano, aquele é Sicrano; aqui está uma cadeira, ali um sofá. Tudo volta ao que era antes do sono. Assim foi comigo. Olhava para o espelho, ia de um lado para outro, recuava, gesticulava, sorria, e o vidro exprimia tudo. Não era mais um autômato, era um ente animado. Daí em diante, fui outro. Cada dia, a uma certa hora, vestia-me de alferes, e sentava-me diante do espelho, lendo, olhando, meditando; no fim de duas, três horas, despia-me outra vez. Com este regime pude atravessar mais seis dias de solidão, sem os sentir...

Quando os outros voltaram a si, o narrador tinha descido as escadas.

Capítulo dos chapéus

Machado de Assis

> GÉRONTE
> *Dans quel chapitre, s'il vous plaît?*
> SGANARELLE
> *Dans le chapitre des chapeaux.*
> Molière

Musa, canta o despeito de Mariana, esposa do bacharel Conrado Seabra, naquela manhã de abril de 1879. Qual a causa de tamanho alvoroço? Um simples chapéu, leve, não deselegante, um chapéu baixo. Conrado, advogado, com escritório na rua da Quitanda, trazia-o todos os dias à cidade, ia com ele às audiências; só não o levava às recepções, teatro lírico, enterros e visitas de cerimônia. No mais era constante, e isto desde cinco ou seis anos, que tantos eram os do casamento. Ora, naquela singular manhã de abril, acabado o almoço, Conrado começou a enrolar um cigarro, e Mariana anunciou sorrindo que ia pedir-lhe uma cousa.

— Que é, meu anjo?

— Você é capaz de fazer-me um sacrifício?

— Dez, vinte...

— Pois então não vá mais à cidade com aquele chapéu.

— Por quê? é feio?

— Não digo que seja feio; mas é cá para fora, para andar na vizinhança, à tarde ou à noite, mas na cidade, um advogado, não me parece que...

— Que tolice, iaiá!

— Pois sim, mas faz-me este favor, faz?

Conrado riscou um fósforo, acendeu o cigarro, e fez-lhe um gesto de gracejo, para desconversar; mas a mulher teimou. A teima, a princípio frouxa e súplice, tornou-se logo imperiosa e áspera. Conrado ficou espantado. Conhecia a mulher; era, de ordinário, uma criatura passiva, meiga, de uma plasticidade de encomenda, capaz de usar com a mesma divina indiferença tanto um diadema régio como uma touca. A prova é que, tendo tido uma vida de andarilha nos últimos dous anos de solteira, tão depressa casou como se afez aos hábitos quietos. Saía às vezes, e a maior parte delas por instâncias do próprio consorte; mas só estava comodamente em casa. Móveis, cortinas, ornatos supriam-lhe os filhos; tinha-lhes um amor de mãe; e tal era a concordância da pessoa com o meio, que ela saboreava os trastes na posição ocupada, as cortinas com as dobras do costume, e assim o resto. Uma das três janelas, por exemplo, que davam para a rua vivia sempre meio aberta; nunca era outra. Nem o gabinete do marido escapava às exigências monótonas da mulher, que mantinha sem alteração a desordem dos livros, e até chegava a restaurá-la. Os hábitos mentais seguiam a mesma uniformidade. Mariana dispunha de mui poucas noções, e nunca lera senão os mesmos livros: — a *Moreninha* de Macedo, sete vezes; *Ivanhoe* e o *Pirata* de Walter Scott, dez vezes; o *Mot de l'énigme*, de Madame Craven, onze vezes.

Isto posto, como explicar o caso do chapéu? Na véspera, à noite, enquanto o marido fora a uma sessão do Instituto da Ordem dos Advogados, o pai de Mariana veio à casa deles. Era um bom velho, magro, pausado, ex-funcionário público, ralado de saudades do tempo em que os empregados iam de casaca para as suas repartições. Casaca era o que ele, ainda agora, levava aos enterros, não pela razão que o leitor suspeita, a solenidade da morte ou a gravidade da despedida última, mas por esta menos filosófica, por ser um costume antigo. Não dava outra, nem da casaca nos enterros, nem do jantar às duas horas, nem de vinte usos mais. E tão aferrado aos hábitos, que no aniversário do casamento da filha, ia para lá às seis horas da tarde, jantado e digerido, via comer, e no fim aceitava um pouco de doce, um cálix de vinho e café. Tal era o sogro de Conrado; como supor que ele aprovasse o chapéu baixo do genro? Suportava-o calado, em atenção às qualidades da pessoa; nada mais. Acontecera-lhe, porém, naquele dia, vê-lo de relance na rua, de palestra com outros chapéus altos de homens públicos, e nunca lhe pareceu tão torpe. De noite, encontrando a filha sozinha, abriu-lhe o coração; pintou-lhe o chapéu baixo como a abominação das abominações, e instou com ela para que o fizesse desterrar.

Conrado ignorava essa circunstância, origem do pedido. Conhecendo a docilidade da mulher, não entendeu a resistência; e, porque era autoritário, e voluntarioso, a teima veio irritá-lo profundamente. Conteve-se ainda assim; preferiu mofar do caso; falou-lhe com tal ironia e desdém, que a pobre dama sentiu-se humilhada. Mariana quis levantar-se duas vezes; ele obrigou-a a ficar, a primeira pegando-lhe levemente no pulso, a segunda subjugando-a com o olhar. E dizia sorrindo:

— Olhe, iaiá, tenho uma razão filosófica para não fazer o que você me pede. Nunca lhe disse isto; mas já agora confio-lhe tudo.

Mariana mordia o lábio, sem dizer mais nada; pegou de uma faca, e entrou a bater com ela devagarinho para fazer alguma cousa; mas, nem isso mesmo consentiu o marido, que lhe tirou a faca delicadamente, e continuou:

— A escolha do chapéu não é uma ação indiferente, como você pode supor; é regida por um princípio metafísico.

Não cuide que quem compra um chapéu exerce uma ação voluntária e livre; a verdade é que obedece a um determinismo obscuro. A ilusão da liberdade existe arraigada nos compradores, e é mantida pelos chapeleiros que, ao verem um freguês ensaiar trinta ou quarenta chapéus, e sair sem comprar nenhum, imaginam que ele está procurando livremente uma combinação elegante. O princípio metafísico é este: — o chapéu é a integração do homem, um prolongamento da cabeça, um complemento decretado *ab eterno*; ninguém o pode trocar sem mutilação. É uma questão profunda que ainda não ocorreu a ninguém. Os sábios têm estudado tudo desde o astro até o verme, ou, para exemplificar bibliograficamente, desde Laplace... Você nunca leu Laplace? desde Laplace e a *Mecânica Celeste* até Darwin e o seu curioso livro das *Minhocas*, e, entretanto, não se lembraram ainda de parar diante do chapéu e estudá-lo por todos os lados. Ninguém advertiu que há uma metafísica do chapéu. Talvez eu escreva uma memória a este respeito. São nove horas e três quartos; não tenho tempo de dizer mais nada; mas você reflita consigo, e verá... Quem sabe? pode ser até que nem mesmo o chapéu seja complemento do homem, mas o homem do chapéu...

Mariana venceu-se afinal, e deixou a mesa. Não entendera nada daquela nomenclatura áspera nem da singular teoria; mas sentiu que era um sarcasmo, e, dentro de si, chorava de vergonha. O marido subiu para vestir-se; desceu daí a alguns minutos, e parou diante dela com o famoso chapéu na cabeça. Mariana achou-lho, na verdade, torpe, ordinário, vulgar, nada sério. Conrado despediu-se cerimoniosamente e saiu.

A irritação da dama tinha afrouxado muito; mas, o sentimento de humilhação subsistia. Mariana não chorou, não clamou, como supunha que ia fazer; mas, consigo mesma, recordou a simplicidade do pedido, os sarcasmos de Conrado, e, posto reconhecesse que fora um pouco exigente, não achava justificação para tais excessos. Ia de um lado para outro, sem poder parar; foi à sala de visitas, chegou à janela meio aberta, viu ainda o marido, na rua, à espera do *bond*, de costas para casa, com o eterno e torpíssimo chapéu na cabeça. Mariana sentiu-se tomada de ódio contra essa peça ridícula; não compreendia como pudera suportá-la por tantos anos. E relembrava os anos, pensava na docilidade dos seus modos, na aquiescência a todas as vontades e caprichos do marido, e perguntava a si mesma se não seria essa justamente a causa do excesso daquela manhã. Chamava-se tola, moleirona; se tivesse feito como tantas outras, a Clara e a Sofia, por exemplo, que tratavam os maridos como eles deviam ser tratados, não lhe aconteceria nem metade nem uma sombra do que lhe aconteceu. De reflexão em reflexão, chegou à idéia de sair. Vestiu-se, e foi à casa da Sofia, uma antiga companheira de colégio, com o fim de espairecer, não de lhe contar nada.

Sofia tinha trinta anos, mais dous que Mariana. Era alta, forte, muito senhora de si. Recebeu a amiga com as festas do costume; e, posto que esta lhe não dissesse nada, adivinhou que trazia um desgosto e grande. Adeus, planos de Mariana! Daí a vinte minutos contava-lhe tudo. Sofia riu dela, sacudiu os ombros; disse-lhe que a culpa não era do marido.

— Bem sei, é minha, concordava Mariana.

— Não seja tola, iaiá! Você tem sido muito mole com ele. Mas seja forte uma vez; não faça caso; não lhe fale tão cedo; e se ele vier fazer as pazes, diga-lhe que mude primeiro de chapéu.

— Veja você, uma cousa de nada...

— No fim de contas, ele tem muita razão; tanta como outros. Olhe a pamonha da Beatriz; não foi agora para a roça, só porque o marido implicou com um inglês que costumava passar a cavalo de tarde? Coitado do inglês! Naturalmente nem deu pela falta. A gente pode viver bem com seu marido, respeitando-se, não indo contra os desejos um do outro, sem pirraças, nem despotismo. Olhe; eu cá vivo muito bem com o meu Ricardo; temos muita harmonia. Não lhe peço uma cousa que ele me não faça logo; mesmo quando não tem vontade nenhuma, basta que eu feche a cara, obedece logo. Não era ele que teimaria assim por causa de um chapéu! Tinha que ver! Pois não! Onde iria ele parar! Mudava de chapéu, quer quisesse, quer não.

Mariana ouvia com inveja essa bela definição do sossego conjugal. A rebelião de Eva embocava nela os seus clarins; e o contato da amiga dava-lhe um prurido de independência e vontade. Para completar a situação, esta Sofia não era só muito senhora de si, mas também dos outros; tinha olhos para todos os ingleses, a cavalo ou a pé. Honesta, mas namoradeira; o termo é cru, e não há tempo de compor outro mais brando. Namorava a torto e a direito, por uma necessidade natural, um costume de solteira. Era o troco miúdo do amor, que ela distribuía a todos os pobres que lhe batiam à porta: — um níquel a um, outro a outro; nunca uma nota de cinco mil-réis, menos ainda uma apólice. Ora este sentimento caritativo induziu-a a propor à amiga que fossem passear, ver as lojas, contemplar a vista de outros chapéus bonitos e graves. Mariana aceitou; um certo demônio soprava nela as fúrias da vingança. Demais, a amiga tinha o dom de fascinar, virtude de Bonaparte, e não lhe deu tempo de refletir. Pois sim, iria, estava cansada de viver cativa. Também queria gozar um pouco, etc., etc.

Enquanto Sofia foi vestir-se, Mariana deixou-se estar na sala, irrequieta e contente consigo mesma. Planeou a vida de toda aquela semana, marcando os dias e horas de cada cousa, como numa viagem oficial. Levantava-se, sentava-se, ia à janela, à espera da amiga.

— Sofia parece que morreu, dizia de quando em quando.

De uma das vezes que foi à janela, viu passar um rapaz a cavalo. Não era inglês, mas lembrou-lhe a outra, que o marido levou para a roça, desconfiado de um inglês, e sentiu crescer-lhe o ódio contra a raça masculina, — com exceção, talvez, dos rapazes a cavalo. Na verdade, aquele era afetado demais; esticava a perna no estribo com evidente vaidade das botas, dobrava a mão na cintura, com um ar de figurino. Mariana notou-lhe esses dous defeitos; mas achou que o chapéu resgatava-os; não que fosse um chapéu alto; era baixo, mas próprio do aparelho eqüestre. Não cobria a cabeça de um advogado indo gravemente para o escritório, mas a de um homem que espairecia ou matava o tempo.

Os tacões de Sofia desceram a escada, compassadamente. Pronta! disse ela daí a pouco, ao entrar na sala. Realmente, estava bonita. Já sabemos que era alta. O chapéu aumentava-lhe o ar senhoril; e um diabo de vestido de seda preta, arredondando-lhe as formas do busto, fazia-a ainda mais vistosa. Ao pé dela, a figura de Mariana desaparecia um pouco. Era preciso atentar primeiro nesta para ver que possuía feições mui graciosas, uns olhos lindos, muita e natural elegância. O pior é que a outra dominava desde logo; e onde houvesse pouco tempo de as ver, tomava-o Sofia para si. Este reparo seria incompleto, se eu não acrescentasse que Sofia tinha consciência da superioridade, e que apreciava por isso mesmo as belezas do gênero Mariana, menos derramadas e aparentes. Se é um defeito, não me compete emendá-lo.

— Onde vamos nós? perguntou Mariana.

— Que tolice! vamos passear à cidade... Agora me lembro, vou tirar o retrato; depois vou ao dentista. Não; primeiro vamos ao dentista. Você não precisa de ir ao dentista?

— Não.

— Nem tirar o retrato?

— Já tenho muitos. E para quê? para dá-lo "àquele senhor"?

Sofia compreendeu que o ressentimento da amiga persistia, e, durante o caminho, tratou de lhe pôr um ou dous bagos mais de pimenta. Disse-lhe que, embora fosse difícil, ainda era tempo de libertar-se. E ensinava-lhe um método para subtrair-se à tirania. Não convinha ir logo de um salto, mas devagar, com segurança, de maneira que ele desse por si quando ela lhe pusesse o pé no pescoço. Obra de algumas semanas, três a quatro, não mais. Ela, Sofia, estava pronta a ajudá-la. E repetia-lhe que não fosse mole, que não era escrava de ninguém, etc. Mariana ia cantando dentro do coração a *marselhesa* do matrimônio.

Chegaram à rua do Ouvidor. Era pouco mais do meio-dia. Muita gente, andando ou parada, o movimento do costume. Mariana sentiu-se um pouco atordoada, como sempre lhe acontecia. A uniformidade e a placidez, que eram o fundo do seu caráter e de sua vida, receberam daquela agitação os repelões do costume. Ela mal podia andar por entre os grupos, menos ainda sabia onde fixasse os olhos, tal era a confusão das gentes, tal era a variedade das lojas. Conchegava-se muito à amiga, e, sem reparar que tinham passado a casa do dentista, ia ansiosa de lá entrar. Era um repouso; era alguma cousa melhor do que o tumulto.

— Esta rua do Ouvidor! ia dizendo.

— Sim? respondia Sofia, voltando a cabeça para ela e os olhos para um rapaz que estava na outra calçada.

Sofia, prática daqueles mares, transpunha, rasgava ou contornava as gentes com muita perícia e tranqüilidade. A figura impunha; os que a conheciam gostavam de vê-la outra vez; os que não a conheciam paravam ou voltavam-se para admirar-lhe o garbo. E a boa senhora, cheia de caridade, derramava os olhos à direita e à esquerda, sem grande escândalo, porque Mariana servia a coonestar os movimentos. Nada dizia seguidamente; parece até que mal ouvia as respostas da outra; mas falava de tudo, de outras damas que iam ou vinham, de uma loja, de um chapéu... Justamente os chapéus, — de senhora ou de homem, — abundavam naquela primeira hora da rua do Ouvidor.

— Olha este, dizia-lhe Sofia.

E Mariana acudia a vê-los, femininos ou masculinos, sem saber onde ficar, porque os demônios dos chapéus sucediam-se como num caleidoscópio. Onde era o dentista? perguntava ela à amiga. Sofia só à segunda vez lhe respondeu que tinham passado a casa; mas já agora iriam até ao fim da rua; voltariam depois. Voltaram finalmente.

— Uf! respirou Mariana entrando no corredor.

— Que é, meu Deus? Ora você! Parece da roça...

A sala do dentista tinha já algumas freguesas. Mariana não achou entre elas uma só cara conhecida, e para fugir ao exame das pessoas estranhas, foi para a janela. Da janela podia gozar a rua, sem atropelo. Recostou-se; Sofia veio ter com ela. Alguns chapéus masculinos, parados, começaram a fitá-las; outros, passando, faziam a mesma cousa. Mariana aborreceu-se da insistência; mas, notando que fitavam principalmente a amiga, dissolveu-se-lhe o tédio numa espécie de inveja. Sofia, entretanto, contava-lhe a história de alguns chapéus, — ou, mais corretamente, as aventuras. Um deles merecia os pensamentos de Fulana; outro andava derretido por Sicrana, e ela por ele, tanto que eram certos na rua do Ouvidor às quartas e sábados, entre duas e três horas. Mariana ouvia aturdida. Na verdade, o chapéu era bonito, trazia uma linda gravata, e possuía um ar entre elegante e pelintra, mas...

— Não juro, ouviu? replicava a outra, mas é o que se diz.

Mariana fitou pensativa o chapéu denunciado. Havia agora mais três, de igual porte e graça, e provavelmente os quatro falavam delas, e falavam bem. Mariana enrubesceu muito, voltou a cabeça para o outro lado, tornou logo à primeira atitude, e afinal entrou. Entrando, viu na sala duas senhoras recém-chegadas, e com elas um rapaz que se levantou prontamente e veio cumprimentá-la com muita cerimônia. Era o seu primeiro namorado.

Este primeiro namorado devia ter agora trinta e três anos. Andara por fora, na roça, na Europa, e afinal na presidência de uma província do sul. Era mediano de estatura, pálido, barba inteira e rara, e muito apertado na roupa. Tinha na mão um chapéu novo, alto, preto, grave, presidencial, administrativo, um chapéu adequado à pessoa e às ambições. Mariana, entretanto, mal pôde vê-lo. Tão confusa ficou, tão desorientada com a presença de um homem que conhecera em especiais circunstâncias, e a quem não vira desde 1877, que não pôde reparar em nada. Estendeu-lhe os dedos, parece mesmo que murmurou uma resposta qualquer, e ia tornar à janela, quando a amiga saiu dali.

Sofia conhecia também o recém-chegado. Trocaram algumas palavras. Mariana, impaciente, perguntou-lhe ao ouvido se não era melhor adiar os dentes para outro dia; mas a amiga disse-lhe que não; negócio de meia hora a três quartos. Mariana sentia-se opressa: a presença de um tal homem atava-lhe os sentidos, lançava-a na luta e na confusão. Tudo culpa do marido. Se ele não teimasse e não caçoasse com ela, ainda em cima, não aconteceria nada. E Mariana, pensando assim, jurava tirar uma desforra. De memória contemplava a casa, tão sossegada, tão bonitinha, onde podia estar agora, como de costume, sem os safanões da rua, sem a dependência da amiga...

— Mariana, disse-lhe esta, o Dr. Viçoso teima que está muito magro. Você não acha que está mais gordo do que no ano passado... Não se lembra dele no ano passado?

Dr. Viçoso era o próprio namorado antigo, que palestrava com Sofia, olhando muitas vezes para Mariana. Esta respondeu negativamente. Ele aproveitou a fresta para puxá-la à conversação; disse que, na verdade, não a vira desde alguns anos. E sublinhava o dito com um certo olhar triste e profundo. Depois abriu o estojo dos assuntos, sacou para fora o teatro lírico. Que tal achavam a companhia? Na opinião dele era excelente, menos o barítono; o barítono parecia-lhe cansado. Sofia protestou contra o cansaço do barítono, mas ele insistiu, acrescentando que, em Londres, onde o ouvira pela primeira vez, já lhe parecera a mesma cousa. As damas, sim, senhora; tanto a soprano como a contralto eram de primeira ordem. E falou das óperas, citava os trechos, elogiou a orquestra, principalmente nos *Huguenotes*... Tinha visto Mariana na última noite, no quarto ou quinto camarote da esquerda, não era verdade?

— Fomos, murmurou ela, acentuando bem o plural.

— No Cassino é que a não tenho visto, continuou ele.

— Está ficando um bicho do mato, acudiu Sofia rindo.

Viçoso gostara muito do último baile, e desfiou as suas recordações; Sofia fez o mesmo às dela. As melhores *toilettes* foram descritas por ambos com muita particularidade; depois vieram as pessoas, os caracteres, dous ou três picos de malícia, mas tão anódina, que não fez mal a ninguém. Mariana ouvia-os sem interesse; duas ou três vezes chegou a levantar-se e ir à janela; mas os chapéus eram tantos e tão curiosos, que ela voltava a sentar-se. Interiormente, disse alguns nomes feios à amiga; não os ponho aqui por não serem necessários, e, aliás, seria de mau gosto desvendar o que esta moça pôde pensar da outra durante alguns minutos de irritação.

— E as corridas do Jockey Club? perguntou o ex-presidente.

Mariana continuava a abanar a cabeça. Não tinha ido às corridas naquele ano. Pois perdera muito, a penúltima, principalmente; esteve animadíssima, e os cavalos eram de primeira ordem. As de Epsom, que ele vira, quando esteve em Inglaterra, não eram melhores do que a penúltima do Prado Fluminense. E Sofia dizia que sim, que realmente a penúltima corrida honrava o Jockey Club. Confessou que gostava muito; dava emoções fortes. A conversação descambou em dous concertos daquela semana; depois tomou a barca, subiu a serra e foi a Petrópolis, onde dous diplomatas lhe fizeram as despesas da estadia. Como falassem da esposa de um ministro, Sofia lembrou-se de ser agradável ao ex-presidente, declarando-lhe que era preciso casar também porque em breve estaria no ministério. Viçoso teve um estremeção de prazer, e sorriu, e protestou que não; depois, com os olhos em Mariana, disse que provavelmente não casaria nunca... Mariana enrubesceu muito e levantou-se.

— Você está com muita pressa, disse-lhe Sofia. Quantas são? continuou voltando-se para Viçoso.

— Perto de três! exclamou ele.

Era tarde; tinha de ir à câmara dos deputados. Foi falar às duas senhoras, que acompanhara, e que eram primas suas, e despediu-se; vinha despedir-se das outras, mas Sofia declarou que sairia também. Já agora não esperava mais. A verdade é que a idéia de ir à câmara dos deputados começara a faiscar-lhe na cabeça.

— Vamos à câmara? propôs ela à outra.

— Não, não, disse Mariana; não posso, estou muito cansada.

— Vamos, um bocadinho só; eu também estou muito cansada...

Mariana teimou ainda um pouco; mas teimar contra Sofia, — a pomba discutindo com o gavião, — era realmente insensatez. Não teve remédio, foi. A rua estava agora mais agitada, as gentes iam e vinham por ambas as calçadas, e complicavam-se no cruzamento das ruas. De mais a mais, o obsequioso ex-presidente flanqueava as duas damas, tendo-se oferecido para arranjar-lhes uma tribuna.

A alma de Mariana sentia-se cada vez mais dilacerada de toda essa confusão de cousas. Perdera o interesse da primeira hora; e o despeito, que lhe dera forças para um vôo audaz e fugidio, começava a afrouxar as asas, ou afrouxara-as inteiramente. E outra vez recordava a casa, tão quieta, com todas as cousas nos seus lugares, metódicas, respeitosas umas com as outras, fazendo-se tudo sem atropelo, e, principalmente, sem mudança imprevista. E a alma batia o pé, raivosa... Não ouvia nada do que o Viçoso ia dizendo, conquanto ele falasse alto, e muitas cousas fossem ditas para ela. Não ouvia, não queria ouvir nada. Só pedia a Deus que as horas andassem depressa. Chegaram à câmara e foram para uma tribuna. O rumor das saias chamou a atenção de uns vinte deputados, que restavam, escutando um discurso de orçamento. Tão depressa o Viçoso pediu licença e saiu, Mariana disse rapidamente à amiga que não lhe fizesse outra.

— Que outra? perguntou Sofia.

— Não me pregue outra peça como esta de andar de um lugar para outro feito maluca. Que tenho eu com a câmara? que me importam discursos que não entendo?

Sofia sorriu, agitou o leque e recebeu em cheio o olhar de um dos secretários. Muitos eram os olhos que a fitavam quando ela ia à câmara, mas os do tal secretário tinham uma expressão mais especial, cálida e súplice. Entende-se, pois, que ela não o recebeu de supetão; pode mesmo entender-se que o procurou curiosa. Enquanto acolhia esse olhar legislativo ia respondendo à amiga, com brandura, que a culpa era dela, e que a sua intenção era boa, era restituir-lhe a posse de si mesma.

— Mas, se você acha que a aborreço não venha mais comigo, concluiu Sofia.

E, inclinando-se um pouco:

— Olhe o ministro da Justiça.

Mariana não teve remédio senão ver o ministro da Justiça. Este agüentava o discurso do orador, um governista, que provava a conveniência dos tribunais correcionais, e, incidentemente, compendiava a antiga legislação colonial. Nenhum aparte; um silêncio resignado, polido, discreto e cauteloso. Mariana passeava os olhos de um lado para outro, sem interesse; Sofia dizia-lhe muitas cousas, para dar saída a uma porção de gestos graciosos. No fim de quinze minutos agitou-se a câmara, graças a uma expressão do orador e uma réplica da oposição. Trocaram-se apartes, os segundos mais bravos que os primeiros, e seguiu-se um tumulto, que durou perto de um quarto de hora.

Essa diversão não o foi para Mariana, cujo espírito plácido e uniforme, ficou atarantado no meio de tanta e tão inesperada agitação. Ela chegou a levantar-se para sair; mas, sentou-se outra vez. Já agora estava disposta a ir ao fim, arrependida e resoluta a chorar só consigo as suas mágoas conjugais. A dúvida começou mesmo a entrar nela. Tinha razão no pedido ao marido; mas era caso de doer-se tanto? era razoável o espalhafato? Certamente que as ironias dele foram cruéis; mas, em suma, era a primeira vez que ela lhe batera o pé, e, naturalmente, a novidade irritou-o. De qualquer modo, porém, fora um erro ir revelar tudo à amiga. Sofia iria talvez contá-lo a outras... Esta idéia trouxe um calafrio a Mariana; a indiscrição da amiga era certa; tinha-lhe ouvido uma porção de histórias de chapéus masculinos e femininos, cousa mais grave do que uma simples briga de casados. Mariana sentiu necessidade de lisonjeá-la, e cobriu a sua impaciência e zanga com uma máscara de docilidade hipócrita. Começou a sorrir também, a fazer algumas observações, a respeito de um ou outro deputado, e assim chegaram ao fim do discurso e da sessão.

Eram quatro horas dadas. — Toca a recolher, disse Sofia; e Mariana concordou que sim, mas sem impaciência, e ambas tornaram a subir a rua do Ouvidor. A rua, a entrada no *bond* completaram a fadiga do espírito de Mariana, que afinal respirou quando viu que ia caminho de casa. Pouco antes de apear-se a outra, pediu-lhe que guardasse segredo sobre o que lhe contara; Sofia prometeu que sim.

Mariana respirou. A rola estava livre do gavião. Levava a alma doente dos encontrões, vertiginosa da diversidade de cousas e pessoas. Tinha necessidade de equilíbrio e saúde. A casa estava perto; à medida que ia vendo as outras casas e chácaras próximas, Mariana sentia-se restituída a si mesma. Chegou finalmente; entrou no jardim, respirou. Era aquele o seu mundo; menos um vaso, que o jardineiro trocara de lugar.

— João, bota este vaso onde estava antes, disse ela.

Tudo o mais estava em ordem, a sala de entrada, a de visitas, a de jantar, os seus quartos, tudo. Mariana sentou-se primeiro, em diferentes lugares, olhando bem para todas as cousas, tão quietas e ordenadas. Depois de uma manhã inteira de perturbação e variedade, a monotonia trazia-lhe um grande bem, e nunca lhe pareceu tão deliciosa. Na verdade, fizera mal... Quis recapitular os sucessos e não pôde; a alma espreguiçava-se toda naquela uniformidade caseira. Quando muito, pensou na figura do Viçoso, que achava agora ridícula, e era injustiça. Despiu-se lentamente, com amor, indo certeira a cada objeto. Uma vez despida, pensou outra vez na briga com o marido. Achou que, bem pesadas as cousas, a principal culpa era dela. Que diabo de teima por causa de um chapéu, que o marido usara há tantos anos? Também o pai era exigente demais...

— Vou ver a cara com que ele vem, pensou ela.

Eram cinco e meia; não tardaria muito. Mariana foi à sala da frente, espiou pela vidraça, prestou o ouvido ao *bond*, e nada. Sentou-se ali mesmo com o *Ivanhoe* nas palmas, querendo ler e não lendo nada. Os olhos iam até o fim da página, e tornavam ao princípio, em primeiro lugar, porque não apanhavam o sentido, em segundo lugar, porque uma ou outra vez desviavam-se para saborear a correção das cortinas ou qualquer outra feição particular da sala. Santa monotonia, tu a acalentavas no teu regaço eterno.

Enfim, parou um *bond*; apeou-se o marido; rangeu a porta de ferro do jardim. Mariana foi à vidraça, e espiou. Conrado entrava lentamente, olhando para a direita e a esquerda, com o chapéu na cabeça, não o famoso chapéu do costume, porém outro, o que a mulher lhe tinha pedido de manhã. O espírito de Mariana recebeu um choque violento, igual ao que lhe dera o vaso do jardim trocado, — ou ao que lhe daria uma lauda de Voltaire entre as folhas da *Moreninha* ou de *Ivanhoe*... Era a nota desigual no meio da harmoniosa sonata da vida. Não, não podia ser esse chapéu. Realmente, que mania a dela exigir que ele deixasse o outro que lhe ficava tão bem? E que não fosse o mais próprio, era o de longos anos; era o que quadrava à fisionomia do marido... Conrado entrou por uma porta lateral. Mariana recebeu-o nos braços.

— Então, passou? perguntou ele, enfim, cingindo-lhe a cintura.

— Escuta uma cousa, respondeu ela com uma carícia divina, bota fora esse; antes o outro.

Abença, pai

Miguel Sanches Neto

Umas férias

Machado de Assis

Abença, pai

Miguel Sanches Neto

Vivia esperando que alguma coisa me salvasse da escola. Quando a professora me chamou, na hora do recreio, dizendo que alguém viera me buscar, imaginei um feriado em plena terça-feira.

Nossa escola era um prédio de madeira erguido no pátio da única caixa dágua da cidade. Lugar humilde, com uma sala para as quatro turmas, cada série em uma fileira de carteiras duplas. Eu dividia a minha com Felícia, minha irmã. Era um ano mais velha, mas tínhamos entrado juntos na escola. Além da sala de aula, existia um pequeno gabinete onde ficavam os materiais da professora, que nos ministrava corretivos toda vez que não acertávamos algo; e, como sempre estávamos cometendo erros, havia um pequeno grupo permanentemente sendo castigado. O castigo não variava em nada: tínhamos que ficar em pé na parte da frente da sala, de costas para a turma e com os braços abertos. Ela nos crucificava assim para que tivéssemos mais cuidado com os estudos.

Quando me chamou, estávamos brincando no poço de vazão da caixa dágua. Tinha uns dois metros de fundura por um metro e meio de largura. Era todo cimentado na lateral e cheio de cascalho no fundo. Quando a caixa enchesse, a água viria por um tubo até ali, para depois sair por um canal e ganhar a rua de terra. Eu nunca vira esse fenômeno, mas os meninos juravam que era comum e poderia acontecer a qualquer hora. Quando durante a aula ouvíamos algum barulho de água, ficávamos em silêncio, apreensivos com a pequena enchente que aconteceria a poucos metros de nós.

Na hora do recreio, corríamos para o poço com nossos lanches, uma fatia dupla de pão caseiro com ovo frito, desenrolávamos o papel de embrulho engordurado e fincávamos os dentes no pão macio, olhando o buraco onde poderia acontecer uma enchente naquele exato instante.

Por várias noites sonhei que a escola toda fora inundada. Depois passei a sonhar que a cidade desaparecera sob as águas que jorravam pelo poço. Eu tinha ouvido o padre, no sermão, falar em dilúvio, e ameaçar o mundo com uma nova purificação pela enchente, como ele disse. Quando acordava no meio da noite, assustado com o fim do mundo, eu ficava pensando o que faria se viesse um novo dilúvio, e acabava me imaginando dentro da caixa dágua, agora vazia, que se desprenderia da terra e seria minha arca de Noé. E listava quem eu levaria comigo: meus pais, Felícia, os passarinhos que criávamos nas gaiolas, e Letícia. Não queria um casal de cada espécie. E a arca ficaria muitos anos boiando sobre as águas barrentas de um mundo destruído.

Os meninos com mais dinheiro traziam brinquedos sem muito valor, mas cobiçados por todos nós, e jogavam no poço. Quem tivesse coragem devia resgatar o prêmio, que seria dele. Os destemidos desciam se esfregando nas paredes sujas e depois ficavam vários minutos tentando subir sem a ajuda de ninguém, esfolando os braços e arranhando os sapatos no cimento. Do lado de fora, formava-se um círculo de zombaria e tensão. Gritavam que a caixa estava transbordando. Alguns jogavam canecas de água no poço. Outros apenas cuspiam. Eu permanecia um pouco longe, torcendo para que o outro escapasse, e mastigava com força a massa mole do pão que minha mãe mandava para o lanche. Só quando batia o sino, alguém ajudava o menino a sair, dando-lhe a mão. E ele aparecia sujo e assustado, não sei se pelo medo da água ou pela posse do brinquedo. Eu passava o resto da aula olhando quem tinha convivido tão de perto com o dilúvio.

Mesmo quando ninguém descia ao poço, ficávamos em torno dele, uns atirando pedras e ameaçando jogar os demais lá dentro; outros, como eu, temerosos quanto ao que poderia acontecer. Mas em torno dele, atraídos por algo desconhecido, passávamos o horário do recreio.

Por isso senti um alívio quando a professora me chamou, dizendo que alguém viera me buscar, que chamasse minha irmã.

As meninas preferiam ficar no fundo da escola, longe do poço. Eu a encontrei pulando amarelinha e disse devemos ir para casa.

No gabinete da professora, encontramos um homem com cara de roceiro, que se apresentou.

— Sou o tio Zeca.

— Abença, tio — disse Felícia.

Eu só dei a mão a ele; estava parando de pedir abença aos mais velhos. Só para o pai, que fazia questão dessas coisas.

— Vamos para casa — ele disse, colocando o chapéu, que tinha ficado em suas imensas mãos de agricultor.

Tio Zeca morava na cidade vizinha e era dono de uma fazenda com, diziam, um açude imenso, a gente nem via o fim. Muitas pessoas iam pescar lá, menos nós. Era irmão de minha mãe, mas meu pai não se dava com ele, tinham brigado logo depois do casamento por causa da divisão das terras. O pai achava que a mãe tinha direito a uma herança, como os irmãos dela. Mas o tio Zeca, que administrava os bens do avô, morto anos antes sem que se fizesse o inventário, alegou que era desejo do finado que apenas os filhos homens recebessem os bens dele, as filhas mulheres, minha mãe e uma irmã que deixara a cidade, tinham seus maridos para sustentar a família. A mãe aceitou a imposição do irmão, ele sempre cuidara das terras e do avô doente. O pai achou um desaforo e nunca mais conversaram. Por isso não conhecíamos esse tio.

Então o que ele estaria fazendo ali? Era o que me perguntava enquanto ele nos conduzia a pé pela cidade. Todos diziam que possuía uma camionete vermelha, muito bonita. Por que não veio buscar a gente de camionete? Seria uma vingança contra os meninos ricos. Eu até poderia gostar dele se desse uma volta de camionete com a gente pela cidade. Sempre quis andar de carro pelas ruas, passar em frente da casa de Letícia.

Tio Zeca parou no armazém de seu Gabriel, onde a gente comprava mantimentos. O pai andava devendo um pouco em cada canto. Eu sabia porque era eu quem fazia as compras para a mãe quando ele estava viajando, e as pessoas me diziam, olha, diga a seu pai que está passando da hora de acertar os fiados. Da próxima vez eu talvez não venda mais. Contei isso para o pai quando ele voltou de uma viagem, e ele ficou muito bravo, os filhos-da-puta falam isso para criança, quero ver se têm coragem de falar na minha fuça. E me levou ao armazém, fez uma compra imensa, até doce comprou para mim, e mandou pôr na conta e o dono não abriu o bico. Senti então orgulho de meu pai, mesmo sem dinheiro era respeitado.

Agora tio Zeca estava olhando demoradamente um caderno que seu Gabriel apresentou para ele. Depois mexeu no bolso, tirou várias notas da carteira e deu ao outro, que fez uma cara triste, embora seus olhos estivessem brilhando de alegria.

— Acho que o tio Zeca fez as pazes com o pai — confidenciei para Felícia.

Ela apenas sorriu.

— E acho que hoje vamos ter uma surpresa — completei.

— O que será?

— Uma festa. O tio está comprando coisas para uma grande festa.

— É aniversário da mãe?

— Não, não é festa de aniversário. Talvez só para unir de novo os irmãos.

— Será que vai ter bexiga colorida?

Felícia e eu sonhávamos com uma festa em que houvesse bexigas. Já tínhamos ido ao aniversário de uma amiga em que a mãe encheu a sala de bexigas. Tudo tão alegre, tão colorido. Nossa casa era de madeira, nem pintura tinha, os móveis muito velhos. E a gente desejava tanto um pouco de cor e alegria. Comecei a imaginar que, sim, seria uma festa com muitas bexigas, bolo, gente rindo. Os irmãos reconciliados.

Tio Zeca se aproximou e deu voz de comando:

— Vamos.

Nós seguimos a uns passos dele, o coração batendo ligeiro por causa da festa que estavam preparando em casa. Depois contaríamos na escola, falaríamos de nosso tio rico, que ele tinha vindo para fazer uma surpresa. Quem sabe ele nos levasse de camionete na escola?

Tio Zeca não seguia em linha reta para nossa casa. Parou no açougue onde comprávamos e pediu para que ficássemos esperando na calçada. Já foi cumprimentado pelo dono, que estendeu a mão suja de sangue e pó de carne e osso. Estava cortando bisteca na máquina de serrar. Falaram uns minutos, tio Zeca de novo entregou dinheiro e se despediram.

— Será que vai ter quibe? — Felícia perguntou.

— Acho que vai ser churrasco — respondi.

— Mas por que ele não está levando carne?

— Sua boba, é muita carne para ele levar na mão. Vão entregar em casa.

E, felizes, seguimos nosso tio, por quem já tínhamos algum amor. Amor é coisa muito fácil de pegar, eu pensava. Bastava não judiar da pessoa, dar atenção, e ela já estava amando alguém que até então era odiado. Fiquei com vontade de abraçar tio Zeca.

Ele mudou de novo o rumo e logo estávamos num armarinho, conversando com a dona. Nesse lugar nós entramos, havia vitrines imensas, com muitas coisas para vender. Eu vi um revólver de espoleta que parecia de verdade. Felícia observava as bonecas de vários tamanhos. Não prestamos atenção no que aconteceu no balcão entre o tio e a mulher. Não vi se ele pagou algo, se apenas conversou. Estávamos fascinados pela quantidade de brinquedos. Imaginava as crianças com todos aqueles brinquedos. Seria um mundo muito feliz, muito feliz mesmo. Nunca tínhamos ido ao armarinho, a mãe vinha comprar aviamentos para as costuras dela, mas não deixava a gente entrar, e agora eu sabia a razão: para que não descobríssemos todos aqueles brinquedos. Mariposas em torno de uma lâmpada acesa, nem vimos o tio se aproximar.

— Tire essas mãos sujas do vidro — ele gritou.

Eu nem tinha percebido que estava grudado na vitrine. Dei um pulo para trás e só vi o tio ganhando a rua. Felícia e eu saíamos apressados. Agora, o tio parecia irritado. Talvez porque tivéssemos feito ele passar vergonha, ficando assim tão abobados pelos brinquedos, como se nunca tivéssemos visto nada igual. Mas logo nosso susto passou e Felícia me perguntou, já sorrindo:

— Será que ele comprou brinquedo para nós?

— O que teria ido fazer ali? — eu disse.

— O que você queria ganhar?

— Qualquer coisa.

— Não, fale a verdade.

— O revólver de espoleta — sussurrei, quase com vergonha de ter este desejo.

— Eu, uma boneca de cabelos loiros — ela falou com a voz segura.

O tio não entrou em mais nenhum lugar, e logo estávamos em casa. Ao abrir o portão, esperávamos ser surpreendidos pela casa toda enfeitada, pelo cheiro de comida. Estávamos atentos a tudo o que acontecia ao nosso redor. Na cozinha, assim que nos viu, a mãe falou:

— O pai de vocês morreu, meus filhos.

E a gente ainda manteve o sorriso, esperando a festa que nunca existiu.

Talvez por isso não tenhamos chorado em todo o velório. Ficamos em um canto, os olhos sonhadores, lembrando de tudo o que nós nos prometemos durante a volta da escola. De certa forma aquilo já nos pertencia. Os brinquedos, as bexigas, a festa.

As pessoas se aproximavam e diziam:

— Coitadinhos dos órfãos.

E a gente não sabia o que era ser órfão, mas devia ser uma coisa muito triste, pois algumas pessoas tinham os olhos úmidos de lágrimas. Nós, não. Continuávamos sonhando com a festa. Uma mulher bem-vestida, acho que era professora em outra escola, falou:

— Estão em estado de choque.

Eu já tinha levado choque ao mexer com a televisão no bar da rodoviária, e sabia quanto doía. Mas em mim agora nada doía. Estava apenas vendo o movimento, muitas pessoas entrando e saindo.

— Parece uma festa — Felícia disse.

— Falta felicidade — eu disse.

— Mas deve existir também festa sem felicidade.

E ficamos até bem de noite na sala, depois alguém nos levou para o quarto da mãe, e nos colocou na cama de casal, eu sentia ainda o cheiro de suor do pai no lençol. Mas dormi rapidamente.

No outro dia, todos fomos ao cemitério levar o caixão do pai. Eu não tinha prestado atenção nele. Era como se fosse uma outra pessoa, totalmente diferente. O que eu mais gostava do pai era a sua maneira alegre, fazia tudo com disposição, e aquele que estava no caixão nem se mexia; então não podia ser o pai. Por que aquela faixa na cabeça?

Na hora de sair o enterro, tio Zeca disse vocês vêm comigo. Entramos, a mãe, Felícia e eu, na camionete dele, que nem era vermelha, como diziam, e sim cinza e suja. Fomos atrás do carro da funerária. As pessoas abaixavam a porta dos estabelecimentos e ficavam na rua. Era um passeio triste, mas era um passeio. Eu queria acenar para os conhecidos, mas quando olhei para a mãe vi que ela sabia de minhas intenções e me repreendia com um olhar duro. Numa esquina, avistei Letícia de mão dada com o filho do dono do mercado. Diziam que estavam namorando, mas eu não queria acreditar. Agora tinha certeza. Logo passamos pelo armazém do seu Gabriel, ele e os empregados estavam na calçada, esperando o enterro.

— Já paguei todas as dívidas de vocês — tio Zeca disse, dirigindo lentamente a camionete.

— Não precisava — a mãe disse.

— Não queria que ficassem com o nome sujo — o tio explicou.

— Não íamos ficar — a mãe disse com convicção.

— Não deixou nada para vocês — o tio disse, olhando para a frente.

Resolvi também olhar para a frente e não ver mais as pessoas na calçada.

No cemitério, o caixão foi colocado em dois cavaletes, ao lado do buraco aberto. Era um buraco mais raso e mais comprido do que o poço da escola, mas todos pararam em torno dele. Senti medo. Será que meu pai conseguiria sair dali sozinho? Quem o ajudaria? E se viessem as águas, ele se afogaria? Fiquei pensando nisso e nem vi que eles abriram o caixão. Então senti os dedos de meu tio me segurando o braço.

— Vá se despedir de seu pai.

Eu me aproximei do caixão, pus a mão na mão fria e amarela daquele que diziam ser meu pai. E falei, bem baixinho para ninguém ouvir:

— Abença, pai.

Ele não respondeu, eu me afastei e fiquei olhando o buraco. Ouvi o choro da mãe, ela só falava meus filhos, coitados dos meus filhos, quem vai cuidar deles agora? Eu não entendia por que ela dizia isso. O pai não tinha voltado da viagem, mas logo voltaria. Até ele chegar, a mãe poderia cuidar da gente, eu iria ao armazém e compraria fiado, agora que não estávamos devendo nada. Quando o pai voltasse, pagaria as dívidas e o tio Zeca, não ia ficar devendo ao cunhado.

Quando vi, estavam descendo o caixão. As pessoas pegavam punhados grandes de terra e jogavam sobre a tampa, produzindo um barulho de bumbo. Eu também peguei um punhado e joguei. Depois outro e outro. Foi a primeira alegria que senti. Poder despertar aquele som abafado. Mas logo a terra encobriu o caixão e meus punhadinhos não faziam mais barulho nenhum.

Permanecemos um longo tempo ali, em torno da cova. A mãe chorava, tio Zeca estava abraçado a ela. As pessoas iam embora, limpando os sapatos na saída do cemitério, como se fosse pecado sair com aquele barro nas solas.

— Agora vamos — disse tio Zeca.

E seguimos lentamente para a camionete. Ele não foi direto para casa, deu uma volta na cidade.

Em casa, tudo era tristeza. Ninguém arrumou a bagunça do velório. Ficamos apenas nós quatro, e minha irmã e eu dormimos de novo na cama de casal, só que agora com a mãe no meio. Ela chorou muito antes de pegar no sono, repetindo meus filhos, meus filhos.

De manhã, tio Zeca falou:

— Arrumem todas as coisas que volto no sábado.

— Antes vamos rezar a missa de sétimo dia — pediu a mãe.

O tio disse está bem, volto depois da missa. Mas arrumem tudo antes. E saiu de casa. Ouvi o barulho do motor da camioneta. E depois foi só silêncio.

Naquele mesmo dia a mãe começou a arrumar as coisas. Primeiro as tralhas de cozinha

— Não vamos mais comer? — perguntou Felícia.

A mãe riu com tristeza. E não falou nada. Eu disse para Felícia que durante o luto a gente não devia fazer perguntas.

— Igual às pessoas que recebem hóstia na missa? — ela quis saber.

— É, a gente tem que ficar sério.

Na hora do almoço, quando já estávamos nos preparando para uma semana sem comer, assim devia ser o luto, chegou uma vizinha com dois pratos de comida cobertos por um guardanapo.

A mãe deu os dois para nós.

— E o da senhora? — quis saber Felícia.

Ela não respondeu.

Eu comi quase tudo, deixei apenas um pouquinho num canto, sem mexer, achei que devia fazer isso porque estávamos guardando luto. Felícia comeu a metade e abandonou o prato.

— Jogue no quintal — ordenou a mãe.

Quando fui jogar os restos, vi que as gaiolas dos passarinhos não estavam mais penduradas na varanda. Queria perguntar quem tinha levado, mas evitei incomodar a mãe.

No final da tarde, apareceram umas mulheres e ficaram conversando com a mãe, que costurava umas roupas de tecido preto para nós e para ela.

Eu saí na rua e vi um pôr-do-sol muito bonito. As nuvens vermelhas. Faixas roxas. Outras azuladas. O mundo acabava logo ali, no horizonte. Senti uma tristeza muito grande. O mundo era pequeno e o fim dele ficava lá para os lados da Venda Branca, onde o pai costumava jogar futebol. Veio um aperto no coração, não queria um mundo tão pequeno.

Quando voltei para casa, as mulheres ajudavam na tarefa de guardar coisas. Felícia estava olhando o retrato do casamento da mãe. E as duas choravam.

— Ele não vai voltar nunca mais?

— Não, minha filha, mas faça de conta que nunca foi embora.

— Vai voltar sim — gritei, e saí correndo para meu quarto.

Deitei debaixo da cama e, quando acordei, na manhã seguinte, estava no meu colchão.

Foram iguais os dias de luto. Os pratos de comida — agora eram três, a mãe também estava se alimentando —, e as visitas, para quem ela repetia: ele tinha parado num bar nesta viagem que prometia tanto e estava tomando cerveja, daí alguém começou a discutir numa mesa ao lado, houve um disparo, que acertou na cabeça, ele nem viu morrer.

Entendi por que ele estava com a cabeça enfaixada. Mas para mim tudo era mentira. A mãe contava isso só para explicar a demora do pai. Eu ficava no quintal no fim da tarde, esperando que ele voltasse com sua mala marrom e me perguntasse se eu tinha cuidado bem dos canarinhos. Ia contar que alguém levara as gaiolas, provavelmente o tio Zeca. E ele iria atrás dos nossos passarinhos, explicando que dessa vez tinha, sim, ganhado muito dinheiro com a venda de terras.

Ele não voltou nos sete dias de luto. Nossa casa estava toda desmontada. Só restavam as camas e a mesa. Na noite da missa, vestimos nossas roupas pretas e fomos para a igreja. Na entrada, vi os alunos da escola sentados nos primeiros bancos, a professora no meio deles. Todos olharam para mim e para Felícia. Não prestei atenção na missa, apenas me lembro do padre falando que era a missa de sétimo dia de José Martins, e eu senti um estremecimento, porque me chamo José Martins Filho, e é estranho ouvir o nome da gente mencionado pelo padre. Quando ele disse meu nome, quase todos os meus colegas de escola olharam para mim.

Na saída, eles ficaram ao meu lado, mas quase não conversaram. Não sei se por causa da igreja ou de minhas roupas pretas, apenas disseram adeus. Uns me abraçaram. Eu não entendi, pois logo voltaria à escola.

No outro dia, a mãe explicou.

O tio Zeca chegaria para carregar a mudança. Iríamos para a fazenda dele, uma mulher viúva não pode morar sozinha na cidade, ficaria falada, e ela não conseguiria ganhar honestamente o sustento. Devíamos tratar o tio Zeca como nosso pai.

— Não vou pedir abença a ele — falei.

— Mas vai ter que obedecer — ela foi firme.

Fiquei sem coragem de dizer qualquer coisa, nem quando ela falou que lá na fazenda não tinha escola, que teríamos então umas férias muito longas e boas. Felícia deixou escapar um sorriso, eu emburrei.

Enquanto o tio não chegava, resolvi me despedir da escola. Fui até lá depois do horário do recreio, quando todos estavam em aula, podia ouvir a professora lendo a lição. Eu tinha sido feliz nos três anos de aula. Não entraria na sala para me despedir, porque queria guardar uma lembrança boa. Apenas me aproximei do buraco no chão e fiquei olhando a umidade no fundo. Depois, me virei para a caixa dágua e olhei para o alto. Nunca tinha tido coragem de subir até lá, só os meninos mais ousados faziam isso.

Cheguei bem perto da escada, coloquei o pé direito no primeiro degrau, depois coloquei o esquerdo no segundo e já não tive medo. Fui subindo. O vento ficou mais forte. Nada mais me seguraria, eu estava quase alegre naquela escalada. Não temia ser derrubado pelo vento. Queria provar algum tipo de felicidade, a felicidade de ficar sozinho, de contar apenas comigo mesmo. Subi ao ponto mais alto e de lá olhei a escola pequena, como um desenho daqueles que eu fazia em meus cadernos. Depois olhei para o horizonte que se estendia até o infinito. Fechei os olhos e deixei que o vento me abraçasse.

Umas férias

Machado de Assis

Vieram dizer ao mestre-escola que alguém lhe queria falar.

— Quem é?

— Diz que meu senhor não o conhece, respondeu o preto.

— Que entre.

Houve um movimento geral de cabeças na direção da porta do corredor, por onde devia entrar a pessoa desconhecida. Éramos não sei quantos meninos na escola. Não tardou que aparecesse uma figura rude, tez queimada, cabelos compridos, sem sinal de pente, a roupa amarrotada, não me lembra bem a cor nem a fazenda, mas provavelmente era brim pardo. Todos ficaram esperando o que vinha dizer o homem, eu mais que ninguém, porque ele era meu tio, roceiro, morador em Guaratiba. Chamava-se tio Zeca.

Tio Zeca foi ao mestre e falou-lhe baixo. O mestre fê-lo sentar, olhou para mim, e creio que lhe perguntou alguma cousa, porque tio Zeca entrou a falar demorado, muito explicativo. O mestre insistiu, ele respondeu, até que o mestre, voltando-se para mim, disse alto:

— Sr. José Martins, pode sair.

A minha sensação de prazer foi tal que venceu a de espanto. Tinha dez anos apenas, gostava de folgar, não gostava de aprender. Um chamado de casa, o próprio tio, irmão de meu pai, que chegara na véspera de Guaratiba, era naturalmente alguma festa, passeio, qualquer cousa. Corri a buscar o chapéu, meti o livro de leitura no bolso e desci as escadas da escola, um sobradinho da rua do Senado. No corredor beijei a mão a tio Zeca. Na rua fui andando ao pé dele, amiudando os passos, e levantando a cara. Ele não me dizia nada, eu não me atrevia a nenhuma pergunta. Pouco depois chegávamos ao colégio de minha irmã Felícia; disse-me que esperasse, entrou, subiu, desceram, e fomos os três caminho de casa. A minha alegria agora era maior. Certamente havia festa em casa, pois que íamos os dous, ela e eu; íamos na frente, trocando as nossas perguntas e conjeturas. Talvez anos de tio Zeca. Voltei a cara para ele; vinha com os olhos no chão, provavelmente para não cair.

Fomos andando. Felícia era mais velha que eu um ano. Calçava sapato raso, atado ao peito do pé por duas fitas cruzadas, vindo acabar acima do tornozelo com laço. Eu, botins de cordovão, já gastos. As calcinhas dela pegavam com a fita dos sapatos, as minhas calças, largas, caíam sobre o peito do pé; eram de chita. Uma ou outra vez parávamos, ela para admirar as bonecas à porta dos armarinhos, eu para ver, à porta das vendas, algum papagaio que descia e subia pela corrente de ferro atada ao pé. Geralmente, era meu conhecido, mas papagaio não cansa em tal idade. Tio Zeca é que nos tirava do espetáculo industrial ou natural. Andem, dizia ele em voz sumida. E nós andávamos, até que outra curiosidade nos fazia deter o passo. Entretanto, o principal era a festa que nos esperava em casa.

— Não creio que sejam anos de tio Zeca, disse-me Felícia.

— Por quê?

— Parece meio triste.

— Triste, não, parece carrancudo.

— Ou carrancudo. Quem faz anos tem a cara alegre.

— Então serão anos de meu padrinho...

— Ou de minha madrinha...

— Mas por que é que mamãe nos mandou para a escola?

— Talvez não soubesse.

— Há de haver jantar grande...

— Com doce...

— Talvez dancemos.

Fizemos um acordo: podia ser festa, sem aniversário de ninguém. A sorte grande, por exemplo. Ocorreu-me também que podiam ser eleições. Meu padrinho era candidato a vereador; embora eu não soubesse bem o que era candidatura nem vereação, tanto ouvira falar em vitória próxima que a achei certa e ganha. Não sabia que a eleição era ao domingo, e o dia era sexta-feira. Imaginei bandas de música, vivas e palmas, e nós, meninos, pulando, rindo, comendo cocadas. Talvez houvesse espetáculo à noite; fiquei meio tonto. Tinha ido uma vez ao teatro, e voltei dormindo, mas no dia seguinte estava tão contente que morria por lá tornar, posto não houvesse entendido nada do que ouvira. Vira muita cousa, isso sim, cadeiras ricas, tronos, lanças compridas, cenas que mudavam à vista, passando de uma sala a um bosque, e do bosque a uma rua. Depois, os personagens, todos príncipes. Era assim que chamávamos aos que vestiam calção de seda, sapato de fivela ou botas, espada, capa de veludo, gorra com pluma. Também houve bailado. As bailarinas e os bailarinos falavam com os pés e as mãos, trocando de posição e um sorriso constante na boca. Depois os gritos do público e as palmas...

Já duas vezes escrevi palmas; é que as conhecia bem. Felícia, a quem comuniquei a possibilidade do espetáculo, não me pareceu gostar muito, mas também não recusou nada. Iria ao teatro. E quem sabe se não seria em casa, teatrinho de bonecos? Íamos nessas conjecturas, quando tio Zeca nos disse que esperássemos; tinha parado a conversar com um sujeito.

Paramos, à espera. A idéia da festa, qualquer que fosse, continuou a agitar-nos, mais a mim que a ela. Imaginei trinta mil cousas, sem acabar nenhuma, tão precipitadas vinham, e tão confusas que não as distinguia, pode ser até que se repetissem. Felícia chamou a minha atenção para dous moleques de carapuça encarnada, que passavam carregando canas, — o que nos lembrou as noites de Santo Antônio e S. João, já lá idas. Então falei-lhe das fogueiras do nosso quintal, das bichas que queimamos, das rodinhas, das pistolas e das danças com outros meninos. Se houvesse agora a mesma cousa... Ah! lembrou-me que era ocasião de deitar à fogueira o livro da escola, e o dela também, com os pontos de costura que estava aprendendo.

— Isso não, acudiu Felícia.

— Eu queimava o meu livro.

— Papai comprava outro.

— Enquanto comprasse, eu ficava brincando em casa; aprender é muito aborrecido.

Nisto estávamos, quando vimos tio Zeca e o desconhecido ao pé de nós. O desconhecido pegou-nos nos queixos e levantou-nos a cara para ele, fitou-nos com seriedade, deixou-nos e despediu-se.

— Nove horas? Lá estarei, disse ele.

— Vamos, disse-nos tio Zeca.

Quis perguntar-lhe quem era aquele homem, e até me pareceu conhecê-lo vagamente. Felícia também. Nenhum de nós acertava com a pessoa; mas a promessa de lá estar às nove horas dominou o resto. Era festa, algum baile, conquanto às nove horas, costumássemos ir para a cama. Naturalmente, por exceção, estaríamos acordados. Como chegássemos a um rego de lama, peguei da mão de Felícia, e transpusemo-lo de um salto, tão violento que quase me caiu o livro. Olhei para tio Zeca, a ver o efeito do gesto; vi-o abanar a cabeça com reprovação. Ri, ela sorriu, e fomos pela calçada adiante.

Era o dia dos desconhecidos. Desta vez estavam em burros, e um dos dous era mulher. Vinham da roça. Tio Zeca foi ter com eles ao meio da rua, depois de dizer que esperássemos. Os animais pararam, creio que de si mesmos, por também conhecerem a tio Zeca, idéia que Felícia reprovou com o gesto, e que eu defendi rindo. Teria apenas meia convicção; tudo era folgar. Fosse como fosse, esperamos os dous, examinando o casal de roceiros. Eram ambos magros, a mulher mais que o marido, e também mais moça; ele tinha os cabelos grisalhos. Não ouvimos o que disseram, ele e tio Zeca; vimo-lo, sim, o marido olhar para nós com ar de curiosidade, e falar à mulher, que também nos deitou os olhos, agora com pena ou cousa parecida. Enfim apartaram-se, tio Zeca veio ter conosco e enfiamos para casa.

A casa ficava na rua próxima, perto da esquina. Ao dobrarmos esta, vimos os portais da casa forrados de preto, — o que nos encheu de espanto. Instintivamente paramos e voltamos a cabeça para tio Zeca. Este veio a nós, deu a mão a cada um e ia a dizer alguma palavra que lhe ficou na garganta; andou, levando-nos consigo. Quando chegamos, as portas estavam meio cerradas. Não sei se lhes disse que era um armarinho. Na rua, curiosos. Nas janelas fronteiras e laterais, cabeças aglomeradas. Houve certo rebuliço quando chegamos. É natural que eu tivesse a boca aberta, como Felícia. Tio Zeca empurrou uma das meias portas, entramos os três, ele tornou a cerrá-la, meteu-se pelo corredor e fomos à sala de jantar e à alcova.

Dentro, ao pé da cama, estava minha mãe com a cabeça entre as mãos. Sabendo da nossa chegada, ergueu-se de salto, veio abraçar-nos entre lágrimas, bradando:

— Meus filhos, vosso pai morreu!

A comoção foi grande, por mais que o confuso e o vago entorpecessem a consciência da notícia. Não tive forças para andar, e teria medo de o fazer. Morto como? morto por quê? Estas duas perguntas, se as meto aqui, é para dar seguimento à ação; naquele momento não perguntei nada a mim nem a ninguém. Ouvi as palavras de minha mãe, que se repetiam em mim, e os seus soluços que eram grandes. Ela pegou em nós e arrastou-nos para a cama, onde jazia o cadáver do marido; e fez-nos beijar-lhe a mão. Tão longe estava eu daquilo que, apesar de tudo, não entendera nada a princípio; a tristeza e o silêncio das pessoas que rodeavam a cama, ajudaram a explicar que meu pai morrera deveras. Não se tratava de um dia santo, com a sua folga e recreio, não era festa, não eram as horas breves ou longas, para a gente desfiar em casa, arredada dos castigos da escola. Que essa queda de um sonho tão bonito fizesse crescer a minha dor de filho não é cousa que possa afirmar ou negar; melhor é calar. O pai ali estava defunto, sem pulos, nem danças, nem risadas, nem bandas de música, cousas todas também defuntas. Se me houvessem dito à saída da escola por que é que me iam lá buscar, é claro que a alegria não houvera penetrado o coração, donde era agora expelida a punhadas.

O enterro foi no dia seguinte às nove horas da manhã, e provavelmente lá estava aquele amigo de tio Zeca que se despediu na rua, com a promessa de ir às nove horas. Não vi as cerimônias; alguns vultos, poucos, vestidos de preto, lembra-me que vi. Meu padrinho, dono de um trapiche, lá estava, e a mulher também, que me levou a uma alcova dos fundos para me mostrar gravuras. Na ocasião da saída, ouvi os gritos de minha mãe, o rumor dos passos, algumas palavras abafadas de pessoas que pegavam nas alças do caixão, creio eu: — "vire de lado, — mais à esquerda, — assim, segure bem..." Depois, ao longe, o coche andando e as seges atrás dele...

Lá iam meu pai e as férias! Um dia de folga sem folguedo! Não, não foi um dia, mas oito, oito dias de nojo, durante os quais alguma vez me lembrei do colégio. Minha mãe chorava, cosendo o luto, entre duas visitas de pêsames. Eu também chorava; não via meu pai às horas do costume, não lhe ouvia as palavras à mesa ou ao balcão, nem as carícias que dizia aos pássaros. Que ele era muito amigo de pássaros, e tinha três ou quatro, em gaiolas. Minha mãe vivia calada. Quase que só falava às pessoas de fora. Foi assim que eu soube que meu pai morrera de apoplexia. Ouvi esta notícia muitas vezes; as visitas perguntavam pela causa da morte, e ela referia tudo, a hora, o gesto, a ocasião: tinha ido beber água, e enchia um copo, à janela da área. Tudo decorei, à força de ouvi-lo contar.

Nem por isso os meninos do colégio deixavam de vir espiar para dentro da minha memória. Um deles chegou a perguntar-me quando é que eu voltaria.

— Sábado, meu filho, disse minha mãe, quando lhe repeti a pergunta imaginada; a missa é sexta-feira. Talvez seja melhor voltar na segunda.

— Antes sábado, emendei.

— Pois sim, concordou.

Não sorria; se pudesse, sorriria de gosto ao ver que eu queria voltar mais cedo à escola. Mas, sabendo que eu não gostava de aprender, como entenderia a emenda? Provavelmente, deu-lhe algum sentido superior, conselho do céu ou do marido. Em verdade, eu não folgava, se lerdes isto com o sentido de rir. Com o de descansar também não cabe, porque minha mãe fazia-me estudar, e, tanto como o estudo, aborrecia-me a atitude. Obrigado a estar sentado, com o livro nas mãos, a um canto ou à mesa, dava ao diabo o livro, a mesa e a cadeira. Usava um recurso que recomendo aos preguiçosos: deixava os olhos na página e abria a porta à imaginação. Corria a apanhar as flechas dos foguetes, a ouvir os realejos, a bailar com meninas, a cantar, a rir, a espancar de mentira ou de brincadeira, como for mais claro.

Uma vez, como desse por mim a andar na sala sem ler, minha mãe repreendeu-me, e eu respondi que estava pensando em meu pai. A explicação fê-la chorar, e, para dizer tudo, não era totalmente mentira; tinha-me lembrado o último presentinho que ele me dera, e entrei a vê-lo com o mimo na mão.

Felícia vivia tão triste como eu, mas confesso a minha verdade, a causa principal não era a mesma. Gostava de brincar, mas não sentia a ausência do brinco, não se lhe dava de acompanhar a mãe, coser com ela, e uma vez fui achá-la a enxugar-lhe os olhos. Meio vexado, pensei em imitá-la, e meti a mão no bolso para tirar o lenço. A mão entrou sem ternura, e, não achando o lenço, saiu sem pesar. Creio que ao gesto não faltava só originalidade, mas sinceridade também.

Não me censurem. Sincero fui longos dias calados e reclusos. Quis uma vez ir para o armarinho, que se abriu depois do enterro, onde o caixeiro continuou a servir. Conversaria com este, assistiria à venda de linhas e agulhas, à medição de fitas, iria à porta, à calçada, à esquina da rua...

Minha mãe sufocou este sonho pouco depois dele nascer. Mal chegara ao balcão, mandou-me buscar pela escrava; lá fui para o interior da casa e para o estudo. Arrepelei-me, apertei os dedos à guisa de quem quer dar murro; não me lembra se chorei de raiva.

O livro lembrou-me a escola, e a imagem da escola consolou-me. Já então lhe tinha grandes saudades. Via de longe as caras dos meninos, os nossos gestos de troça nos bancos, e os saltos à saída. Senti cair-me na cara uma daquelas bolinhas de papel com que nos espertávamos uns aos outros, e fiz a minha e atirei-a ao meu suposto espertador. A bolinha, como acontecia às vezes, foi cair na cabeça de terceiro, que se desforrou depressa. Alguns, mais tímidos, limitavam-se a fazer caretas. Não era folguedo franco, mas já me valia por ele. Aquele degredo que eu deixei tão alegremente com tio Zeca, parecia-me agora um céu remoto, e tinha medo de o perder. Nenhuma festa em casa, poucas palavras, raro movimento. Foi por esse tempo que eu desenhei a lápis maior número de gatos nas margens do livro de leitura; gatos e porcos. Não alegrava, mas distraía.

A missa do sétimo dia restituiu-me à rua; no sábado não fui à escola, fui à casa de meu padrinho, onde pude falar um pouco mais, e no domingo estive à porta da loja. Não era alegria completa. A total alegria foi segunda-feira, na escola. Entrei vestido de preto, fui mirado com curiosidade, mas tão outro ao pé dos meus condiscípulos, que me esqueceram as férias sem gosto, e achei uma grande alegria sem férias.

Dá-me, Maria, dá-me

Nilza Rezende

Um homem célebre

Machado de Assis

Dá-me, Maria, dá-me

Nilza Rezende

Dá-me, Maria, dá-me o que não achei na solidão das noites, nem no tumulto dos dias. Não quero mais que me conheçam pelas curvas que carrego, nasci assim e desde cedo vi meu corpo ganhar forma de tal maneira que ainda menina os homens já me comiam na rua com seus olhos esbugalhados e suas bocas nojentas; mal podia eu supor que um dia nádegas grandes e seios volumosos fossem motivo para tanta pilhéria.

Dá-me, Maria, dá-me o que não achei na solidão das noites, nem no tumulto dos dias. Não quero ser esse executivinho de merda, com essa pasta zero zero sete a subir elevadores com sujeitinhos engravatados que me falam as mesmas palavras todos os dias e me sorriem pelos cantos e me fingem cumplicidade quando o que eles querem mesmo é me ver pelas costas, querem me ver morto fodido e desgraçado, esses caras pensam que eu sou um idiota, mas eu finjo, finjo para eles não me trucidarem derrubarem matarem, dia a dia, hora a hora, finjo, preciso ser o que não sou (e isso me cansa, muito): repito várias vezes ao dia sucesso tudo de bom tudo vai dar certo, quantas forem necessárias, e digito senhas e escrevo emails e me perfumo, enquanto minha vontade, minha mais sincera vontade, é trancar a porta do banheiro e descarregar pelo ralo todos os projetos e pessoas desse escritório de bosta.

Dá-me, Maria, dá-me o que não achei na solidão das noites, nem no tumulto dos dias. Não quero ser esse escritor de palavras tolas, pura denotatividade, palavras gastas, quero palavras, não as pudicas, mas as vagabundas e promíscuas, palavras, não para suavizar a vida, mas para denunciá-la, espremê-la contra a parede, virá-la de ponta-cabeça, quero as figuras de linguagem, a metáfora e a metonímia, inverter o significado, sair desse apartamento claro e arejado e entrar em labirintos, afinal, o cotidiano impõe mentiras, o cotidiano impõe traições, dissimulações, e as palavras, quero-as, não para espelhar, mas para tentar traduzir o intraduzível: felizes aqueles que lapidam as palavras, que lhe tiram o mofo e a ferrugem, desses é o reino dos céus.

Dá-me, Maria, dá-me o que não achei na solidão das noites, nem no tumulto dos dias. Não quero ser esse menino sem nome sem rosto, esse menor abandonado que atira para todos os lados, dá-me seu relógio seu pão seu rosto, dá-me seu corpo sua cabeça, não quero esse traste jogado pelos becos e sarjetas, lixo das calçadas imundas, cão sem dono sem cão, bandido e polícia — um menino sorri deitado sobre um capô de um carro, chove, faz frio, faz silêncio, aperta-se o gatilho.

Dá-me, Maria, dá-me o que não achei na solidão das noites, nem no tumulto dos dias. Atriz de caras e bocas, atriz mediana contra a diva hollywoodiana, quero o tapete vermelho o brilho dos refletores o palco iluminado — onde esconderam minha estatueta?, quero o beijo cinematográfico, a platéia de teatro gritando meu nome, bravô, o *retake*, o plano e o contraplano, a palavrinha do diretor que só tem olhos para a estrela, quero ser a grande dama, quero o drama: todas as comédias não passam de pano de fundo.

Dá-me, Maria, dá-me o que não achei na solidão das noites, nem no tumulto dos dias. Não quero esta paixão que me fulmina embriaga desequilibra, essa paixão que me atordoa me põe de quatro, veneno, paixão pornográfica, quero o amor comedido, o amor sem trocadilhos, não suporto mais o sangue no lençol, tormento, diz que me ama me abraça me beija, quero o amor que não exaure, amor dos castos, gozo sem gemido, amor platônico — bem-aventurados os que não se deixam tocar pela paixão.

Dá-me, Maria, dá-me o que não achei na solidão das noites, nem no tumulto dos dias. Não quero a polca e sua alegria, nem os pagodinhos e todos os seus zés, não quero o primeiro lugar da lista dos mais vendidos nem as manchetes dos jornais, t-shirt da moda, joguem esse lixo na cultura das massas, essa arte surda e assassina, para mim basta um dia uma página e uma linha, entre Bach e Schumann quero me sentar.

Dá-me, Maria, dá-me o que não achei na solidão das noites, nem no tumulto dos dias. Esse tilintar de vozes panelas buzinas ruídos me corta os pulsos. Dá-me o que se perdeu na mão e contramão da cidade. O silêncio, Maria; um tango argentino, por favor.

Dá-me, Maria, dá-me o que não achei na solidão das noites, nem no tumulto dos dias. A voz da mãe, bãobalalão, lembranças, passado, dá-me o passado, o retrato em preto-ebranco, a casa da madrinha: a sopa quente na mesa a geladeira forrada com paninhos brancos o armário do quarto com santos santinhos os cem vidros de esmalte vermelho o tapete esticado no banheiro os canarinhos e a avenca de espantar namorado. O carro que nunca saía da garagem e o menino, de cujo nome eu já não me lembro, a regar o jardim. (Ai que saudades que eu tenho da casa da minha madrinha, não acho mais, o colo da minha madrinha, não me aconchego mais, a infância se foi e dói.)

Dá-me, Maria, dá-me o que não achei na solidão das noites, nem no tumulto dos dias. Essas histórias comuns, de peripécias confusões intrigas e complicações, não as quero mais, repetir, histórias de princípio meio e fim — e o fim sempre chega, cedo ou tarde, chega, com ou sem aviso, chega, chega para nos derrubar nos achacoalhar nos maltratar; por isso, quero uma história original (que ilusão a minha): era uma vez quem queria ser o que não é, era outra quem foi o que já não é, e ainda outra, quem não poderá continuar a ser. O inferno é o eu querendo ser o outro.

Por fim, dá-me, Maria, dá-me o que não achei na solidão das noites, nem no tumulto dos dias. A musa, afinal, onde está? Em vão procuro-a pelos livros cadernos brochuras, nas galerias de arte tento ver sua cor, o amarelo é forte mas não me arde os olhos, nas salas de aula tento extrair seu som, musa mito miragem místico, combinação de teses, teorias em vão, busco-a então nos blogs, blagues da modernidade, ela não dá suas caras, vou ao escuro do cinema, pot-pourri de imagens evidentes, musa, nem nas cantigas nem na caatinga, nada me faz encontrá-la, paciência malcriação raiva contemplação, a musa não fala oi não pergunta como vai não se despede, a musa vai ao encontro dos desejos de minha obra.

Obra de um homem que queria ser célebre (quanta pretensão), ser o que ninguém ousou, deus e o diabo, notoriedade reconhecimento aplausos, queria, mas em vão, Maria: sou vadio vulgar pobre de idéias, os pensamentos procuro, mas eles não me aparecem, busco o que não encontro, encontro o que não busco, vou volto e vou mais uma vez, e ainda assim, nada: não me acho — nem na solidão, nem no tumulto, nem nos dias, nem nas noites, nem em mim, nem no outro. Assim, Maria, só me resta a súplica: *dá-me, Maria, dá-me. O que não achei na solidão das noites, nem no tumulto dos dias. Dá-me, Maria, dá-me.*

Um homem célebre

Machado de Assis

— Ah! o senhor é que é o Pestana? perguntou Sinhazinha Mota, fazendo um largo gesto admirativo. E logo depois, corrigindo a familiaridade: — Desculpe meu modo, mas... é mesmo o senhor?

Vexado, aborrecido, Pestana respondeu que sim, que era ele. Vinha do piano, enxugando a testa com o lenço, e ia a chegar à janela, quando a moça o fez parar. Não era baile; apenas um sarau íntimo, pouca gente, vinte pessoas ao todo, que tinham ido jantar com a viúva Camargo, rua do Areal, naquele dia dos anos dela, cinco de novembro de 1875... Boa e patusca viúva! Amava o riso e a folga, apesar dos sessenta anos em que entrava, e foi a última vez que folgou e riu, pois faleceu nos primeiros dias de 1876. Boa e patusca viúva! Com que alma e diligência arranjou ali umas danças, logo depois do jantar, pedindo ao Pestana que tocasse uma quadrilha! Nem foi preciso acabar o pedido; Pestana curvou-se gentilmente, e correu ao piano. Finda a quadrilha, mal teriam descansado uns dez minutos, a viúva correu novamente ao Pestana para um obséquio mui particular.

— Diga, minha senhora.

— É que nos toque agora aquela sua polca *Não Bula Comigo, Nhonhô.*

Pestana fez uma careta, mas dissimulou depressa, inclinou-se calado, sem gentileza, e foi para o piano, sem entusiasmo. Ouvidos os primeiros compassos, derramou-se pela sala uma alegria nova, os cavalheiros correram às damas, e os pares entraram a saracotear a polca da moda. Da moda, tinha sido publicada vinte dias antes, e já não havia recanto da cidade em que não fosse conhecida. Ia chegando à consagração do assobio e da cantarola noturna.

Sinhazinha Mota estava longe de supor que aquele Pestana que ela vira à mesa de jantar e depois ao piano, metido numa sobrecasaca cor de rapé, cabelo negro, longo e cacheado, olhos cuidosos, queixo rapado, era o mesmo Pestana compositor; foi uma amiga que lho disse quando o viu vir do piano, acabada a polca. Daí a pergunta admirativa. Vimos que ele respondeu aborrecido e vexado. Nem assim as duas moças lhe pouparam finezas, tais e tantas, que a mais modesta vaidade se contentaria de as ouvir; ele recebeu-as cada vez mais enfadado, até que, alegando dor de cabeça, pediu licença para sair. Nem elas, nem a dona da casa, ninguém logrou retê-lo. Ofereceram-lhe remédios caseiros, algum repouso, não aceitou nada, teimou em sair e saiu.

Rua fora, caminhou depressa, com medo de que ainda o chamassem; só afrouxou, depois que dobrou a esquina da rua Formosa. Mas aí mesmo esperava-o a sua grande polca festiva. De uma casa modesta, à direita, a poucos metros de distância, saíam as notas da composição do dia, sopradas em clarineta. Dançava-se. Pestana parou alguns instantes, pensou em arrepiar caminho, mas dispôs-se a andar, estugou o passo, atravessou a rua, e seguiu pelo lado oposto ao da casa do baile. As notas foram-se perdendo, ao longe, e o nosso homem entrou na rua do Aterrado, onde morava. Já perto de casa, viu vir dous homens: um deles, passando rentezinho com o Pestana, começou a assobiar a mesma polca, rijamente, com brio, e o outro pegou a tempo na música, e aí foram os dous abaixo, ruidosos e alegres, enquanto o autor da peça, desesperado, corria a meter-se em casa.

Em casa, respirou. Casa velha. escada velha. um preto velho que o servia, e que veio saber se ele queria cear.

— Não quero nada, bradou o Pestana: faça-me café e vá dormir.

Despiu-se, enfiou uma camisola, e foi para a sala dos fundos. Quando o preto acendeu o gás da sala, Pestana sorriu e, dentro d'alma, cumprimentou uns dez retratos que pendiam da parede. Um só era a óleo, o de um padre, que o educara, que lhe ensinara latim e música, e que, segundo os ociosos, era o próprio pai do Pestana. Certo é que lhe deixou em herança aquela casa velha, e os velhos trastes, ainda do tempo de Pedro I. Compusera alguns motetes o padre, era doudo por música, sacra ou profana, cujo gosto incutiu no moço, ou também lhe transmitiu no sangue, se é que tinham razão as bocas vadias, cousa de que se não ocupa a minha história, como ides ver.

Os demais retratos eram de compositores clássicos, Cimarosa, Mozart, Beethoven, Gluck, Bach, Schumann, e ainda uns três, alguns, gravados, outros litografados, todos mal encaixilhados e de diferente tamanho, mas postos ali como santos de uma igreja. O piano era o altar; o evangelho da noite lá estava aberto: era uma sonata de Beethoven.

Veio o café; Pestana engoliu a primeira xícara, e sentou-se ao piano. Olhou para o retrato de Beethoven, e começou a executar a sonata, sem saber de si, desvairado ou absorto, mas com grande perfeição. Repetiu a peça, depois parou alguns instantes, levantou-se e foi a uma das janelas. Tornou ao piano; era a vez de Mozart, pegou de um trecho, e executou-o do mesmo modo, com a alma alhures. Haydn levou-o à meia-noite e à segunda xícara de café.

Entre meia-noite e uma hora, Pestana pouco mais fez que estar à janela e olhar para as estrelas, entrar e olhar para os retratos. De quando em quando ia ao piano, e, de pé, dava uns golpes soltos no teclado, como se procurasse algum pensamento mas o pensamento não aparecia e ele voltava a encostar-se à janela. As estrelas pareciam-lhe outras tantas notas musicais fixadas no céu à espera de alguém que as fosse descolar; tempo viria em que o céu tinha de ficar vazio, mas então a terra seria uma constelação de partituras. Nenhuma imagem, desvario ou reflexão trazia uma lembrança qualquer de Sinhazinha Mota, que entretanto, a essa mesma hora, adormecia, pensando nele, famoso autor de tantas polcas amadas. Talvez a idéia conjugal tirou à moça alguns momentos de sono. Que tinha? Ela ia em vinte anos, ele em trinta, boa conta. A moça dormia ao som da polca, ouvida de cor, enquanto o autor desta não cuidava nem da polca nem da moça, mas das velhas obras clássicas, interrogando o céu e a noite, rogando aos anjos, em último caso ao diabo. Por que não faria ele uma só que fosse daquelas páginas imortais?

Às vezes, como que ia surgir das profundezas do inconsciente uma aurora de idéia: ele corria ao piano para aventá-la inteira, traduzi-la, em sons, mas era em vão: a idéia esvaía-se. Outras vezes, sentado, ao piano, deixava os dedos correrem, à ventura, a ver se as fantasias brotavam deles, como dos de Mozart; mas nada, nada, a inspiração não vinha, a imaginação deixava-se estar dormindo. Se acaso uma idéia aparecia, definida e bela, era eco apenas de alguma peça alheia, que a memória repetia, e que ele supunha inventar. Então, irritado, erguia-se, jurava abandonar a arte, ir plantar café ou puxar carroça; mas daí a dez minutos, ei-lo outra vez, com os olhos em Mozart, a imitá-lo ao piano.

Duas, três, quatro horas. Depois das quatro foi dormir; estava cansado, desanimado, morto; tinha que dar lições no dia seguinte. Pouco dormiu; acordou às sete horas. Vestiu-se e almoçou.

— Meu senhor quer a bengala ou o chapéu-de-sol? perguntou o preto, segundo as ordens que tinha porque as distrações do senhor eram freqüentes.

— A bengala.

— Mas parece que hoje chove.

— Chove, repetiu Pestana maquinalmente.

— Parece que sim, senhor, o céu está meio escuro.

Pestana olhava para o preto, vago, preocupado. De repente:

— Espera aí.

Correu à sala dos retratos, abriu o piano, sentou-se e espalmou as mãos no teclado. Começou a tocar alguma cousa própria, uma inspiração real e pronta, uma polca, uma polca buliçosa, como dizem os anúncios. Nenhuma repulsa da parte do compositor; os dedos iam arrancando as notas, ligando-as, meneando-as; dir-se-ia que a musa compunha e bailava a um tempo. Pestana esquecera as discípulas, esquecera o preto, que o esperava com a bengala e o guarda-chuva, esquecera até os retratos que pendiam gravemente da parede. Compunha só, teclando ou escrevendo, sem os vãos esforços da véspera, sem exasperação, sem nada pedir ao céu, sem interrogar os olhos de Mozart. Nenhum tédio. Vida, graça, novidade, escorriam-lhe da alma como de uma fonte perene.

Em pouco tempo estava a polca feita. Corrigiu ainda alguns pontos, quando voltou para jantar: mas já a cantarolava, andando, na rua. Gostou dela; na composição recente e inédita circulava o sangue da paternidade e da vocação.

Dous dias depois, foi levá-la ao editor das outras polcas suas, que andariam já por umas trinta. O editor achou-a linda.

— Vai fazer grande efeito.

Veio a questão do título. Pestana, quando compôs a primeira polca, em 1871, quis dar-lhe um título poético, escolheu este: *Pingos de Sol.* O editor abanou a cabeça, e disse-lhe que os títulos deviam ser, já de si, destinados à popularidade, ou por alusão a algum sucesso do dia, — ou pela graça das palavras; indicou-lhe dous: *A Lei de 28 de Setembro,* ou *Candongas Não Fazem Festa.*

— Mas que quer dizer *Candongas Não Fazem Festa*? perguntou o autor.

— Não quer dizer nada, mas populariza-se logo.

Pestana, ainda donzel inédito, recusou qualquer das denominações e guardou a polca, mas não tardou que compusesse outra, e a comichão da publicidade levou-o a imprimir as duas, com os títulos que ao editor parecessem mais atraentes ou apropriados. Assim se regulou pelo tempo adiante.

Agora, quando Pestana entregou a nova polca, e passaram ao título, o editor acudiu que trazia um, desde muitos dias, para a primeira obra que ele lhe apresentasse, título de espavento, longo e meneado. Era este: *Senhora Dona, Guarde o Seu Balaio.*

— E para a vez seguinte, acrescentou, já trago outro de cor.

Exposta à venda esgotou-se logo a primeira edição. A fama do compositor bastava à procura; mas a obra em si mesma era adequada ao gênero, original, convidava a dançá-la e decorava-se depressa. Em oito dias, estava célebre. Pestana, durante os primeiros, andou deveras namorado da composição, gostava de a cantarolar baixinho, detinha-se na rua, para ouvi-la tocar em alguma casa, e zangava-se quando não a tocavam bem. Desde logo, as orquestras de teatro a executaram, e ele lá foi a um deles. Não desgostou também de a ouvir assobiada, uma noite, por um vulto que descia a rua do Aterrado.

Essa lua-de-mel durou apenas um quarto de lua. Como das outras vezes, e mais depressa ainda, os velhos mestres retratados o fizeram sangrar de remorsos. Vexado e enfastiado, Pestana arremeteu contra aquela que o viera consolar tantas vezes, musa de olhos marotos e gestos arredondados, fácil e graciosa. E aí voltaram as náuseas de si mesmo, o ódio a quem lhe pedia a nova polca da moda, e juntamente o esforço de compor alguma cousa ao sabor clássico, uma página que fosse, uma só, mas tal que pudesse ser encadernada entre Bach e Schumann. Vão estudo, inútil esforço. Mergulhava naquele Jordão sem sair batizado. Noites e noites, gastou-as assim, confiado e teimoso, certo de que a vontade era tudo, e que, uma vez que abrisse mão da música fácil...

— As polcas que vão para o inferno fazer dançar o diabo, disse ele um dia, de madrugada, ao deitar-se.

Mas as polcas não quiseram ir tão fundo. Vinham à casa de Pestana, à própria sala dos retratos, irrompiam tão prontas, que ele não tinha mais que o tempo de as compor, imprimi-las depois, gostá-las alguns dias, aborrecê-las, e tornar às velhas fontes, donde lhe não manava nada. Nessa alternativa viveu até casar, e depois de casar.

— Casar com quem? perguntou Sinhazinha Mota ao tio escrivão que lhe deu aquela notícia.

— Vai casar com uma viúva.

— Velha?

— Vinte e sete anos.

— Bonita?

— Não, nem feia, assim, assim. Ouvi dizer que ele se enamorou dela, porque a ouviu cantar na última festa de S. Francisco de Paula. Mas ouvi também que ela possui outra prenda, que não é rara, mas vale menos: está tísica.

Os escrivães não deviam ter espírito, — mau espírito, quero dizer. A sobrinha deste sentiu no fim um pingo de bálsamo, que lhe curou a dentadinha da inveja. Era tudo verdade. Pestana casou daí a dias com uma viúva de vinte e sete anos, boa cantora e tísica. Recebeu-a como a esposa espiritual do seu gênio. O celibato era, sem dúvida, a causa da esterilidade e do transvio, dizia ele consigo; artisticamente considerava-se um arruador de horas mortas; tinha as polcas por aventuras de petimetres. Agora, sim, é que ia engendrar uma família de obras sérias, profundas, inspiradas e trabalhadas.

Essa esperança abotoou desde as primeiras horas do amor, e desabrochou à primeira aurora do casamento. Maria, balbuciou a alma dele, dá-me o que não achei na solidão das noites, nem no tumulto dos dias.

Desde logo, para comemorar o consórcio, teve idéia de compor um noturno. Chamar-lhe-ia *Ave, Maria*. A felicidade como que lhe trouxe um princípio de inspiração; não querendo dizer nada à mulher, antes de pronto, trabalhava às escondidas; cousa difícil porque Maria, que amava igualmente a arte, vinha tocar com ele, ou ouvi-lo somente, horas e horas, na sala dos retratos. Chegaram a fazer alguns concertos semanais, com três artistas, amigos do Pestana. Um domingo, porém, não se pôde ter o marido, e chamou a mulher para tocar um trecho do noturno; não lhe disse o que era nem de quem era. De repente, parando, interrogou-a com os olhos.

— Acaba, disse Maria; não é Chopin?

Pestana empalideceu, fitou os olhos no ar, repetiu um ou dous trechos e ergueu-se. Maria assentou-se ao piano, e, depois de algum esforço de memória, executou a peça de Chopin. A idéia, o motivo eram os mesmos; Pestana achara-os em algum daqueles becos escuros da memória, velha cidade de traições. Triste, desesperado, saiu de casa, e dirigiu-se para o lado da ponte, caminho de S. Cristóvão.

— Para que lutar? dizia ele. Vou com as polcas... Viva a polca!

Homens que passavam por ele, e ouviam isto, ficavam olhando, como para um doudo. E ele ia andando, alucinado, mortificado, eterna peteca entre a ambição e a vocação... Passou o velho matadouro; ao chegar à porteira da estrada de ferro, teve idéia de ir pelo trilho acima e esperar o primeiro trem que viesse e o esmagasse. O guarda fê-lo recuar. Voltou a si e tornou a casa.

Poucos dias depois, — uma clara e fresca manhã de maio de 1876, — eram seis horas, Pestana sentiu nos dedos um frêmito particular e conhecido. Ergueu-se devagarinho, para não acordar Maria, que tossira toda noite, e agora dormia profundamente. Foi para a sala dos retratos, abriu o piano, e, o mais surdamente que pôde, extraiu uma polca. Fê-la publicar com um pseudônimo; nos dous meses seguintes compôs e publicou mais duas. Maria não soube nada; ia tossindo e morrendo, até que expirou, uma noite, nos braços do marido, apavorado e desesperado.

Era noite de Natal. A dor do Pestana teve um acréscimo, porque na vizinhança havia um baile, em que se tocaram várias de suas melhores polcas. Já o baile era duro de sofrer; as suas composições davam-lhe um ar de ironia e perversidade. Ele sentia a cadência dos passos, adivinhava os movimentos, porventura lúbricos, a que obrigava alguma daquelas composições; tudo isso ao pé do cadáver pálido, um molho de ossos, estendido na cama... Todas as horas da noite passaram assim, vagarosas ou rápidas, úmidas de lágrimas e de suor, de águas-da-colônia e de Labarraque, saltando sem parar, como ao som da polca de um grande Pestana invisível.

Enterrada a mulher, o viúvo teve uma única preocupação: deixar a música, depois de compor um *Requiem*, que faria executar no primeiro aniversário da morte de Maria. Escolheria outro emprego, escrevente, carteiro, mascate, qualquer cousa que lhe fizesse esquecer a arte assassina e surda.

Começou a obra; empregou tudo, arrojo, paciência, meditação, e até os caprichos do acaso, como fizera outrora, imitando Mozart. Releu e estudou o *Requiem* deste autor. Passaram-se semanas e meses. A obra, célere a princípio, afrouxou o andar. Pestana tinha altos e baixos. Ora achava-a incompleta, não lhe sentia a alma sacra, nem idéia, nem inspiração, nem método; ora elevava-se-lhe o coração e trabalhava com vigor. Oito meses, nove, dez, onze, e o *Requiem* não estava concluído. Redobrou de esforços, esqueceu lições e amizades. Tinha refeito muitas vezes a obra; mas agora queria concluí-la, fosse como fosse. Quinze dias, oito, cinco... A aurora do aniversário veio achá-lo trabalhando.

Contentou-se da missa rezada e simples, para ele só. Não se pode dizer se todas as lágrimas que lhe vieram sorrateiramente aos olhos, foram do marido, ou se algumas eram do compositor. Certo é que nunca mais tornou ao *Requiem*.

"Para quê?" dizia ele a si mesmo.

Correu ainda um ano. No princípio de 1878, apareceu-lhe o editor.

— Lá vão dous anos, disse este, que nos não dá um ar da sua graça. Toda a gente pergunta se o senhor perdeu o talento. Que tem feito?

— Nada.

— Bem sei o golpe que o feriu; mas lá vão dous anos. Venho propor-lhe um contrato: vinte polcas durante doze meses; o preço antigo, e uma porcentagem maior na venda. Depois, acabado o ano, podemos renovar.

Pestana assentiu com um gesto. Poucas lições tinha, vendera a casa para saldar dívidas, e as necessidades iam comendo o resto, que era assaz escasso. Aceitou o contrato.

— Mas a primeira polca há de ser já, explicou o editor. É urgente. Viu a carta do Imperador ao Caxias? Os liberais foram chamados ao poder, vão fazer a reforma eleitoral. A polca há de chamar-se: *Bravos à Eleição Direta!* Não é política; é um bom título de ocasião.

Pestana compôs a primeira obra do contrato. Apesar do longo tempo de silêncio, não perdera a originalidade nem a inspiração. Trazia a mesma nota genial. As outras polcas vieram vindo, regularmente. Conservara os retratos e os repertórios; mas fugia de gastar todas as noites ao piano, para não cair em novas tentativas. Já agora pedia uma entrada de graça, sempre que havia alguma boa ópera ou concerto de artista, ia, metia-se a um canto, gozando aquela porção de cousas que nunca lhe haviam de brotar do cérebro. Uma ou outra vez, ao tornar para casa, cheio de música, despertava nele o maestro inédito; então, sentava-se ao piano, e, sem idéia, tirava algumas notas, até que ia dormir, vinte ou trinta minutos depois.

Assim foram passando os anos, até 1885. A fama do Pestana dera-lhe definitivamente o primeiro lugar entre os compositores de polcas; mas o primeiro lugar da aldeia não contentava a este César, que continuava a preferir-lhe, não o segundo, mas o centésimo em Roma. Tinha ainda as alternativas de outro tempo, acerca de suas composições; a diferença é que eram menos violentas. Nem entusiasmo nas primeiras horas, nem horror depois da primeira semana; algum prazer e certo fastio.

Naquele ano, apanhou uma febre de nada, que em poucos dias cresceu, até virar perniciosa. Já estava em perigo, quando lhe apareceu o editor, que não sabia da doença, e ia dar-lhe notícia da subida dos conservadores, e pedir-lhe uma polca de ocasião. O enfermeiro, pobre clarineta de teatro, referiu-lhe o estado do Pestana, de modo que o editor entendeu calar-se. O doente é que instou para que lhe dissesse o que era, o editor obedeceu.

— Mas há de ser quando estiver bom de todo, concluiu.

— Logo que a febre decline um pouco, disse o Pestana.

Seguiu-se uma pausa de alguns segundos. O clarineta foi pé ante pé preparar o remédio; o editor levantou-se e despediu-se.

— Adeus.

— Olhe, disse o Pestana, como é provável que eu morra por estes dias, faço-lhe logo duas polcas; a outra servirá para quando subirem os liberais.

Foi a única pilhéria que disse em toda a vida, e era tempo, porque expirou na madrugada seguinte, às quatro horas e cinco minutos, bem com os homens e mal consigo mesmo.

Bom-dia, Inácio

Rafael Cardoso

Uns braços

Machado de Assis

Bom-dia, Inácio

Rafael Cardoso

"Inácio, Inácio, Inácio!" Inácio estremeceu. Começava a despertar do sono e, junto com ele, escapavam-lhe as últimas carícias do sonho em que andara mergulhado, feliz. Lutou ainda alguns instantes contra a chamada insistente do dia. Detestava acordar. Acabou por entregar-se ao dito mundo real, mais por hábito que propriamente por opção. No último suspiro daquela outra vida, entre dormindo e acordado, pensou enxergar a porta do quarto a se fechar, engolindo a silhueta lépida de um vulto que se esquivava para a claridade do corredor. Seria Severina? Seria sonho? Ou seria a simples continuidade do sonho de Severina que lhe abrandava a alma doída, ao mesmo tempo em que deixara em ponto de fundição o aço na fornalha de seus quinze anos? Enquanto procurava com a mente reconstituir as feições dela, antes tão nítidas e que agora se esvaíam pouco a pouco na luz filtrada da cortina, sua mão buscou instintivamente o alívio de todas as manhãs. Antes, aguçou ainda os ouvidos, pressentindo algo do lado de fora do quarto. Nada. Só o ruído surdo do trânsito distante. Já com o líquido quente a se esparramar sobre mão, abdômen, lençóis, Inácio colheu de seu rosto o fantasma ardente de um beijo, recém-depositado, e seus lábios se entreabriram na evocação muda de um nome de mulher. "Severina, Severina, Severina!"

Severina deslizava sorrateira pelo corredor ainda envolto no silêncio da manhã. Mesmo com toda sua atenção voltada para o imperativo de não fazer barulho, não conseguia evitar que os pensamentos invadissem sua mente num turbilhão. Custava a acreditar que tivesse ousado tanto. Melhor dizendo, que tivesse chegado a tal ponto sua loucura. Sim, porque só podia se tratar de loucura o que acabara de fazer. Loucura ou obsessão, o que dá na mesma. De que outro modo seria possível explicar a paixão incontida de uma mulher de vinte e sete anos por um rapazote de quinze? E não um menino qualquer, mas seu próprio sobrinho, ou quase: filho de sua prima, ainda que distante. Não havia sido sua intenção invadir o quarto de Inácio, e muito menos beijá-lo! Pretendera apenas dar uma espiadinha, para observá-lo sem pressa enquanto dormia. Aquele rosto de olhos vivos e penetrantes conseguia ser ao mesmo tempo tão angelical. Chegava a lembrar Fabiano pequeno, sob alguns aspectos, principalmente quando ela o surpreendia num momento de descontração, o que vinha se tornando cada vez menos freqüente. Ultimamente, toda vez que seus olhares se cruzavam, ela mal conseguia persistir na encenação de não ver as faíscas que seus olhos deitavam sobre o corpo dela, assim como no esforço sobre-humano para aquietar as borboletas que se erguiam em revoada dentro de suas entranhas. De uns dias para cá, havia deixado de enxergar nele qualquer traço de Fabiano. Dera-se conta disso justamente na noite anterior, e fora com o anseio de reencontrar a imagem do filho perdido que se entregara à compulsão de violar a privacidade do rapaz.

Tomara que Fortunata não acordasse! De jeito nenhum, ela podia encontrar Severina naquela parte da casa, assim nessa hora. Como explicar o que estaria a fazer por lá? Seu próprio quarto ficava longe, na parte térrea da casa, atravessando a sala de jantar, a cozinha e a área externa, depois da pilha de telhas sobressalentes, das garrafas velhas, da máquina de lavar roupa e do tanque, ao lado do banheirinho onde o chuveiro ficava quase em cima da privada. Enfim, nas dependências dos fundos, naquilo que seria um quarto de empregada, caso a prima tivesse posses para contratar alguém para fazer o serviço de casa. Não tinha. Não tinha dinheiro para nada. Mas, desde a chegada de Severina, bem que havia arranjado uma escrava. Parente pobre, agregada, à mercê da bondade alheia, ainda mais nas condições em que viera: sem convite e sem volta. Fazia dois meses, tempo suficiente para que a acolhida familiar degenerasse em excesso de familiaridade. Tempo suficiente também para que compreendesse que demoraria muito mais do que imaginara até conseguir juntar dinheiro para ter um cantinho só seu. Belo Horizonte não era Araçuaí, para o bem e para o mal.

Inácio parou no lance intermediário da escada e inspecionou de longe a sala de jantar, escura e fria àquela hora da manhã. A mesa estava quase posta, coberta com a toalha multicolorida ostentando motivos de um estranho Natal — bonecos de neve, trenós, guirlandas, pinheiros com bolas, bengalinhas listradas e cabecinhas de Papai Noel, de feições curiosamente achinesadas — muito embora fosse mês de agosto. Ele conhecia cada centímetro desse desenho, cada mancha da toalha velha e gasta, pois era a ela que recorria sempre que precisava desviar os olhos de seu verdadeiro culto. Sorriu por dentro ao ver as xícaras empilhadas simétricas sobre pires e pratinhos, e os talheres perfeitamente alinhados de ambos os lados, pois essa arrumação queria dizer que Severina estava a postos. Fazia algum tempo que Inácio se acostumara a despertar mais cedo, com o propósito bastante de usufruir o único horário em que lhe era permitido ficar sozinho na presença dela. Habituado a acordar tarde e indiferente ao café-da-manhã, demorara a atinar para essa oportunidade. A prima já estava há mais de mês com eles no dia em que, madrugando nem se lembrava mais por qual motivo, descobrira essa brecha na supervisão severa da mãe. Dona Fortunata, como todos a chamavam, inclusive ele, dormia sempre tarde, pois tinha o costume de ficar vendo televisão até de madrugada. Por conseguinte, dificilmente tomava seu lugar ao centro da mesa antes das nove da manhã. Cauteloso, o filho lançou um último olhar para trás, sobre o ombro, para garantir que a porta da mãe continuava fechada. Desceu os últimos degraus num salto alegre e aboletou-se na cabeceira, de frente para a cozinha.

Severina levou um susto ao assomar na sala com bule e garrafa térmica nas mãos. Não propriamente pela presença de Inácio, tão esperada quanto previsível, mas em reação atrasada às emoções suprimidas poucas horas antes. Lá estava ele, com o olhar acanhado e sorriso envergonhado de sempre, a lhe dar bom-dia. Mas foi ela quem sentiu vergonha mesmo, recompondo em sua memória a visão de seus olhos cerrados, sua boca entreaberta, seus cabelos negros revoltos sobre a fronha branca, da respiração ritmada que fazia subir e descer o vulto nu de seu corpo adolescente, separado dela apenas pela manta velha e peluda que o cobria. No instante eterno e ilícito em que aproximara os lábios do rosto macio, quase sem pêlos, seu coração palpitara com todo o nervosismo de uma primeira comunhão. Suas têmporas latejavam, suas mãos suavam frias; e, não fosse pelo calor indisfarçável que insistia em fazer presente seu sexo molhado, poderia ter creditado o estado alterado a algum sentimento mais puro e elevado, quase religioso. Aproximou-se do rapaz e, com falsa naturalidade, tocou-lhe os cabelos, em sinal de carinho maternal. "Bom-dia, Inácio. Dormiu bem?" A pergunta era a mesma de todas as manhãs, como o era a expressão pedinte com a qual o menino respondia em silêncio a ela. A única coisa que mudava, intensificando-se a cada dia, era a força do choque que passava entre a mão de uma e a cabeça do outro, deixando a ambos desconcertados durante vários minutos.

Inácio ficou a observar atentamente a caixa de leite à sua frente. A moça estampada sobre ela sorria-lhe com um ar de inescrutável saciedade, queixo apoiado sobre a mão, na antecipação do luminoso copo de leite ao seu lado. Ela devia estar feliz porque o leite era zero por cento. Ele mantinha com as embalagens uma relação de reverente fascinação. Comprazia-se especialmente em ler as listas de ingredientes, como um estudioso das escrituras sagradas a fazer sua exegese. Nomes como amido modificado, açúcar invertido e goma guar acenavam-lhe com a promessa de um novo milênio alquímico. Andava pensando em prestar vestibular para publicidade. Não contém glúten. Sorrateiro, arriscou uma olhadela para cima. Severina ajeitava o cesto de pão, trocava o lugar dos vidros de geléia e requeijão, alinhava o pote de achocolatado com o biscoito *cream cracker*, prolongando sua presença ao lado da mesa. Inácio surpreendeu-se ao descobrir que ela também o observava, disfarçadamente, do canto do olho. Por um instante, seus olhares se cruzaram, indiscretos. Seria sua imaginação, ou algo se turvava no rosto dela? As mãos ficaram visivelmente mais aflitas em seus afazeres, e ele desconfiou de um leve rubor a despontar sobre suas bochechas. Intuiu que era preciso dizer alguma coisa, que não podia perder esse momento. Buscou freneticamente o que falar. As palavras lhe fugiam em debandada. Por que será que tudo é zero por cento agora? Não, não, isto é estúpido. Decidiu-se a pronunciar qualquer frase, a primeira que lhe brotasse da garganta, mesmo que fosse: eu te amo. Chegou a abrir a boca, porém a fala foi cortada por um grito poderoso, vindo do topo da escada: "Inááááááciooo!!!!!!". Se fosse um ônibus desgovernado a subir em cima da calçada, o susto não teria sido maior. Severina correu para dentro da cozinha, deixando nosso rapaz cara a cara com a sinistra vaquinha de gola e laço que ornava o pote de manteiga.

Enquanto esfregava o leite queimado do fundo da panela, Severina tentava acalmar seus sentidos. Coração a mil, suando e fungando como uma criança adoentada, ela teve uma súbita vontade de chorar — não de tristeza, mas de raiva. Esfregou o nariz com o pulso, passou a mão molhada pela testa e pôs-se a pensar seriamente. Tinha que tomar alguma providência; assim não dava para continuar! Uma criança! E se alugasse uma vaga numa pensão? Conseguiria qualquer serviço: de balconista, de doméstica, até distribuindo filipeta na rua. O que não dava era para viver nesse estado contínuo de tensão. Não havia mais como se iludir. Depois do que tinha feito naquela madrugada, era uma questão de tempo até que ela pegasse o menino pela mão e o conduzisse até o quartinho dos fundos. Ao mesmo tempo em que a aterrorizava, que atingia e feria toda sua moral interiorana, essa perspectiva a deixava excitada. Excitadíssima. Embolava-se em sua imaginação, de forma vaga e inquieta, um misto de sensações relembradas e obscuramente antevistas: a boca se colando à dele, a mão correndo solta por sua negra cabeleira, a língua passeando em carícias pelo corpo liso, branco, juvenil. Não, não, não e não!!! *Vade retro.* Quando foi ver, Severina torcia entre os dedos o pano de prato, com toda a força, como se fosse o pescoço de uma pessoa odiada — talvez ela mesma ou, quem sabe, a Fortunata? Mesmo passageiro, a leve sugestão assassina desse pensamento foi suficiente para empurrá-la de vez para a crise de choro que vinha tentando abafar. As lágrimas correram copiosas na mudez dos soluços reprimidos.

Inácio subiu lentamente as escadas, cada degrau pesando-lhe para muito além de sua tenra idade. O que será que aquela vaca queria agora? Desde que seu pai os abandonara, quando tinha sete anos de idade, ele vinha aprendendo pouco a pouco a odiar sua mãe. O velho morava no interior de São Paulo, Araraquara. Havia casado de novo, e tinha três filhos pequenos. Uma vez por ano, Inácio ia passar dez dias com eles, sempre na Semana Santa ou no mês de julho, nunca no Natal ou nas férias de verão. O velho era feliz com a nova família, e era bom pai para seus meios-irmãos. Até as visitas anuais dele tinham sido organizadas por iniciativa da madrasta, a qual era mais jovem e mais bonita que Dona Fortunata, além de tratá-lo bem melhor. Inácio não culpava o pai por tê-los rejeitado. No lugar dele, também cairia fora. Chegando à porta do quarto, bateu de leve, simulando uma cordialidade que nunca existira naquela casa. A resposta a tal escrúpulo veio sob forma de alguns impropérios expectorados, acompanhados por uma ordem de adentrar logo o recinto. Sentada sobre a cama, com as costas apoiadas por três travesseiros, Dona Fortunata acendia o primeiro dos muitos cigarros que pontuariam a passagem inútil do dia. Examinou o rapaz de cima a baixo, não por interesse, mas por vício de inspecionar a cria, procurando os defeitos, fatalmente encontrados. Ele manteve os olhos fixos no chão, não sem certo desprezo, e ouviu a solicitação da mãe. Estava indisposta; que a Severina lhe trouxesse o café na cama, e que não demorasse. A mesma escadaria que fora tão árdua de subir, agora ficou levíssima na descida. Inácio trazia em seu coração dois tesouros: um pretexto para falar com Severina e a certeza que sua mãe não sairia do quarto antes da hora do almoço.

Ao irromper na cozinha, com a fala na ponta da língua, encontrou-a vazia. Apenas o finíssimo filete da torneira a transformar-se em grossos pingos era testemunha da passagem recente de alguém por lá. Aguçando os ouvidos, o rapaz pôs-se a explorar a despensa, igualmente entregue ao silêncio dos potes de mantimentos, e, em seguida, a área externa, de onde emanava o canto ensolarado de um sabiá. De início, seus passos eram cautelosos, mas um repentino temor logo os multiplicou em pressa afobada. Severina!!! Ao dobrar o canto da casa, avistou a porta aberta do quartinho e distinguiu de longe o vulto da prima, a qual tentava deslocar de cima do guarda-roupa a pesada mala ali situada. Subitamente tornado criança — sua alma em disparada pelo corredor metafísico, com medo do escuro —, Inácio foi diminuindo insensivelmente o ritmo de sua caminhada, até estacar a poucos centímetros da porta, em silêncio a não ser pela arfada insistente de sua respiração agitada.

— Inácio, que susto!

— Vo-você va-vai viajar?

— Viajar? Imagina! Claro que não. Para onde eu iria, sem dinheiro?

Ele permaneceu imóvel, fitando a mala com uma fixidez acusatória.

— Ah, a mala? Tava só procurando uns documentos. Não sei onde os pus...

Severina reuniu toda sua coragem para lançar-lhe um olhar capcioso de transparente sinceridade, acompanhado por um calculado sorriso sereno de beata após a missa. A expressão de Inácio indicava que não estava nem um pouco convencido.

— Você tava querendo falar alguma coisa comigo?

A pergunta soou confusa, de início, dado o contexto do flagra. Por um instante, Inácio chegou a considerar a possibilidade de que ela tivesse entrevisto em seu rosto algum indício das juras de amor e rogas de permanência que inundavam seu coração adolescente e virgem. Após uma pausa demasiadamente longa, deu-se conta da simples obviedade da questão.

— Ah, é. Dona Fortunata pediu para você levar o café dela na cama. Está indisposta.

— De novo? Tudo bem. Fica sossegado. Levo já.

Inácio permaneceu parado diante da porta, bloqueando a passagem, seus pés cimentados ao chão de cimento. Sentiu um oco dentro da barriga, como se estivesse faltando um enorme pedaço bem no meio do seu ser. Algo desmoronava entre seu diafragma e o topo do estômago, algo antigo e ancestral, de cuja existência ele nem sequer suspeitara e que agora vinha a conhecer apenas como ruína. Doía, como nenhuma dor que sentira antes na vida, e não tinha o menor jeito de passar tão cedo.

— Tem mais alguma coisa, Inácio?

Sem resposta, ele apenas se esforçou para dar forma torta a um sorriso. Era necessário que ela o visse sorrir, por mais absurdo e grotesco que saísse o resultado. Inácio sabia, em seu íntimo, que Severina não mais estaria lá quando ele voltasse da escola no final da tarde, que ele não a veria mais, talvez nunca. A pressão para ser homem fez com que contivesse o ímpeto de choro. Desviando sua atenção para o barulho de um avião que passava acima de suas cabeças, o menino projetou sua desesperança para outras paragens, longe dali e de si. Sorriu; e a ironia medonha desse gesto fez com que morresse um pouco. Inácio estremeceu.

Uns braços

Machado de Assis

Inácio estremeceu, ouvindo os gritos do solicitador, recebeu o prato que este lhe apresentava e tratou de comer, debaixo de uma trovoada de nomes, malandro, cabeça de vento, estúpido, maluco.

— Onde anda que nunca ouve o que lhe digo? Hei de contar tudo a seu pai, para que lhe sacuda a preguiça do corpo com uma boa vara de marmelo, ou um pau; sim, ainda pode apanhar, não pense que não. Estúpido! maluco!

— Olhe que lá fora é isto mesmo que você vê aqui, continuou, voltando-se para D. Severina, senhora que vivia com ele maritalmente, há anos. Confunde-me os papéis todos, erra as casas, vai a um escrivão em vez de ir a outro, troca os advogados: é o diabo! É o tal sono pesado e contínuo. De manhã é o que se vê; primeiro que acorde é preciso quebrar-lhe os ossos... Deixe; amanhã hei de acordá-lo a pau de vassoura!

D. Severina tocou-lhe no pé, como pedindo que acabasse. Borges espeitorou ainda alguns impropérios, e ficou em paz com Deus e os homens.

Não digo que ficou em paz com os meninos, porque o nosso Inácio não era propriamente menino. Tinha quinze anos feitos e bem-feitos. Cabeça inculta, mas bela, olhos de rapaz que sonha, que adivinha, que indaga, que quer saber e não acaba de saber nada. Tudo isso posto sobre um corpo não destituído de graça, ainda que mal vestido. O pai é barbeiro na Cidade Nova, e pô-lo de agente, escrevente, ou que quer que era, do solicitador Borges, com esperança de vê-lo no foro, porque lhe parecia que os procuradores de causas ganhavam muito. Passava-se isto na rua da Lapa, em 1870.

Durante alguns minutos não se ouviu mais que o tinir dos talheres e o ruído da mastigação. Borges abarrotava-se de alface e vaca; interrompia-se para virgular a oração com um golpe de vinho e continuava logo calado.

Inácio ia comendo devagarinho, não ousando levantar os olhos do prato, nem para colocá-los onde eles estavam no momento em que o terrível Borges o descompôs. Verdade é que seria agora muito arriscado. Nunca ele pôs os olhos nos braços de D. Severina que se não esquecesse de si e de tudo.

Também a culpa era antes de D. Severina em trazê-los assim nus, constantemente. Usava mangas curtas em todos os vestidos de casa, meio palmo abaixo do ombro; dali em diante ficavam-lhe os braços à mostra. Na verdade, eram belos e cheios, em harmonia com a dona, que era antes grossa que fina, e não perdiam a cor nem a maciez por viverem ao ar; mas é justo explicar que ela os não trazia assim por faceira, senão porque já gastara todos os vestidos de mangas compridas. De pé, era muito vistosa; andando, tinha meneios engraçados; ele, entretanto, quase que só a via à mesa, onde, além dos braços, mal poderia mirar-lhe o busto. Não se pode dizer que era bonita; mas também não era feia. Nenhum adorno; o próprio penteado consta de mui pouco; alisou os cabelos, apanhou-os, atou-os e fixou-os no alto da cabeça com o pente de tartaruga que a mãe lhe deixou. Ao pescoço, um lenço escuro, nas orelhas, nada. Tudo isso com vinte e sete anos floridos e sólidos.

Acabaram de jantar. Borges, vindo o café, tirou quatro charutos da algibeira, comparou-os, apertou-os entre os dedos, escolheu um e guardou os restantes. Aceso o charuto, fincou os cotovelos na mesa e falou a D. Severina de trinta mil cousas que não interessavam nada ao nosso Inácio; mas enquanto falava, não o descompunha e ele podia devanear à larga.

Inácio demorou o café o mais que pôde. Entre um e outro gole alisava a toalha, arrancava dos dedos pedacinhos de pele imaginários ou passava os olhos pelos quadros da sala de jantar, que eram dous, um S. Pedro e um S. João, registros trazidos de festas encaixilhados em casa. Vá que disfarçasse com S. João, cuja cabeça moça alegra as imaginações católicas, mas com o austero S. Pedro era demais. A única defesa do moço Inácio é que ele não via nem um nem outro; passava os olhos por ali como por nada. Via só os braços de D. Severina, — ou porque sorrateiramente olhasse para eles, ou porque andasse com eles impressos na memória.

— Homem, você não acaba mais? bradou de repente o solicitador.

Não havia remédio; Inácio bebeu a última gota, já fria, e retirou-se, como de costume, para o seu quarto, nos fundos da casa. Entrando, fez um gesto de zanga e desespero e foi depois encostar-se a uma das duas janelas que davam para o mar. Cinco minutos depois, a vista das águas próximas e das montanhas ao longe restituía-lhe o sentimento confuso, vago, inquieto, que lhe doía e fazia bem, alguma cousa que deve sentir a planta, quando abotoa a primeira flor. Tinha vontade de ir embora e de ficar. Havia cinco semanas que ali morava, e a vida era sempre a mesma, sair de manhã com o Borges, andar por audiências e cartórios, correndo, levando papéis ao selo, ao distribuidor, aos escrivães, aos oficiais de justiça. Voltava à tarde, jantava e recolhia-se ao quarto, até a hora da ceia; ceava e ia dormir. Borges não lhe dava intimidade na família, que se compunha apenas de D. Severina, nem Inácio a via mais de três vezes por dia, durante as refeições. Cinco semanas de solidão, de trabalho sem gosto, longe da mãe e das irmãs; cinco semanas de silêncio, porque ele só falava uma ou outra vez na rua; em casa, nada.

— Deixe estar, — pensou ele um dia — fujo daqui e não volto mais.

Não foi; sentiu-se agarrado e acorrentado pelos braços de D. Severina. Nunca vira outros tão bonitos e tão frescos. A educação que tivera não lhe permitia encará-los logo abertamente, parece até que a princípio afastava os olhos, vexado. Encarou-os pouco a pouco, ao ver que eles não tinham outras mangas, e assim os foi descobrindo, mirando e amando. No fim de três semanas eram eles, moralmente falando, as suas tendas de repouso. Agüentava toda a trabalheira de fora, toda a melancolia da solidão e do silêncio, toda a grosseria do patrão, pela única paga de ver, três vezes por dia, o famoso par de braços.

Naquele dia, enquanto a noite ia caindo e Inácio estirava-se na rede (não tinha ali outra cama), D. Severina, na sala da frente, recapitulava o episódio do jantar e, pela primeira vez, desconfiou alguma cousa. Rejeitou a idéia logo, uma criança! Mas há idéias que são da família das moscas teimosas: por mais que a gente as sacuda, elas tornam e pousam. Criança? Tinha quinze anos; e ela advertiu que entre o nariz e a boca do rapaz havia um princípio de rascunho de buço. Que admira que começasse a amar? E não era ela bonita? Esta outra idéia não foi rejeitada, antes afagada e beijada. E recordou então os modos dele, os esquecimentos, as distrações, e mais um incidente, e mais outro, tudo eram sintomas, e concluiu que sim.

— Que é que você tem? disse-lhe o solicitador, estirado no canapé, ao cabo de alguns minutos de pausa.

— Não tenho nada.

— Nada? Parece que cá em casa anda tudo dormindo! Deixem estar, que eu sei de um bom remédio para tirar o sono aos dorminhocos...

E foi por ali, no mesmo tom zangado, fuzilando ameaças, mas realmente incapaz de as cumprir, pois era antes grosseiro que mau. D. Severina interrompia-o que não, que era engano, não estava dormindo, estava pensando na comadre Fortunata. Não a visitavam desde o Natal; por que não iriam lá uma daquelas noites? Borges redargüia que andava cansado, trabalhava como um negro, não estava para visitas de parola, e descompôs a comadre, descompôs o compadre, descompôs o afilhado, que não ia ao colégio, com dez anos! Ele, Borges, com dez anos, já sabia ler, escrever e contar, não muito bem, é certo, mas sabia. Dez anos! Havia de ter um bonito fim: — vadio, e o côvado e meio nas costas. A tarimba é que viria ensiná-lo.

D. Severina apaziguava-o com desculpas, a pobreza da comadre, o caiporismo do compadre, e fazia-lhe carinhos, a medo, que eles podiam irritá-lo mais. A noite caíra de todo; ela ouviu o *tlic* do lampião do gás da rua, que acabavam de acender, e viu o clarão dele nas janelas da casa fronteira. Borges, cansado do dia, pois era realmente um trabalhador de primeira ordem, foi fechando os olhos e pegando no sono, e deixou-a só na sala, às escuras, consigo e com a descoberta que acabava de fazer.

Tudo parecia dizer à dama que era verdade; mas essa verdade, desfeita a impressão do assombro, trouxe-lhe uma complicação moral, que ela só conheceu pelos efeitos, não achando meio de discernir o que era. Não podia entender-se nem equilibrar-se, chegou a pensar em dizer tudo ao solicitador, e ele que mandasse embora o fedelho. Mas que era tudo? Aqui estacou: realmente, não havia mais que suposição, coincidência e possivelmente ilusão. Não, não, ilusão não era. E logo recolhia os indícios vagos, as atitudes do mocinho, o acanhamento, as distrações, para rejeitar a idéia de estar enganada. Daí a pouco, (capciosa natureza!) refletindo que seria mau acusá-lo sem fundamento, admitiu que se iludisse, para o único fim de observá-lo melhor e averiguar bem a realidade das cousas.

Já nessa noite, D. Severina mirava por baixo dos olhos os gestos de Inácio; não chegou a achar nada, porque o tempo do chá era curto e o rapazinho não tirou os olhos da xícara. No dia seguinte pôde observar melhor, e nos outros otimamente. Percebeu que sim, que era amada e temida, amor adolescente e virgem, retido pelos liames sociais e por um sentimento de inferioridade que o impedia de reconhecer-se a si mesmo. D. Severina compreendeu que não havia recear nenhum desacato, e concluiu que o melhor era não dizer nada ao solicitador; poupava-lhe um desgosto, e outro à pobre criança. Já se persuadia bem que ele era criança, e assentou de o tratar tão secamente como até ali, ou ainda mais. E assim fez; Inácio começou a sentir que ela fugia com os olhos, ou falava áspero, quase tanto como o próprio Borges. De outras vezes, é verdade que o tom da voz saía brando e até meigo, muito meigo; assim como o olhar geralmente esquivo, tanto errava por outras partes, que, para descansar, vinha pousar na cabeça dele; mas tudo isso era curto.

— Vou-me embora, repetia ele na rua como nos primeiros dias.

Chegava a casa e não se ia embora. Os braços de D. Severina fechavam-lhe um parêntesis no meio do longo e fastidioso período da vida que levava, e essa oração intercalada trazia uma idéia original e profunda, inventada pelo céu unicamente para ele. Deixava-se estar e ia andando. Afinal, porém, teve de sair, e para nunca mais; eis aqui como e porquê.

D. Severina tratava-o desde alguns dias com benignidade. A rudeza da voz parecia acabada, e havia mais do que brandura, havia desvelo e carinho. Um dia recomendava-lhe que não apanhasse ar, outro que não bebesse água fria depois do café quente, conselhos, lembranças, cuidados de amiga e mãe, que lhe lançaram na alma ainda maior inquietação e confusão. Inácio chegou ao extremo de confiança de rir um dia à mesa, cousa que jamais fizera; e o solicitador não o tratou mal dessa vez, porque era ele que contava um caso engraçado, e ninguém pune a outro pelo aplauso que recebe. Foi então que D. Severina viu que a boca do mocinho, graciosa estando calada, não o era menos quando ria.

A agitação de Inácio ia crescendo, sem que ele pudesse acalmar-se nem entender-se. Não estava bem em parte nenhuma. Acordava de noite, pensando em D. Severina. Na rua, trocava de esquinas, errava as portas, muito mais que dantes, e não via mulher, ao longe ou ao perto, que lha não trouxesse à memória. Ao entrar no corredor da casa, voltando do trabalho, sentia sempre algum alvoroço, às vezes grande, quando dava com ela no topo da escada, olhando através das grades de pau da cancela, como tendo acudido a ver quem era.

Um domingo, — nunca ele esqueceu esse domingo, — estava só no quarto, à janela, virado para o mar, que lhe falava a mesma linguagem obscura e nova de D. Severina. Divertia-se em olhar para as gaivotas, que faziam grandes giros no ar, ou pairavam em cima d'água, ou avoaçavam somente. O dia estava lindíssimo. Não era só um domingo cristão; era um imenso domingo universal.

Inácio passava-os todos ali no quarto ou à janela, ou relendo um dos três folhetos que trouxera consigo, contos de outros tempos, comprados a tostão, debaixo do passadiço do Largo do Paço. Eram duas horas da tarde. Estava cansado, dormira mal a noite, depois de haver andado muito na véspera; estirou-se na rede, pegou em um dos folhetos, a *Princesa Magalona*, e começou a ler. Nunca pôde entender por que é que todas as heroínas dessas velhas histórias tinham a mesma cara e talhe de D. Severina, mas a verdade é que os tinham. Ao cabo de meia hora, deixou cair o folheto e pôs os olhos na parede, donde, cinco minutos depois, viu sair a dama dos seus cuidados. O natural era que se espantasse; mas não se espantou. Embora com as pálpebras cerradas, viu-a desprender-se de todo, parar, sorrir e andar para a rede. Era ela mesma; eram os seus mesmos braços.

É certo, porém, que D. Severina, tanto não podia sair da parede, dado que houvesse ali porta ou rasgão, que estava justamente na sala da frente ouvindo os passos do solicitador que descia as escadas. Ouviu-o descer; foi à janela vê-lo sair e só se recolheu quando ele se perdeu ao longe, no caminho da rua das Mangueiras. Então entrou e foi sentar-se no canapé. Parecia fora do natural, inquieta, quase maluca; levantando-se, foi pegar na jarra que estava em cima do aparador e deixou-a no mesmo lugar; depois caminhou até à porta, deteve-se e voltou, ao que parece, sem plano. Sentou-se outra vez cinco ou dez minutos. De repente, lembrou-se que Inácio comera pouco ao almoço e tinha o ar abatido, e advertiu que podia estar doente; podia ser até que estivesse muito mal.

Saiu da sala, atravessou rasgadamente o corredor e foi até o quarto do mocinho, cuja porta achou escancarada. D. Severina parou, espiou, deu com ele na rede, dormindo, com o braço para fora e o folheto caído no chão. A cabeça inclinava-se um pouco do lado da porta, deixando ver os olhos fechados, os cabelos revoltos e um grande ar de riso e de beatitude.

D. Severina sentiu bater-lhe o coração com veemência e recuou. Sonhara de noite com ele; pode ser que ele estivesse sonhando com ela. Desde madrugada que a figura do mocinho andava-lhe diante dos olhos como uma tentação diabólica. Recuou ainda, depois voltou, olhou dous, três, cinco minutos, ou mais. Parece que o sono dava à adolescência de Inácio uma expressão mais acentuada, quase feminina, quase pueril. Uma criança! disse ela a si mesma, naquela língua sem palavras que todos trazemos conosco. E esta idéia abateu-lhe o alvoroço do sangue e dissipou-lhe em parte a turvação dos sentidos.

— Uma criança!

E mirou-o lentamente, fartou-se de vê-lo, com a cabeça inclinada, o braço caído; mas, ao mesmo tempo que o achava criança, achava-o bonito, muito mais bonito que acordado, e uma dessas idéias corrigia ou corrompia a outra. De repente estremeceu e recuou assustada: ouvira um ruído ao pé, na saleta do engomado; foi ver, era um gato que deitara uma tigela ao chão. Voltando devagarinho a espiá-lo, viu que dormia profundamente. Tinha o sono duro a criança! O rumor que a abalara tanto, não o fez sequer mudar de posição. E ela continuou a vê-lo dormir, — dormir e talvez sonhar.

Que não possamos ver os sonhos uns dos outros! D. Severina ter-se-ia visto a si mesma na imaginação do rapaz; ter-se-ia visto diante da rede, risonha e parada; depois inclinar-se, pegar-lhe nas mãos, levá-las ao peito, cruzando ali os braços, os famosos braços. Inácio, namorado deles, ainda assim ouvia as palavras dela, que eram lindas cálidas, principalmente novas, — ou, pelo menos, pertenciam a algum idioma que ele não conhecia, posto que o entendesse. Duas, três e quatro vezes a figura esvaía-se, para tornar logo, vindo do mar ou de outra parte, entre gaivotas, ou atravessando o corredor com toda a graça robusta de que era capaz. E tornando, inclinava-se, pegava-lhe outra vez das mãos e cruzava ao peito os braços, até que inclinando-se, ainda mais, muito mais, abrochou os lábios e deixou-lhe um beijo na boca.

Aqui o sonho coincidiu com a realidade, e as mesmas bocas uniram-se na imaginação e fora dela. A diferença é que a visão não recuou, e a pessoa real tão depressa cumprira o gesto, como fugiu até à porta, vexada e medrosa. Dali passou à sala da frente, aturdida do que fizera, sem olhar fixamente para nada. Afiava o ouvido, ia até o fim do corredor, a ver se escutava algum rumor que lhe dissesse que ele acordara, e só depois de muito tempo é que o medo foi passando. Na verdade, a criança tinha o sono duro; nada lhe abria os olhos, nem os fracassos contíguos, nem os beijos de verdade. Mas, se o medo foi passando, o vexame ficou e cresceu. D. Severina não acabava de crer que fizesse aquilo; parece que embrulhara os seus desejos na idéia de que era uma criança namorada que ali estava sem consciência nem imputação; e, meio mãe, meio amiga, inclinara-se e beijara-o. Fosse como fosse, estava confusa, irritada, aborrecida mal consigo e mal com ele. O medo de que ele podia estar fingindo que dormia apontou-lhe na alma e deu-lhe um calafrio.

Mas a verdade é que dormiu ainda muito, e só acordou para jantar. Sentou-se à mesa lépido. Conquanto achasse D. Severina calada e severa e o solicitador tão ríspido como nos outros dias, nem a rispidez de um, nem a severidade da outra podiam dissipar-lhe a visão graciosa que ainda trazia consigo, ou amortecer-lhe a sensação do beijo. Não reparou que D. Severina tinha um xale que lhe cobria os braços; reparou depois, na segunda-feira, e na terça-feira, também, e até sábado, que foi o dia em que Borges mandou dizer ao pai que não podia ficar com ele; e não o fez zangado, porque o tratou relativamente bem e ainda lhe disse à saída:

— Quando precisar de mim para alguma cousa, procure-me.

— Sim, senhor. A Sra. D. Severina...

— Está lá para o quarto, com muita dor de cabeça. Venha amanhã ou depois despedir-se dela.

Inácio saiu sem entender nada. Não entendia a despedida, nem a completa mudança de D. Severina, em relação a ele, nem o xale, nem nada. Estava tão bem! falava-lhe com tanta amizade! Como é que, de repente... Tanto pensou que acabou supondo de sua parte algum olhar indiscreto, alguma distração que a ofendera, não era outra cousa; e daqui a cara fechada e o xale que cobria os braços tão bonitos..

Não importa; levava consigo o sabor do sonho. E através dos anos, por meio de outros amores, mais efetivos e longos, nenhuma sensação achou nunca igual à daquele domingo, na rua da Lapa, quando ele tinha quinze anos. Ele mesmo exclama às vezes, sem saber que se engana:

— E foi um sonho! um simples sonho!

Carta de uma mulher apaixonada

Tatiana Salem Levy

Um esqueleto

Machado de Assis

Carta de uma mulher apaixonada

Tatiana Salem Levy

> *Is all that we see or seem*
> *But a dream within a dream?*
> Edgar Allan Poe

Belém querido,

Hesitei antes de escrever esta carta. Não sabia (e ainda não sei) se, ao escrevê-la, seria cruel ou generosa. Dizem que a verdade dói. Mas nunca gostei de mentir, e você sabe disso. Pensei em não dizer nada, em lhe deixar o silêncio para especular o que quer que fosse. Mas acabei optando por contar o que aconteceu e o motivo pelo qual tomo a decisão que agora lhe contarei. Talvez assim você me entenda e não procure outra explicação.

Lembro-me como se fosse hoje do dia em que nos conhecemos. O Alberto já tinha me falado de um amigo que perdera a mulher no mesmo ano em que eu havia perdido meu marido. Dizia que isso era um sinal, que precisávamos nos conhecer. Tentou nos botar em contato a qualquer custo, mas o destino preferiu que fosse ao acaso. Cheguei àquela festa, levada pela Carol, sem conhecer ninguém, e alegrei-me ao ver o Alberto na varanda, segurando um copo de caipirinha, atento às histórias do amigo. Pelas descrições que ele havia feito, logo percebi se tratar de você: um homem de quase cinqüenta anos, alto, magro, os cabelos grisalhos caídos sobre o ombro, falando sempre com muito ânimo na voz e nos gestos. Seus braços pareciam querer engolir o Alberto, tanto você os lançava ao ar, enquanto ele, quieto, apenas o ouvia.

Estendi meu copo para fazer um brinde, e Alberto não escondeu seu entusiasmo ao me ver: Marcelina!, gritou, eufórico, evidenciando os primeiros efeitos da cachaça. Quando disse: esse é meu amigo Belém, eu sorri, não de felicidade, mas por ter adivinhado que era você. Já devo ter lhe falado isso, mas naquele momento pensei que o Alberto estava equivocado, que nunca me envolveria com um homem tão mais velho do que eu (vinte e quatro anos!). Por isso evitei ficar a sós com você e fui dar voltas e mais voltas pelo apartamento, para ver se encontrava alguém. Mas como não achava nem mesmo a Carol, que a essa altura já havia desaparecido do meu alcance, acabava voltando com dois novos copos de caipirinha cada vez que tentava fugir da sua companhia.

Enquanto isso, você se divertia comigo, percebendo e silenciando a minha falta de jeito. Aproveitava os momentos em que me aproximava para narrar suas histórias extravagantes, como a dos romances que você escreveu e queimou (não queria correr o risco de se tornar um novo Kafka), e a do planeta que você descobriu, embora ainda não tivesse conseguido passar a informação para a Nasa. Meu interesse pela sua conversa aumentava na mesma proporção do teor alcoólico no meu sangue. Não é de se estranhar, portanto, que no fim da festa eu estivesse fascinada pelo seu jeito excêntrico e tivesse inclusive aceito o convite de tomar um café para ver o livro de teologia que você escrevera há longos anos. Só não levei a sério o pedido que me fez, com convicção: quer casar comigo? Ri, gargalhei (enrubescida, é verdade), afinal, conhecíamo-nos há menos de algumas horas. Amor à primeira vista, você retrucou. Mas você nem me conhece, afirmei. Confesso que me derreti ao ver seus olhos brilhando enquanto você dizia já ser apaixonado por mim antes mesmo de me conhecer, somente pela descrição feita pelo Alberto.

Fui contundente ao afirmar que não pretendia me casar de novo. Sei que era jovem demais para ter alguma certeza, mas a presença do meu ex-marido ainda era forte em meus sentimentos. Disse isso, e você pareceu se animar com o desafio: inventou aquela história maluca de pedir a minha mão outras duas vezes e garantiu que, se na última nada conseguisse, seríamos, então, bons amigos. Achei curiosa a sua proposta, meio antiquada, e pensei que deveria ser por conta da idade. Mas foi justamente sua estranheza que me fascinou: de onde vem esse homem, inventor de romances e planetas, que se diz apaixonado e vai me pedir em casamento três vezes?

Quando nos encontramos pela segunda vez, no café da sua livraria predileta, você tinha em cima da mesa o manuscrito do livro de teologia escrito aos seus vinte anos. Nesse dia, ri como não o fazia há muito tempo. Achava divertida a sua excentricidade, parecia vinda de um conto ou novela do século XIX, talvez Hoffmann ou Poe, ou mesmo Machado de Assis. Novamente disse não ao seu pedido. Mas a verdade é que saí de lá cambaleando, tropeçando em mim mesma, não por efeito do álcool, como no primeiro dia, mas porque estava começando a me envolver com suas histórias, seu jeito tão inusitado e incomum.

Você terminou de me seduzir com seus e-mails (acho que teríamos um verdadeiro romance epistolar do século XXI se resolvêssemos juntar todos e publicá-los em livro). Foi mais de um mês de correspondência, em que você me seduzia com suas palavras certeiras, apresentando-me um mundo novo, dando-me energia e vontade de continuar vivendo, apesar das dores do passado. A gente nem chegou a se encontrar nesse tempo e, ainda assim, você era capaz de me devolver a alegria perdida. Fui eu quem propôs nosso terceiro encontro: um jantar num restaurante italiano seguido de vinho na sua casa. Nossa primeira noite! E que noite... Há momentos que nunca irei esquecer: sua mão tocando em meu corpo pela primeira vez é um deles.

Na manhã seguinte, veio o terceiro pedido. Ainda embriagada das horas não dormidas, disse que sim, aceitava me casar com você. Não houve um amigo que não dissesse que eu estava louca, como assim se casar com alguém que você viu três vezes? Mas eu tinha certeza, uma certeza da qual nunca vou me arrepender. Casar com você foi das melhores coisas da vida. Tudo: a cerimônia discreta, porém cheia de lágrimas; a lua-de-mel em Fernando de Noronha; a casa nova; os fins de semana que passávamos cozinhando em casa, falando besteiras, dando gargalhadas. Os primeiros meses do nosso casamento me encheram de felicidade, e quem me encontrasse na rua nem precisava perguntar nada, minha alegria estava estampada no rosto.

No entanto, esses momentos de satisfação começaram a desaparecer quando você se revelou mais estranho do que eu poderia imaginar. Você pode dizer que nunca me escondeu nada, sempre se mostrou irreverente. Pode dizer também que foi isso o que me conquistou, esse seu jeito estranho, *gauche* no mundo. Mas para tudo tem limite. Não é possível que tenha passado pela sua cabeça que aceitaria todas as suas esquisitices sem nem mesmo questioná-las! É verdade, eu gostava da maioria, mas você não acha que foi longe demais? Era nosso aniversário de sete meses de casados e você apareceu com aquele embrulho enorme, levei um susto. Quando lhe perguntei o que era, você não disse nada, simplesmente abriu o papel, e vi surgir, osso por osso, um esqueleto. Perguntei, assustada, que brincadeira de mau gosto era aquela, pensando que você estava atrás de uma nova descoberta. Fiquei aterrorizada quando ouvi, com a maior naturalidade do mundo: é a minha ex-mulher. Trouxe-a para morar conosco.

Você acha isso normal, trazer para casa o esqueleto da sua ex-mulher? Realmente acreditou que eu acataria a sua decisão sem maiores problemas? No dia seguinte, liguei para o Alberto, expliquei tudo o que havia acontecido e avisei que chamaria a polícia assim que desligasse o telefone. Ele me pediu paciência e veio à nossa casa tentar me acalmar (missão quase impossível, pois eu estava enlouquecida). Quando chegou, eu já tinha esvaziado metade de uma garrafa de uísque e estava prestes a buscar a delegacia mais próxima. Segurou-me nos braços e disse para me tranqüilizar. Eu chorava compulsivamente, gritava que me casara com um louco, antes tivesse continuado solteira! O Alberto até conseguiu me acalmar um pouco, e eu, com um tom quase sóbrio, lhe perguntei: quer ver o esqueleto? Ele não pôde esconder seu desconforto, mas tampouco dizer não.

Fomos até o escritório e lá estava ele, ereto, feito não temesse nada. Desafiava-nos com suas cavidades oculares, ameaçando-nos com a falta de olhar, impondo sua presença como se a morte o tornasse mais vivo do que nós. Percebia a expressão de Alberto mudar, ele não podia esconder a estupefação, devia estar se perguntando onde estava com a cabeça ao nos apresentar, devia estar arrependido por tudo (mas já disse e repito que não me arrependo de nada). E se o esqueleto não for dela?, ele questionou, tentando contornar o problema. E de quem seria?, retruquei. Não sei, talvez ele tenha comprado para fazer uma experiência.

Incomodada com a tentativa do Alberto de amenizar o que não se pode fazer por menos, segurei seu braço com força e, encarando-o, afirmei com raiva e sem pestanejar: o esqueleto é dela sim, e foi ele quem a matou! Ele me contou tudo. Chegou aqui com o esqueleto e disse que já estava na hora de eu saber a verdade (você se lembra da ironia transbordando em seu rosto enquanto me falava isso?). Que a mulher o traíra com um moço da vizinhança, e ele tomara conhecimento disso por uma carta anônima. Continuou: Um dia declarei-lhe que sabia tudo, e que ia puni-la do que me havia feito. Luísa caiu-me aos pés banhada em lágrimas protestando pela sua inocência. Eu estava cego; matei-a.

Alberto me olhou atônito. Assim como eu não conseguia acreditar em suas palavras, ele também não acreditava nas minhas. Deve ter pensado que eu estava louca. Mas a loucura era sua, foi você quem impôs esse esqueleto em nossas vidas. Saiu aqui de casa atormentado, mas tendo me convencido de que chamar a polícia não seria a melhor saída. Nossos nomes estariam rapidamente estampados nas manchetes de jornal, fora o fato de que as investigações seriam longas, e eu não poderia descartar a possibilidade de ser acusada, junto com você. Tive medo. Além disso, Belém, eu tinha amor — e muito. Não queria me ver, de uma hora para a outra, com o marido atrás das grades. Fazia pouco eu tinha perdido o primeiro, não queria perder o segundo em intervalo tão curto. Concordei, então, com nosso amigo e resolvi deixar o tempo passar, ver como os dias passariam. Naquele momento, ainda tinha a esperança de que fosse uma piada de mau gosto, que, de um dia para o outro, você olhasse para mim e dissesse, rindo, que era tudo uma farsa. Ah, como quis que você risse da minha cara!

Mas não foi o que aconteceu. Ao contrário: você foi ficando cada vez mais sério, mais distante. Cada dia mais ameaçador: afirmava, contundente, que se eu pulasse a cerca não hesitaria em fazer comigo o mesmo que fizera com Luísa. Que o medo dos mortos não é só uma fraqueza, mas um insulto, uma perversidade do coração. Pela minha parte dou-me melhor com os defuntos do que com os vivos, dizia sem pudor. Seus cabelos grisalhos nunca me pareceram tão grisalhos, suas olheiras tão profundas, e comecei então a sentir um medo terrível, certa de que você se tornava um moribundo, já não pertencia ao mundo de cá.

Tudo piorou quando decidiu que faríamos as refeições a três. Eu, você e o esqueleto. Até prato e talheres colocávamos na mesa. Imagine o que eu não sentia ao vê-lo se declarar à sua mulher morta, com palavras doces e amorosas? Segurar-lhe a mão e confessar que se arrependia de tudo, que sabia da sua inocência e sentia o remorso do que praticara e a mágoa de ter perdido a esposa. Dizia ter sido o algoz de um anjo e que, para se redimir, levaria o esqueleto aonde fosse, até o último de seus dias. Embora eu tenha lhe perguntado inúmeras vezes, você nunca me contou como conseguira o esqueleto de Luísa. Só afirmava que tinha os papéis que lhe garantiam o direito de guardá-la aqui, em nossa casa. Direito? Que espécie de direito? Seria preciso haver alguém mais louco do que você no mundo para lhe dar o direito de habitar com duas mulheres, uma viva, a outra morta.

Meu coração apertava cada vez que você se levantava, no meio da noite, para abraçar o esqueleto, beijá-lo como se tivesse carne, dirigindo-lhe palavras de ternura. Além disso, eu trabalhava em casa e era obrigada a me confrontar com ele ao longo do dia. No início, o esqueleto me desafiava, e tinha medo que chegasse a se mexer. Parecia rir de mim, gozar da minha cara, do meu papel de tola. Não foram poucos os momentos em que quase o destruí. Tinha vontade de me jogar em cima dele, quebrar seus ossos, um por um. Quantas vezes não berrei com a sua ex-mulher, dizendo-lhe desaforos, que não viesse perturbar os vivos?

Você deve estar se perguntando por que lhe falo tudo isso agora. Por que conto os detalhes dos acontecimentos que se davam enquanto você estava na rua. Faço isso para que você entenda como os fatos se desenrolaram, para que entenda como os eventos são lógicos, quase inevitáveis. Era eu quem convivia com o esqueleto, eu quem passava os dias e as noites ao seu lado. E se no início sentia raiva e temor, com o passar do tempo, comecei a nutrir por ele — ela — um sentimento inusitado. Sua falta de olhar, de carne, de cheiro, de pele, inspirava um desejo estranho de preenchê-la. Passava horas imaginando como seria quando viva, a cor de seus cabelos, o tom da sua voz, suas manias, suas preferências. Quem era Luísa, essa mulher que você afirmava ter matado e amar para sempre? Eu também queria conhecê-la, saber quem e como era.

Comecei a pesquisar a estrutura de um esqueleto, sua composição, as diferenças entre o masculino e o feminino. Cheguei a descobrir que existe, hoje, uma maneira de recompor o corpo a partir da estrutura óssea de alguém. Pensei em tentar fazê-lo, mas acabei desistindo. Comprei o pôster de um esqueleto e, durante dias seguidos, fiquei identificando cada osso. Embora às vezes ainda sentisse uma pontinha de medo, a verdade é que, aos poucos, fui ganhando intimidade com Luísa. Tocava em seus ossos, mexia nas mãos, nos braços, passeava com ela pela casa.

Passado esse momento de reconhecimento, eu e o esqueleto começamos a nos tratar de outra maneira: Luísa não me assustava, e eu já não a odiava. Certo dia, contei a ela como eu e você havíamos nos conhecido, nossas afinidades e diferenças, tudo aquilo que nos unia e nos separava. Confessei meu medo por ela e a certeza da sua loucura, Belém. Fiz muitas perguntas sobre a história de vocês dois e, embora não tenha ouvido nenhuma resposta, senti que algo começava a se transfigurar em sua estrutura facial. As cavidades oculares que antes me aterrorizavam agora me olhavam com doçura, como se um verdadeiro sentimento nascesse entre nós, fazendo esquecer que ali não havia alma, apenas o vestígio de alguém que partira.

Acabei deixando o trabalho para segundo plano e, desde o momento em que você saía até a sua volta, não fazia outra coisa senão me dedicar a Luísa. Busquei na estante alguns livros de Poe e li para ela muitos de seus poemas e contos. A maioria falava de morte e ossos, tenho certeza de que ela deve ter se sentido lisonjeada. Escolhi para epígrafe da nossa história um poema que falava de um sonho dentro de um sonho. Era assim que eu via Luísa: como um sonho no interior de outro. Talvez esteja pensando que se casou com uma mulher mais louca do que você. Talvez se sinta culpado e se arrependa de ter trazido o esqueleto, acreditando ter tirado a minha lucidez. Mas não! Não pense isso, Belém, pois estaria se equivocando enormemente. O que você me trouxe, com o esqueleto, foi um presente especial, que me fez enxergar e sentir coisas que eu nunca imaginara antes. Ter Luísa em casa, descobrir esse mundo novo, poder contar histórias e ler poemas para um esqueleto tão terno mudou para sempre o meu destino.

Só fui entender a profundidade desse sentimento naquele jantar, quando tivemos a pior das nossas brigas. Você quase não me olhava, dirigia a palavra apenas ao esqueleto, segurava-lhe a mão e beijava-lhe o rosto. E ela, Luísa, parecia corresponder às suas declarações, retribuir seus sorrisos e gestos de carinho. Joguei o prato no chão e me levantei ensandecida. Gritei que assim não era possível. Você também se levantou, dizendo que eu precisava aceitar essa condição, afinal, amava as duas mulheres e não havia jeito de abrir mão de nenhuma. Afirmou que eu não devia sentir ciúmes, isso não levaria a nada, devia me acostumar com seu amor pela ex-mulher. Eu não dizia uma palavra sequer, apenas chorava. E a verdade, Belém, é que você tinha razão: eu estava me mordendo de ciúmes. Mas não de você. Tinha ciúmes dela! Nessa noite, entendi que o que me prendia à nossa casa não era você, suas esquisitices, seu charme peculiar, mas Luísa, sua ausência cada vez mais presente no meu dia-a-dia.

Na manhã seguinte, não me levantei da cama. Nem na outra. Precisei de alguns dias para me recompor: evitava ver o esqueleto durante o dia, enquanto você não estava e não impunha a presença dele entre nós. Até que, na manhã do quinto dia após nossa discussão, tomei coragem e fui ter com Luísa no escritório. Ela estava lá, hirta como sempre, como se nada tivesse acontecido. Sua estrutura óssea e sua falta de gestos e palavras me garantiam uma eternidade que seu excesso de discursos e gesticulações, Belém, não garantia. Ao contrário: quando estava com você, lembrava-me a cada instante da nossa precariedade, da finitude que nos molda.

Sentia meu coração acelerar a cada passo que dava em sua direção. Quando, enfim, vi-me diante dela, olhamo-nos frente a frente e, então, tive a certeza que temia: estava apaixonada por Luísa. Pois é, Belém, apaixonada. Não fique impressionado com essa revelação. Afinal, foi você quem a trouxe para casa, foi você quem me fez ver a vida num esqueleto! Sem as suas esquisitices, nada disso teria acontecido! E é por isso que não me arrependo de nada, nem de ter me casado com você, nem de ter me silenciado diante de suas particularidades. Foi graças a isso que pude conhecer a sua ex-mulher e, com ela, a sinceridade de um amor sem fronteiras. Nesse dia, olhamo-nos e foi como se o seu olhar fosse mais real do que qualquer olhar. Longos minutos se passaram enquanto nós duas nos observávamos e declarávamos nosso amor em silêncio. Eu tremia, mas não de medo, quando levantei os braços e acariciei os ossos do seu rosto. Beijei-lhe o maxilar com a certeza de que ela também me beijava.

Nos dias que se seguiram, eu me trancava com Luísa no escritório, onde podíamos viver nossa história livremente. Mas todas as noites o mesmo sentimento de angústia e ciúmes se repetia: você chegava, repousava a pasta no sofá da sala e ia direto atrás do esqueleto para lhe fazer juras e carícias. Depois o trazia à mesa, onde jantávamos os três, eu sem poder dividir com Luísa o que sentia, obrigada a ver todas as noites a mulher que amava sendo bajulada por você, Belém. Não que eu tivesse deixado de amá-lo. De alguma maneira, continuei nutrindo por você carinho e respeito. Mas o que sinto por Luísa é de outra ordem, um amor que nunca senti igual e que se sobrepõe a qualquer outro.

Eu queria estar ao lado dela todos os minutos do dia e da noite, dormir abraçada, minha pele sobre seus ossos. Mas não era possível. Entre nós, havia você. Com o tempo, passei a não suportar as noites, quando você chegava e a tirava de mim. O ciúme começou a tomar conta das minhas horas e, cada vez que você se levantava para abraçá-la, eu tinha vontade de afastar seu corpo e lhe dizer para não tocar mais, nunca mais, no meu esqueleto. Quão insuportáveis foram essas noites! E como foram bons os dias que passei na companhia da sua ex-mulher, só nós duas, durante horas no escritório...

Foi por isso que decidi fazer o que agora lhe contarei. Não tenha raiva de mim, pois meu sentimento é o mais verdadeiro. Em vez disso, Belém, sinta-se feliz por ter propiciado encontro tão singular. Cada vez acredito menos no acaso, e penso que se você apareceu na minha vida foi para me apresentar ao esqueleto e me dar a possibilidade de viver esse amor. Sem você, eu nunca teria conhecido Luísa e, por isso, agradeço-lhe do fundo do coração. Acontece, Belém, que já não seria possível habitar a mesma casa, pequena demais para nós três. Quero Luísa só para mim, continuar a nossa história sem ciúmes nem interferências da sua parte.

Muitas vezes me imaginei tirando a sua vida, e é também por isso que achei melhor me afastar. Não queria correr o risco de cometer um assassinato, de me tornar viúva uma segunda vez. Acho que você não merece isso, nem eu gostaria de ser autora de tal barbaridade. Por isso, Belém, em nome do meu respeito por você e do meu amor pelo esqueleto, decidi partir. Deixo esta carta para que você entenda, para dar um sentido ao vazio que provavelmente sentirá. Imagino que não seja fácil perder as duas mulheres ao mesmo tempo, mas o destino quis assim. Meu amor por Luísa é grande demais para desistir dele. Se você for capaz de compreender esse sentimento, compreenderá também por que fui embora, levando comigo o esqueleto.

Não tenha raiva, não amaldiçoe a sua sorte. Tampouco venha atrás de mim, pois jamais me encontraria. Estou levando Luísa para um lugar onde ninguém nos descobrirá. Quando tiver terminado de ler essas últimas palavras, certamente já estarei a muitos quilômetros de distância, perdida com Luísa no meio da floresta, vivendo sem pressa nem receio o nosso amor, até o dia em que terei o mesmo destino que ela, e nossos ossos se unirão para sempre, confirmando assim a certeza da eternidade.

Marcelina

Um esqueleto

Machado de Assis

Capítulo I

Eram dez ou doze rapazes. Falavam de artes, letras e política. Alguma anedota vinha de quando em quando temperar a seriedade da conversa. Deus me perdoe! parece que até se fizeram alguns trocadilhos.

O mar batia perto na praia solitária... estilo de meditação em prosa. Mas nenhum dos doze convivas fazia caso do mar. Da noite também não, que era feia e ameaçava chuva. É provável que se a chuva caísse ninguém desse por ela, tão entretidos estavam todos em discutir os diferentes sistemas políticos, os méritos de um artista ou de um escritor, ou simplesmente em rir de uma pilhéria intercalada a tempo.

Aconteceu no meio da noite que um dos convivas falou na beleza da língua alemã. Outro conviva concordou com o primeiro a respeito das vantagens dela, dizendo que a aprendera com o Dr. Belém.

— Não conheceram o Dr. Belém? perguntou ele.

— Não, responderam todos.

— Era um homem extremamente singular. No tempo em que me ensinou alemão usava duma grande casaca que lhe chegava quase aos tornozelos e trazia na cabeça um chapéu-de-chile de abas extremamente largas.

— Devia ser pitoresco, observou um dos rapazes. Tinha instrução?

— Variadíssima. Compusera um romance, e um livro de teologia e descobrira um planeta...

— Mas esse homem?

— Esse homem vivia em Minas. Veio à corte para imprimir os dous livros, mas não achou editor e preferiu rasgar os manuscritos. Quanto ao planeta comunicou a notícia à Academia das Ciências de Paris; lançou a carta no correio e esperou a resposta; a resposta não veio porque a carta foi parar a Goiás.

Um dos convivas sorriu maliciosamente para os outros, com ar de quem dizia que era muita desgraça junta. A atitude porém do narrador tirou-lhe o gosto do riso. Alberto (era o nome do narrador) tinha os olhos no chão, olhos melancólicos de quem se rememora com saudade de uma felicidade extinta. Efetivamente suspirou depois de algum tempo de muda e vaga contemplação, e continuou:

— Desculpem-me este silêncio, não me posso lembrar daquele homem sem que uma lágrima teime em rebentar-me dos olhos. Era um excêntrico, talvez não fosse, não era decerto um homem completamente bom; mas era meu amigo; não direi o único mas o maior que jamais tive na minha vida.

Como era natural, estas palavras de Alberto alteraram a disposição de espírito do auditório. O narrador ainda esteve silencioso alguns minutos. De repente sacudiu a cabeça como se expelisse lembranças importunas do passado, e disse:

— Para lhes mostrar a excentricidade do Dr. Belém basta contar-lhes a história do esqueleto.

A palavra esqueleto aguçou a curiosidade dos convivas; um romancista aplicou o ouvido para não perder nada da narração; todos esperaram ansiosamente o esqueleto do Dr.

Belém. Batia justamente meia-noite; a noite, como disse, era escura; o mar batia funebremente na praia. Estava-se em pleno Hoffmann.

Alberto começou a narração.

Capítulo II

O Dr. Belém era um homem alto e magro; tinha os cabelos grisalhos e caídos sobre os ombros; em repouso era reto como uma espingarda; quando andava curvava-se um pouco. Conquanto o seu olhar fosse muitas vezes meigo e bom, tinha lampejos sinistros, e às vezes, quando ele meditava, ficava com olhos como de defunto.

Representava ter sessenta anos, mas não tinha efetivamente mais de cinqüenta. O estudo o abatera muito, e os desgostos também, segundo ele dizia, nas poucas vezes em que me falara do passado, e era eu a única pessoa com quem ele se comunicava a esse respeito. Podiam contar-se-lhe três ou quatro rugas pronunciadas na cara, cuja pele era fria como o mármore e branca como a de um morto.

Um dia, justamente no fim da minha lição, perguntei-lhe se nunca fora casado. O doutor sorriu sem olhar para mim. Não insisti na pergunta; arrependi-me até de lha ter feito.

— Fui casado, disse ele, depois de algum tempo, e daqui a três meses posso dizer outra vez: sou casado.

— Vai casar?

— Vou.

— Com quem?

— Com a D. Marcelina.

D. Marcelina era uma viúva de Ouro Preto, senhora de vinte e seis anos, não formosa, mas assaz simpática, possuía alguma cousa, mas não tanto como o doutor, cujos bens orçavam por uns sessenta contos.

Não me constava até então que ele fosse casar; ninguém falara nem suspeitara tal cousa.

— Vou casar, continuou o doutor, unicamente porque o senhor me falou nisso. Até cinco minutos antes nenhuma intenção tinha de semelhante ato. Mas a sua pergunta faz-me lembrar que eu efetivamente preciso de uma companheira; lancei os olhos da memória a todas as noivas possíveis, e nenhuma me parece mais possível do que essa. Daqui a três meses assistirá ao nosso casamento. Promete?

— Prometo, respondi eu com um riso incrédulo.

— Não será uma formosura.

— Mas é muito simpática, decerto, acudi eu.

— Simpática, educada e viúva. Minha idéia é que todos os homens deviam casar com senhoras viúvas.

— Quem casaria então com as donzelas?

— Os que não fossem homens, respondeu o velho, como o senhor e a maioria do gênero humano; mas os homens, as criaturas da minha têmpera, mas...

O doutor estacou, como se receasse entrar em maiores confidências, e tornou a falar da viúva Marcelina cujas boas qualidades louvou com entusiasmo.

— Não é tão bonita como a minha primeira esposa, disse ele. Ah! essa... Nunca a viu?

— Nunca.

— É impossível.

— É a verdade. Já o conheci viúvo, creio eu.

— Bem; mas eu nunca lha mostrei. Ande vê-la...

Levantou-se; levantei-me também. Estávamos assentados à porta; ele levou-me a um gabinete interior. Confesso que ia ao mesmo tempo curioso e aterrado. Conquanto eu fosse amigo dele e tivesse provas de que ele era meu amigo, tanto medo inspirava ele ao povo, e era efetivamente tão singular, que eu não podia esquivar-me a um tal ou qual sentimento de medo.

No fundo do gabinete havia um móvel coberto com um pano verde; o doutor tirou o pano e eu dei um grito.

Era um armário de vidro, tendo dentro um esqueleto. Ainda hoje, apesar dos anos que lá vão, e da mudança que fez o meu espírito, não posso lembrar-me daquela cena sem terror.

— É minha mulher, disse o Dr. Belém sorrindo. É bonita, não lhe parece? Está na espinha, como vê. De tanta beleza, de tanta graça, de tanta maravilha que me encantaram outrora, que a tantos mais encantaram, que lhe resta hoje? Veja, meu jovem amigo; tal é última expressão do gênero humano.

Dizendo isto, o Dr. Belém cobriu o armário com o pano e saímos do gabinete. Eu não sabia o que havia de dizer, tão impressionado me deixara aquele espetáculo.

Viemos outra vez para as nossas cadeiras ao pé da porta, e algum tempo estivemos sem dizer palavra um ao outro. O doutor olhava para o chão; eu olhava para ele. Tremiam-lhe os lábios, e a face de quando em quando se lhe contraía. Um escravo veio falar-lhe; o doutor saiu daquela espécie de letargo.

Quando ficamos sós parecia outro; falou-me risonho e jovial, com uma volubilidade que não estava nos seus usos.

— Ora bem, se eu for feliz no casamento, disse ele, ao senhor o deverei. Foi o senhor quem me deu esta idéia! E fez bem, porque até já me sinto mais rapaz. Que lhe parece este noivo?

Dizendo isto, o Dr. Belem levantou-se e fez uma pirueta, segurando nas abas da casaca, que nunca deixava, salvo quando se recolhia de noite.

— Parece-lhe capaz o noivo? disse ele.

— Sem dúvida, respondi.

— Também ela há de pensar assim. Verá, meu amigo, que eu meterei tudo num chinelo, e mais de um invejará a minha sorte. É pouco; mais de uma invejará a sorte dela. Pudera não? Não há muitos noivos como eu.

Eu não dizia nada, e o doutor continuou a falar assim durante vinte minutos. A tarde caíra de todo; e a idéia da noite e do esqueleto que ali estava a poucos passos de nós, e mais ainda as maneiras singulares que nesse dia, mais do que nos outros, mostrava o meu bom mestre, tudo isso me levou a despedir-me dele e a retirar-me para casa.

O doutor sorriu-se com o sorriso sinistro que às vezes tinha, mas não insistiu para que ficasse. Fui para casa aturdido e triste; aturdido com o que vira; triste com a responsabilidade que o doutor atirava sobre mim relativamente ao seu casamento.

Entretanto, refleti que a palavra do doutor podia não ter pronta nem remota realização. Talvez não se case nunca, nem até pense nisso. Que certeza teria ele de desposar a viúva Marcelina daí a três meses? Quem sabe até, pensei eu, se não disse aquilo para zombar comigo?

Esta idéia enterrou-se-me no espírito. No dia seguinte levantei-me convencido de que efetivamente o doutor quisera matar o tempo e juntamente aproveitar a ocasião de me mostrar o esqueleto da mulher.

Naturalmente, disse eu comigo, amou-a muito, e por esse motivo ainda a conserva. É claro que não se casará com outra; nem achará quem case com ele, tão aceita anda a superstição popular que o tem por lobisomem ou quando menos amigo íntimo do diabo... ele! o meu bom e compassivo mestre!

Com estas idéias fui logo de manhã à casa do Dr. Belém. Achei-o a almoçar sozinho, como sempre, servido por um escravo da mesma idade.

— Entre, Alberto, disse o doutor apenas me viu à porta. Quer almoçar?

— Aceito.

— João, um prato.

Almoçamos alegremente; o doutor estava como me parecia na maior parte das vezes, conversando de cousas sérias ou frívolas, misturando uma reflexão filosófica com uma pilhéria, uma anedota de rapaz com uma citação de Virgílio.

No fim do almoço tornou a falar do seu casamento.

— Mas então pensa nisso deveras?... perguntei eu.

— Por que não? Não depende senão dela; mas eu estou quase certo de que ela não recusa. Apresenta-me lá?

— Às suas ordens.

No dia seguinte era apresentado o Dr. Belém em casa da viúva Marcelina e recebido com muita afabilidade.

"Casar-se-á deveras com ela?" dizia eu a mim mesmo espantado do que via, porque, além da diferença da idade entre ele e ela, e das maneiras excêntricas dele, havia um pretendente à mão da bela viúva, o Tenente Soares.

Nem a viúva nem o tenente imaginavam as intenções do Dr. Belém; daqui podem já imaginar o pasmo de D. Marcelina quando ao cabo de oito dias, perguntou-lhe o meu mestre, se ela queria casar com ele.

— Nem com o senhor nem com outro, disse a viúva; fiz voto de não casar mais.

— Por quê? perguntou friamente o doutor.

— Porque amava muito a meu marido.

— Não tolhe isso que ame o segundo, observou o candidato sorrindo.

E depois de algum tempo de silêncio:

— Não insisto, disse ele, nem faço aqui uma cena dramática. Eu amo-a deveras, mas é um amor de filósofo, um amor como eu entendo que deviam ser todos. Entretanto deixe-me ter esperança; pedir-lhe-ei mais duas vezes a sua mão. Se da última nada alcançar consinta-me que fique sendo seu amigo.

Capítulo III

O Dr. Belém foi fiel a este programa. Dali a mês pediu outra vez a mão da viúva, e teve a mesma recusa, mas talvez menos peremptória do que a primeira. Deixou passar seis semanas, e repetiu o pedido.

— Aceitou? disse eu apenas o vi vir dá casa de D. Marcelina.

— Por que havia de recusar? Eu não lhe disse que me casava dentro de três meses?

— Mas então o senhor é um adivinho, um mágico?...

O doutor deu uma gargalhada, das que ele guardava para quando queria motejar de alguém ou de alguma cousa. Naquela ocasião o motejado era eu. Parece que não fiz boa cara porque o doutor imediatamente ficou sério e abraçou-me dizendo:

— Oh! meu amigo, não desconfie! Conhece-me de hoje?

A ternura com que ele me disse estas palavras tornava-o outro homem. Já não tinha os tons sinistros do olhar nem a fala *saccadée* (vá o termo francês, não me ocorre agora o nosso) que era a sua fala característica. Abracei-o também, e falamos do casamento e da noiva.

O doutor estava alegre; apertava-me muitas vezes as mãos agradecendo-me a idéia que lhe dera; fazia seus planos de futuro. Tinha idéias de vir à corte, logo depois do casamento; aventurou a idéia de seguir para a Europa; mas apenas parecia assentado nisto, já pensava em não sair de Minas, e morrer ali, dizia ele, entre as suas montanhas.

— Já vejo que está perfeitamente noivo, disse eu; tem todos os traços característicos de um homem nas vésperas de casar.

— Parece-lhe?

— E é.

— De fato, gosto da noiva, disse ele com ar sério; é possível que eu morra antes dela; mas o mais provável é que ela morra primeiro. Nesse caso, juro desde já que irá o seu esqueleto fazer companhia ao outro.

A idéia do esqueleto fez-me estremecer. O doutor, ao dizer estas palavras, cravara os olhos no chão, profundamente absorto. Daí em diante a conversa foi menos alegre do que a princípio. Saí de lá desagradavelmente impressionado.

O casamento dentro de pouco tempo foi realidade. Ninguém queria acreditar nos seus olhos. Todos admiraram a coragem (era a palavra que diziam) da viúva Marcelina, que não recuava àquele grande sacrifício.

Sacrifício não era. A moça parecia contente e feliz. Os parabéns que lhe davam eram irônicos, mas ela os recebia com muito gosto e seriedade. O Tenente Soares não lhe deu os parabéns; estava furioso; escreveu-lhe um bilhete em que lhe dizia todas as cousas que em tais circunstâncias se podem dizer.

O casamento foi celebrado pouco depois do prazo que o Dr. Belém marcara na conversa que tivera comigo e que eu já referi. Foi um verdadeiro acontecimento na capital de Minas. Durante oito dias não se falava senão no caso impossível; afinal, passou a novidade, como todas as cousas deste mundo, e ninguém mais tratou dos noivos.

Fui jantar com eles no fim de uma semana; D. Marcelina parecia mais que nunca feliz; o Dr. Belém não o estava menos. Até parecia outro. A mulher começava a influir nele, sendo já uma das primeiras conseqüências a supressão da singular casaca. O doutor consentiu em vestir-se menos excentricamente.

— Veste-me como quiseres, dizia ele à mulher; o que não poderás fazer nunca é mudar-me a alma. Isso nunca.

— Nem quero.

— Nem podes.

Parecia que os dous estavam destinados a gozar uma eterna felicidade. No fim de um mês fui lá, e achei-a triste.

"Oh! disse eu comigo, cedo começam os arrufos."

O doutor estava como sempre. Líamos então e comentávamos à nossa maneira o *Fausto*. Nesse dia pareceu-me o Dr. Belém mais perspicaz e engenhoso que nunca. Notei, entretanto, uma singular pretensão: um desejo de se parecer com Mefistófeles.

Aqui confesso que não pude deixar de rir.

— Doutor, disse eu, creio que o senhor abusa da amizade que lhe tenho para zombar comigo.

— Sim?

— Aproveita-se da opinião de excêntrico para me fazer crer que é o diabo...

Ouvindo esta última palavra, o doutor persignou-se todo, e foi a melhor afirmativa que me poderia fazer de que não ambicionava confundir-se com o personagem aludido. Sorriu-se depois benevolamente, tomou uma pitada e disse:

— Ilude-se meu amigo, quando me atribui semelhante idéia, do mesmo modo que se engana quando supõe que Mefistófeles é isso que diz.

— Essa agora!...

— Noutra ocasião lhe direi as minhas razões. Por agora vamos jantar.

— Obrigado. Devo ir jantar com meu cunhado. Mas, se me permite ficarei ainda algum tempo aqui lendo o seu *Fausto*.

O doutor não pôs objeção; eu era íntimo da casa. Saiu dali para a sala do jantar. Li ainda durante vinte minutos, findos os quais fechei o livro e fui despedir-me do Dr. Belém e sua senhora.

Caminhei por um corredor fora que ia ter à sala do jantar. Ouvia mover os pratos, mas nenhuma palavra soltavam os dous casados.

"O arrufo continua", pensei eu.

Fui andando... Mas qual não foi a minha surpresa ao chegar à porta? O doutor estava de costas, não me podia ver. A mulher tinha os olhos no prato. Entre ele e ela, sentado numa cadeira vi o esqueleto. Estaquei aterrado e trêmulo. Que queria dizer aquilo? Perdia-me em conjeturas; cheguei a dar um passo para falar ao doutor, mas não me atrevi; voltei pelo mesmo caminho, peguei no chapéu, e deitei a correr pela rua fora.

Em casa de meu cunhado todos notaram os sinais de temor que eu ainda levava no rosto. Perguntaram-me se havia visto alguma alma do outro mundo. Respondi sorrindo que sim; mas nada contei do que acabava de presenciar.

Durante três dias não fui à casa do doutor. Era medo, não do esqueleto, mas do dono da casa, que se me afigurava ser um homem mau ou um homem doudo. Todavia, ardia por saber a razão da presença do esqueleto na mesa do jantar. D. Marcelina podia dizer-me tudo; mas como indagaria isso dela, se o doutor estava quase sempre em casa?

No terceiro dia apareceu-me em casa o Dr. Belém.

— Três dias! disse ele, há já três dias que eu não tenho a fortuna de o ver. Onde anda? Está mal conosco?

— Tenho andado doente, respondi eu, sem saber o que dizia.

— E não me mandou dizer nada, ingrato! Já não é meu amigo.

A doçura destas palavras dissipou os meus escrúpulos. Era singular como aquele homem, que por certos hábitos, maneiras e idéias, e até pela expressão física, assustava a muita gente e dava azo às fantasias da superstição popular, era singular, repito, como me falava às vezes com uma meiguice incomparável e um tom patriarcalmente benévolo.

Conversamos um pouco e fui obrigado a acompanhá-lo à casa. A mulher ainda me pareceu triste, mas um pouco menos que da outra vez. Ele tratava-a com muita ternura e consideração, e ela se não respondia alegre, ao menos falava com igual meiguice.

Capítulo IV

No meio da conversa vieram dizer que o jantar estava na mesa.

— Agora há de jantar conosco, disse ele.

— Não posso, balbuciei eu, devo ir...

— Não deve ir a nenhuma parte, atalhou o doutor; parece-me que quer fugir de mim. Marcelina, pede ao Dr. Alberto que jante conosco.

D. Marcelina repetiu o pedido do marido, mas com um ar de constrangimento visível. Ia recusar de novo, mas o doutor teve a precaução de me agarrar no braço e foi impossível recusar.

— Deixe-me ao menos dar o braço a sua senhora, disse eu.

— Pois não.

Dei o braço a D. Marcelina que estremeceu. O doutor passou adiante. Eu inclinei a boca ao ouvido da pobre senhora e disse baixinho:

— Que mistério há?

D. Marcelina estremeceu outra vez e com um sinal impôs-me silêncio.

Chegamos à sala de jantar.

Apesar de já ter presenciado a cena do outro dia não pude resistir à irnpressão que me causou a vista do esqueleto que lá estava na cadeira em que o vira com os braços sobre a mesa.

Era horrível.

— Já lhe apresentei minha primeira mulher, disse o doutor para mim; são conhecidos antigos.

Sentamo-nos à mesa; o esqueleto ficou entre ele e D. Marcelina; eu fiquei ao lado desta. Até então não pude dizer palavra; era porém natural que exprimisse o meu espanto.

— Doutor, disse eu, respeito os seus hábitos; mas não me dará a explicação deste?

— Este qual? disse ele.

Com um gesto indiquei-lhe o esqueleto.

— Ah!... respondeu o doutor; um hábito natural; janto com minhas duas mulheres.

— Confesse ao menos que é um uso original.

— Queria que eu copiasse os outros?

— Não, mas a piedade com os mortos...

Atrevi-me a falar assim porque, além de me parecer aquilo uma profanação, a melancolia da mulher parecia pedir que alguém falasse duramente ao marido e procurasse trazê-lo a melhor caminho.

O doutor deu uma das suas singulares gargalhadas, e estendendo-me o prato de sopa, replicou:

— O senhor fala de uma piedade de convenção; eu sou pio à minha maneira. Não é respeitar uma criatura que amamos em vida, o trazê-la assim conosco, depois de morta?

Nao respondi cousa nenhuma a estas palavras do doutor. Comi silenciosamente a sopa, e o mesmo fez a mulher, enquanto ele continuou a desenvolver as suas idéias a respeito dos mortos.

— O medo dos mortos, disse ele, não é só uma fraqueza, é um insulto, uma perversidade do coração. Pela minha parte dou-me melhor com os defuntos do que com os vivos.

E depois de um silêncio:

— Confesse, confesse que está com medo.

Fiz-lhe um sinal negativo com a cabeça.

— É medo, é, como esta senhora que está ali transida de susto, porque ambos são dous maricas. Que há entretanto neste esqueleto, que possa meter medo? Não lhes digo que seja bonito; não é bonito segundo a vida, mas é formosíssimo segundo a morte. Lembrem-se que isto somos nós também; nós temos de mais um pouco de carne.

— Só? perguntei eu intencionalmente.

O doutor sorriu-se e respondeu:

— Só.

Parece que fiz um gesto de aborrecimento, porque ele continuou logo:

— Não tome ao pé da letra o que lhe disse. Eu também creio na alma; não creio só, demonstro-a, o que não é para todos. Mas a alma foi-se embora; não podemos retê-la; guardemos isto ao menos que é uma parte da pessoa amada.

Ao terminar estas palavras, o doutor beijou respeitosamente a mão do esqueleto. Estremeci e olhei para D. Marcelina. Esta fechara os olhos. Eu estava ansioso por terminar aquela cena que realmente me repugnava presenciar. O doutor não parecia reparar em nada. Continuou a falar no mesmo assunto, e por mais esforços que eu fizesse para o desviar dele era impossível.

Estávamos à sobremesa quando o doutor, interrompendo um silêncio que durava já havia dez minutos perguntou:

— E segundo me parece, ainda lhe não contei a história deste esqueleto, quero dizer a história de minha mulher?

— Não me lembra, murmurei.

— E a ti? disse ele voltando-se para a mulher.

— Já.

— Foi um crime, continuou ele.

— Um crime?

— Cometido por mim.

— Pelo senhor?

— É verdade.

O doutor concluiu um pedaço de queijo, bebeu o resto do vinho que tinha no copo, e repetiu:

— É verdade, um crime de que fui autor. Minha mulher era muito amada de seu marido; não admira, eu sou todo coração. Um dia porém, suspeitei que me houvesse traído; vieram dizer-me que um moço da vizinhança era seu amante. Algumas aparências me enganaram. Um dia declarei-lhe que sabia tudo, e que ia puni-la do que me havia feito. Luísa caiu-me aos pés banhada em lágrimas protestando pela sua inocência. Eu estava cego; matei-a.

Imagina-se, não se descreve a impressão de horror que estas palavras me causaram. Os cabelos ficaram-me em pé. Olhei para aquele homem, para o esqueleto, para a senhora, e passava a mão pela testa, para ver se efetivamente estava acordado, ou se aquilo era apenas um sonho.

O doutor tinha os olhos fitos no esqueleto e uma lágrima lhe caía lentamente pela face. Estivemos todos calados durante cerca de dez minutos.

O doutor rompeu o silêncio.

— Tempos depois, quando o crime estava de há muito cometido, sem que a justiça o soubesse, descobri que Luísa era inocente. A dor que então sofri foi indescritível; eu tinha sido o algoz de um anjo.

Estas palavras foram ditas com tal amargura que me comoveram profundamente. Era claro que ainda então, após longos anos do terrível acontecimento, o doutor sentia o remorso do que praticara e a mágoa de ter perdido a esposa.

A própria Marcelina parecia comovida. Mas a comoção dela era também medo; segundo vim a saber depois, ela receava que no marido não estivessem íntegras as faculdades mentais.

Era um engano.

O doutor era, sim, um homem singular e excêntrico; doudo lhe chamavam os que, por se pretenderem mais espertos que o vulgo, repeliam os contos da superstição.

Estivemos calados algum tempo e dessa vez foi ainda ele que interrompeu o silêncio.

— Não lhes direi como obtive o esqueleto de minha mulher. Aqui o tenho e o conservarei até à minha morte. Agora naturalmente deseja saber por que motivo o trago para a mesa depois que me casei.

Não respondi com os lábios, mas os meus olhos disseram-lhe que efetivamente desejava saber a explicação daquele mistério.

— É simples, continuou ele; é para que minha segunda mulher esteja sempre ao pé da minha vítima, a fim de que se não esqueça nunca dos seus deveres, porque, então como sempre, é mui provável que eu não procure apurar a verdade; farei justiça por minhas mãos.

Esta última revelação do doutor pôs termo à minha paciência. Não sei o que lhe disse, mas lembra-me que ele ouviu-me com o sorriso benévolo que tinha às vezes, e respondeu-me com esta simples palavra:

— Criança!

Saí pouco depois do jantar, resolvido a lá não voltar nunca.

Capítulo V

A promessa não foi cumprida.

Mais de uma vez o Dr. Belém mandou à casa chamar-me; não fui. Veio duas ou três vezes instar comigo que lá fosse jantar com ele.

— Ou, pelo menos, conversar, concluiu.

Pretextei alguma cousa e não fui.

Um dia porém, recebi um bilhete da mulher. Dizia-me que era eu a única pessoa estranha que lá ia; pedia-me que não a abandonasse.

Fui.

Eram então passados quinze dias depois do célebre jantar em que o doutor me referiu a história do esqueleto. A situação entre os dous era a mesma; aparente afabilidade da parte dela, mas na realidade medo. O doutor mostrava-se afável e terno, como sempre o vira com ela.

Justamente nesse dia, anunciou-me ele que pretendia ir a uma jornada dali a algumas léguas.

— Mas vou só, disse ele, e desejo que o senhor me faça companhia a minha mulher vindo aqui algumas vezes.

Recusei.

— Por quê?

— Doutor, por que razão, sem urgente necessidade, daremos pasto às más línguas? Que se dirá...

— Tem razão, atalhou ele; ao menos, faça-me uma cousa.

— O quê?

— Faça com que em casa de sua irmã possa Marcelina ir passar as poucas semanas de minha ausência.

— Isso com muito gosto.

Minha irmã concordou em receber a mulher do Dr. Belém, que daí a pouco saía da capital para o interior. Sua despedida foi terna e amigável para com ambos nós, a mulher e eu; fomos os dous, e mais minha irmã e meu cunhado acompanhá-lo até certa distância, e voltamos para casa.

Pude então conversar com D. Marcelina, que me comunicou os seus receios a respeito da razão do marido. Dissuadi-a disso; já disse qual era a minha opinião a respeito do Dr. Belém.

Ela referiu-me então que a narração da morte da mulher já ele lha havia feito, prometendo-lhe igual sorte no caso de faltar aos seus deveres.

— Nem as aparências te salvarão, acrescentou ele.

Disse-me mais que era seu costurne beijar repetidas vezes o esqueleto da primeira mulher e dirigir-lhe muitas palavras de ternura e amor. Uma noite, estando a sonhar com ela, levantou-se da cama e foi abraçar o esqueleto pedindo-lhe perdão.

Em nossa casa todos eram de opinião que D. Marcelina não voltasse mais para a companhia do Dr. Belém. Eu era de opinião oposta.

— Ele é bom, dizia eu, apesar de tudo; tem extravagâncias, mas é um bom coração.

No fim de um mês recebemos uma carta do doutor, em que dizia à mulher fosse ter ao lugar onde ele se achava, e que eu fizesse o favor de a acompanhar.

Recusei ir só com ela.

Minha irmã e meu cunhado ofereceram-se porém para acompanhá-la.

Fomos todos.

Havia entretanto uma recomendação na carta do doutor, recomendação essencial; ordenava ele à mulher que levasse consigo o esqueleto.

— Que esquisitice nova é essa? disse meu cunhado.

— Há de ver, suspirou melancolicamente D. Marcelina, que o único motivo desta minha viagem, são as saudades que ele tem do esqueleto.

Eu nada disse, mas pensei que assim fosse.

Saímos todos em demanda do lugar onde nos esperava o doutor.

Íamos já perto, quando ele nos apareceu e veio alegremente cumprimentar-nos. Notei que não tinha a ternura de costume com a mulher, antes me pareceu frio. Mas isso foi obra de pouco tempo; daí a uma hora voltara a ser o que sempre fora.

Passamos dous dias na pequena vila em que o doutor estava, dizia ele, para examinar umas plantas, porque também era botânico. Ao fim de dous dias dispúnhamos a voltar para a capital; ele porém pediu que nos demorássemos ainda vinte e quatro horas e voltaríamos todos juntos.

Acedemos.

No dia seguinte de manhã convidou a mulher a ir ver umas lindas parasitas no mato que ficava perto. A mulher estremeceu, mas não ousou recusar.

— Vem também? disse ele.

— Vou, respondi.

A mulher cobrou alma nova e deitou-me um olhar de agradecimento. O doutor sorriu à socapa. Não compreendi logo o motivo do riso; mas daí a pouco tempo tinha a explicação.

Fomos ver as parasitas, ele adiante com a mulher, eu atrás de ambos, e todos três silenciosos.

Não tardou que um riacho aparecesse aos nossos olhos; mas eu mal pude ver o riacho; o que eu vi, o que me fez recuar um passo, foi um esqueleto.

Dei um grito.

— Um esqueleto! exclamou D. Marcelina.

— Descansem, disse o doutor, é o de minha primeira mulher.

— Mas...

— Trouxe-o esta madrugada para aqui.

Nenhum de nós compreendia nada.

O doutor sentou-se numa pedra.

— Alberto, disse ele, e tu, Marcelina. Outro crime devia ser cometido nesta ocasião; mas tanto te amo, Alberto, tanto te amei, Marcelina, que eu prefiro deixar de cumprir a minha promessa...

Ia interrompê-lo; mas ele não me deu ocasião.

— Vocês amam-se, disse ele.

Marcelina deu um grito; eu ia protestar.

— Amam-se que eu sei, continuou friamente o doutor; não importa! É natural. Quem amaria um velho estúrdio como eu? Paciência. Amem-se; eu só fui amado uma vez; foi por esta.

Dizendo isto abraçou-se ao esqueleto.

— Doutor, pense no que está dizendo...

— Já pensei...

— Mas esta senhora é inocente. Não vê aquelas lágrimas?

— Conheço essas lágrimas; lágrimas não são argumentos. Amam-se, que eu sei; desejo que sejam felizes, porque eu fui e sou teu amigo, Alberto. Não merecia certamente isso...

— Oh! meu amigo, interrompi eu, veja bem o que está dizendo; já uma vez foi levado a cometer um crime por suspeitas que depois soube serem infundadas. Ainda hoje padece o remorso do que então fez. Reflita, veja bem se eu posso tolerar semelhante calúnia.

Ele encolheu os ombros, meteu a mão no bolso, e tirou um papel e deu-mo a ler. Era uma carta anônima; soube depois que fora escrita pelo Soares.

— Isto é indigno! clamei.

— Talvez, murmurou ele.

E depois de um silêncio:

— Em todo o caso, minha resolução está assentada, disse o doutor. Quero fazê-los felizes, e só tenho um meio: é deixá-los. Vou com a mulher que sempre me amou. Adeus!

O doutor abraçou o esqueleto e afastou-se de nós. Corri atrás dele; gritei; tudo foi inútil; ele metera-se no mato rapidamente, e demais a mulher ficara desmaiada no chão.

Vim socorrê-la; chamei gente. Daí a uma hora, a pobre moça, viúva sem o ser, lavava-se em lágrimas de aflição.

Capítulo VI

Alberto acabara a história.

— Mas é um doudo esse teu Dr. Belém! exclamou um dos convivas rompendo o silêncio de terror em que ficara o auditório.

— Ele doudo? disse Alberto. Um doudo seria efetivamente se porventura esse homem tivesse existido. Mas o Dr. Belém não existiu nunca, eu quis apenas fazer apetite para tomar chá. Mandem vir o chá.

É inútil dizer o efeito desta declaração.

Este livro foi composto na tipologia Scala, em corpo 11/15,
e impresso em papel off-white 80g/m²
no Sistema Cameron da Divisão Gráfica da Distribuidora Record